僕はいかに逆境をのり越え世界一翻訳された作家になったのか

シドニー・シェルダン
エリコ・ロウ 訳

The Other Side of Me

A Memoir

Sidney Sheldon

出版文化社

Translated by Eriko Rowe
Published in 2023 in Japan
by Shuppan Bunka Sha Corporation

Japanese translation rights arranged
with Janklow and Nesbit Associates
through Japan UNI Agency, Inc., Tokyo

私が経験したマジカルな人生の旅路を知ってもらうために、愛しい孫娘のリジーとレベッカに本著を捧げます。

「家族にひとりも愚か者、ならず者、物乞いがいないというなら、その人は稲光から生まれたのだろう」

トーマス・フラー（17世紀イギリスの聖職者）

目次

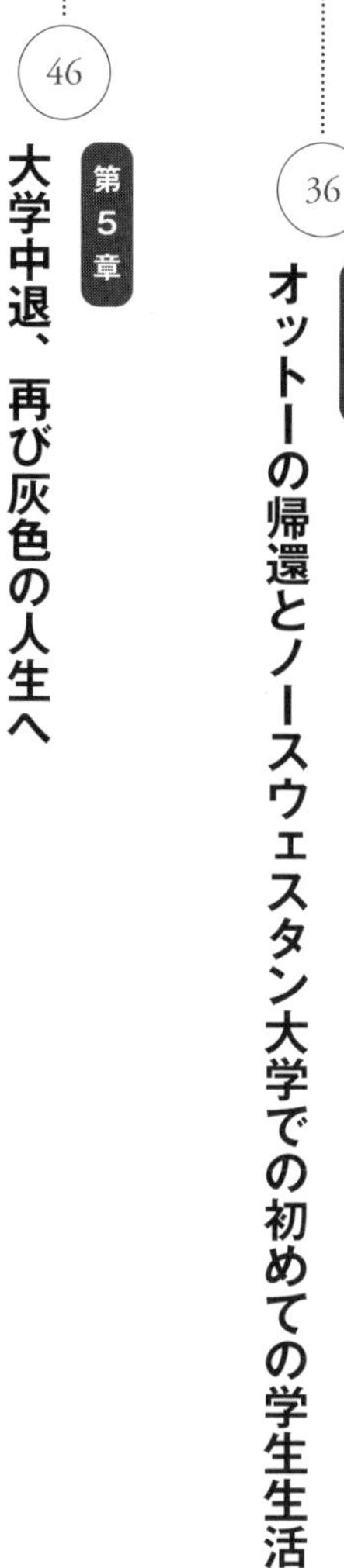

The Other Side of Me *A Memoir*

Mr. SIDNEY SHELDON
PRODUCER

第1章 『暗い日曜日』
Chapter 1 ◆ "Gloomy Sunday"

当時、僕はシカゴのアフリモー薬局で、配達係をしていた。17歳の僕にとって、それは理想的な仕事だった。自殺をするのに充分な量の睡眠薬を盗むことができたからだ。といっても、何錠あれば十分なのか分からなかったので、20錠と適当に決めた。そして、薬剤師にあやしまれないように、一度に数錠ずつ、そっとポケットに入れた。以前に、ウイスキーと睡眠薬を一緒に飲むと致命的な結果になる、と何かで読んだことがあった。そこで、確実に死ねるように、ウイスキーで睡眠薬を飲み込むつもりだった。

土曜日。待ちに待った土曜日がやって来た。両親は週末に旅行に出かける予定だったし、弟のリチャードはすでに友達の家に泊まりに行っていた。つまりその夜なら、家族と一緒に住んでいたアパートは僕ひとりになるはずで、誰にも計画を邪魔される心配はなかった。

午後6時。「閉店の時間です」と叫ぶ薬剤師の声が薬局中に響きわたった。

薬剤師は知るはずもなかっただろうが、まさに彼の言う通りだ、と思った。僕自身を店じまいする時、間違いだらけの人生を終わらせる時が来たのだ。実際のところ、間違っていたのは僕だけでないことは分かっていた。国全体が間違っていたのだ。

それは１９３４年のことで、アメリカは壊滅的な危機[1]の真っただ中にあった。その5年前に株式市場が大暴落し、何千もの銀行が倒産していた。いたるところで企業が軒並み倒産し、1千3百万人を超える人々が職を失い、絶望的な状態だった。1時間働いても5セントのコインが1枚しかもらえないほど、賃金も落ち込んでいた。路上をさまよう浮浪者の数は百万人に上り、そのうち20万人は子供だった。国中が悲惨な不況の犠牲者になり、かつては百万長者だった人々が自殺し、会社の重役だった人々は街頭でりんご売りをしている時代だった。

　当時、一世を風靡した流行歌があった。その名も『暗い日曜日』。その歌詞の一節を、僕はしっかり覚えてしまっていた。

〝暗い日曜日
陰鬱に包まれ過ぎ去った
身も心も
すべてを終わらせよう〟

　この歌が描く、暗く希望のない世界は、まさに僕の気分にぴったりだった。深い絶望のどん底に落ちてしまっていたのだ。自分が存在すべき何の理由も根拠も見出せず、自分の居場所も自分自身をも見失ったような喪失感を感じていた。惨めな気持ちで、何かを必死に求めていたが、それが何なのか、その意味も分からずにいた。

　当時、僕たち一家はミシガン湖[2]の近くに住んでいて、家からほんの数区画先は湖岸だった。その夜、心を落ち着かせたくて、ミシガン湖のほとりを歩いていた。風の強い夜で、空は雲に覆われていた。

　空を見上げて言った。

「もし神が存在するなら、姿を見せてくれ」

　そのまま立ち止まってじっと空を見つめていたら、雲が寄せ集まってきて、巨大な顔を形作った。突然、稲妻が走り、その顔に燃えるような目を光らせた。驚いて一目散に家まで逃げ帰った。

　僕たち家族は、ロジャーズ・パーク地区[3]にあるある小さなアパートの3階に住んでいた。「何度も一文無しになったが、貧しいと感じたことはなかった」とは、偉大なエンターテイナーのマイク・トッドの言葉だが、いつも自分が貧乏だと感じていた。凍える冬でも暖房費を節約するためにヒーターを止め、使わないときにはそのつど照明も消す。そんな屈辱的な貧乏暮らしをしていたからだ。ケチャップの瓶も逆さに振って最後の一滴まで使い切り、歯磨き粉もチューブから最後の一塗りまで絞り出していた。そうしたすべてのことから逃げ出したかった。

　帰宅した時には、うらぶれたアパートには誰もいなかった。両親はすでに週末をどこかで過ごすために出かけた後で、弟もいなかった。僕の計画を止める者は誰もいなかったのだ。

僕は弟のリチャードと一緒に使っている小さな寝室に行き、タンスの下に隠しておいた睡眠薬の入った袋をそっと取り出した。それからキッチンに行って、父のバーボンの瓶を棚から取り出し、寝室に持っていった。睡眠薬とバーボンを眺めながら、一体どのくらいで効きめが出るのだろうか、と思いをめぐらした。ウイスキーをグラスに注ぎ、そのグラスを唇に当てた。自分が何をしているのかは考えないようにして、ウイスキーを一口飲み込んでみた。とても刺激的な味で、窒息しそうになった。次に睡眠薬の錠剤をひとつかみ手に取った。そしてそれを口に持っていこうとした時だった。

「何をしているんだ?」という声がした。

ぎょっとして振り向いた拍子にウイスキーはこぼれ、睡眠薬がパラパラと床に落ちた。

父が寝室の入り口に立っていた。父はそばに寄ってきて、こう言った。

「お前が酒を飲むとは知らなかったよ」

あぜんとして父を見つめた。

「僕……僕……お父さんはもう出かけたと思っていた」

「忘れ物をしたんだ。もう一度聞くぞ。お前は何をしているんだ?」

父は僕の手からウイスキーの入ったグラスを取り上げた。

心臓がバクバクしていた。

父は顔をしかめた。

「何も、何もしていないよ」

「お前らしくないぞ、シドニー。どうしたんだ?」

そして睡眠薬の山に気付いた。

「何てことだ! 一体どうなっているんだ? これは何だ?」

とっさにもっともらしい嘘は思い浮かばなかった。それで反発するように答えた。「睡眠薬だよ」

「なぜだ?」

「僕はね、僕は、自殺するんだ」

しばらく沈黙が続き、やがて父は言った。

「お前がそこまで不幸せだとは知らなかったよ」

「止めようとしても無駄だよ。今止めても、明日またやるんだから」

父は立ちつくし、僕の様子をじっと見ていた。

「人生はお前のものなんだ。何でもお前の好きなようにできるんだぞ」

父はちょっとためらって、こう言った。

「そんなに急いでいないのなら、少し一緒に散歩をしないか？」

父が考えていることがよく分かった。父はセールスマンだから、説得して僕の計画を止めさせようとしているんだ。でもそんなのうまくは行かないさ。自分が何をしようとしているのか、僕には分かっているんだから。そこで、答えた。

「いいよ」

「ちゃんとコートを着なさい。風邪をひくといけないから」と父は言った。

これから死ぬのに風邪の心配もないだろう、と思うと苦笑いが浮かんだ。

その5分後には、父と並んで風吹きすさぶ人通りのない道を歩いていた。外はいてつくような寒さだったから、誰も歩いていなかったのだ。

長い沈黙の末に、父は言った。

「教えてくれないか？ どうして自殺したいんだ？」

そう聞かれても、どこからどう話せばいいのか。僕が感じていた孤独感と閉塞感をどう説明できるのか。もっと良い人生を望んでいたが、良い人生など用意されていなかった。素晴らしい未来を望んでいたが、そんなものは存在しなかった。輝かしい夢があったが、結局のところ、薬局で働く配達係でしかなかった。

夢は大学に進学することだったが、そんなお金はどこにもなかった。作家になることを夢見ていたこともあった。それで短編小説を何十作も書いて、『ストーリー』誌、『コリアーズ』誌、『サタデー・イブニング・ポスト』紙[5]などに投稿したが、何度も掲載を断られた。それで、ついに、こんなに惨めで、息が詰まるような人生を続けることなんてできない、と決心したのだ。

父は僕に話しかけていた。

「……それに、世界にはお前が見たことのないような美しい場所が、それはたくさんあるんだよ」

だが、父の言うことに耳を貸さなかった。

〝オットーが今夜出かけたら、計画を実行できるんだ〟

「……ローマはお前もきっと気にいるよ……」

〝オットーが今、僕を止めようとするなら、オットーが出かけた後にしよう〟。そうした考えで頭がいっぱいで、父の言葉はほとんど聞こえていなかった。

「シドニー、お前は作家になりたいと言っていたじゃないか。それが他のどんなことよりもやりたいことだったんじゃないのか？」

「それは昨日の話さ」

父のこの言葉がようやく僕の心に届いた。

「じゃあ、明日はどうなるんだ？」

意味が分からず、父を見た。

「何を言いたいの？」

「明日、何が起こるかは分からない。人生とは小説のようなものだと思わないか？　サスペンスに満ちているんだ。ページをめくるまで、次に何が起こるかはまったく分からないんだよ」

「何が起こるか、知っているよ。どうせ何も起こらないんだ」

「本当に分かっているわけじゃないだろう？　毎日が違うページになるんだよ、シドニー。驚くようなことがたくさんあるんだ。実際にページをめくるまで、次に何が起こるかは決して分からないものなんだ」

そのことを考えてみた。そして父の言うことにも一理あると思った。どんな明日も、小説の次のページのようなものだった。

僕たちは角を曲がって、人通りのない道を歩き続けた。

「シドニー、お前が本当に自殺したいのなら仕方ないけれど、お前が急いで本を閉じてしまい、次のページでお前に起こるかもしれない心躍るような出来事も、何も経験しないでおしまいにしてしまうのを俺は見たくないよ。お前自身が書くことになるページなんだぞ」

〝そんなにすぐに本を閉じてしまわないように……。僕はあまりにも早く本を閉じようとしているのだろうか？　明日には何か素晴らしいことが起こるのだろうか？〟

父が優れたセールスマンだったからなのか、人生を終えることへの僕の決心が足りなかったからなのかは分からないが、次の角を曲がるまでには、計画を延期しようと決めていた。

だが、選択肢は残しておくつもりでいた。

第2章 ナタリーとオットー
Chapter 2 ◆ Natalie and Otto

母のナタリーいわく、僕はシカゴの家で自分で作ったキッチンテーブルの上で生まれた。そう言い張った。母は最初から僕が奇跡を起こす超人だと信じていたのだ。そんなナタリーを、見上げれば指針を与えてくれる北極星のように慕った。母は僕に安らぎを与え、守ってくれる存在だった。母にとっては初めての子供だったので、僕の出産はいつまでも奇跡としか思えなかったのだろう。類語辞典の言葉を並べるように、母は僕のことを称賛した。僕は輝かしく、才能に恵まれ、ハンサムで、機知に富んでいた。生後6カ月にも満たない僕について、母はそう言っていたのだ。

自分の両親を「お母さん」や「お父さん」と呼んだことは一度もなかった。ふたりは「ナタリー」「オットー」と呼ばれることを好んだ。たぶんその方が、若い気持ちでいられたのだろう。

母、ナタリー・マルカスは皇帝時代のロシアの出身だ。オデッサ近郊のスラヴィトカで生まれたが、10歳の時にユダヤ人に対する迫害から逃れるために、母アンナに連れられてアメリカに渡ってきた。

ナタリーは美人だった。身長は165センチあり、しなやかな茶色の髪に知的なグレーの瞳で、愛らしい顔立ちをしていた。ロマンチックな魂の持ち主で、心に秘めた内なる世界はとても豊かだった。正式な教育は受けていなかったが、独学で読むことを学び、クラシック音楽と読書が大好きだった。彼女の夢は王子様と結婚して世界中を旅することだった。

そんなナタリーの前に現れた王子様が、オットー・シェクテルだった。中学1年で学校を中退し、シカゴの通りでけんかを繰り返すごろつきだったが、ハンサムでチャーミング。ナタリーがひかれたのも無理はなかった。ナタリーもオットーも夢見がちだったが、見る夢は異なっていた。ナタリーが夢見ていたのは、スペインのお城での暮らしや、ゴンドラで楽しむ月夜のベニスといった、ロマンチックな世界だった。一方、オットーが夢想していたのは、一攫千金を狙う非現実的な計画ばかりだった。「作家として成功するのに必要なのは、紙とペンと出来の悪い家族だけ」と誰かが言っていたが、僕はまさにそうした二つの家族に育てられたといえる。

ここで、ナタリーの家族、マルカス一家について紹介したいと思う。ナタリーにはサムとアルというふたりの兄弟と、ポーリーンとフランというふたりの姉妹がいた。

オットーの家族、シェクテル家を紹介しよう。オットーにはハリーという兄とローズ、ベス、エマ、ミルドレッド、ティリーという5人姉妹がいた。

シェクテル家の人々は外向的で飾らず、要領が良かった。マルカス家の人々は内向的で控えめだった。この二つの家族には似たところがない、というよりは共通点がまったくなかった。そこで、運命がいたずらを思い付いた。

ハリー・シェクテルはポーリーン・マルカスと結婚し、オットー・シェクテルはナタリー・マルカスと結婚した。さらにティリー・シェクテルはアル・マルカスと結婚したのである。それだけでは物足りないとでもいうように、サム・マルカスはポーリーンの親友と結婚した。まさに「結婚狂騒曲」だ。

オットーの兄のハリーは、シェクテル家の中で最も圧倒的な存在だった。身長は約１７８センチあり、筋肉質で力も強かった上、威厳があった。もしイタリア人だったら、そうだ、マフィアのボスの相談役になっていたかもしれない。オットーや他の家族が相談事を持ちかける相手はこのハリーだった。ハリーとポーリーンの間には４人の男の子がいた。シーモア、エディー、ハワード、そしてスティーブだ。シーモアは僕より６カ月早く生まれただけだったが、常に年よりも大人びていた。

マルカス家ではアルが人気者だった。ハンサムで愉快な人物で、贅沢好きの美食家でもあったが、ギャンブル好きで女性に目がなかった。サム・マルカスは生真面目な長老タイプで、シェクテル一家のライフスタイルには批判的だった。サムはシカゴの多くのホテルで荷物預かり所を経営していた。

おじたちは互いに集まると、部屋の隅に集まって、セックスとかいうミステリアスな行為について話していた。それは素晴らしいことのように聞こえたので、自分が大人になる前になくなってしまわないように祈っていたものだ。

オットーには浪費癖があった。お金があってもなくても、お金をばらまくのが好きだったのだ。よく十数人もの客を高級レストランに招待していたが、請求書が来るとお金が足りず、招いた客からお金を借りて支払っていた。

ナタリーにとっては、人に借りを作ったり、借金することは耐えがたいことだった。責任感が強い性格だったのだ。このふたりがいかに不釣り合いだったかは、大きくなるにつれて分かってきた。母は惨めだったのだ。自分にとって尊敬できない男と結婚してしまい、その男には理解できないようなことを心の内で夢見ていたのだから。父の方は、おとぎ話のお姫様と結婚し、ハネムーンが終わるや自分が魔法にかけられていたことに気付いたようなものだった。

ふたりの間では夫婦げんかが絶えなかった。それは普通の言い争いではなく、辛辣で悪意に満ちたものだった。互いの弱点を見つけては、グサグサと突いた。ふたりの言い争いがあまりに激しくなると、僕は家を飛び出して街の図書館に駆け込んだ。そこでハーディ・ボーイズ[1]やトム・スウィフト[2]が描く、平和で穏やかな世界に逃避していた。

ある日、学校から帰ると、オットーとナタリーが卑わいな言葉でののしり合っていた。もう、だめだ、我慢できない。そう感じて誰かにすがりつきたくなり、ナタリーの姉のポーリーンおばさんのところへ行った。ポーリーンおばさんは小柄でふくよかな体形で、優しくて愛情深く、それでいて現実的で聡明な女性だった。

ポーリーンおばさんは、やって来た僕をひと目見て、こう尋ねた。「何があったの？」

僕は涙ぐんでいた。

「ナッツ（ナタリーの愛称）とオットーのことだよ。いつもけんかばかりで、どうしたらいいか、もう分からない」

ポーリーンは眉をひそめた。

「あなたの目の前でけんかしているの？」

僕はうなずいた。

「分かったわ。じゃ、こうしなさい。ふたりともあなたのことを愛していて、あなたを傷つけたくはないのよ、シドニー。だから、今度、けんかを始めたら、ふたりの目の前に歩いて行って、僕の目の前では二度とけんかをしないで、と言いなさい。できるでしょう?」

「うん」とうなずいた。

ポーリーンおばさんのこのアドバイスは功を奏した。ナタリーとオットーが怒鳴り合っている最中に、ふたりの前に歩み寄ってこう言った。

「そんなことするのはやめて。お願いだから僕の前でけんかしないで」

ふたりともすぐに深く反省した。ナタリーは言った。

「もちろんよ。愛しい坊や、あなたの言う通りだわ。もう二度としないわ」

オットーも言った。

「ごめんよ、シドニー。ふたりの問題をお前に押し付ける権利はないよな」

その後もふたりの言い争いは続いたが、それでも寝室の壁越しにくぐもった声がするだけになった。


オットーがしょっちゅう仕事を探さなければならなかったので、僕たちは常に街から街へと引っ越しを繰り返していた。「お父さんはどんな仕事をしていたの?」と、人から尋ねられると、答えは住んでいた場所によって違っていた。テキサスにいた時には父は宝石店で働いていたし、シカゴでは衣料品店で働いていた。アリゾナでは劣化銀の鉱山で働き、ロサンゼルスでは建物の壁板を販売していた。

オットーは年に2回、洋服を買いに連れて行ってくれた。その「店」とは路地に止めたトラックのことで、中には美しいスーツが山積みになっていた。値札が付いたままの新品なのに、値段は驚くほど安かった。

弟のリチャードは1925年に生まれた。僕は8歳で、インディアナ州のゲーリーという街に住んでいた時のことだ。弟ができたことがとても嬉しかったのを覚えている。人生を脅かす、暗黒の力と戦うための味方ができたような気がしたのだ。弟の誕生は、人生の中で最も心弾む出来事の一つだった。弟と自分のために壮大な計画を立て、弟が大きくなったら一緒に何でもできると心待ちにしながら、当座はリチャードが乗ったベビーカーを押して、ゲーリーの街を走り回っていた。

大恐慌の時代の僕たちの家計は『不思議の国のアリス』の世界のように奇想天外だった。オットーは一攫千金の夢を実現させるために忙しく、ほとんど家にはいなかった。その間、ナタリーとリチャードと共に狭いアパートでわびしく暮らしていた。すると、突然オットーが現れて、こう言うのだ。

「週に千ドル稼げる仕事が見つかった」

そうして気が付くと、僕たちは別の街の豪華なペントハウスに住んでいる。まさに夢のような話だった。

そして、実際、いつも夢物語に終わった。数カ月後には、オットーの契約は打ち切られ、僕たちはまた別の街で、小さなアパート住まいに戻るのだ。

自分がまるで居場所を失った難民のように感じていた。もし、わが家が家紋を持つとしたら、それは引っ越し用のトラックの絵だったろう。17歳になるまでに僕は八つの都市に住み、八つの小学校と三つのハイスクール[3]に通った。その結果、僕はいつも新入りであり、よそ者だった。

両親のナタリーとオットー、弟のリチャードと一緒のシドニー・シェルダン

父が優れたセールスマンではあったことは確かだ。僕が別の都市で新しい学校に通い始めるときには、父はいつも僕を連れてその学校の校長に会いに行った。そして、必ずと言っていいほど、僕を1学年上に進級させるよう校長を説得できた。しかし、そのおかげでいつもクラスで最年少の生徒になってしまった。友達を作るのに、もう一つの壁ができたわけだ。そんなこともあって、僕は内気な性格になり、一匹狼を楽しんでいるふりをするようになった。とても落ち着かない人生だった。ようやく友達ができ始めた頃に、いつも別れを告げなければならなかったのだから。

そんなお金をどこから工面できたのかは分からないが、ある時、ナタリーが中古の小さな縦型ピアノを買った。そして僕にピアノを習わせるべきだと言い張った。

「どうしてだい？」とオットーが聞くと、「今に分かるわよ」とナタリーは答え、「シドニーは手先も音楽家向きにできているのよ」と言った。

ピアノのレッスンは楽しかったが、数カ月しか続かなかった。今度はデトロイトに引っ越すことになったからだ。

オットーの最大の自慢は「生まれてからこれまで一度も本を読んだことがない」ということだった。読書の楽しさを教えてくれたのはナタリーだ。オッオットーにとっては、僕が図書館から本を借りてきては、家にこもって読んでいることが心配の種だった。外に出て、通りで野球でもするほうがよいと思っていたわけだ。

いつも「目が悪くなるぞ」と言っては、「お前のいとこのシーモアのように、友達と一緒にサッカーをしたらどうだ？」と言っていたものだ。

ハリーおじさんはもっと辛辣だった。父にこう言っているのも聞こえた。

「シドニーは本ばかり読み過ぎているな。このままではろくなことにならないぞ」

10歳になると書き物も始めたので、彼らの心配はより深まったようだった。ある時、『ウィー・ウィズダム』誌[4]という子供向けの雑誌で、詩のコンテストが企画された。応募するための詩を書いて、その詩を雑誌に送ってくれるようオットーに頼んだ。

僕が書き物をしていることに不安を感じていたオットーは、詩を書いたと知り、いても立ってもいられなくなったようだ。後から知ったことだが、オットーは詩が落選しても恥ずかしくないように、詩の作者名を僕の名前からアルおじさんの名前に書き換えてから雑誌に送っていた。

2週間後、オットーがアルおじさんと昼食を食べていると、アルおじさんが言った。

「オットー、とても変な事があったんだよ。どういうわけか、『ウィー・ウィズダム』誌が5ドルの小切手を送ってきたんだ」

というわけで、プロの作家としての僕の処女作は、アル・マルカスの名で出版されたのである。

ある日、母が息を切らしながらアパートに駆け込んできた。そして、僕をしっかり抱きしめて、叫ぶように言った。

「シドニー、今、ビー・ファクターのところへ行ってきたの。あなたが世界的に有名になるって彼女が言ったのよ。何て素晴らしいことでしょう！」

ビー・ファクターは母の友人だったが、霊能者として評判で、ビーの言うことは当たると証言する人が周囲にたくさんいた。

僕にとっては、ビーの予言を母が信じたことが素晴らしいことだった。

シカゴで弟のリチャード（右）と一緒の
シドニー・シェルダン（左）

1920年代から1930年代にかけてのシカゴといえば、騒々しい高架鉄道、馬車に引かれた氷売り、人混みのビーチ、数あるストリップ・クラブ、家畜飼育場の匂いで有名だった。そしてバレンタイン・デーの大虐殺もあった。7人のマフィアが駐車場の壁の前に並べさせられ、機関銃で撃ち殺された街だった。

学校もまた、街と同様に荒々しく攻撃的だった。「見せて話す」のではなく、「投げて言う」式だったのだ。そして物を投げるのは生徒ではなく、先生の方だった。小学3年生の時の担任の先生は女性だったが、朝の授業でひとりの生徒が言った言葉に腹を立て、机の上にあった重いガラス製のインク壺を手に取ると、その生徒目がけて教室の反対側に強く投げ付けた。もしその生徒の頭に当たっていたら、死んでいたかもしれない。あまりの恐ろしさに、その日は昼休みに家に帰った後、学校に戻れなかった。

学校の授業で一番好きな科目は英語だった。授業課題の一部として『エルジン・リーダー』という短編集の一節を交代で音読した。エドガー・アラン・ポー[5]やオー・ヘンリー[6]、ブース・ターキントン[7]の物語を読んでいたのだが、僕が夢を見始めたのはこんなシーンだ。ある日、先生が「本の20ページを開いてください」と言う。すると、何とそこには僕が書いた物語があるのだ。そんな夢想がどこから来たのかは分からない。もしかしたら、遠い昔に物書きだった祖先の生まれ変わりなのかもしれない。

ソブリン・ホテルの10階にあった古びたプールは、近所の子供たちの泳げる場所だった。よくリチャードを連れて行ってこのプールで遊んでいた。リチャードは5歳だった。

その日、リチャードと一緒にプールの浅い方に入り、リチャードをそこに残して、ひとりでプールの深い方まで泳いでいった。プールサイドで友達とおしゃべりをしている間に、リチャードは僕を探してプールから上がった。プールサイドを歩いて深い方の端まできたところで、足を滑らせてプールに落ちてしまった。真っ逆さまにプールの底まで落ちていったのだ。それを見てすぐにプールに飛び込み、リチャードを水から引き上げた。

それ以来、このプールは僕たち兄弟の泳ぎ場ではなくなった。

12歳の時、シカゴのマーシャル・フィールド小学校の7年生の英語のクラスでは、生徒はそれぞれ自分の好きな課題に取り組むことができた。そこで、殺人事件を捜査する探偵を主人公とした劇を書くことにした。完成させた脚本を先生に提出した。それを読み終えた先生は僕を教壇に呼び寄せてこう言った。「シドニー、これはとてもよく書けているわ。舞台で上演してみたらどうかしら?」

〃どうかしらだって!〃僕は答えた。

「はい、先生、やります!」

「じゃあ、大講堂で上演できるように手配してあげるわ」

この時、突然、ナタリーがビー・ファクターの予言を聞いて大興奮していたのを思い出した。〃シドニーは世界的に有名になる〃

僕はワクワクしてきた。ついにこれからすべてが始まると思った。僕の劇が上演されると知ると、クラスの皆が出演したいと言い出した。この劇を制作・演出するだけではなく、自分で主演することに決めた。もちろん芝居の演出などそれまでしたことはなかったが、やりたいことは、はっきり分かっていた。

配役を開始した。放課後に大講堂でリハーサルをすることが許されたので、劇はすぐに学校中の話題となった。カウチや椅子、テーブル、電話機など、欲しかった小道具はすべて用意してもらえた。

その頃が人生で最も幸せな時期の一つだったといえる。これが素晴らしいキャリアの始まりになると確信していた。この若さで劇を書いて成功できたら、その後の可能性は無限大だ。劇はブロードウェイで上演され、僕の名前は脚光を浴びることになるだろう。

自分で配役を決めた同級生たちと一緒に、衣装も付けて最後のリハーサルをした。リハーサルは完璧な出来だった。

そこで、先生のところへ行って「準備完了です」と伝えた。

「いつ、上演すればいいですか?」

先生はにっこり微笑んで「じゃあ、明日にしましょう」と言った。

その夜は一睡もできなかった。自分の将来のすべてが翌日の舞台の成功にかかっているように感じていた。そこで、ベッドに横になったまま、上演する劇を一場面ごとに思い出しては、欠陥を探した。しかし問題は何も見つからなかった。台詞は素晴らしいし、話の展開もスムーズだ。そして最後には思いがけないどんでん返しが待っていた。皆に気に入ってもらえるはずだ。

翌朝、学校に着くと、先生がびっくりするようなニュースを用意していてくれた。

「今日は英語の授業を全部休講にしましたよ。皆が講堂に行って、あなたの劇を見られるようにね」

信じられないほどうれしかった。想像していたよりもはるかに大きな勝利になるだろう。

朝10時。大きな講堂は満席になっていた。英語のクラスの生徒たちだけでなく、校長先生をはじめ、僕の劇の噂を聞いた先生たちも、この天才児の活躍を見ようと集まってきていた。

興奮の真っただ中で、僕は落ち着いていた。不思議なほど落ち着いていた。こうしたことが幼い僕に起きているのは当然のことのように思えていたのだ。

〝お前は世界的に有名になるんだ〟

上演の時が来た。客席の会話は途絶え、会場は静まり返った。舞台にはシンプルなリビングルームのセットが用意されていた。夫婦役を演じる少年と少女は、ソファーの上に隣り合って座っている。この夫婦の友人が殺されたのだ。

僕はその殺人を捜査する刑事役で、舞台の裾に控えていた。登場の準備は万端だった。舞台に出ている夫役の少年が時計を見て「もうすぐ警部が来るはずだ」と言う台詞が、僕の出番の合図になるはずだった。ところが、少年は「もうすぐ」と言うべきところを「数分で」と言いかけた。そして自分の言い間違いに気付き、慌てて「数分」を「もうすぐ」と言い直そうとして、今度は「数すぐ」と言ってしまった。直後に正しく言い直したのだが、手遅れだった。「すうすぐ?」

それが最高に面白い発音に聞こえた。あまりにおかしかったので笑わずにはいられなかった。笑いが口から出たら、今度は止まらなくなった。考えれば考えるほどおかしくて、笑い声もどんどん大きくなっていった。

舞台では、夫婦役の少年と少女が、舞台の袖で笑いころげる僕をじっと見ていた。彼らは僕が登場するのを待ちかねていたのだ。しかし、あまりに笑い過ぎて動き出せなくなっていた。どうしようもなかった。笑いに完全に支配され、ますますヒステリックに笑い続けた。

こうして、劇は始まる前にストップしてしまったのだ。

永遠とも思える時間が過ぎ、客席から呼びかける先生の声が聞こえてきた。

「シドニー、出ていらっしゃい」

舞台の裾の隠れ家から無理矢理に出ようとして、舞台の中央によろけ出た。先生が客席の真ん中で立ち上がっていた。そして、正気を失ったように笑い続ける僕に命令した。

「笑うのをやめなさい！」

でも、どうして笑わずにいられようか？　「すうすぐ」って言ったんだから。

観客は次々と客席から立ち上がり、講堂を出ていった。僕はその状況を見送っていた。笑いたかったから笑っているふりをしながら。たった今起きていることなど、どうでもいいと思っているふりをしながら。

死にたくなんかないふりをしながら。

第3章 シカゴからアリゾナ、デンバー、そして再びシカゴへ

Chapter 3 ◆ Moving from Chicago to Arizona, Denver, and Returning to Chicago

1930年までに恐慌はさらに深刻化し、アメリカの経済活動を圧迫していた。パン屋にも行列ができ、失業が疫病のように広がり、通りでは暴動が起きていた。

僕はシカゴのマーシャル・フィールド小学校を卒業し、アフリモー薬局に就職していた。母のナタリーはローラー・ダービーというローラースケート場のレジで働いていた。巨大な円形の木の床のドームで、ローラースケートを履いた勇敢な男たちがリンク上を駆け回る。彼らがライバルを倒しながら大きな騒ぎを起こすたびに観客は喝采を送った。

一方、父のオットーは、一攫（いっかく）千金の夢を思い描きながら、全国を飛び回っていた。

父は時折、自宅に帰ってきては大興奮して、

「今度こそ良い予感がする。家族みんなが不自由なく暮らせるような契約を、たった今、結んできたんだよ」と言うのだった。

僕たち一家はそのたびに荷物をまとめて、ハモンドやテキサス州ダラス、アリゾナ州のカークランド・ジャンクションに引っ越していた。

「カークランド・ジャンクション？」

「きっと気に入るよ」とオットーは約束した。

「銀山を買ったんだ」

カークランドはフェニックスから104マイルほどのところにある小さな町だった。だが、僕たちの目的地はそこではなかった。カークランド・ジャンクションというのは、そこにある老朽化したガソリンスタンドのことだったからだ。オットーが銀の市場を制覇（せいは）しようとしている間、そのガソリンスタンドの裏手で3カ月間、惨めな暮らしをすることになった。しかし、結局のところ銀など出てこなかったのだ。

その時、僕たちを救ってくれたのは、ハリーおじさんからの1本の電話だった。

「銀山の調子はどうかね？」とハリーに聞かれ、オットーは「うまくいっていない」と答えた。

「心配するな。今、デンバーで証券会社をやっているんだが、とてもうまくいっているんだ。手伝いに来ないか？」

「今すぐに行けるよ」とオットーは答え、電話を切ると、ナタリー、弟のリチャードと僕に向かってこう言った。

「デンバーに引っ越すことになった。今度こそ良い予感がする！」

デンバーは楽しいところだった。美しい大自然が残っていた。雪をかぶった山々から涼しい風が街中を吹き抜ける。デンバーがとても気に入った。

ハリーとポーリーンは、デンバーの瀟洒（しょうしゃ）な住宅街にある2階建ての豪華な邸宅に住んでいた。家の裏側には、チーズマンパークという緑豊かで広大な土地が広がっていた。従兄弟のシーモア、ハワード、エディ、そしてスティーブは、再会を喜んでくれたし、彼らに会うのはうれしかった。

シーモアは真っ赤なピアス・アロー[1]を乗り回し、自分よりも年上の女の子たちと付き合っていた。エディは誕生日のプレゼントに乗馬用の馬をもらっていた。ハワードはジュニア・テニス大会で優勝していた。彼らの裕福な暮らしぶりは、シカゴでどん底の暮らしをしていた僕たち一家とは大違いだった。

「ハリーとポーリーンと一緒に暮らすの？」

「いいや」

両親の答えに驚いた。

「家を買わせてもらえるんだよ」

両親が買おうとしている家を見た時、信じられなかった。それは、静かな郊外のマリオン通りにある素敵な庭付きの大きな家だった。部屋は広くて美しく、居心地が良かった。家具も新品の素晴らしいものので、それまで住んでいたアパートにあったカビ臭い家具とは大違いだった。単なる家ではなかった。これこそマイホームというものだ！　その家の玄関を入った瞬間に、自分の人生が変わったと感じた。やっと自分のルーツを持つことができたと思った。ここに根を下ろせる。もう数カ月ごとにアメリカ中を点々と動き回り、アパートや学校を変える必要はないのだ。

〝オットーはこの家を買うんだ。僕はここで結婚し、僕の子供たちはここで育つことになるんだ……〟

生まれて初めて、お金に不自由しない暮らしを体験した。ハリーおじさんの事業は好調で、すでに三つの証券会社を経営していたのだ。

1930年の秋、13歳になった僕はイースト・ハイスクールに入学した。それはとても楽しい学校生活だった。デンバーの学校の先生たちは親切で頼りになった。生徒に向かってインク壺を投げ付けるようなこともなかった。学校では友達もでき始めていた。もうすぐ僕たちの家になる美しい家に帰るのが楽しみだった。おまけにナタリーとオットーは夫婦間のいざこざの多くを解決できたようで、夫婦仲も良くなり、より穏やかな暮らしが送れるようになっていた。

そんなある日、体育の授業中に僕は滑って背骨を痛めた。何かが引き裂かれたようだった。耐え難い痛みが走り、床に倒れたまま動けなくなった。

学校の医務室に運ばれ、身体の隅々まで検査を受けた。

「僕は不自由な体になってしまうのですか？」

「いや、大丈夫だよ。椎間板の一つに裂け目ができて緩くなり、脊髄を圧迫しているんだ。それが痛みの原因だが、治療法はとても簡単だよ。2〜3日ベッドでじっとしていなさい。温湿布で筋肉を緩めれば椎間板は元の位置に戻り、新品のように元気になるさ」

救急車で家に帰ると、救急隊員が僕をベッドに寝かせてくれた。痛みに耐えながら横になっていると、医務室の先生が言った通り、3日後には痛みが消えた。

この出来事が、後の人生にどれほど深い影響を与えることになるか、想像もしていなかった。

ある日、この世のものとは思えないような体験をした。デンバーで開催されるお祭りの広告が目に飛び込んできたが、その中に飛行機に乗れるというアトラクションがあったのだ。

「飛行機に乗ってみたい」とオットーに言った。

父はちょっと考えた末に「いいよ」と返事をくれた。

飛行機は美しいリンカーン・コマンダーだった。

機内に入るだけでスリルがあった。

パイロットは僕を見て尋ねた。

「飛行機に乗るのは初めてかい？」

「初めてです」

パイロットは「シートベルトを締めなさい」と言うと「スリル満点だぞ！」と付け加えた。

まさに彼の言う通りで、その飛行は現実離れした体験だった。飛行機は大地をなめるように飛び上がったと思えば急降下したり、大地が見えなくなったりした。生まれて初めて体験した爽快な気分だった。

着陸した時、オットーに言った。

「もう1回、飛びたい」

そして、もう一度、飛んだのだ。僕はいつかきっとパイロットになるぞ、と決心した。

1933年の春のある日のこと、オットーが朝早く寝室に入ってきた。そして険しい顔つきで言った。

「荷物をまとめなさい。ここを出て行くことになった」

僕は戸惑った。

「どこに行くの？」

「シカゴに帰るんだ」

信じられないことだった。

「デンバーを離れるの？」

「そうだ」

「でも……」

オットーはすでに部屋を出ていった後だった。服を着てナタリーのところに行った。

「何があったの？」

「お父さんとハリーの間で誤解があって……」

辺りを見回した。この家に一生住むつもりでいたのに。

「この家はどうなるの？」

「この家は買わないわ」

シカゴへの帰り道は憂うつなものだった。オットーもナタリーも何が起こったのか話したがらなかった。

デンバーでの暮らしを体験した後のシカゴは、以前にも増してよそよそしく、思いやりがない街のように思えた。僕たちは小さなアパートに引っ越した。現実に引き戻されたのだ。お金がないこと、まともな仕事など得られないという辛い現実を思い出させられた。オットーは再び地方回りに出ていき、ナタリーはデパートで店員として働くようになった。大学に進学する、という夢は消えた。学費など捻出できないのだ。アパートの壁が目前に迫って閉じ込められるような閉塞感を感じた。すべて灰色の匂いがした。

〝こんな暮らしで一生を終えるわけにはいかない〟

このままではいけないと思った。デンバーで束の間のうっとりするような豊かさを味わった後では、今の貧しさはことさらひどく感じられた。実際、家族は絶望的に金に困っていた。薬局の配達員として働くのが自分の将来とは思いたくなかった。

自殺しようと決意したのはその頃だったが、父のオットーが「(人生の)ページをめくり続けるんだ」と言って、思いとどまらせてくれた。ページをめくり続けなければならない。しかし、新たなページがめくられることはなく、何の楽しみもなかった。オットーがしてくれた約束は空言だったのだ。

9月になり、セン・ハイスクールに編入した。オットーは再び、一攫千金に挑戦すべく旅に出ていた。ナタリーは婦人服店でフルタイムで働いていた。とはいえ、充分なお金が入ってくるわけではなかった。何とかしてナタリーを助けなければならない。

そう思った時、ナタリーの兄のサムおじさんの顔が思い浮かんだ。サムおじさんはシカゴのループ地区(ダウンタウンの中心エリア)にある数軒のホテルでクロークを経営していて、そこには薄着の若い魅力的な女性や、コートの出し入れをするボーイたちが働いていた。客は受付の女性に気前よくチップを払った。そのお金が経営者に渡されるとは知らずに。

サムおじさんに会うために、ダウンタウンに向かう高架鉄道「エル」に乗って、ループ地区にあるシャーマン・ホテルに出かけた。

ホテルの事務所にいたおじさんは温かく迎えてくれた。

「シドニーじゃないか、こりゃ、うれしい驚きだね。何か用かい?」

「仕事が欲しいんです」

「えっ?」

「おじさんのホテルのクロークで働けないかと思って」

僕たち一家の経済状況を知っていたサムおじさんは、僕を見ながらしばらく考え込んでいたが、やがて言った。

「まあ、いいことにしよう。ビスマルク・ホテルで雇ってくれるだろう」お前は17歳には見えないし。

その週から早速、働けることになった。

クロークの仕事は簡単だった。客がコートや帽子を女性の受付係に渡すと、女性は番号札を客に手渡す。女性はその後、コートや帽子を僕に渡し、僕はコートや帽子を同じ番号ラックに掛ける。客が戻ってきたら、番号札を受け取り、その番号のラックに掛けたコートや帽子を女性に渡す。

こうして新しい日課が始まった。学校が午後3時に終わると、南に向かう「エル」に乗ってループまで行き、ビスマルク・ホテルの最寄り駅で降りて、仕事に行くのだ。勤務時間は午後5時から閉店時間までだったが、特別なパーティーがあったりすると夜中の12時を過ぎることもあった。給料は一晩3ドルだった。稼いだお金はナタリーに渡した。

週末はホテルでパーティーがある最も忙しい時間だったから、気が付くと週7日働いていた。特に精神的に苦痛を感じるのは休日だった。クリスマスや大晦日（おおみそか）の年越しを一緒に祝うために、家族連れがホテルにやって来るからだ。子供たちがお父さんやお母さんと一緒に祝っているのを見ると、うらやましく感じた。ナタリーは仕事に忙殺されており、オットーも家にいないので、うちではいつもリチャードとふたりきり。祝日を一緒に楽しんでくれる親はいなかった。だから他の家族が皆で夕食を楽しむ休日の夜は、夜8時頃に喫茶店やダイナー（道路沿いの軽食レストラン）で軽い食事をして、仕事に戻った。

そんな暗い夜に明るい光を灯してくれたのは、ナタリーの妹の快活なフランシスおばさんがビスマルク・ホテルのフロント・デスクで、週に一晩または二晩、働くようになったことだった。フランシスおばさんは焦げ茶色の髪をした小柄な女性で、快活でユーモアのセンスに長けていたから、ホテルの客にも好かれていた。

クロークにジョアン・ヴィトゥッチという女性が新たな受付係として入ってきた。ジョアンは僕より

1歳年上で、とてもきれいだった。彼女にひかれ、さまざまな夢を描くようになった。まず彼女をデートに誘うことを想像した。空想の世界では、たとえお金がなくても、ジョアンは僕の良いところを見てくれる。僕たちは恋に落ち、結婚する。そして、素晴らしい子供たちにも恵まれる、という筋書きだ。

ある晩、ジョアンから「私のおじさんとおばさんの家族は、毎週日曜日に一緒にランチを食べるの。今度の日曜日、暇なら一緒にどう？　あなたもきっと気に入ると思うわ」と誘われた。

夢が現実になったのだ！

その日曜日は素晴らしい体験になった。それはイタリア人一家の心温まる集いだった。ダイニングルームの大きなテーブルを囲んで、大人も子供もブルスケッタ、パスタ・ファジョーリ、チキン・カッチャトーレ、焼いたラザニアといったイタリア料理でお腹を満たした。

シカゴの清掃員組合の組合長をしているというジョアンのおじさんのルイ・アルテリーは、社交上手で愛想が良かった。ランチを終えて帰る時、皆にお礼を言った。ジョアンには、素晴らしい時間を過ごせたと伝えた。これで僕たちの関係が本当に始まると思った。

その翌朝、ルイ・アルテリーは、僕たちがランチを楽しんだレストランの入っている建物から出ようとしたところを、機関銃で撃たれて死んだ。

その結果、ジョアンも僕の人生から姿を消すことになった。

夢見た未来はファンタジーで終わったのだ。

昼間は学校、夜はホテルのクローク、そして、土曜日は薬局で働く。そんな生活の中で、自分のための時間はほとんどなかった。

家では何か異変が起こっているようだった。以前からちょっとした緊張感はあったが、その日は、いつもとは違う、緊迫した気配があった。ナタリーとオットーが険しい顔つきで、何やらひそひそと話し合っていたのだ。

ある朝、オットーが僕のところにやって来た。

「息子よ、俺は今日から農場に行くことになった」

僕は驚いたが、農場に行ったことはなかったし、楽しそうだと思った。それで父に言った。

「オットー、僕も連れて行ってよ」

するとオットーは首を横に振った。

「ごめんよ。連れてはいけないんだ」

「でも……」

「シドニー、そういうわけにはいかないんだ」

「分かったよ。それでいつ帰ってくるの？」

「3年後になる」と言うと、オットーは立ち去った。

〃3年後だって？〃 信じられなかった。どうしてオットーは出ていくのだろう？ 農場で暮らすために？

今度はナタリーが部屋に入ってきたので尋ねた。

「何があったの？」

「悪い知らせなのよ、シドニー。あなたのお父さんは悪い人たちと関わってしまったの。お父さんは自動販売機を売っていたの。それが実際には存在しないことを知らずにね。お父さんの仲間はその儲けを持って逃げたのだけれど捕まって、お父さんも有罪になったの。だから、その人達と一緒に刑務所に入れられることになったのよ」

ショックだった。〃それが「農場」なのか〃。「3年間だって？」 返す言葉がなかった。〃3年間、オットーなしでどうやって暮らせというのか？〃

ところが、結果的には、そんな心配は無用だった。オットーはラファイエット州立刑務所に入れられてから1年後、英雄となって家に帰ってきたのだ。

第4章
オットーの帰還とノースウェスタン大学での初めての学生生活
Chapter 4 ◆ Otto's Return and My First Campus Life at Northwestern University

僕たちはオットーを英雄視した新聞の記事を読んでいた。ラジオでも繰り返し聞いていた。しかし、オットー自身からその話を聞きたかったのだ。刑務所に入れられたことが、人にどんな影響を与えるかについてはよく知らなかったが、なぜかオットーが別人になって帰ってくるような気がしていた——青ざめて、疲れ果てた様子で帰ってくると思っていたのだ。ところが、うれしい驚きがあった。

アパートの玄関から入ってきたオットーは、にっこり笑っていて陽気だった。

「ただいま」

誰もがハグでオットーの帰宅を歓迎した。

「いったい何があったのか、聞かせて！」

オットーはにっこり笑って「何度でも、喜んで話すさ」と言うと、キッチンのテーブルに座り、話し始めた。

「その日、俺は刑務所の敷地内をいつもの清掃員たちと掃除していた。その15メートルくらい先には、刑務所へ水を供給している巨大な貯水池があって、周囲を高さ3メートルほどの堤防に囲まれていた。すると、小さな男の子が建物から出て来るのが見えたんだ。その子は恐らく3～4歳くらいだったろう。掃除の作業が終わった後だったから、そこに残っていたのは俺だけだった」

「俺がもう一度見上げると、その子は貯水池の堤防の階段を登り始めた。危険な状況だった。辺りを見渡したが、ベビーシッターも看護師も誰もいなかった。その子は俺が見ているうちに階段を昇りきって堤防の上に立った。ところが、何とすぐに足を滑らせて貯水池に落ちてしまったんだよ。塔の上にいた警備員もその様子を見ていたが、その子を助けるのに間に合わないことは明らかだった」

「そこで俺は立ち上がって防壁まで必死に走った。そして階段を登って下を見ると貯水池の中にその子が沈んでいくのが見えたんだ。俺は水中に飛び込み、何とかその子をつかまえて、頭を水から上に浮き上がらせた。だが、重くて一緒に沈みそうになり、必死にもがきながらふたりで浮いていたんだ」

「やがて救助隊が来て引き上げてくれた。俺は水を大量に飲み込んで溺れかかっていたし、飛び込んだ時に体にいくつかあざができていたから、2~3日入院することになったんだ」

　僕たち家族は、オットーの一言一句に耳を傾け続けた。

「幸運なことに俺が助けた子供は刑務所の所長の息子だったんだ。所長は奥さんを連れて病院に見舞いに来てくれ、俺に礼を言ってくれた」

　オットーは僕たちを見て微笑んだ。

「そして、この話はこれで終わりだ、と思っていたんだが、俺が実は泳げないことが分かると大騒ぎになったんだ。突然、俺はヒーロー扱いされるようになった。新聞やラジオで報道され、電話や手紙、電報が届き始めた。仕事の依頼が来たり、仕事を紹介してくれる人も出て来て、中には俺の寛大な処遇を求める人たちもいたんだ。俺の罪はそれほど重いものではなかったから、刑務所長も州知事も俺を放免する方が世間体も良いだろうと考えたのだろう」

　オットーは両手を広げて言った。

「というわけで、俺は今ここにいる」

　それで僕たちは再び家族4人に戻れたのだった。


　その時、偶然にも時を同じくして、ユダヤ人の慈善団体の「ブナイ・ブリス」[1]から、大学に行く奨学金が支給されるという知らせが届いた。1年も前に応募したきり音沙汰がなかった奨学金で、このタイミングで奨学金が降りたのは偶然だったのかどうかは分からない。

　いずれにせよ、まるで奇跡のような出来事だった。家族の中で、僕が初めて大学に進学できることになった。本のページがめくられたのだ。自分の未来が開けたような気がした。だが、たとえ大学の授業料が奨学金でまかなえるとしても、一家が絶望的な金欠状態にあることに変わりはなかった。

　週7日のホテルのクロークの仕事、土曜日のアフリモー薬局での仕事に加えて、大学のスケジュールをこなすことができるだろうか？

〝やってみるしかない〟と僕は思った。

ノースウェスタン大学[2]はイリノイ州エバンストンにある。シカゴから北へ12マイル（19・3キロ）くらいのところだ。ミシガン湖のほとりにある240エーカー（29万3760坪）のキャンパスの眺めは壮観だった。ある月曜日の午前9時に大学のキャンパスにある教務課のオフィスに行った。

「入学手続きのために来ました」

「あなたの名前は？」

「シドニー・シェクテルです」

教務係の女性は分厚い書類を手に取り、それに目を通してから言った。

「お待たせしました。受講したい科目を教えてください」

「全部です」

教務係の女性は僕を見上げて「何と言ったんですか？」と聞き返した。

「受講できる科目はすべて取りたいんです。大学にいる間にできる限り多くのことを学びたいんです」

「一番興味がある科目は何ですか？」

「文学です」

教務係の女性はいくつかのパンフレットに目を通し、その中から一冊のパンフレットを手に取り、僕に手渡した。「これが科目一覧です」

そのリストにざっと目を通した。「これはすごい」そして希望する科目に印を付けて教務係の女性に返した。

彼女はそれを見て、「取れる科目はすべて取りたいのですね？」と聞いた。

「その通りです。でも、ラテン語のクラスがリストにありません。どうしてもラテン語を取りたいんですが」と顔をしかめた。

教務係は僕の顔を見ながら、「本当にこのすべての科目を修得できると思うのですか？」と聞いた。

僕はにっこり笑った。「もちろんです！」

すると、教務係の女性は受講リストに「ラテン語」と書き足してくれた。

教務課での登録を済ませると、カフェテリア内のキッチンに向かった。そこで「皿洗いはいりませんか?」と尋ねると、「いつからでも始められるよ」という答えをもらった。

こうして、もう一つ仕事を得たが、それでも足りなかった。まるで失われた時間を埋めようとするかのように、もっと何かしなければ、と思った。その日の午後、大学新聞『デイリー・ノースウェスタン』のオフィスに出向いた。

そして「エディター」と書かれたデスクの後ろに座っている人に向かって「シドニー・シェクテルです」と告げた。

「新聞を作りたいんです」

「すまないね」と彼は言った。

「もう人手は足りているんだ。来年ではどう?」

「来年では遅過ぎるんです」と答えると、その場の思い付きで言ってみた。

「この新聞にショー・ビジネスの欄はあるのですか?」

「ショー・ビジネスの欄?」

「そうです。シカゴにはショーをするために、いつもセレブが来ますよね。そうした人たちにインタビューする記者はいるんですか?」

「いや、ここには……」

「今、インタビューされたくてたまらない人が街に来ているのをご存じですか? キャサリン・ヘップバーンですよ!」

「ここでは……」

「クリフトン・ウェッブも」

「ここでは一度も……」

「ウォルター・ピジョンも」

「誰かに相談してみてもいいが、あいにく……」

「ジョージ・M・コーハンも!」

彼は興味をそそられたようだった。

「君はそうしたセレブと知り合いなのかい?」

その質問が耳に入らなかった。

「あまり時間はないんですよ。ショーが終われば、みんな去ってしまうんですから」

「分かった。君に賭けてみよう、シェクテル君」

この答えにどれほど興奮したか、彼には知るすべもなかっただろう。

「最高の決断です! あなたにとってかつてない最高の決断ですよ」

「そうなるといいが。いつから始められる?」

「もう始めていますよ。次の号には最初のインタビユー記事が掲載できますよ」

彼は驚いた表情で僕を見た。

「もう始めているって？　それは誰なんだい？」

「それはお楽しみです」

それは僕にとっても驚きだった。

僕は暇さえあれば新聞に載せるために多くの二流の有名人にインタビューするようになった。最初のインタビューは、当時二流の性格俳優だったガイ・キビーだった。多くの一流のスターは大物過ぎて学校新聞のインタビューには応じてくれなかった。

ホテルのクロークと薬局で働きながら、受講できる最も多くの科目を履修していた。ラテン語も含めてだ。さらにレストランで皿洗いをし、『デイリー・ノースウェスタン』紙のスタッフとしても働いていた。それでも十分でない気がしていた。まるで何かに突き動かされたように、他にできることはないかと考えた。ノースウェスタン大学には、優勝歴のある素晴らしいアメフトのチームがあった。ワイルドキャッツだ。そのチームに僕が入れない理由はない。

〝ワイルドキャッツはきっと僕を必要としている〟

そう思い立った僕は、翌朝、チームが練習しているフットボール場に出かけた。その年のチームのスターは、ＮＦＬ[3]で栄光のキャリアを築いたパグ・レントナーだった。サイドラインでチームの練習を見ていたコーチのところに行った。

「ちょっとお話ししてもいいですか？」

「何を話したいんだい？」

「チームの入団テストを受けたいんです」

彼は僕を見返した。

「君がかい？　君、良い体格はしてるな。どこでプレーしていたんだい？」

僕は答えなかった。

「ハイスクールか？　それとも他の大学？」

「いいえ」

「小学校では？」

「いいえ、コーチ」

彼は僕をじっと見ていた。「フットボールを一度もしたことがないのか？」

「ええ。でも僕は足が速くて――」

「それでこのチームに入りたいのか？　お前さん、

それはあり得ないよ」

そして、彼はチームのスクリメージ（アメフトのプレーの一種）に視線を戻した。これで、僕のフットボール選手への夢は終わったのだった。

ノースウェスタン大学の教授陣は素晴らしく、授業は刺激的だった。学べることはすべて学びたいと思った。入学して1週間後、廊下で「ノースウェスタン弁論部の入部テスト、今夜！」と書かれた看板を見かけた。立ち止まって、それをじっと見た。自分でも正気とは思えなかったが、それでもテストを受けなければならない気がしていた。

「人は死にもまして人前で話すことを最も恐れる」という格言がある。僕の場合、確かにそれは当てはまっていた。人前で話すことほど怖いものはなかった。しかし、できることをすべてやらなくてはいけない、という思いに取りつかれていた。ページをめくり続けなければならなかったのだ。

それで入部テストの会場になっている教室に入ると、そこは順番を待つ若い男女でいっぱいだった。席に着き、入部希望者のスピーチを聞いた。どの演説者も素晴らしく聞こえた。どの人も明瞭に、流暢に、そして自信に満ちた態度で話していた。

いよいよ僕の番が来た。立ち上がり、マイクの前まで歩いていった。

司会者に「お名前は？」と聞かれた。

「シドニー・シェクテルです」

「演説のテーマは何ですか？」

僕はこのために準備していた。

「資本主義対共産主義です」

司会者はうなずいた。「では、どうぞ」

僕は話し始めた。とてもうまくいっていると思った。しかしテーマの半ばを過ぎたところで、止まってしまった。固まってしまったのだ。次に何を言えばよいか全く分からなくなった。そして、長い間、緊張したまま黙っていた。そして、ブツブツつぶやきながらスピーチを終え、自分をののしりながら、こっそりその教室を抜け出した。

ドアの前にいた生徒から、「君、一年生だろう？」と聞かれた。

「その通りです」

「誰も教えてくれなかったの？」

「何のことですか?」

「一年生は弁論部には入れないんだよ。上級生でないとだめなんだ」

〝ああ、良かった〟と思った。〝これで失敗の言い訳が一つできたんだから〟

　翌朝、入部テスト合格者の名前が掲示板に張り出された。興味本位で見てみると、その中に「シェクター」という名前があったので、似た名字の人が選ばれたのだと思った。掲示板の下には、「選ばれた人は、午後3時半に弁論部のコーチのところに来てください」と書いてあった。

　午後4時に1本の電話がかかってきた。

「シェクター。どうしたんだい?」

　彼が何のことを言っているのか、分からなかった。

「どうもしてませんけど?」

「弁論部のコーチに会いに行くようにという告知を見なかったのかい?」

　シェクター。彼らが僕の名前を誰かと間違えていると思った。

「はい、見ました。でも僕は――一年生ですよ」

「そうだよ、君の場合には例外として入部を許すことになったんだ。ルールを変えるんだよ」

　というわけで、一年生として初めて、ノースウェスタン大学代表の弁論チームのメンバーに選ばれたのだった。

　新たな1ページが開かれたのだ。

　どんなに無理して忙しくしていても、何かが足りない、という不足感があった。それが何なのか、自分でもよく分からなかったが、なぜか満たされない感じがしていた。深刻な疎外感と、不安感、孤独感があった。大学構内で教室間を急いで行き来する大勢の学生を見ながら、こう思った。

〝彼らは皆、無名なんだ。彼らが死んでも、この世に生きていたことを知る人は誰もいないんだ。僕は押し寄せる憂うつに圧倒された。自分がここにいたことを、皆に知ってもらいたい。そのために何かを成し遂げたい〟

　次の日には落ち込みはさらにひどくなった。重い黒雲に覆われているような気がした。ついに、必死の思いで、大学の心理カウンセラーとの面会の予約をした。自分のどこがおかしいのかを突き止めたかったのだ。

しかし、心理カウンセラーに会いに行く途中で、なぜかとても楽しい気持ちになり、声を出して歌い始めた。そして、心理カウンセラーのいるビルの入り口に着いた時、僕は立ち止まった。

〝心理カウンセラーに会う必要はないな。僕は幸せなんだ。僕の頭がおかしいと思われるだけだろう〟

しかし、その判断は間違っていた。もし、そのまま心理カウンセラーに会いに行っていたら、何年も経ってから明らかになったことが、その日のうちに分かっていただろう。

僕のうつ病は再発し、治る気配はなかった。

お金はどんどん減っていった。オットーは仕事がなかなか見つけられず、ナタリーは週に6日、デパートで店員をしていた。毎晩ホテルのクロークで働き、土曜の午後はアフリモー薬局で働いていた。しかし、オットーとナタリーが稼いだお金を足しても生活費は足りず、1935年2月までには、家賃を何カ月分も滞納していた。

ある夜、オットーとナタリーが話しているのが聞こえた。ナタリーが言った。

「どうしたらいいのかしら。私たち、皆からプレッシャーかけられ始めているようよ。私、夜も仕事をしようかしら?」

〝いいや、ダメだ、そんなことさせるわけにはいかない〟と思った。母はすでにフルタイムで働いていたし、帰ってきてから夕食を作り、僕たちが住むアパートの掃除もしてくれていた。これ以上、母に無理をさせるわけにはいかなかった。

翌朝、ノースウェスタン大学を退学した。

ナタリーに退学したことを話すと、母は愕然(がくぜん)とした。

「大学を辞めてはだめよ、シドニー」

母の目は涙でいっぱいだった。

「私たちは大丈夫なのに」

でも、大丈夫じゃないことは分かっていた。次の仕事を探し始めた。しかし、1935年は大恐慌の真っただ中で、仕事は見つからなかった。広告代理店、新聞社、ラジオ局を回ってみたが、どこも雇ってはくれなかった。

　ラジオ局へ面接に行く途中、マンデル・ブラザーズという大きなデパートを通り過ぎた。店内は忙しそうで、5～6人の男性店員が接客していた。試したところで損にはならないだろうと思い、店内に入って辺りを見渡した。僕は店内を歩き回り始めた。巨大なデパートだった。婦人靴の売り場を通り過ぎて立ち止まった。〝これはきっと簡単な仕事だろう〟

　ひとりの男が近付いてきた。

「何かお探しですか？」

「店長にお会いしたいんです」

「店長のヤングです。何かお探しですか？」

「仕事を探しているんです。何か募集中の仕事はないですか？」

　彼は少しの間、僕を観察していた。

「実はあるんですよ。婦人靴を売った経験はありますか？」

「はい、もちろんです」

「以前はどこで働いていたのですか？」

　靴を買ったことのある店を思い出した。

「デンバーのトム・マッキャンです」

「そうですか。ではオフィスに来てください」

　彼は用紙を渡して言った。

「これに記入してください」

　書き終えると、彼はそれを手に取り、眺めた。そして、僕の顔を見た。

「シェクテルさん、まず第一に、マッキャンのスペルはM―I―C―K―A―NではありませんよM。McCannですよ。それにこの住所にトム・マッキャンはないですよ」

　僕にはこの仕事がどうしても必要だった。それでとっさに言った。

「トム・マッキャンはきっと移転したんでしょう。スペルが下手なんです。ほら……」

「嘘をつくより、セールスの方がお得意だといいんですが」

　僕はうなずき、意気消沈して帰ろうとした。

「とにかく会ってくださって、ありがとうございました」

「ちょっと待てよ。君を雇ってあげるよ」

　驚いて、店長を見た。「え？　どうしてですか？」

「うちの社長は経験者しか婦人靴を売れないと信じ

込んでいるんだ。でも僕は、誰でもすぐにできるようになると思うんだ。だから、君に実験台になってもらうよ」

「ありがとうございます」と感謝を込めて言った。

「ご期待を裏切らないようにがんばります！」

楽観的な気分で、仕事に向かった。

しかし、15分後に解雇されてしまった。

許しがたい罪を犯してしまったのだ。

最初の客は、靴売り場で声をかけてきた身なりの良い女性だった。

「何かお探しですか？」

「黒いパンプスで、サイズは7Bのものが欲しいのです」

最高のセールスマン・スマイルを彼女に見せながら「かしこまりました」と言った。

そして奥の部屋に行くと、そこには大きな棚に何百もの靴箱が置かれ、すべて外側にラベルが貼られていた――5B……6W……6B……7A……8N……8……9B……9N。7Bがなかった。絶望的になりかけたが、8N（狭）があった。〝客には7Bと8Nの違いは分からないだろう〟と思うことに決めた。箱から靴を取り出し、彼女のところに持っていった。

そして「さあ、どうぞ」と言った。

彼女の足に靴を履かせた。彼女はしばらくそれを見ていた。

「これは7Bですか？」

「はい、そうです、奥様」

客はしばらく僕を観察した後で「確かなの？」

「はい、そうです」

「これは7Bに間違いないのね？」

「確かです」

「店長を呼んでください」

それで、婦人靴売り場でのキャリアは終わりになった。

その日の午後、男性用ファッション小物売り場に移された。

第5章
大学中退、再び灰色の人生へ
Chapter 5 ◆ My Dropout of the College and Return to A Dull, Gray Life Again

僕はそれから週のうち6日はマンデル・ブラザーズの男性用ファッション小物売り場で働き、週に7晩はダウンタウンのホテルのクロークで働き、土曜日はアフリモー薬局で働いたが、それでも家族が暮らすお金は足りなかった。父のオットーは、街の南にあった「ボイラールーム」でパートタイムの仕事を見つけて働き始めた。ボイラールームというのは見知らぬ人に電話で商品を売りつける、今でいうテレマーケティングのオフィスのことだ。

この会社の業務は広いがらんとしたオフィスで行われていた。十数人の男がそれぞれ電話を持って、同時に見込み客に話しかけ、油田や注目の証券など、魅力的な投資対象に聞こえそうなものなら何でも売り込んでいた。ゴリ押しのビジネスだ。見込み客の名前と電話番号は、ボイラールームの運営者が名簿を購入して得たものだった。セールスマンの稼ぎは売上からの手数料なので、売れば売るほど手数料がもらえる仕組みだった。

オットーは夜、仕事から帰って来ると、大興奮でこのボイラールームの話をするようになった。年中無休で営業しているということだったので、僕もちょっと寄ってみることにした。日曜にもうひと稼ぎできる、と思ったのだ。入社のための適性試験を受けられるようにオットーが手配してくれ、次の日曜日にオットーと一緒に働きに行った。そこに着いて殺風景なオフィスに立ち、セールスマンたちの営業トークを聞いた。

「……コリンズさん、僕から連絡がもらえたのは、幸運なことですよ。僕の名前はジェイソン・リチャーズです。あなたに素晴らしいお知らせがあるんです。あなたとご一家は無料のバミューダＶＩＰ旅行にご当選されました。まず最初に僕に……のための小切手を送ってくださるだけで……」

「……アダムスさん、素晴らしいお知らせがあります。僕の名前はブラウン、ジム・ブラウンです。あなたは証券への投資をなさっているようですね。新しい銘柄が発売されたんです。今後6週間で株価が2倍に上昇しますよ。まだあまり知られていませんが、もしあなたが本当にもうけたいなら……」

「……ドイルさんの奥様、こちらはチャーリー・チェイスです。おめでとうございます。あなたとご主人、それに幼いアマンダさんとピーターさんも連れての無料の旅行に選ばれたんです……」

という具合に進められていた。

あまりに多くの人々がセールスマンたちの薦めるこの「絵に描いた餅」に飛びつくことに驚いた。なぜか、医者が一番だまされやすいようだった。ほぼ何でも買ってしまうのだ。だが、ここで売っている商品のほとんどは不良品か、商品価値以上に高額か、粗悪品か、存在しないかのいずれかだった。

ボイラールームの体験はその日曜日だけで充分だった。そこには二度と戻らなかった。

マンデル・ブラザーズでの仕事は退屈で簡単だったが、簡単な仕事を求めていたわけではなかった。自分にとってもっとやりがいのある仕事、自分を成長させるチャンスが欲しかった。ここでうまくやれば出世できると分かっていた。いつか部長になれるかもしれない。マンデル・ブラザーズは全国にチェーン店を展開していたので、やがて僕は地区のマネジャーになり、社長にまで上り詰めることもできるかもしれない。

ある月曜日の朝、上司のヤング氏が僕のところにやって来た。

「悪い知らせがあるんだ、シェクテル君」

僕は彼をじっと見つめた。「何ですか？」

「君に辞めてもらわなければならない」

平静を装って言った。

「何か悪いことをしたのでしょうか？」

「いいや、全部門に経費削減の命令が出たんだ。最後に雇ったのが君だから、君に最初に辞めてもらわなければならない」

誰かに心臓をわしづかみにされたような気がした。この仕事がどうしても必要だった。ヤング氏は、デパートの男性用ファッション小物売り場の店員をクビにするだけでなく、将来社長になる人物をクビにすることになるなんて、思ってもみなかっただろう。

一刻も早く次の仕事を探さなければならないことが分かっていた。一家の借金は山積みだった。食料品店にも借りがあったし、大家さんは嫌味を言うようになっていた。光熱費が払えず電気なども何度も止められていたし、すぐにまた止められるだろう。

誰か助けてくれそうな人はいないか、と思いをめぐらした。

父の長年の友人のチャーリー・ファインさんは、大きな製造会社の重役だった。チャーリーさんに就職の相談をしてもよいか、オットーに聞いてみた。

オットーはちょっと考え込んでいたが、僕の顔を見て言った。

「お前の代わりに俺が話してやるよ」

翌朝、僕はスチュワート・ワーナー工場の巨大な門をくぐっていた。自動車用ギアでは世界最大の製造会社だった。工場はディヴァーシー通りの1ブロック全体を占める5階建てのビルの中にあった。巨大で古めかしく、先史時代の怪獣のようにも見える機械がひしめく工場内を、警備員に付き添われながら通り過ぎた。そうした機械が発する音はすさまじかった。

背が低く、体格が良くて、ドイツ語なまりのあるオットー・カープさんが僕を待っていた。

「ここに働きに来たのは君か？」

「はい、そうです」

彼はがっかりしたように見えた。

「ついて来なさい」

僕らは広大な工場のフロアを歩き始めた。すべての機械がフルスピードで稼働していた。

その中の一つの機械に近付くと、カープさんは言った。

「この機械はスピード・メーターの駆動・被駆動ギアを作っているんだ。スピード・メーターを動かすフレキシブル・シャフトを回すんだ。分かるかい？」

何のことかさっぱり分からなかった。「はい」

カープさんはその隣の機械に案内してこう言った。

「ここから出て来るのが見えるのは、トランスミッションの出力シャフトに押し込まれている丸い駆動ギアだ。長い方は、直角に挿入されて駆動ギアとかみ合わせられる被駆動ギアだ」

カープさんを見ながら思った。中国語？　それともスワヒリ語？

僕たちは次の機械に移動した。

「ここで作っているのは、前輪のハブに押しつける駆動ギアだ。被駆動ギアはブレーキ・バッキング・プレートに固定され、駆動ギアと組み合わせるんだ。ほらね」

僕はうなずいた。

カープさんは僕を別の機械の前に連れて行った。

「この機械で摩耗したギアを交換する。長年、トランスミッション・ギアが標準だった。前輪駆動の利点はスピード・メーターの精度に影響を与えることなく、軸の比率を変更したり、複数の比率の後軸を使用できることだ。ほらね？」

スワヒリ語、と決めた。「もちろん」

「さあ、次は君の担当部門を見せよう」

カープさんは僕が担当することになる短期受注部門に案内した。これまでに見せられたのは、自動車メーカーから一度に50万個以上のギアといった大量注文を受けて生産する巨大な機械だった。この短期受注部門には、より小さな機械が3台あった。

カープさんが説明してくれた。

「5個や10個のギアを注文されても、そうした小口注文のために大きな機械を動かすわけにはいかない。しかし、ここにある機械は、1個か2個のギアも製造できるように装備されているんだ。短期の注文が入ったら、君が担当して、すぐに生産するんだよ」

「どうすればいいんですか？」

「まず、発注書が渡される。1個から数十個までの駆動ギアか被駆動ギアの注文だ。そうしたらその注文を機械工に伝える。ギアが出来上がったら、君が熱処理部門へ持って行き、そこでギアは焼き入れされ、固められる。その次は検査、そして最後は包装部門だ」

それはとても簡単そうに聞こえた。

前任者は、短期受注担当の男たちに、1日に6件までしか注文を出していなかったことを知った。残りは待機させていたので、男たちは半日ぶらぶらしていた。それではもったいないと思った。1カ月もしないうちに、生産高を5割増大させた。そして、クリスマスの時期にはご褒美をもらった。カープさんから14ドルの小切手を手渡されたのだ。

「ほら、君はよくやった。1ドルの昇給だ」


父のオットーは旅に出ていて、母のナタリーは洋装店で週6日働いていた。弟のリチャードは学校に通っていた。スチュワート・ワーナー社での日々は、現実離れした機械に囲まれたうっとうしい環境での作業で、頭がまひし始めていた。夜の仕事も同様にひどかった。ダウンタウン行きのエル・バスから環状線に乗り換え、あとは歩いて勤務先のホテルに着き、その後の数時間はコートの受け渡しにあけくれた。僕の人生は再び醜い灰色のドツボにはまり、そこから抜け出す道は見つからなかった。

そんなある日、仕事を終えてエル・バスに乗って夜遅くに帰宅する途中に、『シカゴ・トリビューン』紙に掲載された広告が目に留まった。


〝ポール・アッシュがアマチュア・コンテストのスポンサーをします！

ショービジネスでのキャリアをスタートさせましょう！〟


全国的に有名なバンドリーダーであるポール・アッシュが、シカゴ劇場[1]に出演するということだった。この広告に僕は魅了された。アマチュア・コンテストがどんなものかはまったく分からなかったが、出場したいと思った。


土曜日、薬局に出勤する前にシカゴ劇場に立ち寄って、ポール・アッシュに会わせてくれと頼んだ。彼のマネジャーがオフィスから出てきた。

「どんなご用ですか？」

「アマチュア・コンテストに出たいんです」

マネジャーはメモ書きをチェックして言った。

「アナウンサーがまだいないな。アナウンサーはできるかい？」

「ええ、できます」

「それは良かった。君の名前は？」

僕の名前は何だったっけ？ シェクテルはショービジネスに向く名前ではなかった。皆、つづりを間違えたり、発音を間違えたりするからだ。覚えられやすい名前が必要だった。いくつか名前の候補が頭の中を駆けめぐった。ゲーブル、クーパー、グラント、スチュワート、パウエルなど……。

マネジャーは僕をじっと見ていた。

「自分の名前が分からないのか？」

「もちろん分かっています」と即座に答えた。

「シドニー・シュ……シェルダンです」

男はその名前を書き留めた。

「よし。シェルダン、次の土曜日に来てくれ。午後6時だ。スタジオからＷＧＮに向けて遠隔操作で放送するから」

それがどんな意味かも分からずに、とにかく返事をした。

「了解しました！」

急いで家に帰り、両親と弟のリチャードにこのニュースを伝えた。家族は皆、大興奮だった。だが、もう一つ伝えなければならないことがあった。

「僕、違う名前を使うよ」

「どういう意味？」

「ほら、シェクテルはショービジネス向きの名前じゃないから、これからはシドニー・シェルダンだよ」

両親は顔を見合わせた後、肩をすくめた。

「オーケー」

それから数日間、夜はなかなか眠れなかった。これでついに始まる、と思った。このコンテストで優勝することになる。そしてポール・アッシュと契約して、「シドニー・シェルダン」として一緒に全米をツアーすることになるんだ！

暦の上でようやく日がめぐり、土曜日がやってきて、シカゴ劇場に戻り、他の数人と若い出場者と一緒に、小さな放送スタジオに通された。コメディアン、歌手、女性ピアニスト、そしてアコーディオン奏者がいた。

ディレクターから「シェルダン――」と呼ばれた。ちょっとドキッとした。初めて新しい名前で呼ばれたからだ。

「はい、ディレクター？」

「私が君を指差したら、マイクの前に出てショーを始めてくれ。そうしたらこう言うんだ。『皆さん、こんばんは。ポール・アッシュ・アマチュア・コンテストへ、ようこそ。アナウンサーのシドニー・シェルダンです。これからエキサイティングなショーをお届けしますので、このままお待ちください！』

分かったかい？」

「はい、分かりました」

15分後、ディレクターが壁にかかったスタジオの時計を見上げ、腕を振り上げた。

「皆さん、お静かに」

ディレクターはカウントダウンを始めた。ディレクターが僕を指差した。ショービジネスへのデビューの準備は万端だった。人生でこれほど落ち着いた気がしたことはなかった。これが素晴らしいキャリアの始まりになると分かっていたからだ。そして新しいショービジネスの名前でスタートするのだ。

僕はしっかりした様子でマイクの前に立ち、息を深く吸い込み、できる限りのアナウンサーらしい声で言った。

「皆さん、こんばんは。ポール・アッシュ・アマチュア・コンテストにようこそ。私は皆様のアナウンサー、シドニー・シェクテルです」

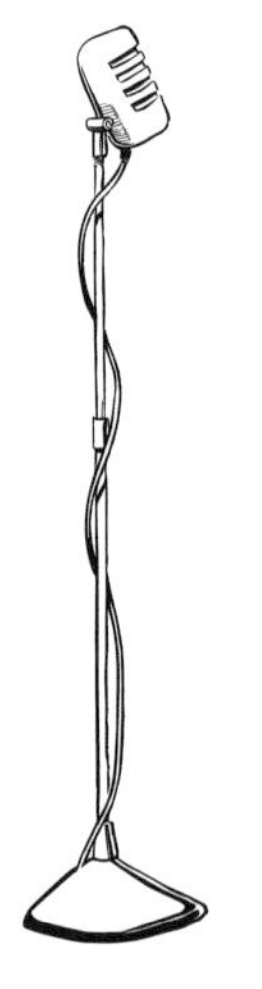

第6章
僕の初めての楽曲『マイ・サイレント・セルフ』
Chapter 6 ◆ My First Original Song, "My Silent Self"

その後は、何とか持ち直して、他の出場者を紹介した。ショーはうまくいった。アコーディオン奏者は足踏みでリズムを取りながら演奏し、それに続いたコメディアンはベテランのプロらしい芸を見せた。歌手は美しく歌い上げた。最後の出場者の女性ピアニストが紹介されるまで、何一つ問題はなかった。ところが、ピアニストを紹介するや否や、彼女はパニックを起こして泣き出し、慌てて部屋から逃げ出してしまったので、３分間の空白の放送時間ができてしまったのだ。

そこで、僕はアナウンサーとしてマイクの前に戻った。

「皆さま、僕たちは皆、最初は素人として人生をスタートしました。しかし、人生を続けるうちに成長し、プロになるのです」

自分の言葉に酔いしれたあまりしゃべり続け、ついにディレクターから黙れという合図を受けた。

放送は終了した。自分がこの番組を救ったと分かっていたし、感謝されると思った。もしかしたら仕事をくれるかもしれない――。

ディレクターがやって来て怒鳴られた。

「何てこった！　お前の名前が何であれ、一体どういうつもりだ？」

「お前は放送時間を15秒オーバーしたんだぞ」

ラジオでのキャリアは終わった。

ポール・アッシュさんは一緒に全米を回ろうと誘ってはくれなかったが、ポール・アッシュ・コンテストから、一つ面白い発展があった。父のオットーも母のナタリーも、弟のリチャード、いとこのシーモア、ハワード、エディー、そしてスティーブも、皆、苗字を「シェルダン」に変えたのだ。「シェクテル」を名乗り続けたのはハリーおじさんだけだった。

5月の初めにはいとこのシーモアが結婚すると言い出し、皆を驚かせた。

シーモアはまだ19歳だったが、僕から見れば、彼は子供の頃から大人びていた。

シーモアの花嫁となるシドニー・シンガーには、デンバーに住んでいた時に会ったことがあった。シドニーは若くて魅力的な秘書としてハリーおじさんの証券会社で働いていて、そこでシーモアは彼女と出会った。シドニーは心が温かく知的で、ユーモアのセンスもある女性だと僕は思っていた。

結婚式は親族だけの質素なものだった。式が終わった時、シーモアにお祝いの言葉をかけた。

「シドニーは素晴らしい女性だ。彼女を手放してはだめだよ」

「心配はご無用。そのつもりだよ」

半年後にふたりはもめた末に離婚した。

「何があったんだい？」とシーモアに尋ねた。

「浮気していたことが彼女にバレたのさ」

「それで離婚を求められたの？」

「いや、シドニーは僕を許してくれた」

「それなら、なぜ……？」

「僕が他の女性と一緒にいるところを彼女に見られたんだ。それで離婚されたのさ」

「彼女とはこれから会うことはあるの？」

「いや、シドニーは僕のことを心底から憎んでいる。二度と会いたくないと言われたよ。そしてハリウッドに行ってしまったんだ。シドニーは映画会社のＭＧＭ[1]で女性監督の秘書の仕事を得たんだ。ドロシー・アーズナーの秘書だよ」

ラジオの世界にほんの少し足を踏み入れたことで味をしめ、ラジオ界での可能性に胸を躍らせていた。ラジオこそが探し求めていた職業なのかもしれないと思った。それで暇さえあればＷＢＢＭ[2]やその他のシカゴのラジオ局に通い詰めて、アナウンサーの仕事を探した。しかし、仕事はなかった。また以前と同じように、未来への希望が何もない、絶体絶命の罠に捕らえられた、という現実に直面しなければならなかった。

ある日曜日の午後、皆がアパートから出かけていた時に、小型ピアノの前に座った。そこに腰を落ち着けてメロディーを作った。出来は悪くないと思ったので、歌詞を付けた。その歌を『マイ・サイレント・セルフ』と名付けた。それを見ながら、さて、どうしようか、と思った。そのままピアノのベンチの中にしまっておくこともできたし、あるいはその曲を持って、何かを試してみることもできた。

僕は、何かを試してみることに決めた。

1936年のことで、当時、国内の主なホテルにはダンスホールがあり、オーケストラが常駐していて、その演奏が全米に放送されていた。ビスマルク・ホテルのオーケストラの音楽監督はフィル・レヴァントという、気さくな若いミュージシャンだった。彼とは一度も話したことがなかったが、時々、彼がダンスホールに向かう途中でクロークの前を通りかかる時に会釈しあう仲だった。

彼に自分の歌を見せようと決心した。その晩、彼がクロークを通りかかった時に声をかけた。

「すみません、レヴァントさん。歌を書いたんですが、見ていただけないかと思って」

彼の顔の表情から、そうした依頼を何度も受けてきたことが見てとれたが、レヴァントはとても親切だった。「喜んで」

彼に自分が書いた楽譜のコピーを渡した。彼はそれをちらっと見て立ち去った。〝それで終わりだ〟と思った。

1時間後、フィル・レヴァントはクロークに戻ってきた。

「君のあの曲は……」と彼は言った。

思わず息をのんだ。

「はい？」

「気に入ったよ。独創的だ。ヒットするかもしれないと思う。もしよかったらオーケスラ用に編曲してもらって、それを演奏してもいいかな？」

〝構わないかって？〟

「構いません」と答えた。

「そう――そうしてもらえれば、素晴らしいです」

〝彼は僕の歌を気に入ってくれた〟

翌日の夜、帽子とコートを掛けていると、大きなダンスホールのコーナーの辺りから『マイ・サイレント・セルフ』の演奏が聞こえてきた。ワクワクした。オーケストラは全米放送なので、全国で僕の歌が聞かれているのだ。感無量だった。

その日は夜遅くに仕事が終わり、家に着いた時には疲れ果てていたので、すぐにお風呂に入った。

ちょうど僕がリラックスし始めた時に、父のオットーがバスルームに駆け込んできた。

「お前に電話だぞ」

〝こんな時間に？〟

「誰から？」

「名前はフィル・レヴァントだそうだ」

バスタブから飛び出し、タオルをつかむと急いで電話に向かった。

「レヴァントさん？」

「シェルドン君、ハームス・ミュージック・カンパニーという出版社の人がここに来ているんだ。ニューヨークで君の歌を放送で聞いて、君の曲を出版したいそうだ」

あやうく電話を落としそうになった。

「すぐにでもここに来てくれないか？　彼が君のこと待っているから」

「今すぐ行きます！」と返事をし、身体を乾かし、大急ぎで服を着替えて楽譜のコピーを手にした。

「何かあったのか？」とオットーに聞かれた。

僕は事情を説明した。

「車を借りてもいい？」

「もちろんだ」

オットーは僕に車のキーを渡した。

「気を付けろよ」

急いでアパートの階段を降りて車に乗り込み、ビスマルク・ホテルに向かうアウター大通りを目指した。自分の曲が初めて出版されるという考えに興奮して舞い上がっていた時に、背後でサイレンが鳴り、赤信号が点滅しているのが見えた。車を脇に止めると、警察官が白バイから降りて、車に近付いてきた。

「何でそんなに急いでいるんだ？」

「お巡りさん、スピードを出していることに気付かなかったんです。ビスマルク・ホテルまで音楽出版社の人に会いに行く途中なんです。僕はそこのクロークで働いているんですが、ある人が僕の歌を出版したがっていて、それで僕は――」

「運転免許証は？」

免許証を見せると彼は自分のポケットに入れた。

「よし。ついて来なさい」

僕は警察官を見つめた。

「ついて来いってどこに？　僕に罰金票だけ渡してください。僕には大きな――」

「手続きが変わったんだ」と警官は言った。

「今は罰金票は渡さずに、違反者をすぐに署に連行することになっているんだ」

　がっかりした。

「お巡りさん、僕はこのミーティングにどうしても行かなければならないんです。罰金票さえくれたら、喜んで――」

「ついて来いと言っただろう」

　選択の余地はなかった。

　警察官は白バイを発進させ、僕の前を走り出した。僕はその後を追った。新しい出版社の人に会う代わりに、警察署に行くことになったのだ。

　次の角まできたところで、信号が黄色から赤に変わった。警官は交差点を通り抜けた。立ち止まり、信号が再び青になるのを待った。走り出すと、白バイの警察官の姿はどこにもなかった。警察官にわざと逃げたと思われないように、ゆっくりと走った。先に進むほど、より楽観的になった。警察官はいなくなった。僕のことを忘れたのだ。刑務所に送る他の誰かを探しているんだ。僕はスピードを上げて、ビスマルク・ホテルに向かった。

　ガレージに車を止め、クロークに急いだ。そこで自分が見たものを信じることができなかった。警察官が中で僕を待っていて、そして彼は激怒していたのだ。

「ふん、お前は俺から逃げられると思ったのか？」

　僕は当惑した。

「逃げようとなんかしませんでした。運転免許証も渡したし、ここに来るって言ったし、それに――」

「分かったよ」と警察官は言った。

「君は今、ここにいる。これから警察署に行くぞ」

　僕は必死だった。

「父に電話させてください」

　警察官は首を横に振った。

「もう十分時間を無駄にした――」

「すぐ終わりますから」

「じゃ、電話しろ。でも手短にしろよ」

　僕は自分の家の番号に電話をかけた。

　オットーが電話に出た。

「もしもし」

「オットー――」

「どうだった?」

「警察署に行く途中なんだ」

オットーにことの経緯を説明した。父は言った。

「その警察官と話をさせてくれ」

警察官に電話を差し出した。

「父があなたと話したいと言っています」

彼はしぶしぶ電話を取った。

「はい……いいや、聞いている暇はないですよ。あなたの息子さんを署に連行するところですから……何ですって? ええ、本当に? ……それは興味深い。あなたの言う意味は分かります。……実を言うとい るんです。仕事を必要としている義理の弟がいるんです……本当ですか? 書き留めさせてください」

警察官はペンとノートを取り出して書き始めた。

「シェルダンさん、ご親切にありがとうございます。朝、彼を行かせます」

警察官は僕の方をちらりと見た。

「息子さんのことはご心配なく」

この会話を口を開けて聞いていた。警察官は受話器を置き、僕に運転免許証を返してこう言った。

「もう二度とスピードで俺につかまるなよ」

警察官が去るのを見送った。

そして帽子を預かる係の女性に聞いた。

「フィル・レヴァントさんはどこ?」

「オーケストラの指揮をしているわよ。でも支配人室であなたを待っている人がいるわ」

支配人のオフィスには、粋で身なりの良い、50代と思われる男性がいた。

部屋に入っていくと、「君が天才少年か」と彼は言った。

「私の名前はブレント。ＴＢハームズ社[3]の者です」

ＴＢハームズ社は世界最大の音楽出版社の一つだった。ブレントさんは言った。

「ニューヨークでうちの社の人間が君の歌を聞いてね。君の歌を出版したがっているんだ」

僕の胸は高鳴った。

彼はためらいながら言った。

「一つだけ問題がある」

「それは何ですか?」

「フィル・ルヴァントではネーム・バリューが足りないと社の人間は考えているんだ。確実に世に送り出せるように、もっと重要な人物に君の歌を紹介させたがっているんだ」

がっかりした。もっと重要な人物など知らなかったからだ。

「ホレス・ハイトがドレイク・ホテルで演奏している」とブレントさんは言った。

「彼に会って、君の歌を見せたらどうだ？」

ホレス・ハイトはアメリカで最も人気のあるバンドリーダーのひとりだった。

「もちろんです」

ブレントさんは名刺を渡して言った。

「僕に電話するように彼に伝えてくれ」

「そうします」

腕時計を見ると、深夜0時15分前だった。オットーの車に乗り込むと、ドレイク・ホテルまでとてもゆっくり車を走らせた。

ホテルに到着すると、ホレス・ハイトがオーケストラを指揮しているダンスホールに向かった。

中に入ろうとすると、給仕長に聞かれた。

「ご予約はおありですか？」

「いいえ、ハイトさんに会いに来たんです」

「そこでお待ちください」

彼は奥の壁ぎわの空席を指差した。

15分ほど待っていたら、ホレス・ハイトが演奏台から降りてきた。僕は彼の行く手を遮って言った。

「ハイトさん。シドニー・シェルダンといいます。ここに歌があるんですが――」

「申し訳ないが、時間がないんだ――」

「でもハームズ社の望みなんです――」

彼は立ち去ろうとした。

「ハームズ社が出版したいと言っているんです」

彼を追いかけて言った。

「でもあなたのような方の後ろ立てが必要なんです」

ハイトは立ち止まり、引き返してくれた。

「見せてくれ」

僕は楽譜を手渡した。

ハイトはそれをじっと見ながら、まるで頭の中で音楽を聞いているようだった。

「いい歌だね」

「ご興味がありますか？」

彼は顔を上げた。

「ああ、50％欲しいな」

僕なら彼に100%あげただろう。

「うれしいです！」

ブレントさんから渡された名刺を彼に渡した。

「オーケストラ用に編曲させるよ。明日、また会いに来てくれ」

翌日の夜、ドレイク・ホテルに戻ると、ホレス・ハイトが自身のオーケストラで僕の歌を演奏しているのが聞こえた。それはフィル・レヴァントの編曲よりもっと良かった。席に着いて、ハイトが忙しくなくなるまで待った。彼は僕が座っているテーブルにやって来た。

「ああ、交渉中だ」

「ブレントさんと話をされましたか？」

僕はにっこりした。僕の最初の曲が出版されることになったのだ。

翌日の夜、ブレントさんがビスマルク・ホテルのクロークまで僕に会いに来た。

「すべてうまくいきましたか？」

「残念ながらそうは行かなかった」

「でも――」

「ハイトが5千ドルの前金を要求しているんだ。うちは、新曲にそんな大金は決して出さないんだよ」

あ然とした。仕事が終わると車でドレイク・ホテルに戻り、ホレス・ハイトに会った。

「ハイトさん、僕は前金なんてどうでもいいんです。ただ、自分が初めて作った歌を出版したいだけなんです」

「出版はさせるよ」と彼は約束した。

「心配しなくていい。私が自分で出版するつもりだ。来週にはニューヨークへ出発する。この歌はたくさん放送されるだろう」

毎晩の放送のほかにホレス・ハイトは『ホレス・ハイトとアレマイト・ブリガディアーズ』という人気番組を毎週放送していた。

『マイ・サイレント・セルフ』はニューヨークから放送され、全米でよく聞かれるようになるとのことだった。

それから数週間の間、ホレスの放送を聴くようにしたが、彼の言った通りだった。『マイ・サイレント・セルフ』は、ホレスが毎晩放送している番組でも、アレマイトの番組でも放送された。彼は僕の歌を使ったが、正式に出版してくれなかった。

　僕はくじけなかった。大手の出版社が欲しがるような歌を1曲でも書けるのなら、十数曲は書けるはずだと思ったからだ。それこそまさに僕が実行したことだった。暇さえあれば作曲するためにピアノに向かった。12曲の歌があれば、ニューヨークに郵送するにはちょうど良い数だと思った。ニューヨークまで行く金銭的余裕はなかった。というのも、家計を助けるために仕事を続けなければならなかったからだ。

　ナタリーは僕の歌を聞いて有頂天になった。

「ダーリン、アーヴィング・バーリン[4]の曲よりずっといいわ。いつニューヨークに持っていくの？」

　僕は首を横に振った。

「ナタリー、ニューヨークには行けないよ。ここで三つも仕事があるんだ。もし僕が――」

「行かなければだめよ」と彼女は強く言った。

「郵便で届いた曲なんて誰も聞いてはくれないわ。あなたが自分で行かなければ」

「うちにそんなお金のゆとりはないよ。もし――」

「ダーリン、これはあなたにとっての大きなチャンスよ。つかまないわけにはいかないわ」

　ナタリーが僕の夢や人生に自分を重ねているなんて、思いもしなかった。

　その夜、僕たちは家族で話し合った。父のオットーはしぶしぶながら僕がニューヨークへ行くことに同意した。歌が売れるようになるまで、ニューヨークで仕事をするのだ。

　次の土曜日に出発することに家族で決めた。

　ナタリーからの餞別は、グレイハウンド長距離バスのニューヨーク行きのチケットだった。

　その夜、リチャードとベッドに横たわっていると、こう聞かれた。

「お兄さんは本当にアーヴィング・バーリンのような大物ソングライターになるの？」

　僕は彼に真実を告げた。

「そうだよ」

　大金が入ってくれれば、ナタリーは二度と働かなくてよくなるのだ。

第7章

ソングライターになる夢を追いかけて(ニューヨーク編)

Chapter 7 ◆ Chasing A Dream to Become A Songwriter (in New York)

1936年にニューヨークに旅行するまで、僕はバスターミナルの中に入ったことはなかった。グレイハウンドのバス乗り場は、全米のあちこちの都市を行き来する人々でにぎわっていた。僕が乗るバスは巨大に見えた。中にトイレもあり、座席も快適だった。ニューヨークまで4日半のバス旅行となった。バスでの長旅は退屈なはずだが、素晴らしい自分の未来を夢見るのに忙しくて、気にもならなかった。

ニューヨークのバスターミナルに着いた時、ポケットにあったのは30ドル――ナタリーとオットーが無理して捻出してくれたお金だった。

事前にYMCA(キリスト教青年会)に電話をし、部屋を予約してあった。その部屋は狭くて殺風景だったが、1週間でたったの4ドルだった。それでも所持金30ドルでは、長くはいられないことは分かっていた。

YMCAの支配人に会いたいと頼んだ。

「仕事がいるんです」と支配人に言った。「今すぐ必要なんです。どなたかご存じではありませんか――?」

「YMCAには宿泊客のための職業紹介サービスがありますよ」と支配人は教えてくれた。

「それは良かった。今、何か求人はありますか?」

支配人は机の後ろの棚に置いてあった紙に手を伸ばし、それをざっと見て言った。

「14番通りのRKOジェファーソン・シアターで客席案内係を募集しています。ご興味がおありですか?」

〝興味があるかだって?〟その瞬間、人生における唯一の野心は14番通りのRKOジェファーソン・シアターで客席案内係になることだった。

「それこそ僕が求めていたものです!」

支配人は紙に何やら書いて渡してくれた。

「明日の朝、これを持ってシアターに行ってください」

ニューヨークに着いてまだ1日もたっていないのに、すでに仕事を得ることができた。ナタリーとオットーに電話をして、そのニュースを伝えた。

「それは幸先が良いわね。きっと大成功することになるわ」とナタリーは言った。

到着した初日の午後から夜にかけて、ニューヨークを散策した。魔法のような魅力的な街で、シカゴが田舎くさく殺風景に感じるほど活気に満ちていた。すべてがよりビッグだった。建物、劇場やホテルの玄関ひさし、通り、標識、交通、人混み。そして僕のキャリアも。


14番通りのRKOジェファーソン・シアターは、かつてはボードビル[1]の劇場だった古びた2階建ての映画館で、前面にチケット販売ブースがあった。RKOシアターのグループの一つだった。2本立ての映画の上映はよくあることだった。観客は1本分の料金で2本の映画を続けて見ることができたのだ。

僕はYMCAから39区画歩いてその映画館に行き、YMCAの支配人からもらったメモをシアターの支配人に手渡した。

支配人は僕を見回して言った。

「君は客席案内係の経験があるかい？」

「いいえ、ありません」

彼は肩をすくめた。

「まあ、いいさ。君は歩けるか？」

「はい、もちろんです」

「懐中電灯のつけ方は知っている？」

「はい、もちろんです」

「それなら案内できるさ。君の給料は週に14ドル40セントだ。週6日、働いてもらおう。勤務時間は午後4時20分から真夜中までだ」

「それで結構です」

それはつまり、午前中全部と午後の一部を、音楽業界の本社が集まっているブリル・ビル[2]で自由に過ごせるということだった。

「スタッフの更衣室に行って、君に合う制服があるかどうかを見てきなさい」

「はい、分かりました」

客席案内係の制服を試着した。マネジャーは僕を見て言った。

「それでいい。バルコニーから目を離さないようにするんだぞ」

「バルコニーですか?」

「今に分かるよ。明日から働いてもらうぞ」

「はい、分かりました」

〝そして明日、僕はソングライターのキャリアもスタートさせよう〟


名高いブリル・ビルは、音楽業界の聖地中の聖地だった。49番通り、ブロードウェイ1619番地、ティン・パン・アレイ[3]の中心地にあり、世界中の重要な音楽出版社の本社が集まっていた。

そのビルに入り、廊下をあてもなく歩いていると、『ア・ファイン・ロマンス』『アイヴ・ガット・ユー・アンダー・マイ・スキン』『ペニーズ・フロム・ヘブン』などが聞こえてきた。ドアに書かれた名前に、胸を高鳴らせた。ジェローム・レミック、ロビンス・ミュージック社、M.ウィットマーク・アンド・サンズ、シャピロ・バーンスタイン・アンド・カンパニー、そしてTBハームズ社——音楽業界の超大物企業ばかりだ。ここからは数多くの優れた音楽家が世に出ていた。コール・ポーター、アーヴィング・バーリン、リチャード・ロジャース、ジョージ・アンド・アイラ・ガーシュイン、ジェローム・カーン……。こうした人々は皆、ここから出発したのだ。

TBハームズ社のオフィスに入り、デスクの後ろにいた男性に会釈した。

「おはようございます。シドニー・シェクーーシェルダンです」

「どんなご用でしょうか?」

「僕が『マイ・サイレント・セルフ』を書いたんです。御社の方がその出版に興味を持たれていたようですが」

彼の顔に聞き覚えのある表情が浮かんだ。

「ええ、その通りです。関心を持っていましたよ」

〝いました?〟

「今でもおありですよね?」

「いや、放送され過ぎましたね。ホレス・ハイトがたくさん流していたので。何か新しい曲をお持ちですか?」

僕はうなずいた。

「ええ、ありますよ。明日の朝、何曲か持ってこれますよ。失礼ですがお名前は？」
「タスカーです」

その日の午後4時20分には、映画館の客席案内係の制服を着て、人々を通路から客席まで案内していた。支配人の言う通りだった。誰にでもできる仕事だった。退屈せずにいられたのは、上映している映画があったからだ。暇なときには映画館の一番後ろの席で映画を見ることができたのだ。

そこで初めて見た2本立ての映画は、マルクス・ブラザーズの『ア・デイ・アット・ザ・レイシーズ』そして『ミスター・ディーズ・ゴーズ・トゥ・タウン』だった。予告編はジャネット・ゲイノーとフレドリック・マーチの『スター誕生』とウォルター・ヒューストンの『ドッズウォース』だった。

勤務シフトが終わった真夜中に、僕はホテルに戻った。部屋はもはや狭くもわびしくも見えなかった。宮殿に変わると分かっていたからだ。朝になればTBハームズ社に自作の曲を持っていくが、問題はどの曲を彼らが最初に出版するかということだけだ――『ザ・ゴースト・オブ・マイ・ラブ』『アイ・ウィル・イフ・アイ・ウォントゥ』『ア・ハンドフル・オブ・スターズ』『ホェン・ラブ・ハズ・ゴーン』……。

翌朝8時半にTBハームズ社の前に立って、ドアが開くのを待っていた。9時になると、タスカー氏がやってきた。

彼は僕の手にある大きな封筒に目をやった。
「そうだった。いくつか歌を持ってきたんだね」
僕はにっこりした。
「はい、そうです」

一緒に彼のオフィスに入った。封筒をタスカー氏に渡して座ろうとした。すると彼に止められた。
「待つ必要はないよ」と彼は言った。
「時間があるときに見るから。明日また来たらどうだね？」

精一杯、プロのソングライターらしくうなずいた。
「そうですね」

僕の未来が始まるまで、あと24時間待たなければならなくなった。

午後4時20分には、RKOジェファーソン・シアターで制服姿に戻っていた。バルコニーは支配人に言われた通りだった。そこでは忍び笑いが絶えなかった。若い男女のカップルが最後列に座っていた。ふたりの方に向かって歩き出すと、男は女から離れ、女は急いで短いドレスの裾を下げた。その場を立ち去り、二度と2階には上がらなかった。支配人なんてクソ食らえ、だ。彼らは勝手に楽しめばいい。

翌朝、タスカー氏が早く来るかもしれないと思い、8時にTBハームズ社のオフィスに行った。タスカー氏は9時に到着し、ドアを開けた。

「おはよう、シェルダン」

彼の口調から、僕の歌を気に入ってくれたかどうかを判断しようとした。ただ単に「おはよう」と言っただけなのか、それとも彼の声に興奮の響きが感じられただろうか？

僕たちはオフィスに足を踏み入れた。

「タスカーさん、僕の歌を聞いていただけましたか？」

彼はうなずいた。

「とても良いね」

僕の顔は輝いた。彼が次に何を言おうとしているのかを待っていた。彼は黙ったままだった。

「どれが一番気に入りましたか？」

「残念ながら、君の曲は僕たちが今、探しているものではないんだよ」

それは、僕がそれまでの人生で耳にした中で、最も気持ちを落ち込ませる言葉だった。

「でも、きっとそのうちのいくつかは――」

彼は机の後ろに手を伸ばし、預けた封筒を取り出して僕に手渡した。

「何か新しい曲ができたら、いつでも喜んで聞かせてもらうよ」

その言葉で会見は終わった。〝しかし、これで終わりではない〟と思った。〝まだ始まったばかりだ〟

その日の午前中いっぱいと午後の数時間を費やして、ビルの中にある他の出版社のオフィスを回った。

「歌が出版されたことはあるんですか？」

「いいえ、ありません、でも――」

「うちは新人のソングライターは引き受けないんですよ。何か出版されたら、また来てください」

僕の歌がどこかで出版されるまで、どの歌も出版社が出版してくれないとしたら、どうやって自分の曲を出版することができるのだろう？　それからの数週間、映画館にいないときは自分の部屋にこもって曲作りに明け暮れた。

映画館では、そこで上映される素晴らしい映画を見るのがとても好きだった。『ザ・グレート・ジーグフェルド』『サンフランシスコ』『マイ・マン・ゴッドフリー』、そしてフレッド・アステアとジンジャー・ロジャースの『シャル・ウイ・ダンス？』を見た。こうした映画は僕を別世界に連れて行ってくれた。華やかさと興奮、優美と富の世界だ。

お金が底をついてきた。母のナタリーから20ドルの小切手が届いたが、それを送り返した。僕が得ていた副収入なしで、オットーが今も働いていないなら、家族の生活は以前にも増して苦しかったはずだったから。家族が助けを必要としているのに、自分のことばかり考えているのは自分勝手かもしれない、と思った。

新しい歌がいくつかできあがると、以前と同じ出版社に持ち込んだ。彼らは見てくれたが、一様にひどく腹立たしい答えが返ってきた。

「何か出版されたら、戻ってきてください」

ある階のロビーにいた時のことだ。僕は突然、憂うつの波に襲われた。すべてが絶望的に思えた。客席案内人として一生を過ごすつもりはなかったが、誰も僕の歌に興味を示してはくれなかった。

これは1936年11月2日付で、両親に宛てて書いた手紙の一節だ。

〝……僕は家族皆にできるだけ幸せになってほしいと思っています。僕にとっての幸せはつかみどころのない風船のようなもので、僕がつかむのを待っています。風に乗って左右に揺れながら、海を越え、広い緑の草原を越え、木々や小川を越え、素朴な田園風景も、雨にぬれた歩道も越えて。最初は高く、ほとんど見えず、手の届かないところにいて、そして、手の届きそうな低い位置に降りてきては、気まぐれな戯れの風に乗ってあちこちに吹き飛ばされてしまいます。ある瞬間には冷酷で残忍な風、次の瞬間には優しく慈愛に満ちた風。運命の風、その中に僕たちの人生は委ねられているのです……〟

ある朝、ＹＭＣＡのロビーで、僕と同い年くらいの青年がソファに座って熱心に書き物をしているのを見かけた。メロディーを口ずさみながら歌詞を書いているようだった。興味を引かれて彼に歩み寄った。

「あなたはソングライターですか？」

彼は顔を上げた。

「そうですよ」

「僕もそうなんです。シドニー・シェルダンといいます」

彼は手を差し出した。

「シドニー・ローゼンタールです」

それが長い友情の始まりだった。僕たちは午前中いっぱい話し込んでしまった。まるでソウルメイトのように。

＊　＊　＊

翌日、映画館に出勤すると支配人から彼のオフィスに呼ばれた。

「うちの呼び込み係が病気なんだ。彼の制服を着て、彼が戻ってくるまで代わりをしてほしい。これからは日中に働くことになるよ。映画館の前を行ったり来たりしながら、こう言いさえすればいいんだ。『今ならすぐにお席をご用意できます。席の待ち時間はありません』。この仕事はもっと給料が高いよ」

僕は大喜びした。昇進したからでなく、昇給したからだ。余分なお金を家に送ることができるからだ。

「給料はいくらですか？」

「週給15ドル40セント」

〝週に1ドルの昇給だ〟

呼び込み係の制服を着ると、まるでロシア軍の大将のようだった。呼び込み係の仕事に何の不満もなかったが、何度も繰り返し「すぐにお席にご案内します。席を待たずにすみます」と言い続ける退屈さには耐えかねた。そこで、よりドラマチックに表現することにした。

僕は古代ギリシャの伝令のような大声で叫び始めた。

「ワクワクするような2本立て上映ですよ――『テキサス・レンジャーズ』と『ザ・マン・フー・リブドゥ・トゥワイス』です。皆さん、人はどうやって二度生きるのでしょう？　ご来場の上、お確かめください。きっと忘れられない午後になりますよ。お席の待ち時間は一切ありません。お急ぎください。売り切れになる前に！」

本物の呼び込み係は復帰せず、この仕事を続けることになった。以前と違うのは、午前中と午後の早い時間に仕事をするようになったことだけだった。僕の歌に興味を示さなかったすべての出版社を訪問する時間はまだあった。シドニー・ローゼンタールと僕は、何曲か一緒に作った。曲は多くの賞賛を受けたが、契約には至らなかった。

週の終わりには、ポケットにはたいてい10セントしか残っていなかった。映画館からブリル・ビルまで行かなければならず、5セントのホットドッグと5セントのコカ・コーラを買って35区画歩くか、コカ・コーラなしでホットドッグを食べ、残りの5セント硬貨でアップタウン行きの地下鉄に乗るかを決断しなければならなかった。そのどちらかの繰り返しに慣れた。

呼び込み係を始めてから数日後に、映画館の売上が伸び始めた。

映画館の前に出て叫んだ。

「グレタ・ガルボとシャルル・ボイヤーの『コンクエスト』を見逃すわけにはいきませんよ！　そして、あなたのためにもう一つのお楽しみがあります。キャロル・ロンバードとフレデリック・マーチの『ナッシング・セイクリッド』。この世界最高の恋人たちが優れた恋人になる方法を教えてくれます。しかも、入場料はたったの35セントです。二つの愛のレッスンがたったの35セント。これは世紀の大バーゲンです。さあ、さあ、お急ぎください！　今すぐチケットをお求めください！」

そう言うと、お客が集まってきた。

次の映画では、もっと楽しんだ。

「さあ、ショー・ビジネス史上最も素晴らしい2本立てをご覧ください——ロバート・モンゴメリーとロザリンド・ラッセルの『ナイト・マスト・フォール』。ゾクゾクするのでオーバーは着たままで。そして、もう一つのお楽しみは、新しい『ターザン』の映画」

ここでターザンの雄叫びを上げると、1区画先から人々が何事かと振り向き、僕の方に戻ってきてチケットを買った。支配人は外に立って僕を見ていた。

その次の週末に、見知らぬ男が近付いてきた。

「シカゴから来た野郎はどこにいる？」

彼の口調に嫌な感じがして「どうして？」と聞いた。

「RKOシアター・グループのマネジャーが呼び込み係全員に、ここに来てそいつを見て、そいつがしているようにしろ、と言ったのさ」

「彼が戻ってきたら伝えておくよ」と言うと、男に背を向けて普通の話し声で言った。

「中にはすぐにお席があります。お席の待ち時間はありません。中ではすぐにお席に着けます。待ち時間はありません」


日中に働く利点は、音楽出版社に行く時間がありながらも夜は自由だったことで、少なくとも週に3回は劇場に足を運び、一番安いバルコニー席に座って芝居を見るようになった。僕が見たのは『ルームサービス』『アビーのアイリッシュ・ローズ』『タバコ・ロード』『ユー・キャント・テイク・イット・ウィズ・ユー』……。種類はさまざまで無限にあった。


新しい友人のシドニー・ローゼンタールが仕事を見つけ、ある日、提案した。

「お金を出し合って、ここを出ようじゃないか？」

「それは素晴らしい考えだね」


1週間後に僕らはYMCAを出て、32丁目のグランド・ユニオン・ホテルに引っ越した。寝室が二つとリビングルームがあり、YMCAの小さな部屋で暮らした後では贅沢の極みのように思えた。


母のナタリーが手紙をよこし、ニューヨークに住む遠縁のいとこが、グレン・コーブ・カジノでクロークを運営していることを思い出させてくれた。母は、いとこに電話をしてみたらどうかと勧めてくれた。従兄の名はクリフォード・ウルフ。電話をかけると、とても親身に応対してくれた。

「ニューヨークのどこかにいると聞いていましたよ。今は何をされているのですか？」


彼に事情を話した。

「週に3日、夜に私のクロークで働いていただけませんか？」

「ぜひともお願いします」と、僕は言った。

「それから親友がいるんですが、彼も――」

「その方もここで働けますよ」


こうして週に3晩、シドニー・ローゼンタールと僕はロングアイランドのグレン・コーブ・カジノに行き、帽子やコートを預かっては一品につき、3ドルずつ稼ぐようになった。僕らはまた、そこのビュッフェ・テーブルから、できる限りたくさんの食べ物をかき集めた。

カジノの他の従業員を乗せた車が拾ってくれて、1時間半ほど離れたロングアイランドまで連れていってくれた。その晩の仕事が終わると、またホテルまで送ってくれた。そこで稼いだお金はナタリーに送ったが、母は必ずそれを送り返してきた。

ある晩、クロークに入ると、クリフォード・ウルフが僕をじっと見て、顔をしかめた。

「君が着ているスーツは……」

スーツは破れて、みすぼらしかった。

「はい？」

「もっとましなものは持っていないんですか？」

恥じ入りながら首を横に振った。手持ちの服はブリーフケースに収まるくらいしかなかった。

「残念ながらありません」

「何とかしましょう」とクリフォードは言った。

翌日の夜、グレン・コーブに着くと、クリフォード・ウルフが青いあや織りのウールのスーツを僕に渡して言った。

「私の行きつけの仕立屋に行って、あなたに合うように直してもらってください」

それ以来、グレン・コーブに行くときにはいつも、クリフォード・ウルフのスーツを着て行った。

説明のできない気分の揺れは続いていた。これといった理由もないのに有頂天になるか、自殺をしたいと思うようになるか、そのどちらかだったのだ。両親のナタリーとオットーに宛てた1936年12月26日付の手紙の中で、僕はこう書いていた。

〝今は揺れ続ける自分と闘う気にはなれません。このまま続けられるのかどうか、僕には分かりません。自分の能力にもっと自信があったなら、ずっと楽だったのでしょうけれど〟

その1カ月後には、こう書いていた。

〝歌に関してはうまくいくかもしれません。チャペルは僕らが作った新しい曲の一つを聞いて、つなぎの部分を書き直して、また持ってくるようにと言いました。彼らはかなり気難しい人たちで、僕らの曲を気に入ってくれているのは頼もしい限りです〟

僕はそれまでに二度、椎間板が外れそうになるという症状に見舞われ、いずれも3日間寝込んだ。それは「僕の未来は大きく開かれている」という至福感を感じていた最中に起きた出来事だった。背が低く軽快で、人懐っこい笑顔の男性に出会ったのは、ブリル・ビルを巡回していた時のことだった。その時は、彼が誰なのか、まったく知らなかった。レミックのオフィスで、マネジャーが僕の曲の一つを聞いていた時に、彼はたまたまオフィスに居合わせたのだった。

マネジャーは首を横に振って言った。

「われわれが探している曲ではありませんね――」

「これは大ヒットする可能性がありますよ」と彼に懇願した。

「〝愛が消えた時、愛がなくなって、星は輝きを忘れ、そして僕たちが知るべきはずのものより、ずっと悲しい歌が聞こえてくる〟……」

マネジャーは肩をすくめた。

人懐っこい笑顔の見知らぬ男が、そんな僕を観察していた。

「ちょっと見せてくれ」と彼は言った。

楽譜を渡すと、彼はそれをざっと見た。

「とんでもなく良い歌詞だ」とコメントした。

「君の名前は？」

「シドニー・シェルダンです」

彼は手を差し出した。

「マックス・リッチだ」

彼の名前は知っていた。その当時、彼の歌の2曲がヒットして放送されていた。その一つは『スマイル・ダーン・ヤ・スマイル！』で、もう一つは滑稽な歌で『ザ・ガール・イン・ザ・グリーン・ハット』だった。

「何か出版されたことはあるのかい、シドニー？」

いつもと同じ引っ掛けの質問だ。僕は落胆した。

「いいえ」

僕はドアを見ていた。

彼は微笑んだ。

「じゃあ、その状況を変えようじゃないか。私と一緒にやらないか？」

あ然とした。これこそ僕が夢見たチャンスだった。

「僕――ぜひお願いします」

ほとんど言葉が出てこなかった。

「私のオフィスはこのビルの2階にあるんだ。明日の朝10時にそこで会って、仕事に取り掛からないか?」

「良いですね！」

「君が作った歌詞を全部持ってきなさい」

僕は息をのんだ。

「持って行きますよ、リッチさん」

僕は有頂天だった。

シドニー・ローゼンタールにこの出来事を話すと、彼は言った。

「おめでとう、大成功だね！　マックス・リッチなら何でも出版できるよ」

「君の歌もいくつか見せられるよ」

「それから――」

「まず自分のことから始めたほうがいいよ」

「それもそうだね」

その夜、シドニー・ローゼンタールと僕はお祝いに夕食を食べに出かけたが、興奮し過ぎて何も喉を通らなかった。念願がすべて叶おうとしていたのだ。〝マックス・リッチとシドニー・シェルダンによる歌〟。組み合わされた名前の響きが良かった。

マックス・リッチは一緒に仕事をするのに素晴らしい相手だという予感がしたし、彼はきっと僕の歌詞のいくつかを気に入るであろうことが、分かっていた。

ナタリーとオットーに電話をかけようとしたが、僕は思った。〝始めてからにしよう〟

その夜、ベッドに入ってから考えた。〝マックス・リッチなら誰とでも書けるのに、どうして僕と書きたいんだろう?　僕は取るに足らない人間だ。彼はただ親切にしてくれただけだ。彼は僕のささやかな才能を過大評価したが、きっと幻滅することになるだろう。彼と一緒に仕事をするほどの才能は僕にはないからだ〟。どこからともなく、暗雲が降りてきた。〝僕はブリル・ビルにあるすべての出版社から断られた。彼らはプロだ。彼らは才能というものを知っている。だが、僕にはそれがないんだ。マックス・リッチと一緒にいたら、もの笑いの種になるだけだ〟

翌朝の午前10時、マックス・リッチがブリル・ビルのオフィスで一緒に曲を作るのを待っていた頃、僕はシカゴに帰るためのグレイハウンド・バスの中にいた。

第8章 ショー・ビジネスの「開かずの扉」を開く時

Chapter 8 ◆ The Time I Could Open A Gate of Show Business That is Closed to Outsiders

１９３７年3月、敗北者としてシカゴに帰ってきた。両親のオットーとナタリー、そして弟のリチャードも、僕がソングライターとして成功しなかったことに同情的だった。

「素晴らしい歌を聞いても分からない人たちなのよ」とナタリーは言った。

わが家の経済状況は良くなっていなかった。仕方なく、ビスマルク・ホテルのクロークに戻って働くことにした。昼間はロジャース・パークの北側にあるレストランで、車を駐車する仕事に就くことができた。不合理な気分の揺れは続いた。自分ではどうすることもできなかった。理由もなく有頂天になったり、物事がうまくいっているのに落ち込んだりした。

ある晩、スチュワート・ワーナー（シカゴで働いていた自動車自ギアなどの車の部品製造会社）で、メンターだったチャーリー・ファインと妻のヴェラが、一緒に夕食をするためにアパートにやって来た。経済的な理由から、近所の中華料理屋で買ってきた安いテイクアウト用の夕食を出したが、ファイン夫妻は気付かないふりをしてくれた。

その晩、ヴェラが言った。

「来週、カリフォルニア州のサクラメントまで車で行くの」

〝カリフォルニアといえばハリウッド〟。まるで突然、僕のために扉が開いたかのようだった。ＲＫＯジェファーソン・シアターで過ごした魔法のような素晴らしい時間をすべて思い出した。ウィリアム・パウエルやマーナ・ロイと一緒に『アフター・ザ・シン・マン』で犯罪を捜査し解決したこと。『オレゴン・トレイル』ではジョン・ウェインと一緒に幌馬車に乗ってカリフォルニアに行き、『ナイト・マスト・フォール』ではロバート・モンゴメリーがロザリンド・ラッセルを恐怖のどん底に陥れるのを無力に見守り、『ターザン・エスケープス』ではターザンと一緒に木々の間を揺れ動き、ケーリー・グラント、クラーク・ゲーブル、そしてジュディ・ガーランドとディナーを共にした。僕は息を大きく吸い込んで言った。

「車で送っていくよ」

皆が驚いて僕を見た。

「それはご親切にありがとう、シドニー」とヴェラ・ファインは言った。

「でも、無理はしてほしくないわ――」

「喜んで送るよ」と力を込めて言った。

両親のナタリーとオットーの方を向いた。

「ヴェラをカリフォルニアに連れて行きたいんだ」

気まずい沈黙が訪れた。

ファインズ夫妻が帰った後、僕たちは話し合いを再開した。

「またいなくなるわけにはいかないぞ」とオットーが言った。

「お前は帰ってきたばかりだろう」

「でもハリウッドで仕事が得られたら――」

「いや、俺がここで何か探してやるよ」

シカゴで何ができるかは分かっていた。ホテルのクロークと薬局と駐車場。そんな仕事はもうたくさんだった。

しばしの沈黙の後、ナタリーが言った。

「オットー、それがシドニーの望みなら、チャンスをあげるべきよ。こうしましょう。お互いに妥協しましょう」

彼女は僕の方を向いて言った。

「3週間以内に仕事を見つけられなかったら、家に戻ってきなさい」

「それで決まり！」と意気揚々と言った。

ハリウッドで簡単に仕事が見つかると確信していた。考えれば考えるほど極端に楽観的になった。

ついに、大チャンスが巡って来たのだ。

5日後、ヴェラと幼い娘のカーメルをサクラメントに送り届けるための荷造りしていた。

リチャードは怒っていた。

「どうして、またいなくなるの？　帰ってきたばかりだろう？」

これから起こるすべての素晴らしいことを、どう弟に説明できるというのか？

「分かってるよ。でも大事なことなんだ。心配しないで。迎えをよこすから」

リチャードは泣きそうになっていた。

「それは約束なの？」

リチャードの体に腕を回した。

「約束だよ。お前に会えないと寂しくなるよ」


サクラメントに着くまでに5日かかった。到着するとヴェラとカーメルに別れを告げ、安宿で一夜を明かした。翌朝早くにサンフランシスコまでバスで行き、ロサンゼルス行きのバスに乗り換えた。

ロサンゼルスにはスーツケース一つと、ポケットには50ドルを持って到着した。バス乗り場で『ロサンゼルス・タイムズ』紙を買って、広告欄で部屋を探した。

すぐに目に付いたのは、朝食付きで家賃が週4ドル50セントという下宿屋の広告だった。下宿屋は、有名なサンセット大通りから数区画入ったところにあるハリウッド地区にあった。

行ってみたらその下宿屋は、美しい住宅街の静かな通り、カルメン通り1928番地にある、とても感じの良い古風な一軒家だった。

ベルを鳴らすと、ドアを開けてくれたのは40代くらいの小柄で気さくそうな顔立ちの女性だった。

「こんにちは。何かご用ですか？」

「はい、シドニー・シェルダンといいます。数日泊まれるところを探しているんです」

「グレース・サイデルです。中にお入りください」

スーツケースを手に取り、玄関に入った。大家族の家を改造して下宿屋にしたのは明らかだった。大きなリビングルーム（居間）、ダイニングルーム（食堂）、ブレックファスト・ルーム（朝食用の部屋）、そしてキッチンがあった。寝室は12室あり、そのほとんどが賃貸中で、共同のバスルームが四つあった。

「家賃は週4ドル50セントで、朝食付きですね」

グレース・サイデルは、僕のしわくちゃのスーツと着古したシャツをじっと見て言った。

「どうしてもと言うなら、週4ドルにすることもできますよ」

僕は彼女を見て、何としても言いたかった。〝4ドル50セント払いますよ〟と。でも、僕に残されたわずかなお金では、長くはもたなかった。僕はプライドを捨てて言った。

「ではお願いします」

彼女は温かい笑顔を見せた。

「いいですよ。お部屋にご案内しましょう」

部屋は小さかったが、こざっぱりとしてきれいな内装で、とても気に入った。

グレースに向かって言った。

「素敵な部屋ですね」

「それは良かったです。玄関の鍵を渡しましょう。うちの決まりの一つは、ここには女の子を連れてきてはいけない、ということです」

「問題ありません」

「他の下宿人を紹介しましょう」

リビングルームに連れて行かれると、そこには何人かの下宿人が集まっていた。ライターが4人、小道具係がひとり、俳優が3人、監督がひとり、そして歌手がひとり。そのうちに、彼らは皆、決して叶わぬ素晴らしい夢を追い求めて失業中の「ワナビー（want to be）」族であることが分かった。

グレイシーには、礼儀正しい12歳の息子のビリーがいた。彼の夢は消防士になることだった。それがおそらくこの下宿屋で唯一、実現できる夢だったろう。

ナタリーとオットーに電話して、無事到着したことを伝えた。

「覚えておくんだぞ」とオットーは言った。

「もし3週間以内に仕事が見つからなかったら、家に帰ってきてほしい」

〝それは問題ないさ〟

その晩、グレイシーの家に住む下宿人は、広いリビングルームに座り込んで、それぞれの苦労話を語り合った。

「シェルダン、ショー・ビジネスは大変だよ。どの映画スタジオ（映画制作会社）にも門があり、その門の内側ではプロデューサーたちが才能ある人材を求めて叫んでいる。俳優や監督、ライターがぜひとも必要だと叫んでいる。しかし門の外に立っていたら、中には入れてもらえないんだ。外部の者には開かずの扉なんだよ」

〝そうかもしれない〟と僕は思った。〝でも、毎日、誰かが何とかしてその門を通り抜けているんだ〟

想像していたようなハリウッドは存在しないことが分かった。コロンビア映画[1]、パラマウント[2]、そしてRKO[3]はハリウッドにあったが、MGM（メトロ・ゴールドウィン・メイヤー）とセルズニック・インターナショナル・スタジオ[4]はカルヴァーシティにあった。ユニバーサル・スタジオ[5]はユニバーサル・シティに、ディズニー・スタジオ[6]はシルバーレイクに、20世紀フォックス[7]はセンチュリー・シティに、そしてリパブリック・スタジオ[8]はスタジオ・シティにあった。

グレースは気を利かせて、ショー・ビジネス業界の週刊誌、『バラエティ』誌[9]を定期購読してくれていた。どんな仕事があるのか、どんな映画が作られるのかを知るために、皆が読めるよう、聖書のようにリビングルームに置いてあった。その『バラエティ』誌を手に取り、日付を見た。あと21日以内に仕事を見つけなければならなかった。何とか映画スタジオの門をくぐらなければならないことは分かっていた。

翌朝、皆で朝食を食べている時に電話が鳴った。電話に出るのはほとんどオリンピック競技のようになっていた。誰もが電話に出たがり、一番乗りを目指して競い合っていたのだ。というのも、誰も社交生活を楽しむような金銭的ゆとりはなかったので、かかってくる電話は仕事の話に違いなかったからだ。

俳優が電話を取り、しばらく話を聞いてから、グレースに向かって言った。

「あなたへの電話ですよ」

皆から失望のため息がもれた。下宿人の誰もが自分への仕事であることを期待していた。電話は下宿人を未来につなぐ命綱だった。

ロサンゼルスの観光ガイドを買った。そして、コロンビア映画がグレイシーの下宿屋に一番近かったので、そこから回り始めることにした。コロンビア映画のスタジオはサンセット通りから少し入ったガウアー通りにあった。コロンビア映画の前には門がなかった。

正面玄関から入ると、年配の警備員が机の向こう側に座って報告書を書いていた。彼は僕が入ってきたのに気付いて、顔を上げた。

「何かご用でしょうか？」

「はい」と自信満々に言った。

「僕はシドニー・シェルダンです。ライターになりたいんです。どなたに会えばよいでしょうか？」

彼は一瞬、僕をじっと見た。

「予約はおありですか？」

「いいえ、でも……」

「それなら誰にも会えませんよ」

「誰か会ってくれる人がいるはずでしょう――」

「予約なしでは無理ですよ」と彼はきっぱり言った。そして報告書作成に戻ってしまった。

このスタジオに門がいらないことは明らかだった。

次の2週間、すべての映画スタジオを回った。ニューヨークと違ってロサンゼルスは広く、スタジオはあちらこちらに散在していた。歩いて回れるような街ではなかったのだ。サンタモニカ・ブルバードの中心を路面電車が走り、どの大通りにもバスが走っていた。すぐにバスのルートと時刻を覚えた。

スタジオの外観はそれぞれ違っていたが、警備員の対応はどこも同様だった。実際、全員が同一人物のように感じ始めていた。


〝ライターになりたいんです〟

〝どなたに会えばいいですか？〟

〝予約はおありですか？〟

〝いいえ〟

〝それでは誰にも会えませんよ〟


華やかなキャバレーを窓の外から物欲しげに眺めている男のようなものだった。ハリウッドは目前にあったが、すべての入り口には鍵がかかっていて、中には入れなかったのだ。

わずかな資金を使い果たすところだったが、それよりも大きな問題は、時間切れになることだった。

スタジオを訪問していないときは、自分の部屋にこもって、使い古したポータブル・タイプライターで物語を書き続けていた。

ある日、グレイシーからありがたくない知らせがあった。

「申し訳ないのだけれど、今後は朝食は出せません」

誰もその理由を聞く必要はなかった。僕たちのほとんどが家賃を滞納していたので、グレイシーにはもう僕たちを支え続ける余裕はなかったのだ。

翌朝、お腹を空かせ、一文無しで目を覚ました。朝食代はなかった。小説を書こうとしたが、集中できなかった。お腹が空き過ぎていたのだ。ついにあきらめた。キッチンに行った。グレイシーがそこでガス台を掃除していた。

彼女は振り向いて僕を見た。

「あら、シドニー?」

僕は口ごもった。

「グレイシー、僕――僕、新しいルール――朝食なし、というのは分かっているんですが、でも今朝はちょっとだけ何か食べられないかと思って。あと数日できっと――」

グレイシーは僕を見て、きつい口調で言った。

「部屋に戻ったらどうなの?」

胸が張り裂けそうになった。部屋に戻り、タイプライターの前に座った。自分にもグレイシーにも恥をかかせてしまったという屈辱感があった。ストーリーの続きを書こうとしたが無駄だった。頭にあったのは、お腹が空いて、お金がなくて、絶望的だということだけだった。

15分後、ドアをノックする音が聞こえた。ドアを開けるとグレイシーがトレイを持って立っていた。トレイの上には、大きなグラスに入ったオレンジジュースと湯気の立つコーヒーのポット、そしてベーコンエッグとトーストが載せられたお皿があった。

「熱いうちにお上がりなさい」

それは、僕が食べた中で最高の食事だったかもしれない。一番思い出に残っている食事であることは確かだ。


ある日の午後、いつものようのスタジオを回り、その甲斐なく下宿に戻ってくると、父のオットーから手紙が来ていた。その中には、シカゴ行きのバスの切符が入っていた。それは、僕が見た中で最も憂うつな紙切れだった。オットーのメモにはこう書かれていた。

「来週には帰って来ると思っています。愛を込めて。父より」

僕にはあと4日しかなく、どこにも行く当てはなかった。神様たちは笑っていたに違いない。

その夜、グレイシー家の下宿人たちとリビングルームでおしゃべりしていると、ひとりが言った。

「妹がMGMで読み手の仕事に就いたよ」

「読み手？ それは何のこと？」と僕は尋ねた。

「どこのスタジオにも読み手がいるんだよ」と彼は説明してくれた。

「プロデューサーがたくさんの駄作を読む手間を省くために、読み手がストーリーを要約にするんだ。プロデューサーは、その要約が気に入れば本や戯曲を全部読むことになる。スタジオによっては読み手をスタッフとして抱えているところもある。外部から読み手を雇うところもある」

胸が高鳴った。スタインベックの名作『マウスと人間』を読んだばかりで、それから——。

30分後には本をざっと読み直し、その要約をタイプしていた。

翌日の正午までには、スタジオに送れるよう、借りたガリ版で5〜6部のコピーを作っていた。スタジオには1日か2日くらいですべて届いて、3日目くらいに返事が来ると思っていた。


3日目になって届いたのは、弟のリチャードからの、いつ迎えをよこしてくれるのかという問い合わせの手紙だけだった。4日目にはナタリーから手紙が届いた。

次の日は木曜日で、バスの切符は日曜日のものだった。また一つ夢が死んでしまった。グレイシーに、日曜日の朝に出発することを告げた。彼女は悲しく、思慮深い瞳で僕を見た。

「私に何かできることはないかしら？」

彼女を抱きしめた。

「とても良くしてくださってありがとうございます。僕が望んでいたようには、うまくいきませんでしたが」

「夢を見るのを決してやめないで」

でも、僕はやめてしまっていたのだ。

翌日の朝早く、電話が鳴った。俳優のひとりが駆け寄り、電話をつかんだ。彼は受話器を取ると、できる限りの最高の俳優声で言った。

「おはようございます。どんなご用でしょう？……どなたに？」

彼の声の調子が変わった。

「デイビッド・セルズニック氏のオフィスですか？」

部屋は完全に静まり返った。セルズニックはハリウッドで最も有名なプロデューサーだった。彼は『スター誕生』『ディナー・アット・エイト』『二都物語』『ビバ・ヴィラ！』『デイビッド・カッパーフィールド』、その他数多くの映画を世に送り出していた。

電話に出ていた俳優が言った。

「はい、彼はここにいます」

僕らは文字通り息をのんだ。〝彼〟とは誰のことだろう？

俳優は僕の方を向いた。

「シェルダン、君に電話だよ」

この下宿の記録を破るほどの俊足で、電話に向かった。「もしもし？」

女性の甲高い声がした。

「シドニー・シェルダンさんですか？」

一瞬にして、セルズニック本人と話をしているのではないことが分かった。

「はい、そうです」

「デイビッド・セルズニックの秘書のアンナです。セルズニック氏が要約を書いてほしい小説があるんですが、うちの読み手は皆、手がふさがっているんです」

読み手たちはと言うべきだろう、と瞬時に思った。しかし、これからキャリアをスタートさせようという人の間違いなど、正せるような立場に僕はいるのか？

「しかもセルズニック氏は、今日の夕方6時までに要約がいるんです。400ページの小説です。うちの場合、要約は通常30ページ程度で、2ページの要約と1段落のコメント付きです。でも、夕方の6時までに届けてもらわなければならないんです。できますか？」

セルズニック・スタジオに行き、400ページの小説を読んで、どこかでまともなタイプライターを探して、30ページの要約を書いて、6時までに完成させるなんてできるわけがなかった。

「もちろんできますよ」

「良かった。ではカルヴァーシティにあるうちのスタジオまで本を取りに来てください」

「すぐ行きます」

受話器を置いた。〝セルズニック・インターナショナル・スタジオ〟。僕は腕時計を見た。朝の9時半だった。カルヴァーシティまでは1時間半かかる。他にもいくつか問題があった。交通手段がなかった。それにタイピストを見つけ出さなければならなかったし、30ページの要約をタイプさせるのには長く時間がかかる。しかもこの長い時間に、400ページの小説を読む時間は含まれてはいなかった。カルヴァーシティのスタジオに11時に着いたとしても、あとちょうど7時間で奇跡を起こすしかなかった。

しかし、僕にはある計画があった。

第9章

ライターへの一歩を踏み出す（ハリウッド編）

Chapter 9 ◆ Taking A Step to Become A Writer (in Hollywood)

カルヴァー・シティまでは路面電車とバスを2台乗り継いで行った。2台目のバスの中で乗客の顔ぶれを見渡しながら、「デイヴィッド・セルズニックに会いに行く途中なんだ」と皆に伝えたくなった。セルズニック・インターナショナル・スタジオから2区画離れたところで、バスを降りた。

ワシントン通りに面したスタジオは、大きく堂々としたジョージアン様式[1]の建物だった。セルズニックの映画のオープニングに出てくるので見覚えがあった。

急いで中に入ると、受付用のデスクの向こう側の女性に言った。

「セルズニック氏の秘書と面会の約束があるんです」

少なくとも僕の方はすぐにセルズニックに会うつもりだったのだ。

「お名前は？」

「シドニー・シェルダンです」

受付の女性は机の引き出しに手を入れ、分厚い包みを取り出した。

「これはあなた宛てです」

「ええ？　もしかしたら、セルズニック氏にお会いできるのかと――」

「いいえ、セルズニック氏は忙しい方ですので」

ではセルズニックには、後で会うことになるのだろう。

その包みを握りしめてそのビルを後にし、6区画先にあるMGMスタジオに向かって通りを走り出した。そして、走りながら自分の計画を思い返していた。いとこのシーモアと交わした、彼の元妻のシドニー・シンガーに関する会話から、その計画を思い付いたのだ。

〝シーモア、彼女とはこれから会うことがあるの？〟

〝いいや、彼女はハリウッドに行ってしまった。映画会社のMGMで女性監督の秘書の仕事に就いたんだ。ドロシー・アーズナーの秘書だ〟


そのシドニーに助けてくれるよう、頼むつもりだった。うまくいく可能性は極めて低かったが、それしか方法がなかった。

MGMスタジオに着くと、ロビーのデスクの背後にいた警備員のところに行った。

「シドニー・シェルダンです。シドニー・シンガーさんに会いたいのですが」

「シドニー……。ああ──ドロシー・アーズナーの秘書だね」

物知り気にうなずいた。

「その通りです」

「シドニーは君を待っているのかい？」

「はい」と、自信たっぷりに言った。

警備員は受話器を取り、内線番号をダイヤルした。

「シドニー・シェルダンさんがあなたに会いに来ていますよ……」

彼はゆっくりと繰り返した。

「シドニー・シェルダン」

彼はしばらくの間、耳を傾けていた。

「でも彼が言うには──」

僕は麻痺（まひ）したように立ちすくんでいた。〝はい、と言って。はい、と言って。はい、と言ってくれ〟

「分かりました」と、警備員は受話器を置いた。

「あなたに会うそうです。230号室へ行ってください」

心臓が再び鼓動を刻み始めた。

「ありがとうございます」

「向こうのエレベーターに乗ってください」

エレベーターで2階に行き、廊下を急いだ。シドニーのオフィスは廊下の突き当たりにあった。中に入ると、彼女は机の向こう側に座っていた。

「こんにちは、シドニー」

「こんにちは」

彼女の声に温かみはなかった。そして僕は突然、シーモアとの会話の続きを思い出した。〝シドニーは僕を心底から憎んでいる。もう二度と会いたくないと僕に言った。僕は一体何を考えていたのだろう？　座って、と彼女は言うかな？　いいや〟

「ここに何をしに来たの？」


〝ああ、僕の無給の秘書として働いてほしいと頼みに来ただけだよ〟


「実は——話せば長いことなんだ」

彼女は腕時計を見て立ち上がった。

「私、ランチに出かけるところなのよ」

「行っちゃダメ！」

彼女は僕をじっとにらんだ。

「何で私はランチに行っちゃいけないの？」

僕は深く息を吸い込んだ。

「シドニー、僕——僕——困っているんだ」

ニューヨークでの大失敗から始まり、ライターになりたいという夢と、映画スタジオの警備員を突破できないこと、そして、その日の朝、デビッド・セルズニックから電話があったことまで、一気にすべて彼女に話した。


彼女は僕の話を聞いていたが、話の終わりに差しかかると、唇をとがらせた。

「セルズニックの仕事を引き受けたのは、私があなたのために、午後中ずっとタイプをすると見込んでのことだったの？」


〝それはもめた末の離婚だった。彼女は僕を心底から憎んでいる〟


「僕——僕、見込んではいなかったよ」と言った。

「ただそう望んでいただけなんだ——」

息をするのもつらかった。愚かな行動をしていた。

「邪魔をしてごめん、シドニー。こんなことを君に頼む権利はなかったのに」

「そう、確かになかったわ。じゃあ、これからどうするの？」

「この本をセルズニック氏に返しに行くよ。そして明日の朝、シカゴに発つ。とにかく、ありがとう、シドニー。話を聞いてくれてありがとう。さようなら」

絶望的な気持ちで、ドアの方に向かって歩き始めた。

「ちょっと待って」

僕は振り返った。

「これはあなたにとって重要なことなのでしょう？　違う？」

僕はうなずいた。動揺し過ぎて言葉が出なかった。

「その包みを開けて、見てみましょう」

一瞬、その言葉の意味を理解するのに時間がかかった。

「シドニー――」

「黙って。その本を見せてちょうだい」

「それってもしかして……」

「あなたのしたことは、私が今まで聞いた中で最も非常識だわ。でも、あなたの信念は賞賛に値するわ」

そう言って彼女は初めて笑顔を見せた。

「あなたを助けてあげるわ」

安堵感が体中にあふれた。自然と頬がゆるんでくるのを止められなかった。彼女が本を読み飛ばすのを見ていた。

「長いわね」と彼女は言った。

「どうやって6時までにこの要約を書き終えるつもりなの？」


〝良い質問だ〟


彼女は僕に本を返した。表紙カバーの裏側をちらっと見て、どんな本なのかを理解しようとした。それはセルズニックが作りたがりそうな、時代物のロマンスだった。

「これをどうするつもりなの？」とシドニーは聞いた。

「ざっと読んでみるよ」と僕は説明した。

「そして話の要点が見えたら、君に口述するよ」

彼女はうなずいた。

「どうなるかやってみましょう」

僕は彼女の向かい側の椅子に座って本のページをめくり始めた。それから15分ほどで、ストーリーをかなり明確に把握できた。本をざっと読み始め、本筋に関係しそうなことがあると彼女に口述した。シドニーは僕が話すのを聞きながらタイプした。

今になっても、シドニーがなぜ僕を助けてくれる気になったのかはよく分からない。それは僕が絶体絶命の状況にあったからなのか、それとも必死に見えたからなのか。それは永久に分からないだろう。しかし、その日の午後、彼女がずっと机に向かって、本のページをめくるのに合わせてタイプしてくれたことは確かだった。

時計の針は競っているかのように進んだ。シドニーが「4時よ」と言った時には、その本を半分ほど終えたところだった。

僕は本を読むスピードも、話すスピードも速めた。30ページの要約と2ページの要約、そして1ページのコメントを口述し終えたのは、きっかり6時10分前だった。

シドニーから最後のページを渡され、感謝を込めて言った。

「僕に何かできることがあれば――」

彼女は微笑んだ。

「ランチでいいわ」

彼女の頬にキスをし、タイプされた紙束を本と一緒に封筒に詰めると、シドニーのオフィスを飛び出した。セルズニック・インターナショナル・スタジオまでずっと走り続け、6時1分前にスタジオにたどり着いた。

受付用のデスクの後ろに先ほどと同じ女性がいたので、彼女に向かって言った。

「シェルダンと申します。セルズニック氏の秘書にお会いしたいのです」

「彼女はずっとお待ちかねですよ」

急いで廊下を歩きながら、これは始まりに過ぎないのだと思った。セルズニックはMGMで読み手として出発した、と読んだことがあったから、僕たちには共通の話題があるわけだ。

〝セルズニックは僕をスタッフとして雇ってくれるだろう。僕はここにオフィスを持つことになるんだ。ナタリーとオットーは、僕が彼のために働いていることをもうすぐ知るだろう〟

セルズニックの秘書のオフィスにたどり着いた。中に入ると、彼女は腕時計を見て言った。

「あなたのことを心配し始めたところですよ」

「大丈夫です」とさりげなく答えた。彼女に封筒を手渡し、彼女が原稿に目を通すのを見守った。

「きれいに仕上がっていますね」

彼女は僕に封筒を渡した。

「10ドル入っています」

「ありがとうございます。次の要約が必要なら、いつでも――」

「ごめんなさい」と彼女は言った。

「うちのいつもの読み手が明日戻ってくるんです。セルズニック氏は、いつもは外部の読み手を使わないの。実はあなたは間違って呼ばれたんです」

息をのみ込んだ。

「間違って？」

「そうなんです。あなたはここの読み手のリストに載っていませんから」

つまり、決してデイヴィッド・セルズニックのチームの読み手にはなれないということなんだ。彼が読み手だった日々について、僕らが親密に語り合うこともないだろう。この狂乱の1日は始まりであり、終わりだった。その瞬間に深く落ち込んでいてもいいはずだった。ところが不思議なことに、幸せを感じていた。なぜか？　それは分からなかった。

グレイシーの家に着くと、下宿人たちが帰りを待ち構えていた。

「セルズニックに会ったのか？」

「どんな人だった？」

「そこで働くのか？」

「面白い午後だったよ」と僕は答えた。

「とても面白かった」

そう言って自分の部屋に入り、ドアを閉めた。

ベッドの横のテーブルにバスの切符が見えた。それは敗北の象徴だった。それは、ホテルのクロークと薬局、駐車場を行き来する暮らし、逃げてきたはずの人生に戻ることを意味していた。僕は行き止まりに来ていた。バスの切符を手にし、それを真っ二つに破らないようにするのが精一杯だった。どうしたらこの失敗を成功に変えられるのか？

〝何か方法があるはずだ。何か方法があるはずだ〟

そして、思い付いた。家に電話をかけると、ナタリーが電話に出た。

「ハロー、ダーリン。会うのが待ちきれないわ。大丈夫なの？」

「元気だよ。良い知らせがあるんだ。デイヴィッド・セルズニックのために要約を書いたところなんだ」

「本当に？　それは素晴らしいわ！　彼は良い人だった？」

「うん、最高に素敵だったよ。そして、これはほんの始まりに過ぎないんだ。ここの門は開いたんだよ、ナタリー。すべてが素晴らしいことになる。ただ、あと2～3日あればいいんだ」

彼女はためらわなかった。

「分かったわ、ダーリン。帰ってくるときに知らせてね」


〝僕は家には帰らない〟


翌朝、バス・ターミナルに行き、父のオットーが送ってくれたチケットを換金した。その日の残りの時間は、すべての主要なスタジオの文学部門に手紙を書くことに費やした。

手紙の一部には次のように書いていた。


〝私はデビッド・O・セルズニック氏に個人的に頼まれて、小説の要約を書き上げたところです。これから他の要約もお引き受けできます……〟


その2日後から電話がかかってくるようになった。まず20世紀フォックス社から電話があり、次にパラマウント社から電話があった。フォックス社からは本の要約を頼まれ、パラマウント社からは戯曲の要約を依頼された。それぞれの要約は、長さによって5ドルか10ドルの報酬になった。

各スタジオにはそれぞれ読み手のスタッフがいたので、外部の読み手を呼ぶのはスタッフが多忙になり過ぎたときだけだった。僕は1日に小説1冊の要約をまとめるのがせいぜいだった。スタジオに本を取りに行き、グレイシーの下宿に戻り、本を読み、要約をタイプしてスタジオに持ち帰るには1日かかったのだ。1週間に平均2～3本の電話がかかってきた。僕のためにタイプしてくれるシドニーはもういなかった。

わずかな収入を増やすために、会ったこともない男に電話をかけた。カリフォルニアに向かう車の中でヴェラ・ファインが、その男のことを話していたのだ。男の名はゴードン・ミッチェル。映画芸術科学アカデミー[2]の技術部門の責任者だった。

電話でヴェラ・ファインの名前を出し、仕事を探していると伝えた。彼はとても親身に対応してくれた。

「実は、あなたにできることがここにありますよ」

ワクワクした。著名なアカデミーのために働けるのだ。

翌日、ミッチェルさんに彼のオフィスで会った。

「ちょうど良いタイミングでしたよ」と彼は言った。「今日の夕方からここで働いてください。うちの映写室で映画を見る仕事です」

「それは素晴らしい」と僕は答えた。

「どんな仕事ですか？」

「うちの映写室で映画を見る仕事です」

彼をじっと見つめた。彼は詳細を説明してくれた。

「アカデミーではさまざまなフィルム保存剤をテストしているんです。われわれはフィルムの異なる部分を異なる化学物質でコーティングしました。あなたの仕事は映写室に座って、各映画が上映された回数を記録することです」

そして、彼は申し訳なさそうに付け加えた。

「申し訳ありませんが、1日3ドルしか払えないんです」

「お引き受けします」

まず初めに何度も繰り返し見た映画は『ザ・マン・フー・リブドゥ・トゥワイス』で、すぐにその台詞をすべて引用できるようになった。夜は同じ映画を見て過ごし、昼間は電話が鳴るのを待った。

その運命の日、1938年12月12日に、ユニバーサル・スタジオから電話がかかってきた。ちょうどユニバーサル・スタジオから注文された要約を何本か仕上げたところだった。

「シドニー・シェルダンさん？」

「はい」

「今日の朝、スタジオに来てくれませんか？」

〝もう3ドルだ〟

「はい」

「タウンゼント氏の事務所に行ってください」

アル・タウンゼントはユニバーサル・スタジオのストーリー・エディター[3]だった。スタジオに到着すると、彼のオフィスに通された。

「君が書いた要約をいくつか読んだよ。とてもよく書けている」

「ありがとうございます」

「うちでスタッフの読み手を必要としているんだ。君はどうかね?」

彼にキスをしたいほどうれしかったが、したら怒られるかな、と思った。

「はい、喜んでお受けします」

「週給は17ドルだ。うちは週6日勤務だよ。君の勤務時間は午前9時から午後6時まで。月曜日から来てくれ」

タイプでお世話になったシドニーにこのニュースを伝えて、ディナーに招待しようと彼女のオフィスに電話した。

聞き覚えのない声が返ってきた。

「もしもし?」

「シドニー・シンガーさんと話したいのですが」

「ここにはおりません」

「いつお戻りですか?」

「シドニーは戻ってきません」

「何ですって? あなたはどなたですか?」

「ドロシー・アーズナーです」

「ああ、シドニーさんの転送先の住所をご存知ですか? アーズナーさん」

「彼女は残していきませんでした」

それ以来、シドニーには会っていないが、彼女への恩を僕は決して忘れてはいない。

ユニバーサル・スタジオはB級映画を作っている映画スタジオだった。1912年にカール・パパ・レムリーによって設立され、経費を倹約することで知られていた。その数年前、このスタジオはある西部劇のトップ・スターのエージェントを呼んで、低予算の映画にそのスター俳優を出演させたいと申し出た。

エージェントは笑った。

「そんな予算はお宅にはないでしょう。彼のギャラは1日に千ドルですから」

「大丈夫です」とスタジオの幹部はエージェントに確約した。

「ギャラはお支払いしますから」

映画は覆面をした盗賊の話だった。撮影の初日、監督はさまざまな場所でそのスターのクローズアップを数限りなく撮り続け、その日の終わりには彼の出番は終わったと言った。その後どうしたかというと、マイナーな俳優を代役に立てて、ずっと覆面で撮影したのだ。

月曜日の朝、初めてユニバーサル・スタジオの門をくぐった時、感動に包まれた。西部劇の町並み、ビクトリア朝建築の家並み、サンフランシスコの通り、ニューヨークの通りを抜けながら、自分が魔法にでもかかったかのように感じていた。

アル・タウンゼントが仕事内容を説明してくれた。それは無声映画のために書かれた何十本もの脚本を読み、その中からトーキー映画にする価値のあるものを選び出すことだった。ほとんどすべてのシナリオは絶望的だった。印象に残っているのはある悪役に関する描写だ。

〝彼に見えるのは袋詰めの金だけだった〟

パパ・レムリーの配下のユニバーサル・スタジオは気楽でざっくばらんな、ジャケットいらずといった感じの映画スタジオだった。プレッシャーはまったく感じなかった。まるで大家族のような会社だった。

毎週給料をもらうようになり、グレイシーに定期的に下宿代を払えるようになった。スタジオには週6日出勤したが、スタジオの敷地に足を踏み入れる時の感動は、決して消えなかった。そこでは、毎日夢が生み出されていたのだ。これはほんの始まりに過ぎないのだと僕には分かっていた。ユニバーサル・スタジオに読み手として入社したが、また自分でオリジナルのストーリーを書き始め、スタジオに売り込むことになるのだ。両親のナタリーとオットーに手紙を書き、いかにうまくいっているかを伝えた。ハリウッドで定職に就いたのだ。

その1カ月後、パパ・レムリーがユニバーサル・スタジオを売却し、僕は他の皆と一緒に解雇されてしまった。

ナタリーやオットーにこのことは伝えられなかった。シカゴに戻るよう強く勧めるからだ。僕の未来がここにあることは分かっていた。スタジオに戻れるまで、他の仕事を――どんな仕事でもいいから――

探さなければならないだろう。

求人広告に目を通した。その中の一つが目に留まった。

ホテルの電話交換台のオペレーター求む
経験不問。週20ドル
ブラント・ホテル

ブラント・ホテルはハリウッド・ブルバードに面したシックなホテルだった。到着した時、ロビーは閑散としていて、ホテルの支配人しかいなかった。

「電話交換台のオペレーターの仕事のことで来ました」

彼はしばらく僕を観察していた。

「うちの電話交換手が辞めたばかりで、すぐにでも人が必要なんだ。電話交換台を操作したことはあるかい？」

「いいえ、ありません」

「本当に大したことはないんだ」

彼は僕を机の後ろに連れて行った。そこには大きくて複雑そうな電話交換台があった。


「座りなさい」と支配人は言った。

僕は座った。電話交換台には縦に2列のプラグが並んでいて、それを差し込む穴が30個ほどあった。それぞれの穴は、番号の付いた各部屋につながっていた。

「このプラグが見えるかい？」

「はい、見えます」

「プラグは二つずつのペアで縦に並んでいる。下の方はシスター・プラグと呼ばれている。電話交換台が点灯したら、その穴にフロント・プラグを入れる。電話をかけてきた人につないでほしい部屋を言われたら、その部屋番号の穴にシスター・プラグを入れて、このボタンを動かして、その部屋の電話を鳴らす。それだけのことだ」

僕はうなずいた。

「簡単ですね」

「1週間の試用期間をあげよう。夜勤になるよ」

「問題ありません」

「いつから始められる？」

「もう始めました」

支配人の言った通りだった。電話交換台の操作は簡単だった。ほとんど自動的にできるようになった。ライトが点灯したら1列目のプラグを差し込む。

「クレマンさんをお願いします」

ゲストの名簿を見る。クレマン氏の部屋は231号室だ。シスター・プラグを231号室の穴に差し込み、その部屋の電話を鳴らすためのボタンを押す。それだけの簡単なことだった。

電話交換台の操作は、ほんの始まりに過ぎないような気がしていた。夜間担当の支配人、その後は総支配人まで昇進できるかもしれない。このホテルはチェーン・ホテルの一つだから、どこまで昇進できるか分からない。そして、内部関係者の知識を生かしてホテルビジネスについての脚本を書くことになる。それを映画スタジオに売れば、望んでいた場所に戻れる、という成り行きだ。

この仕事を始めて2日目の夜中、午前3時頃に、宿泊客のひとりが電話交換台に電話をかけてきた。

「ニューヨークの電話番号につないでくれ」

彼は番号を伝えた。

その部屋のプラグを抜いて、ニューヨークの電話番号にかけた。

呼び出し音が5〜6回鳴った後で、女性が電話に出た。「もしもし」

「あなたにお電話が入っています」と僕は言った。

「ちょっとお待ちください」

客室に差し込まれた鍵を手に取り、交換台とにらめっこした。どの客が電話をかけてきたのか、見当も付かなかった。電話交換台の穴に目をやって、何か手がかりを得ようとした。電話交換台のどの辺りから電話がかかってきたかはだいたい見当が付いていた。目的の部屋を見つけようと、そのセクションのすべての部屋に電話をかけた。十人以上の客を目覚めさせることになった。

「ニューヨークの電話におつなぎしました」

「ニューヨークには知り合いがいないよ」

「ニューヨークの電話におつなぎしました」

「気でも狂ったか？　夜中の3時だぞ！」

「ニューヨークの電話におつなぎしました」

「俺じゃない、バカヤロー！」

朝になってホテルの支配人が来たので伝えた。

「昨夜はおかしいことがありました。僕が――」

「聞いたよ。おかしいことなんかじゃない。君はクビだ」

僕がホテル・チェーンを経営する運命になかったのは明らかだった。先に進む時が来たのだ。

＊　＊　＊

パートタイムの運転指導員の募集広告があったので、その仕事を引き受けた。ほとんどの生徒たちの運転は恐ろしいものだった。彼らにとって赤信号は何の意味もなさず、誰もブレーキとアクセルの違いがよく分からないようだった。生徒たちは神経質で何も見えていないか、あるいは自殺願望があるかのようだった。仕事に行くたびに自分の命を危険にさらしているように感じた。

心の平静を保つために、いろいろな映画スタジオが自社の読み手が忙しいときに雇う、外部の読み手の仕事を続けた。要約を書いていた映画スタジオの一つに20世紀フォックス社があった。ストーリー・エディターはジェームズ・フィッシャーで、若く聡明なニューヨーカーだった。

ある日の午後遅く、彼から電話があった。

「君、明日は空いてる？」

「はい」

〝もう3ドルだ〟

「10時に会おう」

おそらく分厚い本なのだろう。10ドルだ。僕の所持金は再び底を突きかけていた。

フィッシャーのオフィスに行くと、彼は僕を待っていた。

「ここのスタッフの仕事をするのはどうだい？」

ほとんど言葉が出てこなかった。

「僕――ぜひ、お願いします」

「採用だ。週給23ドルだよ」

僕はショー・ビジネスの世界に戻ったのだった。

第10章 映画成功の鍵は「ストーリー、ストーリー、ストーリー」

Chapter 10 ◆ The Key to Success in Movies Is "Story, Story, Story"

20世紀フォックス・スタジオは、ユニバーサル・スタジオとはまったく異なる仕事場だった。ユニバーサル・スタジオがリラックスしてのんびりしていたのに比べ、20世紀フォックス社は合理主義で効率的に運営されている映画スタジオだった。その主な理由は、制作責任者のダリル・F・ザナックにあった。他の多くの映画スタジオのトップと異なり、ザナックは現場主義の幹部だった。彼は才気煥発(かんぱつ)なプロデューサーで、フォックスが制作するすべての映画の全工程に携わり、自分が何をしたいのかをよく理解していた。彼はまた、自身の役割もよく心得ていた。ある時、フォックスの制作会議で、彼はアシスタントに向かってこう言った。

「私が話し終えるまで、はい、と返事をするな」

ダリル・ザナックはライターをとても尊敬していた。

「映画で成功する要素は突き詰めれば三つだけだ。ストーリー、ストーリー、ストーリー。ただ、ライターには彼らがいかに重要かは決して知らせるなよ」

フォックスには35歳から60歳までの12人の読み手がいた。その大半はスタジオの重役の親族で、ほとんど仕事をしなくても給料をもらえる立場だった。

ある朝、フォックス・スタジオのトップの幹部のひとり、ジュリアン・ジョンソンから彼のオフィスに呼ばれた。ジョンソンは背が高くがっしりした体格で、堂々とした人物だった。彼は有名なナイトクラブの女王、テキサス・ギナンと結婚していたこともあった。

「シドニー、これからはザナック氏の要約だけを担当してくれ。彼が新しい本や芝居に興味を持ったら、君にやってもらいたい」

「うれしいです」

「すべての要約が急ぎの仕事になるよ――」

「大丈夫です」

本当にうれしかった。それ以降、スタジオに提出された新作の小説や戯曲のすべての中から、最高の作品だけを読むことになった。

ザナックは他のスタジオに先駆けて新ネタを仕入れることに躍起になっていたので、よく深夜まで仕事をした。自分の仕事を楽しんでいたが、ライターになることにもしびれを切らしていた。スタジオがジュニア・ライター部門を開設したので、ジュリアン・ジョンソンに、「この部門に入りたい」と希望を伝えた。彼は同情してくれたが、奨励はしてくれなかった。

「君はザナック氏のために仕事をしているんだ」と彼は言った。

「そちらの方がもっと重要だ」

僕の小さなオフィスは敷地の奥にある古くて老朽化した、木造の建物の中にあった。夜になると辺りは閑散としていて、ひとりで暗闇に囲まれて仕事をするのは不安だった。ある夜、ザナックを興奮させるような本の要約を仕上げようとしていた。その本は幽霊が出てくる物語で、かなり怖い話だった。

「彼がクローゼットの扉を開け、中にあったニヤケた死体が彼の上に落ちそうになった時……」という文章をタイプしかけたその瞬間に、オフィスのクローゼットの扉が大きく開き、たくさんの本が空中に舞い上がり、部屋が揺れ始めた。記録破りの速さで外に飛び出した。

それは僕にとって、最も記憶に残る地震となった。

9月の初旬に、見知らぬ人がオフィスにやってきて自己紹介をした。

「僕はアラン・ジャクソンです。コロンビア映画会社で読み手をしています」

「お目にかかれてうれしいです」と言って握手をした。

「どんなご用ですか?」

「リーダーズ・ギルド(読み手の組合)を作りたいので、あなたの助けが必要なんです」

「どういうことですか?」

「ここの読み手の皆さんに、ギルドを作ることに同意して、参加してもらいたいのです。他のすべてのスタジオの読み手も集まったら、委員会を作ってスタジオと交渉するんです。今の僕たちには何の力もありません。給料も少ないし、働き過ぎです。どうか助けてもらえませんか？」

自分が低賃金だとか働き過ぎだとは思っていなかったが、読み手の大半がそうであることは知っていた。

「僕にできる限りのことはしましょう」

「それは素晴らしいです」

「でも問題があるかもしれませんよ」と彼に警告した。

「どのような問題ですか？」

「フォックスでは読み手のほとんどがスタジオの幹部の縁故なんです。ギルドに関わることを喜ばないと思いますが、やってみましょう」

驚いたことに、スタジオの読み手の全員が、リーダーズ・ギルドが結成されたら参加することに同意した。

アラン・ジャクソンにそのことを伝えると、彼は言った。

「それは素晴らしい。他のスタジオの読み手も全員参加しています。今、交渉委員会を作っているところです。ところで、あなたもその委員のひとりですよ」

僕らとスタジオ側との交渉はＭＧＭＳ（メトロ・ゴールドウィン・メイヤー・スタジオ）の会議室で行われた。僕らの委員会は各映画スタジオからの読み手６人で構成されていた。大きなテーブルの対面には四つのスタジオの幹部が座っていた。６匹の子羊と４匹のライオンだ。

会議は、メトロ・ゴールドウィン・メイヤーの幹部のトップのひとりで、頑強なアイルランド人のエディ・マニックスのがなり声でスタートした。

「何が問題なんだ？」

グループのひとりが声を上げた。

「マニックスさん、僕たちは生活費を稼げていないんです。僕は週に16ドルしか稼いでいません。それでは――」

エディ・マニックスは飛び上がるように立ち上がって叫んだ。

「そんなたわごとに耳を貸すものか！」

そう言うと、彼は部屋を飛び出していった。

僕ら6人は凍り付いたようにその場に座ったままだった。会議はそれで終わったのだ。

他の幹部のひとりが首を振って言った。

「エディを呼び戻すことができるかどうかやってみよう」

数分後に彼は憤慨しているマニックスを連れて戻ってきた。そこに座って、おびえながら彼を見ていた。

「一体何が望みなんだ?」とマニックスが詰問した。

交渉を開始した。

2時間後にはリーダーズ・ギルドが公式に結成され、すべてのスタジオに認められることになった。スタジオ側の委員会は自社スタッフの読み手の基本給を週21ドル50セントにし、外部の読みの手の報酬を20パーセント増額することに合意した。僕はギルドの副会長に選ばれた。

それから数年後にエディ・マニックスに再会するまで、彼がその交渉の場でいかに素晴らしい演技をしていたのか、気付かずにいた。

両親のオットーとナタリーに電話して、何が起きたのかを伝えた。ふたりは大喜びだった。後で知ったことだが、僕の電話の後でオットーは友人たちに、僕がひとりでハリウッドの全スタジオを破壊的なストライキから救った、と言いふらしていた。

グレイシーの家に新しくやってきた下宿人のひとりは、ベン・ロバーツという内気な若者だった。彼は同年代で、背が低く、顔色が黒っぽく、髪が薄く、にこやかな顔をしていた。彼にはまじめな顔をしておかしなことを言うユーモアのセンスがあった。僕らはすぐに友達になった。

ベンはライターだったが、彼のクレジット(作品の制作者リストに名前が掲載されること)は、レオン・エロールの短編だけだった。僕らは共著の可能性について話し始めた。毎晩、ベンと僕は街角のドラッグストアに行ってそこで夕食にサンドイッチを食べるか、安い中華料理屋に立ち寄った。ベンとの共著はたやすかった。彼はとても才能があって、数週間でオリジナルのストーリーを完成させることができた。それをすべてのスタジオに郵送し、申し込みが舞い込むのを首を長くして待った。

だが、申し込みは来なかった。

ベンと僕は別のストーリーに取りかかったが、結果は同じだった。スタジオは才能ある人材に出会ってもそれを見抜けないことは明らかだ、と僕らは判断した。

3作目のストーリーも買い手はつかず、落胆しかけていた。

ある日、僕は言った。

「ミステリー映画の筋書きとして良いアイデアがあるんだ。『デンジャラス・ホリディ』と呼ぶことにしよう」

ベンにそのアイデアを話すと、ベンも気に入ってくれた。僕らは映画用の企画書を書き、そのコピーを各スタジオに郵送した。またもや、何の反応もなかった。

そのストーリーを送ってから1週間後、下宿に着くと大興奮のベンが待っていた。

「知り合いのプロデューサー、テッド・リッチモンドに僕らのストーリーを渡したよ。彼はＰＲＣにいるんだ」

ＰＲＣはプロデューサーズ・リリーシング・コーポレーションという、最も小規模なスタジオの一つだった。

「彼は『デンジャラス・ホリディ』を気に入ってくれた」とベンは言った。

「彼は500ドルで買うと申し出てくれたよ。僕らが書くシナリオ代も含めて500ドルだ。僕は君に話してから返事をする、と言っておいたよ」

ワクワクした。もちろん、その申し出を受けるつもりだった。ハリウッドで最も重要なクレジットは常に最初のクレジットだ。ニューヨークでの経験が思い出された。

〝歌が出版されたことはありますか？〟

〝いいえ〟

〝何か出版されたら、戻ってきてください〟

今度は「スクリーンにクレジットが載ったことはありますか？」だった。

「いいえ、ありません」

「スクリーンにクレジットが載ったら、戻ってきてください」

さて、ようやくクレジットはあると言える。『デンジャラス・ホリディ』だ。

その数カ月前に、僕はハリウッドでも有数のタレント・エージェンシーである、リーランド・ヘイワード・エージェンシーの文学部門の責任者のレイ・クロセットに会っていた。クロセットはなぜか僕を信用してくれて、いつかエージェントになってくれると約束してくれていた。

テッド・リッチモンドの朗報を伝えるために、レイに電話をかけた。

「ベンと僕は最初のストーリーを売ったところなんです」と僕は言った。

「『デンジャラス・ホリディ』です」

「どこにかね？」

「ＰＲＣです」

「ＰＲＣって何のことだい？」

がっかりした。業界で最高のエージェントのひとりであるレイ・クロセットは、ＰＲＣなんて聞いたこともなかったのだ。

「プロデューサーズ・リリーシング・コーポレーションというスタジオのことですよ。そこのテッド・リッチモンドさんというプロデューサーが、僕らが書くシナリオ代も込みで５００ドル提示してきたんです」

「契約したのか？」

「いいえ、彼には返事するとは言ったんですが――」

「また電話するよ」と言って、レイは電話を切った。

２時間後にレイから電話があった。

「今、君のストーリーをパラマウント社に売ったよ。彼らは千ドル払うだろう。君らはシナリオを書かなくていいよ」

最初の反応はショックだったが、何が起きたのかは分かっていた。どのスタジオも、応募されたすべての作品の要約は持っていた。レイがパラマウント社に電話をして『デンジャラス・ホリディ』が他のスタジオに買い上げられそうだと伝えたので、パラマウント社がその餌に食らいついたのだ。

「レイ」と僕は言った。

「それは――それは素晴らしいけど――それは受け入れられません」

「何を言っているんだ。２倍の金額でメジャーなスタジオだぞ」

「それはできないですよ。テッド・リッチモンドさんに義理を感じるし、それに――」

「それじゃ彼に電話して、何が起きたか話すんだ。きっと分かってくれるよ」

「やってみます」

しかし、テッド・リッチモンドは理解してくれないだろうと確信していた。

彼のオフィスに電話すると、彼の秘書が言った。

「リッチモンドさんは編集室にいます。邪魔はできません」

「電話するように伝えていただけますか？　とても重要なことなんです」

「メッセージをお伝えします」

1時間後、再び電話をかけた。

「リッチモンドさんと話をしたいんです。緊急の用なんです」

「申し訳ありません。彼の仕事の邪魔をすることはできません。メッセージはすでにお伝えしました」

その日の午後、3回電話をして、ついにあきらめた。

レイ・クロセットに電話した。

「リッチモンドさんは僕に電話を返さないでしょう。パラマウント社と契約してください」

「4時間前に済ませたよ」

ベンが来たので、彼に経緯を説明した。

彼は興奮して「それは素晴らしい」と言った。

「パラマウント社は重要なスタジオだ。でも、テッド・リッチモンドさんに何と言えばいいんだ？」

それが問題だった。〝僕らはテッド・リッチモンドにどう伝えればいいのか？〟

その晩、テッドの家に電話すると彼が電話に出た。

罪悪感があったので、僕は攻勢に出た。

「今日、6回電話をしたんですよ。どうして電話を折り返してくれなかったのですか？」

「すまない。編集室にいて、それで――」

「電話してくれればよかったのに。あなたのせいで、ベンと僕はもう少しで取引を逃すところだったんですよ」

「何の話だい？」

「パラマウント社が『デンジャラス・ホリデイ』を買ってくれたところです。彼らから申し出があって、あなたに連絡がつかなかったので、結局、パラマウント社に売りました」

「でも、もう予定に入れてあるし、われわれは――」

「その点はご心配なく」と安心させるように言った。

「あなたはついていますよ。ベンと僕は『デンジャラス・ホリディ』よりもずっとワクワクするようなストーリーをあなたのために用意しました。タイトルは『サウス・オブ・パナマ』です。ラブ・ストーリーとサスペンスとアクション満載のドラマです。今まで僕らが書いたものの中で最高の作品の一つです」

　一瞬の沈黙があった。

「分かったよ」と彼は言った。

「明日の朝8時にピッグ・アンド・ホイッスルまで僕とアレックスに会いに来てくれ」

　アレックスはＰＲＣの幹部のトップだった。

「そちらに行きます」と答えると、受話器を置いてベンに向き直った。

「夕食は抜きにしよう。ラブ・ストーリーとサスペンスとアクションを盛り込んだストーリーを思い付かなければならない。明日の朝7時までにだよ」

　ベンと僕はアイデアを出し合い、あらすじを作ろうと、登場人物を足したり削ったりしながら一晩中働いた。だんだん疲れがたまっていった。『サウス・オブ・パナマ』を完成させたのは朝の5時だった。

「やったぞ！」とベンが言った。

「今日の朝、彼らに見せてやれ」

　僕は同意して、7時に目覚ましをセットした。ミーティングまで2時間眠れるだろう。

　目覚まし時計に目覚めさせられ、僕は起き上がり、ぐったりしながら僕らのストーリーを読んだ。ひどい出来だった。あらすじも、登場人物も、会話も、大嫌いだった。それでもミーティングに出かけてアレックスとテッドに顔を合わせなければならなかった。

　朝8時にピッグ・アンド・ホイッスルに渋々行った。テッドとアレックスはすでにブース席に座って僕を待っていた。ストーリーのコピーを2部持っていった。

「読むのが待ちきれないよ」とアレックスが言った。

　テッドもうなずいた。

「私もだ」

　席に座り、ひとりにコピーを1部ずつ渡した。ふたりは読み始めた。見るに耐えかねた。彼らはページをめくっていった。何も言わずに。さらにページをめくる。沈黙。

〝これは自業自得だ〟と思った。〝あんなプレッシャーの中で、誰がどうやってストーリーを書けるんだ?〟

ふたりは同時に読み終えた。アレックスが僕を見上げて言った。

「見事だ」

「素晴らしいよ」とテッドが相づちを打った。これは『デンジャラス・ホリディ』より良いよ」

自分が耳にしていることを信じがたかった。

「500ドルわたすよ」とアレックスが言った。「ベンと一緒にこのシナリオを書いてくれ」

僕は、深く、深く、深く、息を吸い込んだ。

「では契約成立です」

ベンと僕は奇跡を起こした。24時間の間に二つのストーリーを売ったのだ。

その夜、ベンと僕は祝杯を挙げるため、ハリウッドの有名なレストラン、ムッソ・アンド・フランクに行った。初めてそこで食べる金銭的ゆとりができたのだ。その日は僕の24歳の誕生日の1日後だった。

『サウス・オブ・パナマ』はプロデューサーズ・リリーシング・コーポレーションが制作し、ロジャー・プライヤーとヴァージニア・ヴェールが主演した。パラマウント社は『デンジャラス・ホリディ』を制作し、『フライ・バイ・ナイト』と改題した。リチャード・カールソンとナンシー・ケリーが主演した。

ベンと僕は絶好調だった。まず、20世紀フォックス社の読み手の仕事を辞めた。ザナックは、僕なしでやって行かなければならないことになった。僕が20世紀フォックス社を辞めて間もなく、ベンと僕は、『バロード・ヒーロー』という別の作品をモノグラムというB級映画を作る小さなスタジオに売り、『デンジャラス・レディ』と『ギャンブリング・ドーターズ』をPRCに売った。それぞれのストーリーとシナリオに対して、僕らは500ドルを受け取り、それをふたりで分けた。これらの映画が人の思い出に残る映画だと言えば大げさだが、少なくとも僕らはシナリオライターとして認められるようになった。

　Ｂ級スタジオのトップだったリパブリック・スタジオのプロデューサー、レナード・フィールズは、『ミスター・ディストリクト・アトーニー・イン・ザ・カーター・ケース』という僕らのストーリーを買った。このストーリーとシナリオ本に対し、ベンと僕は、６００ドルという気前の良いギャラをもらった。

　この映画は結果的には成功し、レナード・フィールズに呼び出された。

「君とベンと契約したい」

「素晴らしい！」

「週給５００ドルだ」

「ひとりずつですか？」

「チームとしてだよ」

　ベンと僕は契約終了までの1年間、リパブリックで脚本を書いた。クリスマスに僕らはレナードに呼ばれた。

「君たちは素晴らしい仕事をしている。再契約するよ」

「素晴らしいニュースです、レナードさん。ただ一つ、ベンと僕は週に６００ドル頂きたいのです」

　レナード・フィールズはうなずいた。

「電話するよ」

　それっきり、レナード・フィールズから連絡はなかった。

　レイ・クロセットと話し、なぜメジャーな会社で僕らが仕事を得られないのかと尋ねた。

「残念ながら、君らのクレジットにはあまり説得力がないんだ。今までの映画をどれも書いていなかったほうが、君らを売り込めるチャンスはもっとあるだろうがね」

　それでベンと僕はＢ級映画の脚本を書いて売り続けた。生活のためだった。

　感謝祭の休日にはシカゴの家に帰った。弟のリチャードと両親に会えたのはとてもうれしかった。父のオットーは、ハリウッドを牛耳る息子に会わせるために近所の人々を呼ぶと言い張った。

第11章 第２次世界大戦の勃発と米国陸軍航空隊パイロットへの志願

Chapter 11 ◆ The Outbreak of WWII and My Application for the US Army Air Corps Pilot

久しぶりのわが家はとても楽しかった。弟のリチャードは大きくなっていた。小学校を卒業し、ハイ・スクールの入学の準備も整っていた。僕の帰郷を台無しにした唯一の問題は、両親のナタリーとオットーがいまだにけんかをしていたことだった。そして今回は、リチャードが巻き込まれていた。

ナタリーとオットーにそのことを話したが、互いの恨みが深過ぎて、ふたりはけんかをやめることができなかった。ふたりは単に相性が悪かったのだ。

ついにリチャードをハリウッドに連れていく時が来たのだと思った。ベンとストーリーを売ることで得た稼ぎで、充分に弟を養うことができた。

リチャードに聞いた。

「ハリウッド・ハイスクールに行かないか？」

リチャードは僕をじっと見た。

「本気なの？」

「もちろんさ」

しばらく沈黙した後で、リチャードは鼓膜が破れるかと思うような歓声を上げた。

1週間後、リチャードはグレイシーの下宿屋に引っ越し、皆に彼を紹介した。これほど幸せそうなリチャードを見たのは初めてだった。離れ離れでいることを互いにどれだけ寂しく思っていたかということに、僕はようやく気が付いた。

リチャードと僕がシカゴを離れてから3カ月後に、ナタリーとオットーは離婚した。複雑な心境だったが、それが皆にとって最善だ、と思うことにした。

ある日の早朝、僕に電話がかかってきた。

「シドニー？」

「はい、そうです」

「よう、相棒。ボブ・ラッセルだよ」

僕は彼の相棒でないばかりか、ボブ・ラッセルという名前も聞いたことがなかった。〝おそらくセールスマンだろう〟

「すみませんが、話をしている暇はない――」

「マックス・リッチといくつか歌を作るべきだったね」

一瞬、ドキッとした。誰がそんなことを知っているだろうか――？　だがその時、僕は電話の主が誰かを理解した。

「シドニー・ローゼンタールだね！」

「ボブ・ラッセルだよ」と彼は訂正した。

「君に会いにハリウッドに行くよ」

「素晴らしい！」

1週間後にボブ・ラッセルが到着し、グレイシーの下宿屋の最後の空き部屋に移ってきた。彼に会うのは素晴らしいことだった。彼は相変わらず元気いっぱいだった。

「まだ歌を書いているの？」

「もちろんさ。君はあきらめるべきじゃなかったんだ」と彼は僕を叱った。

弟のリチャードは社交的で、すでにハリウッド・ハイスクールで友達ができていた。彼は時折、グレイシーの下宿に友達を招いたり、彼らの家に招かれたりしていた。

ある晩、僕らはディナー・パーティーに招待されていた。シャワーを浴びていて、石けんに手を伸ばした時のことだ。椎間板ヘルニアで、背骨の椎間板が飛び出してしまい、苦しさのあまり床に倒れこんだ。それから3日間は寝たきりの生活になった。その時、好むと好まざるとにかかわらず、この病気とは一生付き合っていかなければならないのだと悟った。

ある晩、母のナタリーから電話があった。

「ダーリン、あなたに知らせたいことがあるの。私、結婚するのよ」

僕は母のために大喜びした。今度こそ、彼女にふさわしい扱いを受けられるようにと願った。

「相手は誰なの？　僕が知っている人？」

「彼の名前はマーティン・リーブ。おもちゃを作っている人なの。お人形みたいな人なのよ」

「それは素晴らしいね」と心から言った。

「いつ彼に会える？」

「彼と一緒にあなたに会いに行くわ」

弟のリチャードにこのニュースを伝えると、僕と同じように喜んだ。

次の電話は、翌週、オットーからだった。

「シドニー、俺が結婚することをお前に伝えておきたくて電話したんだよ」

「ええ？」

僕は不意をつかれた。

「相手は僕が知っている人？」

「いや、名前はアン・カーチスというんだ。とても素敵な女性だよ」

「そうか、良かったね、オットー。幸せになれるといいね」

「そうなれることは分かっているさ」

それはどうかな、と思った。


ボブ・ラッセルと同居していると、まるで昔の暮らしに戻ったようだった。

彼は自分が書いた最新の歌を持参していた。

「トーチソング（失恋や片思いの歌）だよ」とボブは言った。

「君がどう思うかな、と思って」

それをピアノで弾いてみて、彼に言った。

「きれいだね」

あるアイデアを思い付いた。

「土曜日にイーストサイドのクラブで、オープニングで歌う歌手がいるんだ。彼女はこの歌をきっと気に入ると思うんだ。彼女に見せてもいいかな？」

「ご自由にどうぞ」

翌日、その歌手がリハーサルをしているクラブに行き、その歌を見せた。

「気に入ったわ」と彼女は言った。

「50ドルあげるわ」

「もらうよ」

ボブにそのお金を渡すと、彼はにっこりした。

「ありがとう。これでプロになったよ」


ハリウッドでは毎日、誰かの機嫌のちょっとした嵐があったが、ヨーロッパでは本物の嵐が吹き荒れていた。１９３９年にドイツがポーランドに侵攻したのがその始まりだった。イギリスとフランスがドイツに宣戦布告した。１９４０年にはイタリアがドイツに加担し、いまやヨーロッパの十数カ国が戦争状態にあった。アメリカは中立を宣言していた。しかし、それも長くは続かなかった。

1941年12月7日、真珠湾が日本軍によって攻撃され、その翌日、ルーズベルト大統領[1]が対日宣戦布告を行った。

ルーズベルトの宣戦布告から1時間後、MGMの社長のニコラス・M・シェンクから指名されたMGMのトップのルイス・B・メイヤー[2]が、トップのプロデューサーと監督たちを会議に招集した。彼らが集まると、メイヤーは厳かに言った。

「昨日の真珠湾攻撃について、皆さんお聞きになったことでしょう。もう傍観はできません。われわれは反撃に出るのです」

彼は部屋を見回した。

「皆さんが私と共に、われわれの偉大な社長――ニコラス・M・シェンクの後ろ盾となってくださることを期待しています」

ベンとボブと僕の3人は徴兵される年齢だったので、自分たちももうすぐ徴兵されることが分かっていた。

ベンは言った。

「ニュージャージー州のフォート・ディックス基地に、訓練映画部隊があるんだ。僕はそこに入隊するつもりだから、入れるかどうか、志願してみるよ」

翌日、彼は入隊を志願し、陸軍は喜んで彼を迎え入れた。1週間後、彼は東部へ向かっていた。

「君は何をするんだい？」とボブに聞いた。

「まだ分からないよ。僕は喘息持ちだから、陸軍には入れてもらえないだろう。ニューヨークへ帰って、何かできることはないか考えてみるよ。君はどうするんだ？」

「僕は航空隊に入るつもりだよ」

1942年10月26日、陸軍航空隊に志願した。

願書を受理してもらうためには、著名な人物3人から推薦状をもらう必要があった。著名人の知り合いはいなかったので、まず議員に手紙を書いて、国を救うために尽くす決意があること、彼らの助けが必要であることを伝えた。3通の推薦状を集めるのに2カ月かかった。

次に、ロサンゼルスのダウンタウンにある連邦ビルで行われる筆記試験を受験するため、予約を取る必要があった。会場には約200人の志願者がいた。試験は論理、語彙、数学、一般常識に及び、4時間かかった。

数学の試験には戸惑った。転校が多かったので、数学の基本をあまり学んでいなかったのだ。数学の問題はほとんど解けず、不合格になるだろうと思った。

3日後、航空部隊の身体検査に出頭するようにとの通知を受け取った。驚いたことに、筆記試験に合格していたのだ。後で知ったのだが、合格したのは30人だけだった。

身体検査のためにアップタウンにある武器庫に送られたが、問題なく合格すると信じていた。

検査が終わると、医師に聞かれた。

「私が知っておく必要のあるような、身体上の重要な問題はありますか?」

「いいえ、ありません」

そう言いながら、椎間板ヘルニアのことを思い浮かべ、それが重要な問題なのかどうか迷った。

「僕には――」

「何ですか?」

自分が危ない橋を渡っていることに気付いていた。

「問題はありますが、とても軽いものなんです。椎間板ヘルニアで、時々椎間板が飛び出してしまうんです。でも――」

医師は僕の願書に「椎間板ヘルニア」と書き込んだ。彼が赤い文字で「失格」と書かれたゴム印を手に取るのを僕は見た。

「ちょっと待ってください!」

彼は僕を見上げて聞いた。

「何か?」

僕は何事にも邪魔させないつもりだった。

「椎間板はもう飛び出さないんです。治っているんです。最後に問題になったのがいつだったのか、もう覚えていないほどです。既往症だから、そのことを言っただけです」

自分でも何を言っているのか分からなかったが、赤いスタンプを押されたらおしまいだということは分かっていた。医師がスタンプを手放すまでしゃべり続けた。

「分かったよ。本当に良いのなら――」

真摯な声で言った。

「間違いありません」

「よく分かった」

残ることができた！　あとは視力検査だけだったが、それは問題ないだろう。

別のオフィスに送られ、そこで2枚のカードを手渡された。それぞれのカードに、志願を認可する検眼士の名前が書いてあった。

「このカードを持って、どちらかの検眼士のところに行ってください。視力検査に合格したら、サインをもらってください。そして、ここに持ってきてください」

グレイシーの家に戻り、リチャードにすべてうまくいったことを告げた。航空隊に入隊できそうに思えたからだ。

リチャードは、僕がいなくなってしまうかもしれないと知ってショックを受けた。

「僕はここでひとりきりになるんだ」

「グレイシーが面倒を見てくれるよ」と安心させるように言った。

「母さんもマーティもすぐに来るよ。とにかく、戦争はそう長く続くはずはないさ」

予言者シドニー。

翌朝、一つ目のカードに書かれていたフレッド・セヴァーン医師の診察を受けに行った。受付は視力検査を待つ人でごった返していた。僕は待合室に1時間も座っていた。そして、ようやくセヴァーン検眼士の診察室に通された。

「お座りください」

医師は僕が渡したカードを見てうなずいた。

「ふん、パイロットかね？」

「はい、そうです」

「では、要項にある20／20の視力があるかどうか見てみよう」

セヴァーン医師は、壁に大きな視力表が貼ってある小さな診察室に案内すると、部屋を暗くした。

「上から読んでください」

簡単なことだった——最後の2行を読むまでは。1文字も読めなかったのだ。〝でも、きっとそこまでいけば十分だろう〟

照明がつけられた。

医師がカードに何か書いていた。

うまくいった！

「これを受付に渡してください」

「ありがとうございます、先生」

ドアから出ながら、そのカードを見た。僕の名前が書かれたカードの下には、「身体的に不適格。視力障害」と書かれていた。署名は「フレッド・セヴァーン医師」だった。

信じられない思いだった。それを受け入れるわけにはいかなかった。航空隊に入るのを何ものにも邪魔させないつもりだった。

カードを持ってそこを出ようとした。

受付係が言った。

「お客様、カードをお預かりしましょうか？」

聞こえないふりをして歩き続けた。

「お客様――」

ドアの外に出た。

検眼士はもうひとり、残っていた。でも、どうしたら、その検査に合格できるだろう？

1時間後、かかりつけの検眼士、サミュエル・ピーターズ医師の診察室にいた。これまでの経緯を話した。

「20／20の視力には」と彼は説明してくれた。「すべての行を読める必要があるんだよ」

「何とか助けていただく方法はありませんか？」

彼はしばらく考え込んでいた。

「あるよ」

彼は引き出しに手を入れて、ガラス瓶のような分厚いレンズの付いたメガネを取り出した。

「それは何ですか？」

「どうやって？」

「君が航空隊に入れるようにしてくれるものだよ」

「次の視力検査に行く前に、しばらくそれをかけておくんだよ。メガネが視力を抑制するから、君の目は見るために努力するんだ。つまり、検査に行った時には、視力は今までより良くなっているはずなんだ」

「素晴らしいですね」と言うと、ピーターズ医師に握手して礼を言い、その場を後にした。

その後、ふたり目の検眼士であるエドワード・ゲイル医師の予約を翌日の10時に入れた。

ゲイル医師のクリニックがある建物のロビーに行

って、そこにあった椅子に座った。分厚いメガネをかけて、魔法がかかるのを待った。

予約の30分前に、メガネをはずして、ゲイル医師のクリニックの受付に行った。

「シェルダンさん」と看護婦が言った。

「先生があなたの検査をお待ちですよ」

にっこり微笑んで言った。

「ありがとうございます」

奥の検眼室に入り、ゲイル医師にカードを渡した。

彼はそれを見て言った。

「ふん、航空隊だって？　そこに座りなさい」

医師が部屋を暗くすると、ライトアップされた検眼表が見えた。

「さあ、一番上から始めてください」

一つ、小さな問題があった。検眼表の文字が1文字も見えなかったのだ。

医師は待っていた。

「もう始めていいんですよ」

最初の行に大きな「A」かもしれないものがあったが、確信が持てなかった。それに賭けた。

「A」

「はい、続けて」

その先はなかった。ほとんど盲目だったのだ。

「僕には無理です――」

医師は僕を見つめていた。

「次の行は何ですか？」

「僕――僕、読めません」

「ふざけているのか？」

医師は怒っていた。

「君はどの行も読めないのか？」

「いえ、僕は――」

「それなのに君は航空隊で空を飛びたいのか？　忘れたまえ！」

彼は僕のカードを手に取ると、書き込み始めた。

僕の最後のチャンスは水の泡になった。パニックになって、しゃべり始めた。

「待ってください。まだ何も書かないでください」

彼は驚いて僕を見上げた。

「先生、あなたは分かっていません。僕は一週間ずっと寝ていないんです。ずっと母の世話をしていたんです。目が疲れているんです。体調が悪いんです。大好きな叔父さんが亡くなったばかりです。それは大変でした。僕にもう一度チャンスをください」

医師は聞いていたが、口を開くとこう言った。

「残念ながら、どうやっても君が——」

「もう一度だけチャンスをください」

彼は僕の声が必死なのを聞き取った。そして首を縦に振った。

「では、明日、もう一度やってみよう。でも、君が無駄に——」

「それは、ありがとうございます」と即座に言った。

「こちらに来ます」

急いでかかりつけの検眼士のクリニックに戻った。

「本当にありがたいことに」と皮肉を込めて言った。

ピーターズ医師に何が起こったかを話した。

「どのくらいあのメガネをかけていたのかね?」

「20分か30分です」

「10分しかかけてはいけなかったんだよ」


〝今になって教えてくれるなんて〟


「これは僕にとって、とても重要なことなんです」

と言った。

「どうにかしなければならないんです」

彼はしばらく椅子にもたれて座り、考えていた。

「検眼表を読むとき、その検眼士は部屋を暗くしたかね?」

「はい」

「それはいい」

ピーターズ医師はクローゼットの中に入り、検眼表を抱えて出てきた。

「ああ、それは良いですね。暗記して——」

「それはだめだよ、検眼表によって文字が違うから」

「なら、なぜ?」

「こうするんだ。この検眼表で練習するんだ。目を細めて文字を見るんだ。そうすると視力が鋭くなる。一番下の2行が読めるようになるまで練習しなさい。部屋が暗ければ、君が何をしているかは検眼士には分からないだろう」

僕は半信半疑だった。

「本当に——?」

「それは君しだいだ。幸運を祈るよ」

夜通し、検眼表の文字に向かって目を細めていた。

効果はありそうだったが、ゲイル医師の前でうまくいくかは分からなかった。

　翌朝10時にゲイル医師の診察室に戻った。彼は僕を見るなり言った。

「なぜ、僕らはこんな手間をかけているのだろうね。昨日の後で——」

「僕にやらせてみてください」

　ゲイル医師はため息をついた。

「よかろう」

　僕らは同じ検眼室に戻った。ゲイル医師は電気を消した。

「さあ、どうぞ」

　椅子に座り、検眼表の文字に向かって目を細め始めた。ピーターズ医師の言う通りだった。文字がとてもはっきり見えた。最後の行も含めて全部読んだ。明かりがともされた。

　ゲイル医師が驚きの表情で僕を見つめていた。

「信じられない。こんなの見たことがない」と彼は言った。彼はさらに続けた。

「最後の2行の文字を少しミスしたね。君の視力は20／22だ。あとは航空隊が何と言うかだ」

　彼はカードにサインをして、僕に手渡した。

　翌朝、陸軍士官がいる連邦ビルに出頭した。

　陸軍士官はそのカードを見て言った。

「20／22。悪くはないが、戦闘飛行の訓練はできない。訓練のためには視力は20／20でなければならないんだ」

　ショックだった。つまり、僕にはできない——。

「君に何ができるか教えてあげよう。戦争訓練サービスについて聞いたことがあるか？」

「いいえ、ありません」

「陸軍航空隊の新しい部隊だ。以前は民間航空パトロールと呼ばれていた。戦争訓練部では、ヨーロッパへフェリー機（回送便）を飛ばしたり、飛行教官になるための訓練を受けることができる。でも、戦闘飛行はできない。君はこの部隊に入りたいか？」

「はい、上官」

　結局のところ、航空隊のパイロットになるのだ。

「正規の航空隊には入らないから、制服は自分で用意しなければならない。士官候補生の給料と住むところは支給される。それで満足か？」

「はい、上官」

「君の飛行訓練はユタ州のリッチフィールドで行われる。来週の月曜日からそこに出頭するように」

これほど興奮したことはなかった。

＊　＊　＊

ナタリーが夫連れで僕らに会いに来たので、リチャードと僕はついにマーティに会うことができた。マーティは背が低く白髪で、ずんぐりした体格に、親しみやすい顔立ちをしていた。すぐに彼のことが好きになった。僕らは皆で一緒に夕食を食べ、ナタリーとマーティに近況を報告した。

「じゃあ、制服が必要だね」とマーティが言った。

「さあ、買い物に行こう」

「その必要はないですよ——」

「そうしたいんだ」

制服に関する規定はなかったので、マーティは僕を陸軍・海軍用品ストアに連れて行き、きれいに仕立てられた将校の制服と、革のフライト・ジャケットを買ってくれた。僕は首に巻く白いスカーフを買って、できるだけエース・パイロットに見えるようにした。

アメリカが戦争に勝利するために貢献する準備ができたのだ。

第12章

陸軍航空隊での3カ月の集中飛行訓練の日々

Chapter 12 ◆ An Intensive 3-Month Flight Training at the Army Air Corps

ユタ州リッチフィールドはモンロー山脈に囲まれた人口6千500人の小さな町だった。大通りに面したところに快適なホテルがあった。僕ら士官候補生は指示に従い、部屋にチェックインしてからロビーに戻った。全部で14名だった。ロビーに着いて30分もすると、背が高く、ごつごつした顔の制服姿の男が入ってきた。男は僕らを見回した。

「みんな、チェックインは済ませたか？」

皆一斉に答えた。

「はい、上官」

「よろしい。私が主任教官のアンダーソン大尉だ。このホテルは空港から15分のところにある。毎朝6時にバスが迎えに来る。今夜はよく眠っておくように。その必要があるからな」

そして、大尉は去っていった。

翌朝、陸軍のバスで飛行場まで行った。飛行場は想像していたよりもずっと小さかった。

アンダーソン大尉が僕らを待っていた。

「ついて来なさい」

大尉は近くのビルに歩いて行き、僕らは彼について中に入った。その建物は学校に変えられ、部屋は教室に改造されていた。

僕らが席に着くと、アンダーソン大尉は言った。

「君らはこれから6カ月の飛行訓練講座を始めることになる」

彼は少し間を置いて言った。

「しかし、戦争中だから、それを3カ月でやるんだ。地図の読み方、航空力学、気象、航法、クロスカントリー飛行計画、エンジン理論などの授業がある。モールス信号や自分のパラシュートのたたみ方も学ぶ。各クラスには別のインストラクターがつく。何か質問は？」

「いいえ、上官」

最初の授業は航空力学だった。授業は1時間続いた。授業の終わりに教官は言った。

「これから航空力学の教科書を配る。各章の問題を1から20まで解きなさい。それが宿題だ。明日、答えを持って来なさい。解散」

僕は教科書に目を通した。各章の後に長文の問題があった。きっと夜遅くまでかかるだろう。

次の授業は航法だった。1時間後、授業の終わりに教官が言った。

「教科書を持って帰って、1ページ目から150ページ目まで勉強してきなさい。すべての質問に回答するように」

僕らは互いに顔を見合わせた。荷が重くなりそうだった。

3時限目の授業はエンジン理論だった。非常に専門的な内容で、大量のメモをノートに取った。いよいよ帰ろうとした時、教官が言った。

「宿題があります。教科書を読んで、1ページ目から120ページ目まで、問題に答えなさい」

僕は笑うのを我慢するのが精一杯だった。この宿題の山に対処するすべはなく、しかもまだ全部の授業が終わったわけではなかった。最後の授業はパラシュートのたたみ方――特に長い1日を過ごした後では、複雑で退屈な作業だった。

アンダーソン大尉が言っていた「6カ月のコースだが、3カ月でやり遂げる」という言葉の意味が、僕らにもだんだん分かってきた。どの士官候補生も宿題を終わらせようと、明け方の4時か5時まで起きていたと思う。


毎日、同じような日課だった。授業が終わるとフィールドに出て、飛行機に慣れ親しんだ。僕が飛ぶのはパイパーカブ[1]というプロペラ機で、教官と生徒が並んで飛ぶことになる。

皆、飛行機を飛ばせるようになりたくてここに来たのだが、宿題が大変で毎朝3時か4時まで起きていたので、宿題を終わらせられるよう、飛行訓練は遅らせてほしいと思うようになっていた。

僕はアンダーソン大尉の下に配属されていた。大尉は初飛行で装着するためのパラシュートをたたむのを見守っていた。僕らは飛行機に乗り込んだ。

「私がすることをすべてしっかり観察しなさい」とアンダーソン大尉は言った。

アンダーソン大尉が巧みに離陸するのを見た。

「覚えなければならない重要なことが二つある。一つ目は旋回だ。常に頭を傾けて、近くに他の飛行機がいないかどうか周囲を見渡すことだ。二つ目は、決して墜落することのないように、速さと高度のバランスを取ることだ」

高度がだんだん上がり、飛行場が完全に山で囲まれていることに気付いた。7千500フィートまで上昇したところで、アンダーソン大尉が言った。

「さあ、これから数回スピンするぞ」

そして飛行機は素早いスピンで旋回し始めた。その時、自分の体の異変に気付いた。飛行機酔いしたのだ。

アンダーソン大尉は、うんざり顔で僕を見ていた。僕は恥ずかしさで顔が赤くなった。

翌日、失速とクローバー・リーフ・ターン[2]を行ったが、また気分が悪くなった。

着陸した時、アンダーソン大尉が言った。

「今朝は朝食を食べたのか？」

「はい、上官」

「これからは昼まで何も食べるな」

つまり、前日の夕食から翌日の午後1時半まで、何も食べてはいけないということだった。

アンダーソン大尉が操縦を任せてくれた時、初めて飛行機酔いの感覚から解放された。それ以来、飛行機を操縦している時は、自分のしていることに集中して、素晴らしい気分になれた。

毎週、グレイスの家にいる弟のリチャード、そしてナタリーとマーティに電話して、無事でいることを知らせた。すべて順調なようで、第2次世界大戦のエース・パイロットになるんだと断言した。

ある日、リチャードから電話があった。

「兄さんに知らせたいことがあるんだ、シドニー。僕、入隊したんだよ」

一瞬、心臓が止まった。彼はまだ幼過ぎる――と思ったが、その後、リチャードはもう子供ではないのだと認識した。

「リチャード、君を誇りに思うよ」

その1週間後、彼はブート・キャンプ（新兵訓練所）に向かっていた。

訓練中にアンダーソン大尉はよく警告なしに点火スイッチを切った。

「エンジン停止だ、シェルダン。緊急着陸しろ」

下を見たが、着陸する場所はなかった。しかし、大尉の表情から、それは彼の聞きたい返事ではないことが分かった。着陸に適した場所が見えるようになるまで、徐々に高度を下げた。

着陸し始めると、アンダーソン大尉は点火スイッチを入れた。

「よし。上昇させろ」

ある日、アンダーソン大尉が言った。

「単独飛行の準備ができたぞ、シェルダン」

興奮で胸がいっぱいになった。

「高度と速度のバランスをしっかり取るんだぞ」

僕はうなずき、パラシュートを装着して、初めてひとりで飛行機に乗り込んだ。他の飛行グループが見ていた。フィールドを滑走し始め、そのすぐ後には空を飛んでいた。それは素晴らしい気分だった。開放感。地上のしがらみを断ち切り、新しい世界へ飛び立つ感覚。飛行機酔いしない感覚だ。

自分のパターン高度である6千１００フィートに到達し、いつもの操縦手順に入った。

20分間は飛んでいるようにと事前に指示されていた。腕時計をちらりと見た。完璧な着陸がどんなものか、皆に見せる時が来たのだ。操縦桿を前に押し、降下を開始した。フィールドで僕を待っている人たちが見えた。

着陸のルールは決まっている。特定の高度での速度が叩き込まれていた。ところが地上に近付いて高度計を見た時に、どの速度で飛行しているべきかを忘れてしまったことに気が付いた。実際、それまで学んできた飛行に関することが、一瞬にして頭から抜け落ちてしまったのだ。自分が何をやっているのか、まったく分からなくなった。

パニックになりながら、高度を上げようと操縦桿を引いて、墜落を防ごうとした。高度と速度の計算式を必死に思い出そうとしたが、頭の中は真っ白だった。着陸の仕方を間違えれば、墜落して死んでしまう。どうしたらいいのかを考えながら、震えながら飛び回った。脱出することも考えたが、航空隊は飛行機を一機も無駄にはできなかった。しかし、いつまでも空中にいるわけにはいかない。いつかは着陸しなければならないのだ。

再び下降し始め、滑走路に近付きながら、自分の対気速度を思い出そうとした。高度1千フィートまで下がり、時速60マイル……300フィートで時速50マイル……速度は速過ぎただろうか？ フィールドを3周して、地面にどんどん近付いていった。〝時速50マイル。速過ぎる？ 遅過ぎる？〟深く息を吸って、着陸を決心した。

飛行機は地面に当たって跳ね上がり、また地面に当たって跳ね上がったが、操縦桿を引いてブレーキをかけると、ようやく止まった。震えながら飛行機から降りた。

町へ行く途中だったアンダーソン大尉は、事態を見て、飛行場に急いで戻ってきていた。大尉が僕にかけ寄ってきた。

「一体、何をやってるんだ？」と彼は僕を問いただした。

大汗をかいていた。

「僕——僕、分かりません。次はきっと——」

「次回はない。今すぐだ！」

混乱していた。

「今ですか？」

「その通りだ。その飛行機に戻って、もう一度飛ぶんだ」

彼が冗談を言っているのだと思った。

「モタモタするな」

ということは、彼は本気だった。僕はある格言を知っていた。

「馬から落ちたら、すぐに乗らなければならない」

アンダーソン大尉は、飛行機も同じだと思ったらしい。彼は僕を死に追いやろうとしている。だが、彼の目を見て、反論しないことにした。飛行機に戻り、呼吸を整えるために操縦席に座った。もし僕が死んだら、それは彼のせいだ。

僕が滑走路を走行するのを、皆が見ていた。

再び空中に飛び出した。リラックスして、速度、高度、飛行角度について教わったことをすべて思い出すことに集中しようとした。突然、幸いにも、頭がクリアになり始めた。それから15分ほど飛び続け、今度こそ準備万端。ほぼ完璧な着陸ができた。

飛行機から降りると、アンダーソン大尉が怒鳴った。

「その方がましだ。明日、もう一度やってみろ」

それからの飛行訓練は何の問題もなく進んだ。訓練終了間際の印象的な1日を除いては。

その朝、離陸しようとした時に、アンダーソン大尉が言った。

「ひどい嵐がこっちに向かっているという報告がある。シェルダン、嵐に気を付けろ。嵐が来るのが見えたら、すぐに着陸するんだぞ」

「はい、上官」

離陸していつもの高度に到達し、山の周りを旋回し始め、スピンと失速を繰り返した。〝ひどい嵐がこっちに向かっている……。嵐が来るのが見えたら、すぐに着陸するんだぞ……〟

〝もし、嵐に巻き込まれて、着陸する場所が見えなくなったら?〟

「嵐に巻き込まれたパイロット」という見出しが頭に浮かんだ。

そのニュースはラジオやテレビで流れるだろう。若い士官候補生が無事に生還できたかどうか、世界中が固唾(かたず)を飲むことになるだろう。眼下のフィール

ユタ州リッチフィールドの空軍基地より離陸寸前のシドニー・シェルダン

ドは、救急車や消防車でごった返すことになることだろう。大惨劇に直面した果敢な自分、という白昼夢にすっかり浸っていた時だった。辺りが突然、暗くなった。暗くなった理由は、僕の飛行機が嵐の真っただ中にいたからだった。不吉な黒い雲に囲まれて、無視界で飛んでいた。飛行場も自分の周りも何も見えなかった。確かなのは、四方を容赦ない山の峰々に囲まれていて、今にもぶつかりそうだということだ。方向感覚を失っていた。飛行場は前方にあるのか？　後ろなのか？　横なのか？

風で飛行機が大揺れし始めた。白日夢の見出しが現実味を帯びてきた。周囲の山々を避けるために、同じ安全な場所にとどまろうと、とても小さな円を描くように飛行し始め、どんどん高度を下げていった。30フィートまで下がった時、やっと飛行場が見えた。乗組員全員がそこにいて、様子を見ていた。

飛行機を着陸させると、教官が激怒して僕のところにやってきた。

「どうしたんだ？　嵐に気を付けろと言っただろう」

「すみません。はい、そうです。忍び寄ってきたんです」

リッチフィールドに到着してちょうど3カ月後に、翼を得た（パイロットになれた）のだった。

アンダーソン大尉が僕たち全員を呼び寄せた。

「君らには複数エンジン機、BT19とDAT6の訓練を受ける準備ができた。残念ながら、今のところ上級飛行学校はどこも満員だ。だから、君たちはスタンバイしていることになる。いつ空きが出るかは分からない。待っている間ここにいる必要はないが、日夜連絡が着くように、上官に電話番号を伝えていくように」

「上級飛行学校に空きができたら、すぐに連絡する。幸運を祈る」

すると、頭に浮かんだのはベン・ロバーツだった。飛行学校の空きを待つ間、ニューヨークに行くことにした。マンハッタンのホテルを予約して、その電話番号を上官に渡した。ニューヨークに着いた途端に「戻れ」というメッセージが来るような気がしていた。

仲間のパイロットたちに別れを告げ、その午後の飛行機でベンに会いにニューヨークへ向かった。

第13章 再びニューヨークへ——大ヒットブロードウェイ劇『メリー・ウィドウ』と『ジャック・ポット』の脚本を書く

Chapter 13 ◆ Back to New York —Writing Two Broadway Major Hit Shows, "Merry Widow" and "Jack Pot"

フライトはスムーズで快適だった。乗客でいっぱいの大きな民間機の座席に、輝く翼の装飾が付いた航空隊の制服で座っていたのだが、乗客全員が僕を見つめる間、絶えず飛行機酔いしていた。もし僕が戦闘飛行をさせてもらえていたら、戦争はもっとすぐに終わったに違いないと信じていた。でも僕らはきっと負けていただろうけれど。

ブリル・ビルやRKOジェファーソンがあり、マックス・リッチのいる地、ニューヨークに到着した時に押し寄せた記憶は、まるで別の時代の別の世界のことのように思えた。

ベン・ロバーツが空港に来ていて、大きなハグで迎えてくれた。ホテルへ向かう途中、ベンは近況を話してくれた。

「今、フォート・ディックス基地に駐屯しているんだ」と彼は言った。「戦争訓練映画のシナリオを書いているのさ。どんなものか君には信じられないだろうな。ある映画では、10分もかけて、新兵に車のボンネットの上げ方を教えたんだぜ。まるで5歳児のために書いているようなものだ。ところでニューヨークにはいつまでいるんだい？」

僕は首を横に振った。

「1時間かもしれないし、1週間かもしれない。たぶん1時間前後だろう」

自分が置かれた状況をベンに説明した。

「航空隊に戻れという連絡の電話を待っていて、その連絡はいつ来てもおかしくないんだよ」

予約していたホテルに着き、フロントに行った。

「とても重要な長距離電話がかかってくるはずなんです」と係の人に言った。

「非常に重要なんです。電話がかかってきたら必ず、すぐに取り次いでください」

ベンと僕は、翌日、一緒に夕食に出かける約束をした。

翌朝、カリフォルニアにいる代理人のルイス・シュアーに電話した。彼に、今、ニューヨークにいて、上級飛行学校に空きが出るまで暇があることを告げた。

「うちのオフィスに行ってみたらどうだい?」とルイスは提案した。

「僕のパートナーのジュールス・ザイグラーに会ってみるといい。君がニューヨークにいる間にできることを、彼が何か紹介してくれるかもしれないよ」

ニューヨーク・オフィスの責任者であるジュールス・ザイグラーは、浅黒い肌をした40代の男で、せっかちで神経質に見えた。

「ルイから君が来ると聞いていたよ」と彼は言った。

「何か君にできるプロジェクトを探しているのかい?」

「いや、僕は——」

「実は面白いのがあるんだ。ヤン・キープラって聞いたことはあるかい?」

「いいえ、それは祝日か何かですか?」

「ヤン・キープラはヨーロッパではオペラの大スターだ。奥さんのマルタ・エッガースもね。向こうでは映画もたくさん撮っている。このふたりがブロードウェイで『メリー・ウィドウ』というショーをやりたがっているんだ」

『メリー・ウィドウ』(軽歌劇)は、フランツ・レハールの有名なオペレッタで、裕福な未亡人のお金を自分の国に残すために、彼女に求愛する小さな王国の王子の話だ。いつも世界のどこかで上演されていた。

「ふたりは本を現代風に書き直してくれる人を探しているんだ。ふたりに会う気はあるかい?」

何のために? ブロードウェイのショーどころか、手紙を書く時間さえもニューヨークでは取れそうもなかった。

「僕には無理だと思います——」

「いや、せめて会うだけ会ってきたまえ」

ヤン・キープラとマルタ・エッガースには、アスター・ホテルの彼らの部屋で会った。キープラさんがドアを開けてくれ、僕の制服を見て、戸惑いながら言った。

「あなたがそのライターさんですか？」

「そうです」

「お入りください」

ヤン・キープラは、40代のたくましい体格の男で、強いハンガリーなまりがあった。マルタはほっそりとして魅力的な女性で、ウェーブのかかった髪が肩まで届き、笑顔で出迎えてくれた。

「お座りください」

僕は座った。

「『メリー・ウィドウ』をやりたいのですが、現代風にアレンジしてほしいのです。ジュールスがあなたは腕の良いライターだと言っています。これまで何を書かれたのですか？」

「『フライ・バイ・ナイト』『サウス・オブ・パナマ』、それから……」

ベンと僕が手がけたB級映画をいくつか挙げた。ふたりは無表情に互いに顔を見合わせた。ヤン・キープラが言った。

「どうするか、ご連絡します」

〝それだけだ。それで終わりだ。そして、その方がかえっていいんだ〟

30分後、ジュールス・ザイグラーのオフィスに戻った。

「彼らからちょうど電話があったところだよ」とザイグラーが言った。

「君にショーの脚本を書いてほしいそうだ」

暗雲が頭上に垂れ込めた。僕にできるわけがない。ブロードウェイはライターの誰もが憧れるメッカだった。ブロードウェイ・ショーの脚本について、僕は何を知っているだろう？　まったく何も知らなかった。愚かさをさらけ出して作品を破滅させるだけだろう。とにかく、今にも航空隊に戻れという電話がかかってくるはずだった。

ジュールス・ザイグラーが僕を見つめていた。

「君、大丈夫かい？」

ショーをやるつもりはない、と彼に言う勇気がなかった。

「もちろんです」

「すぐにでも始めてほしいそうだ」

「分かりました」

ホテルの部屋に戻った。僕にできるわけがない、と彼らに言わなければならないだろう。しかし、よく考えてみると、方法はあったのだ。〃ベン・ロバーツだ〃。ベンが一緒にショーを書いてくれるかもしれない。途中で僕が航空隊に呼び戻されても、ベンなら完成できるだろう。

フォート・ディックス基地にいるベンに電話した。

「何かニュースがあるかい?」

「何がニュースか教えるよ。君と僕とで『メリー・ウィドウ』の新しい脚本を書くんだよ」

一瞬、間があった。

「君が酔っているとは気付かなかった」

「僕は真剣だよ。ショーのスターたちと話をしたんだ。彼らは僕らにやってほしがっているのさ」

ベンは言葉を失った。

翌日、『メリー・ウィドウ』が開幕する予定の劇場に行った。ショーは、背が低くぽっちゃりした体格で、甲高いしわがれ声の中年女性、ヨランダ・メロイリオンが率いるニュー・オペラ・カンパニーが制作する予定だった。

それは一流の作品だった。振付は世紀を代表する伝説的な振付師、ジョージ・バランシンが担当していた。バランシンは中背で、ダンサーとして鍛え抜かれた肉体を持っていた。人懐っこい笑顔で、かすかなロシアなまりがあった。

演出は天才的なフェリックス・ブレンターノで、指揮は、自身が素晴らしい作曲家でもあるロベルト・ストルツだった。プリマ・バレリーナはミラダ・ムラドーヴァという、驚くほど美しいヨーロッパの若手ダンサーだった。

バランシン、ストルツ、ブレンターノと打ち合わせをして、台本を検討した。

「できるだけ現代的なものにしなければならない」と演出家は言った。

「しかし、時代物の香りも失ってはならない」

「娯楽性があって愉快なもの」とバランシンは言った。

「軽快に」とロバート・ストルツがコメントした。

〃なるほど。現代的でありながら、時代物の香りを保ち、娯楽的で愉快で軽快なものか〃

「問題ありません」

ベンと僕はコラボレーションの方法を見つけ出していた。彼は一日中ニュージャージー州のフォート・ディックス基地に駐屯して訓練映画の仕事をしていたので、ニューヨークには夜になってからやって来て、夕食を食べてから夜中の1時か2時頃まで、僕と一緒に働くことにしたのだ。

ブロードウェイの芝居の脚本を書くことに対する不安は消えていた。ベンと一緒に仕事をすると、すべてが簡単に思えた。彼は驚くほどクリエイティブで、僕に欠けていた自信を与えてくれた。

第1幕を書き終えると、それをプロデューサーのヨランダ・メロイリオンのところに持っていった。彼女がページを読み進めるのを、はやる思いで見ていた。

彼女は僕を見上げた。

「これはひどい。最悪だわ」と彼女は吐き捨てるように言った。

僕はがく然とした。

「でも、すべて言われたようにやったのに——」

「あなたたちは私に失敗作を書いたのよ！　失敗作！　私の言ったことが聞こえた？」

彼女の口調は悪意に満ちていた。

「すみません。何が気に入らないのかおっしゃってください。ベンと僕とで書き直しますから——」

彼女は立ち上がり、僕をにらみつけて歩き去った。

自分が抱いた最初の考えに戻った。どうして自分にブロードウェイのショーの脚本が書けるなんて思ったのだろう？

その場に座って、これから起こるであろう惨劇を熟慮していると、ジョージ・バランシンとフェリックス・ブレンターノがオフィスに入ってきた。

「第1幕ができたそうですね」

憂うつそうにうなずいた。

「はい」

「見てみよう」

一瞬、彼らには見せないでおこうかとも思った。

「もちろんです」

彼らは脚本を読み始めた。僕はどこでもいいからどこか他の場所にいられたら、と思った。

クスっという笑い声が聞こえた。それはフェリックス・ブレンターノだった。そして大笑い。ジョージ・バランシンだった。ふたりともニコニコ笑いながら読んでいた。

ふたりは気に入ったのだ！

読み終わるとフェリックス・ブレンターノが僕に

言った。

「素晴らしいよ、シドニー。まさに僕たちが望んでいたものだ」

ジョージ・バランシンは言った。

「二幕目もこれと同じくらい良ければ……」

ベンにこの知らせを伝えるのを待ちきれなかった。


ホテルにいるときは、電話の近くにいるようにした。いつ陸軍航空隊から電話がかかってくるか分からなかったからだ。そして、ホテルを出るときには、必ず連絡の取れる場所を伝えておいた。

独身者にとってニューヨークは孤独を感じさせる街である。プリマ・バレリーナのミラダ・ムラドーヴァとは何気ない会話で意気投合していた。リハーサルのないある日曜日に彼女を食事に誘うと、承諾してくれた。

僕は彼女に良い印象を与えたかったので、ショー関係者のお気に入りのレストラン「サルディーズ」に彼女を連れて行った。僕はまだ航空隊の制服を着たままだった。

ディナーの間、ミラダと僕はショーの話をし、彼女はショーに参加できてとてもうれしいと言っていた。

そしてついにディナーが終わった。お勘定をもらうと35ドルだった。きわめて適正な価格だった。だが、僕は35ドルを持っていなかったのだ。長い間、その請求書とにらめっこしていた。当時、クレジットカードはまだ存在しなかった。

「どうかしたの？」とミラダが尋ねた。

「いや」と慌てて言った。僕は決心した。

「すぐ戻ってくるよ」

立ち上がって入り口に行くと、レストランのオーナーのヴィンセント・サルディが立っていた。

「サルディさん……」

「はい？」

これは難しいことになりそうだった。ヴィンセント・サルディは勘定を踏み倒すような客を相手に、商売を築き上げてきたわけではなかった。

「お勘定のことなんですが」と緊張しながら言った。

彼は僕をじっと見ていた。〝彼は、見ただけで勘定を踏み倒す客が分かるのだ〟

「何か問題でもありましたか？」

「いいえ、そうではないのです。ただ僕は――僕は持ってなくて——持ち合わせがなくて——分かるでしょう——お金のことです」

ミラダに見られているだろうかと思ったが、すぐに続けた。

「サルディさん、僕は通りの向かいにあるマジェスティック劇場で始まる芝居を書いたんです。でも、まだ開幕していません。それで、今のところ、僕は——僕には充分な——幕が開くまで僕を信じて待ってもらえないかと思って」

彼はうなずいた。

「もちろんです。問題ありません。それから、いつでもあなたを歓迎いたしますからね」

気分が高揚した。

「本当にありがとうございます」

「とんでもないです」と彼は言うと、僕の手を握った。そこには50ドル札が入っていた。

プロデューサーのヨランダは、ベンと僕が書いたものすべてを嫌った。彼女は読む前から嫌いだと決めているような気がした。

「ショーはきっと失敗する」と彼女は言い続けた。

「きっと失敗作になるわ」

彼女が予言力を持った超能力者ではないことを切に願った。

一方、ジョージ・バランシンは、フェリックス・ブレンターノやロバート・ストルツと共に、ベンと僕が書いているものを気に入ってくれていた。

リハーサルの間、ヨランダは太り過ぎたバッタのように舞台を飛び回り、皆に怒鳴り声で命令していた。他のスタッフは皆、忙し過ぎてかまっていられなかった。

ある日、リハーサルの合間の休憩時間に、バランシンが僕のところにやってきて言った。

「君と話したいことがあるんだ」

「いいですよ。何か問題がありましたか、ジョージ？」

「いや、そうじゃないんだ。私の友人のヴィントン・フリードリーが新しい劇を制作していて、脚本家を探しているんだ。君のことを話したら、ぜひ会ってみたいと言っているんだよ」

「ありがとうございます」と感謝を込めて言った。

「ぜひお会いしたいですね」

バランシンは腕時計を見た。

「実のところ、君は1時に彼と会うことになっているんだよ」

ブロードウェイの劇の脚本を同時に二つも？　信じられないほど素晴らしいことだった。

ヴィントン・フリードリーは、ブロードウェイで最も重要なプロデューサーのひとりだった。彼の作品には『ファニー・フェイス』『ガール・クレイジー』など、少なくとも5〜6本のヒット作があった。フリードリーは有能で、問題の核心を突き、すぐに本題に入るプロデューサーだった。

「ジョージが君は優秀だと言っているよ」

「努力はしています」

「私は『ジャックポット』というショーをやる予定なんだ。戦費の調達のためにくじの賞品として自分を売る女の子の話で、3人の兵士が当選券を手にするんだよ」

「面白そうですね」

「すでにガイ・ボルトンというライターがいるんだが、彼はイギリス人なので、一緒に仕事をするアメリカ人が必要だと思うんだ。君はこの仕事をやりたいかい？」

「もちろんやりたいです」と言って付け加えた。

「ところで、僕にはベン・ロバーツという共著者がいるんです。彼も僕と一緒に仕事をすることになります」

フリードリーはうなずいた。

「それでいいよ。楽譜はヴァーノン・デュークとハワード・ディーツが書いているんだ」

共にブロードウェイではトップの作曲家だ。

「どのくらいすぐに始められる？」と、ヴィントン・フリードリーは聞いた。

「すぐにでも」

自信たっぷりに聞こえるように答えたが、心の奥底には、今にも**その**電話がかかってきて、上級飛行訓練に戻ると報告しなければならないかもしれない、という思いがあった。

フリードリーは話し続けていた。

「もうキャスティングを始めているんだ。今のところ、アラン・ジョーンズとナネット・ファブレイが決まっている。セットを見せてあげよう」

脚本が書かれる前にセットが作られていたことに驚いた。フリードリーは僕をアルビン劇場まで連れて行き、僕らは中に入った。

舞台の上には、フェンスに囲まれた、巨大な白いアメリカ南部の家があった。

戸惑いながらフリードリーを見た。

「このショーはアメリカの兵士が女の子を当てて――と仰ってましたよね」

「これは前のショーのセットなんだ」とフリードリーが説明してくれた。

「そのショーは失敗したから、今回のショーでそのセットを使うことになったんだ。かなりの節約になるからね」

ゴシック様式のアメリカ南部の邸宅を、どうやって現代的な戦争の物語に利用できるのだろうかと思った。

「オフィスに戻ろう。ガイに会ってほしいんだ」

ガイ・ボルトンは50代のチャーミングなイギリス人で、イギリスを代表するP・G・ウッドハウス[1]と何本か脚本を書いていた。

自分の劇に他のライターが加わることに彼が腹を立てるのではないかと心配していたが、彼は「一緒に仕事ができてうれしいよ」と言ってくれた。

それで、彼とは気が合うことが分かった。

ホテルに帰って、ホテルの従業員に何かメッセージはなかったかと尋ねたが、彼が確認している間、ずっと息を止めていた。

「何もありませんよ、シェルダンさん」

〃良かった。まだ、上級飛行学校に空きはないんだ〃

急いで自分の部屋に戻り、フォート・ディックス基地にいるベンに電話した。

「君と僕とで、ヴィントン・フリードリーのためにミュージカルを書くことになったよ」

長い沈黙があった。

「『メリー・ウィドウ』から外されたのかい？」

「いや、『メリー・ウィドウ』とフリードリーの劇を両方やるんだよ」

「何てことだ。どうやって手配したんだい？」

「僕がしたわけじゃないよ。ジョージ・バランシンが手配してくれた。僕らはガイ・ボルトンというイギリス人のライターと一緒にやることになるよ」

第14章 航空隊の除隊とブロードウェイ・ショーを同時に3作執筆する

Chapter 14 ◆ Discharged from the Army Air Corps and Writing Three Broadway Shows at Once

僕は忙しく幸せだったが、その重要な電話をずっと待ち続けていた。

その後の3週間、午前中には『メリー・ウィドウ』、午後は『ジャックポット』に取りかかり、夜はベンと一緒にその二つのショーの脚本を書いた。疲れがたまってきたので、何かリラックスできることをしなければ、と思った。

ある日曜日、休暇中の兵士のためのニューヨークの娯楽施設、USO（米国慰安センター）に行った。音楽、若く美しい女性たち、ダンス、そして食事。まるで戦場のオアシスのようだった。

ひとりの魅力的なブロンドのホステスが近付いてきた。

「兵士さん、踊りませんか？」

〃もちろん、踊るとも〃

僕らが踊り始めようとしたところで、肩を叩く手に気付いた。

「おい、まだ踊り始めたばかりなんだ。邪魔するなよ――」と言って振り向くと、そこには大柄の憲兵がふたり立っていた。

「そこの兵士、お前を逮捕するぞ。さあ、行こう」

〃逮捕するだって？〃

「何が問題なんですか？」

「警官になりすましていることだ」

「何を言っているんですか？」

「お前は将校の制服を着ているじゃないか。お前の将校の記章はどこだ？」

「持っていませんよ。僕は将校ではありませんから」

「だからお前は逮捕されたんだ。一緒に来い」

憲兵たちは僕の両腕をつかんだ。

「ちょっと待ってください。あなたたちは大きな間違いをしています。僕はこれを着ることが許可されているんです」

「誰が許可したんだ？　お前の母親か？」

憲兵たちは僕をダンスフロアから引きずり出し始めた。僕はパニックになった。

「あなた方は分かっていないんです。僕は航空隊の特殊部隊で——」

「なるほど」

憲兵たちが僕をドアの方へ押しやる間、僕はしゃべり続けた。「本当ですよ。陸軍の戦争訓練部という部隊を聞いたことがありますか？」

「ないね」

外に出ると、道路の脇に公用車が止まっていた。

「乗れ」

僕はかかとを踏ん張った。

「行きませんよ。電話をかけてください。陸軍航空隊員で戦争訓練部という部隊にいて、何でも好きなものを着ていいことになっているんです」

憲兵は互いに顔を見合わせ、ひとりが言った。

「お前は頭がおかしいと思う」

「でも電話をかけてみるよ。誰にかければいいんだ？」

彼に番号を教えた。彼は仲間の方を向いた。

「君は彼に付いていてくれ。『逮捕抵抗罪』を足そう。すぐに戻るよ」

20分後に憲兵は困惑した顔つきで戻ってきた。

「何があったんだ？」ともうひとりが聞いた。

「大将と話をしたら、戦争訓練部という組織を知らなかったことを厳しく叱られたよ」

「それは正式なものだということか？」

「正式かどうかは知らないが、実在する。陸軍航空隊の一部門だ」

もうひとりの憲兵は僕の腕を離した。

「申し訳ない。われわれの間違いだったようだ」

僕はうなずいた。

「いいんですよ」

ダンスホールに戻ると、僕のダンスの相手は他の誰かと踊っていた。


ガイ・ボルトンと一緒に仕事をするのは楽しかった。彼はすでにたくさん戯曲で成功を収めており、演劇に精通していた。彼はイギリス英語の慣用句を使うため、それをアメリカ英語の表現に変えるのが僕らの役割だった。ジョージ・バーナード・ショーの台詞を思い出した。

「アメリカ人とイギリス人は共通の言語によって分けられている」

ガイはロングアイランドに美しい家を借りていて、週末になると、ベンと僕はそこで共に仕事をした。彼はとても社交的で、面白い友人たちのグループができていた。

ある晩、ディナー・パーティーで、見たこともないほど美しい若い女性と隣り合わせになった。

「ガイから聞いたんですけど、彼と一緒にブロードウェイのミュージカルを書いているんですってね」

「そうなんです」

「それは興味深いわ」

「あなたのお仕事は？」

「私は女優です」

「失礼しました。お名前を伺っていませんでした」

「ウェンディ・バリーです」

ウェンディはイギリス人で、イギリスで5～6本の映画に出演していた。彼女のゴッドファザー（子供の後見人として親から頼まれた人）はJ・M・バリーで、彼はウェンディの名前を『ピーター・パン』の中で使っていた。彼女に魅了されたが、彼女の頭の中は何か他のことでいっぱいのようだった。

ディナーが終わってから、僕は尋ねた。

「君、大丈夫？」

彼女は首を横に振った。

「散歩に行きましょう」

僕らは外に出て、月明かりの下、砂利道を歩き始めた。戦時中の停電で電灯はついておらず、満月が照らすあかりだけだった。歩いているとウェンディが泣き出した。

僕は立ち止まった。

「どうしたの？」

「何でもないの……。何もかもが……。どうしたらいいのか分からないの」

「何があったの？」

「私の――私のボーイフレンドのことなの。彼――彼は私を殴るの」

彼女はやっとの思いで、そう言葉にした。

僕は憤慨した。

「どうしてそんなことをさせるの？　そんな行為は誰にも許されないはずだ。なぜ彼と別れないの？」

「私――私、分からないの。それは――それは難しいの」

彼女はしくしく泣き始めた。彼女に腕を回した。

「ウェンディ、よく聞いてくれ。もし今、彼が君を殴っているなら、もっとひどくなるに違いない。今のうちに彼のもとを去るんだ」

「あなたの言う通りね」と言うと、彼女は深く息を吸った。「そうするつもりよ」

「その方が君のためだ」

「気分が良くなったわ。ありがとう」

「どういたしまして。君はニューヨークに住んでいるの?」

「ええ」

「明日の晩は何か用事がある?」

彼女は僕を見て言った。「いいえ」

「じゃあ、一緒にディナーに行こう」

「そうしたいわ」

翌日の晩、ウェンディ・バリーと僕はサルディーズでディナーを共にし、ふたりでいる時間を楽しんだ。それから2週間、僕らは共に過ごした。

ある金曜日の朝、電話がかかってきた。

「シドニー?」

「はい」

「人生を楽しんでいるかい?」

「とてもね。でも、どうして?」

「もしそうなら、ウェンディ・バリーと会うのをやめろ」

「何を言っているんですか?」

「誰が彼女の家賃を払っているか、君は知っているのか?」

「いや、僕たちは一度も……彼女からは一度も聞いたことがない」

「バグジー・シーゲルだ」

マフィアの殺し屋だ。

ウェンディ・バリーには二度と会わなかった。


『ジャックポット』のふたりのスター、アラン・ジョーンズとナネット・ファブレイに会った。アラン・ジョーンズは映画スターらしくハンサムで、身長は180センチ弱、屈強な体格で、不敵な笑みを浮かべていた。彼は素晴らしい歌声の持ち主で、レコード界を代表する存在だった。ナネット・ファブレイは、実に魅力的な女性だった。20代前半で、スタイルも良く、性格も明るく、天性のコメディアンで、この役にはぴったりだった。

僕はこのショーに、良い兆しを感じていた。

ある日、リハーサルの後で、『ジャックポット』の演出家のロイ・ハーグレイヴが言った。

「諸君の脚本はよく書けているね」

ヨランダ・メロイリオンを思い浮かべた。〃最悪〃

「ありがとう、ロイ」

「友人がミュージカルを制作中で、脚本家を探しているんだ。君のことを話したよ。彼に会ってみないか?」

それは不可能だった。ベンと僕はすでに二つのショーを書いていて、いつ航空部隊に呼び戻されるかも分からなかった。

「ぜひ」と僕は言った。

「友人の名前はリチャード・コルマー。ドロシー・キルガレンと結婚しているんだ」

ドロシー・キルガレンが書いている新聞の人気コラムは読んだことがあった。彼女とコルマーは演劇界のスーパーカップルだった。

「電話で君とディックのミーティングのアポを取るよ」

ロイ・ハーグレイヴは電話をかけ、話が終わると言った。

「明日の朝10時だ」

リチャード・コルマーはブロードウェイ・ミュージカルのプロデューサー、ディレクター、俳優として活躍してきた人物で、まだ30代前半だった。彼はほっそりとして、情熱的で、親しみやすかった。

「ロイから君は本当に良いライターだと聞いているよ」と彼は言った。

「僕はファンタジー・ミュージカルをやるんだ。壮大なセットと衣装で大規模な作品になる予定だ。メロドラマのライターの話で、彼女は眠りにつくと夢を見て、その中で彼女がシェヘラザードになり、スルタンに物語を語り続けなければ死ぬんだ」

「面白そうですね。誰がシェヘラザードを演じるんですか?」

「ヴェラ・ゾリーナだよ」

ブロードウェイのスターになった世界的に著名なバレリーナで、偶然にもジョージ・バランシンと結婚していた。

「ロナルド・グラハムが彼女の相手役だ。君、ドロシーと一緒に脚本を書かないか?」

「ぜひ」と返事をした。

「ところで、僕には共著者がいるんですが」

彼はうなずいた。

「ベン・ロバーツだね。どのくらい早く取りかかれるかい？」

「すぐにでも」

ベンと僕は、戦争が終わったら、少し睡眠をとることができるようになるだろう。

ホテルに戻ると、すぐにベンに電話した。

「僕らでリチャード・コルマーのために『ドリーム・ウィズ・ミュージック』というミュージカルを書くことになったよ」

「ちょっと待てよ」と彼は言った。

「なぜ他のショーは僕たちを切ったんだい？」

「切られてないよ。僕らはその二つも続けるのさ」

「僕らは一度に3作ものブロードウェイのショーを書くのかい？」

「誰もがそうしているんじゃないの？」

僕はまだ上級飛行訓練に向けた出頭命令を待ち、制服姿のままでいた。だが、すでに3作のショーの執筆に忙殺されていたので、出頭命令の遅延を願っていた。あと2～3カ月だけあればよかった。

神々は笑っていたに違いない。

リチャード・コルマーに会って仕事を引き受けてから2時間後に、その電話はかかってきた。

「シドニー・シェルダンか？」

「はい」

「こちらはベーカー少佐だ。明日の朝9時にブロンクスの陸軍本部のバーンズ大尉の元に出頭するようにという命令が出ている」

僕の心は沈んだ。これ以上ないほどの最悪のタイミングだった。僕らは3作のショーを放棄するのだ。ベンは夜しか働けないし、僕はどこか海外にいることになるだろう。

バーンズ大尉は背の高い、頭のはげた男で、きちんとアイロンがけされた制服を着ていた。オフィスに入っていくと、彼は顔を上げた。

「シェルダンか？」

「はい、上官」

「座りたまえ」

僕は椅子に座った。彼はしばらく僕を観察していた。

「君は初等飛行訓練を終えたのか?」

「はい、上官」

大尉は机の上にある紙をちらりと見た。

「そして、君は上級飛行学校に行く予定なのか?」

「はい、上官」

「その予定は変更になった」

僕は戸惑った。

「変更になったんですか?」

「戦争は新しい局面を迎えた。われわれは今、攻勢に出ている。悪いやつらに追い打ちをかけているんだ。必要なのは戦闘機のパイロットだ。君は視力の問題で不適格だ。戦争訓練部隊全体を解散せよとの命令が出ているんだ」

その意味を理解するまでに少し時間がかかった。

「それはどういうことですか――?」

「戦争訓練部の志願者には選択権が与えられている。陸軍の二等兵として歩兵部隊に出頭するか、徴兵委員会のリストに名前を戻すかだ」

〝ホブソンの選択[1]だ〟。しかし、僕には時間が必要だった。徴兵委員会が僕を海外に送るための書類を処理するのに少なくとも1カ月はかかるだろうし、その時間をショーの執筆に充てることができるだろう。

「徴兵委員会の方がいいです、上官」

彼はメモを取った。

「いいだろう。委員会から連絡が行くだろう」

僕は疑わなかった。問題はいつなのか? ベン、ガイ、ドロシーと一緒にショーをひとまず完成させるために、どれだけの時間が必要なのだろうか? 週7日働けば1カ月でかなりのことができるのは分かっていた。〝もし陸軍が僕に1カ月くれたら……〟

ホテルに戻ってから、すぐにベンに電話した。

「今夜はかなり遅くまで仕事をすることになるよ」

「何があったんだ?」

「君がここに来てから話すよ」

結局、「夜遅く」は午前3時になり、ベンは3時にようやく、よろめきながらホテルの部屋から出て、フォート・ディックスに戻っていった。

陸軍からの知らせに、ベンも僕と同様に落胆していた。僕は彼を安心させようとした。

「心配するな。徴兵委員会の動きは鈍いから」

それから3日間、劇場から劇場へと走り回り、徴兵委員会から電話がかかってくる時間を気にしながら、必死で働いた。

4日目にホテルに戻ると、ホテルの従業員が一通の手紙を渡してくれた。それはこう始まった。

〝拝啓……〟

意気消沈した。翌日、ブロンクスの徴兵委員会に出頭することになっていた。劇作家としてのキャリアは、始まる前に終わるのだ。頼りにしてくれている3作の劇を放棄して海外へ行き、死の危険に直面することになる。そこまで考えたら突然、過剰なほどの高揚感に包まれた。

自分の感情が全くコントロールできないことがよく分かった。自分がどうなっているのかさっぱり分からなかった。鏡に映った間抜けなほど幸せそうな顔を見て、僕は泣き出した。翌朝9時に、僕は身体検査を受けに陸軍の徴兵本部に出かけた。カリフォルニアで受けたのと同じ検査だった。30分ほどで検査は終わり、医師の診察室に行くように言われた。

医師は1枚の書類を調べていた。

「君の診断書には、椎間板ヘルニアがあると書かれている」

「はい、そうです。でも、最初の検査の時から分かっていたことで、彼らは――」

医師は僕の言葉を遮った。

「検査官には君を受け入れる権利はなかったんだ。もし、君が戦闘中に発作を起こしたら、君は自分だけでなく周囲の仲間も危険にさらすことになる。そんなことは認められない」

「先生――」

「君の採点は4Fだよ」

言葉を失った。

「カリフォルニアの徴兵委員会に連絡する。君は除隊だ」

長い間、ぼう然としてその場に座り込み、今起きたことを理解しようとしていた。それから、帰ろうと立ち上がった。

ドアに向かって歩き出すと、医師が言った。

「それから、その制服を脱ぎなさい」

僕は再び民間人になった。

その日の午後、現実離れした気持ちで洋服店に入り、スーツ2着と短パン、シャツとネクタイをいくつか買った。劇作家としての仕事に戻る準備ができたのだった。

＊＊＊

1943年8月4日、『メリー・ウィドウ』はマジェスティック劇場で開幕し、ブロードウェイで上演されたリバイバル作品の中で最も成功した作品の一つになった。レビューは絶賛の嵐だった。

・「価値あるリバイバル」：『ニューヨーク・タイムズ』紙
・「街に誇りと幸福感を与えるもの」：『ヘラルド・トリビューン』紙
・「美しく、豪華で、上品で、旋律が美しい」：『ミラー』誌
・「愛らしく、リラックスでき、魅力的で楽しい恋物語」：『ジャーナル・アメリカン』誌
・「8月には初演のナイトショーでの大成功があった。『メリー・ウィドウ』は完売作としてリバイバルした」：ウォルター・ウィンチェルの評
・「新シーズンは、すてきなリバイバルのおかげで喜ばしいものになった。『メリー・ウィドウ』は上品かつ表現豊かなメロディーで、マジェスティック劇場に華やかにもたらされた」：ハワード・バーンズの評
・「戯曲『メリー・ウィドウ』は、シドニー・シェルドンとベン・ロバーツ両氏によって、埃を払われ、大変見事に刷新されたことを喜んでお伝えする」：フランク・サリバンの評

1作終わった。残るはあと2作だ。

『メリー・ウィドウ』はブロードウェイで1年近く上演され、さらに2年間、地方公演が行われた。

初日の夜、公演が終わってから、関係者全員でサルディーズにお祝いに行った。ヴィンセント・サルディがドアの近くに立っていた。

僕は彼の方に歩いて行き、こう言った。

「サルディさん、やっとお返しできますよ」

サルディは微笑んだ。

「君はもうお返ししてくれたよ。今夜のショーを見たよ」

第15章

ブロードウェイ・ショー２勝２敗、再起をかけてハリウッドへ

Chapter 15 ◆ Back to Hollywood with Hope for Revival After Having Written Two Broadway Hits and Two Broadway Flops

ドロシー・キルガレンは、聡明でクリエイティブで、ユーモアのセンスの良い女性だった。彼女と一緒に仕事をするのは楽しかった。

まず犯罪記者として名声を得たドロシーは、その後、演劇や映画のコラムニストとして大きな影響力を持つようになった。彼女の秀逸な調査報道は、後に『逃亡者』として映画化された殺人事件の容疑者、サム・シェパード博士の再審の実現に大きな助けとなった。

ドロシーとベンが『ドリーム・ウィズ・ミュージック』に取り組んでいる間に、ガイ・ボルトンと僕は『ジャックポット』の台本を仕上げた。ヴィントン・フリードリーは、ブロードウェイでの上演前にこのショーを地方公演に出すことを決め、それは長期公演となり、大きな興行収入をもたらした。アラン・ジョーンズとナネット・ファブレイに加え、このショーにはジェリー・レスターとベティ・ギャレットも主演していた。

１９４４年11月13日、『ジャックポット』はブロードウェイのアルビン劇場で開幕し、ほとんどの批評家に気に入られた。

・「『ジャックポット』はさっそうとしたテンポで踊るように進行するエレガントな作品」：『ヘラルド・トリビューン』紙

・「『ジャックポット』には、耳に心地良い歌と豪華なキャストがそろった。ナネット・ファブレイを見るのは楽しく、ジェリー・レスターとベニー・ベイカーは最高級の笑いの名手だ」：『ミラー』誌

・「フリードリー工房から、再び、新たなヒット作が生まれた」：『ニューヨーク・ポスト』紙

ベンと僕はまたしても勝利を収めた。僕らはサルディーズに祝杯を挙げに行った。27歳の誕生日の1カ月前のことだった。

僕らの誰もが、最大のヒットがもうすぐ生まれると分かっていた。

『ドリーム・ウィズ・ミュージック』が画期的な大成功を収めるであろうことは、当初から誰の目にも明らかだった。ヴィントン・フリードリーとは違って、リチャード・コルマーはブロードウェイで最も手の込んだ作品にするために費用を惜しまなかった。スチュワート・チェイニーは精巧な舞台装置を設計し、マイルズ・ホワイトが美しい時代物のコスチュームを作った。ジョージ・バランシンが振付師だった。この作品には、主役のロナルド・グラハムが登場時に乗って現れる、空飛ぶじゅうたんも含まれた。舞台全体をトレッドミルが周回し、バグダッドの宮殿、市場、踊る動物たちのいる、カラフルな野生動物保護区などの舞台装置もあった。

ベンと僕は同じスケジュールで仕事を続けた。昼間はドロシー・キルガレンの美しいペントハウスで彼女と執筆し、ベンがフォート・ディックス基地から離れられる日には、夜、僕のホテルの部屋でベンと仕事をした。

ある晩、ベンと執筆している時に、僕はペンを床に落とし、それを拾おうとかがんだ拍子に椎間板が飛び出してしまい、苦痛で床に倒れ込み動けなくなった。ベンが救急車を呼んでくれて、それから3日間、病院で過ごした。タイミングが悪かった。やるべきことは山ほどあったのだ。

退院後、僕らは再び作業を開始し、台本を完成させた。

＊　＊　＊

ドロシーとベンと僕は劇場の観客席でリハーサルを見たが、それは息が止まるほど華麗だった。舞台には色とりどりの衣装がまばゆく並び、背景は美しく、ヴェラ・ゾリーナのダンスは得も言われぬ美しさだった。

ヴェラ・ゾリーナと主役のロナルド・グラハムのロマンチックなシーンも素晴らしく演じられていた。リチャード・コルマーがドレス・リハーサルを見て言った。

「準備万端だ」

母のナタリーとマーティが開幕公演を見にニューヨークに来ていた。僕らは一緒に、客席の前方にある招待客席に座った。劇場はすぐに満席になった。芝居好きな客はいつも、不思議な力によって、ヒット作の初演をかぎつけるのだ。観客は興奮と期待でざわめいていた。ベンと僕は、お互いに顔を見合わせて微笑んだ。３作連続のヒットだ。

オーケストラが序曲を演奏し始め、劇場はクレイ・ワーニックとエドガー・イーガーによる明るく美しいメロディーの音楽で満たされた。ショーが始まったのだ。

スチュワート・チェイニーの指示で、巨大なピンク色のシルク・リボンが舞台の幕の外側に縫い付けられていた。

序曲が終わり、舞台の幕が上がり始めた。観客の期待感が感じられた。幕が半分ほど上がったところで、ピンク色の美しいリボンの蝶結びが梁に引っかかり、大きな音を立てて裂け、舞台前のオーケストラ席に叩きつけられた。観客ははっと息をのんだ。


それがその晩のもっともましな出来事になるとは、その時点では誰にも予測できなかったであろう。

『ドリーム・ウィズ・ミュージック』は第２幕13シーンで構成されており、最初のシーンは、美しく着飾った十数人のアフリカ系アメリカ人のショーガールが、腰から上はヌードで、巨大なトレッドミルの上を華麗に歩くところから始まった。しかし、そのシーンが始まってすぐに、トレッドミルのスピードが上がり、女性たちは次々と舞台の床に転げ落ち始めた。観客は信じられない思いでそれを見ていた。

それはほんの始まりに過ぎなかった。事態はさらに悪化していった。

世界で最も高名なバレリーナで、リハーサルでは完璧に踊ったヴェラ・ゾリーナがバレエを踊り始めたが、爪先でシュッと床をすりながら、脚を投げ出すように動かすジュテの途中で滑って転び、舞台の床に倒れこんでしまった。観客は恐怖におののきながらそれを見ていた。ベンと僕は座席に深く沈み込んだ。しかし、悪運はそれで終わりではなかった。

二つのシーンの後、美しい森の風景を背景に、柔らかな月明かりのもとでラブシーンを演じるために、ヴェラ・ゾリーナとロナルド・グラハムが豪華な時代物の衣装で舞台の中央に歩いて登場した。ふたりは、ドロシーとベンと僕が書いた優しい言葉で語り始めた。

そのシーンは順調に進み、観客も真剣に耳を傾けていた。

すると突然、劇場内のすべての照明が消えてしまった。観客も役者も真っ暗闇に突き落とされた。ゾリーナとグラハムは舞台の上に立ち尽くし、どうしていいか分からずにいた。台詞を続けようとしては戸惑ってやめ、先に進むべきか、照明がつくのを待つべきか迷っていた。

その時、シャツの袖をまくった舞台監督が懐中電灯を持って舞台の袖から出てきた。そして、舞台の中央まで走っていって、恋人たちの頭上に懐中電灯をかざした。美しく着飾ったふたりのスターと、シャツの袖をまくって懐中電灯をかざす男との対比があまりに不自然で、観客はクスクス笑い始めた。役者たちは果敢にもラブシーンを続けようとした。そして突然、劇場中の照明が一斉についた。

その夜は、おそらくブロードウェイ史上でも最悪の初演だった。サルディーズでの祝宴はなかった。ナタリー、マーティ、ベンと僕はひっそりとしたレストランに行き、神妙に批評を待った。

何人かの批評家は思いやりを示そうとしてくれた。

「『ドリーム・アンド・ミュージック』の照明を任されたら、その責任の重さに耐えかね、どんなに良識のあるヒューズも飛んでしまったことだろう」

「エネルギッシュで情熱的。派手な祭典……」

「『ドリーム・アンド・ミュージック』よりも見た目に美しいミュージカル・コメディは今シーズンまだ生まれていない……」

しかし、大物の批評家たちは敵対的だった。

「彼女は生き延びたが、ショーは死んだ……」

「思慮深い人なら泣かずにはいられない……」

「きれいだがひどく退屈……」

「膨大で、美しく、超高価で退屈な……」

ナタリーはそうした批評を見て、こう断言した。

「賛否両論だわ」

このショーは４週間後に幕を閉じた。しかし、その短い公演期間中に、ベン・ロバーツと僕はブロードウェイで３作のショーを上演していたのだった。

『ドリーム・ウィズ・ミュージック』の閉幕後間もなく、僕に奇妙な電話がかかってきた。強いハンガリー語なまりの男が言った。

「私の名前はラディスラウス・ブス・フェケテです。あなたに電話するよう、ジョージ・ヘイリーに勧められました」

ジョージ・ヘイリーは僕がハリウッドで知り合ったライターだった。

「どんなご用でしょうか、ブス・フェケテさん?」

「お話ししたいことがあるのです。ランチをご一緒できませんか?」

「いいですよ」

その電話を切ってから、ジョージ・ヘイリーに電話した。

「ラディスラウス・ブス・フェケテとは何者だい?」

彼は笑った。

「ヨーロッパでは著名なハンガリー人の劇作家だよ。向こうでたくさんのヒット作を出している」

「フェケテは僕に何をしてほしいのだろう?」

「彼には劇のアイデアがあるんだ。僕のところに来たんだがあいにく忙しいので、君のことを思い出したんだ。英語が上手な人と共に仕事する必要があるのだそうだ。とにかく、会ってみて損はないよ」

僕らは、滞在するホテルでランチを共にした。ラディスラウス・ブス・フェケテは、身長は１６２センチくらい、体重は１４０キロ近くありそうな、愛想のいい男だった。彼と一緒にいたのは、感じの良い、貫禄のあるブルネットの女性だった。

「こちらは妻のマリカです」

僕らは握手した。席に着くと、ブス・フェケテが言った。

「私どもは劇作家です。ヨーロッパでたくさんの作品を手がけてきました」

「存じています。ジョージ・ヘイリーと話しましたから」

「マリカと僕には素晴らしい劇のアイデアがあって、

あなたが僕たちと一緒にその脚本を書いてくださったら、とてもうれしいと思っているのです」

「どんなアイデアですか？」と用心深く尋ねた。

「戦争から帰ってきた兵士が婚約者のいる故郷の小さな町に帰ってくる話です。問題は、その兵士が前線で別の人と恋に落ちていたことです」

あまりワクワクするような話には思えなかった。

「すみません。でも、僕は――」

「この話の醍醐味は、その小さな町に帰ってきた兵士が女性だったことです」

「それは！」

考えれば考えるほど、そのアイデアが魅力的に思えてきた。

「彼女は婚約者と、戦場で出会った兵士のどちらかを選ばなければならないんです」

「ご興味はありますか？」とマリカが聞いた。

「興味はあります。でも、僕はパートナーと共に仕事しているんです」

ラディスラウス・ブス・フェケテは言った。

「それで結構ですが、彼の取り分はあなたの取り分から出してくださいね」

僕はうなずいた。

「それで結構です」

その晩、ベンに電話して、事の成り行きを話した。

「すまないが、僕なしでやるしかないよ」と彼は言った。

「持ち場からしょっちゅう離れることに、上官がいらついているんだ。これからは、ここに閉じ込められることになるよ」

「くそっ！　寂しくなるな」

「僕にとってもだよ、相棒。幸運を祈るよ」


ラシ、そう呼ぶように彼に言われていたが、彼とマリカと僕は仕事に取りかかった。マリカのなまりはそれほどでもなかったが、ラシの言っていることは理解しにくかった。この劇に『スター・イン・ザ・ウィンドウ』と名付けた。

脚本を4カ月で完成させ、エージェントが制作チームのチョート・アンド・エルキンズに見せたところ、彼らは制作に意欲的だった。演出家はジョセフ・カレイア。僕らはキャスティングを始めた。秀逸なブロードウェイ女優のペギー・コンクリンがヒロインに決まった。主役の男性はたくさんオーディションしてもなかなか決まらなかった。ある日、エージェントが若い俳優をよこした。

「台本を読んでいただけませんか?」と彼に言った。

「もちろんです」

彼に5ページの台本を渡した。彼とペギー・コンクリンは、そのシーンを読み始めた。彼らが2分ほど読んだところで、その俳優に言った。

「どうもありがとう」

彼は顎(あご)を突き出して、怒ったように言った。

「分かったよ」

彼は台本を僕に突き返して、舞台から立ち去ろうとした。

「ちょっと待って」と彼を呼んだ。

「君がこの役を得たんだよ」

彼は立ち止まった。困惑していた。

「何だって?」

「言った通りだよ」

彼は役柄の本質をすぐにつかんでいたので、彼がその役に最適だと分かったのだ。

「君の名前は?」

「カーク・ダグラスです」

＊＊＊

リハーサルは順調に進み、ペギー・コンクリンとカーク・ダグラスは完璧なコンビであることが分かった。リハーサルが終わると、この劇を地方で上演した。首都ワシントンが最初の上演地だったが、楽観的な見方を充分に裏付けるような批評を得ることができた。

「『スター・イン・ザ・ウィンドウ』は明るく輝く」

「ペギー・コンクリンは中尉役を、実に生き生きと、バイタリティーにあふれて演じている」

「カーク・ダグラスはスティーブ軍曹を見事に演じている。常に自信に満ちた様子で、パートナーとの台詞の息がぴったり合っている」

「昨夜の観客は『スター・イン・ザ・ウィンドウ』を楽しく愉快であると感じ、終演後に幕が上がっても熱狂的な拍手喝采を送り続けた」

僕はうれしかった。『ドリーム・ウィズ・ミュージック』の失敗の後、ブロードウェイでまたヒット作が生まれるのは素晴らしいことだった。ニューヨークでの初演を前に、プロデューサーたちはショーのタイトルを『アリス・イン・アームズ』に変更すると決めた。

1945年1月31日、『アリス・イン・アームズ』はブロードウェイで開幕した。すべてが順調に進んだ。初日の幕が下りた後、良い批評を祝うつもりで関係者全員でサルディーズに行った。『ニューヨーク・タイムズ』紙が最初に目にした批評だった。

・「劇場の疫病神。台詞は堅く、ぎこちなく、まとまりがなかった」
・「間違い」：『デイリー・ニュース』紙
・「古臭くつまらない」：『ヘラルド・トリビューン』紙
・「無害だが、もたついている」：『PM』誌[1]

これらはまだましな批評だった。

それから3日間、ホテルの部屋に閉じこもり、電話に出るのを拒否した。頭の中で批評を繰り返し思い出していた。〝台詞は堅く、ぎこちなく、まとまりがなかった……古臭くつまらない……間違い……〟

批評家は正しかった。ブロードウェイのために書くほど優秀ではなかったのだ。僕の成功は、単に運が良かっただけなのだ。

これからどうなるにせよ、残りの人生をホテルの一室で自分を憐れみながら過ごすわけにはいかないと思った。ハリウッドに戻る決心をした。映画のオリジナル企画を書き、それを売り込む努力をして、そのシナリオを書くのだ。問題は、ストーリーのアイデアがなかったことだ。以前は簡単に思い浮かんだのに、ストレスがたまり過ぎて集中できなくなっていた。無理やりアイデアをひねりだそうとしたことはかつてなかったのだが、何とかあらすじを思い付こうと焦った。

翌日の早朝に、背もたれがまっすぐの椅子をホテルの部屋の真ん中に置き、厚手の黄色いノートパッドとペンを持って座り、気に入ったストーリーの「前提」[2]ができるまで椅子から立ち上がらないと決意した。それから2時間の間、うまくいきそうなアイデアを思い付くまで、次々とアイデアを捨てた。

30ページのあらすじを書き上げ、『サドゥンリー・イッツ・スプリング』と名付けた。ハリウッドに行く準備ができた。


ロサンゼルスに向かう途中、シカゴに立ち寄り、母のナタリーとマーティを訪ねた。

ナタリーは玄関先で僕をハグとキスで迎えてくれた。

「私のライターさん」

『アリス・イン・アームズ』の批評のことはナタリーには話していなかったが、どういうわけか母は知っていた。母はこの作品の問題点を的確に言い当てていた。

「タイトルを変えるべきではなかったのよ」

それから数日間、僕はシカゴで過ごし、デンバーから来ていたおばのフラン、エマ、ポーリーンに会った。おばたちと一緒にいて、彼女らが僕を誇らしく思っていてくれたのが分かり、うれしかった。

『ドリーム・ウィズ・ミュージック』と『アリス・イン・アームズ』を、ブロードウェイで最大のヒット作だと思うこともできたのだ。

そして、いよいよ別れの時が来て、ハリウッドに戻る飛行機に乗っていた。

＊　＊　＊

たった2年間離れていただけだったが、永らくハリウッドから離れていたような気がした。その間にそれはいろいろなことが起こった。飛行機の操縦法を学び、航空隊から除籍されていた。ブロードウェイでヒット作を2本書き、ブロードウェイの失敗作を2本書いていた。

戦争がまだ激化していたので住む場所は限られていたが、僕は幸運だった。『ジャックポット』の出演女優のひとりがビバリーヒルズに小さなアパートを持っていて、それを貸してくれることになったのだ。そのアパートはパームドライブという大通りに面していた。アパートに到着し、ドアの鍵穴に鍵を入れようとしたら、若くはつらつとした男性がドアを開けて、僕の手にある鍵を見た。

「こんにちは」

「こんにちは」

「何かご用ですか？」

「あなたはどなたですか？」

「ビル・オールです」

「シドニー・シェルダンです」

彼の顔が明るくなった。

「ああ、あなたがここにいらっしゃることはヘレンから聞いていました」

彼はドアをさらに大きく開き、僕は中に足を踏み入れた。それは、ベッド・ルーム、小さなリビング・ルーム、書斎、簡易キッチンがある、狭いが良い家具付きのアパートだった。

「あなたを追い出したくないのですが僕は――」

「ご心配は無用です。どうせ出て行くところでしたから」

その理由は翌朝の『ロサンゼルス・タイムズ』紙を読んで分かった。ビル・オールは、ジャック・ワーナーの娘と結婚するところだったのだ。後にビルは、ワーナー・テレビジョンのトップになった。

僕は次に、グレイシーを訪ねるためにカルメン通りの下宿屋に行った。それぞれの部屋には明日のスターやディレクター、カメラマンを目指す新たなワナビー族がいて、運命の電話を待っていた。

グレイシーはまったく変わっていなかった。彼女は相変わらず忙しく動き回り、住人全員の母親役となり、気分を良くする助言を与え、あきらめて去っていく人たちを慰めていた。

大きなハグをされ、「いまでは有名になったそうね」と言われた。自分が有名なのか悪名高いのか、よく分からなかった。

「そうなるよう努力しているところです」

昔話で2時間話し込んだ後で、去らなければならないと彼女に告げた。自分のエージェントに会いに行く予定があったのだ。

ハリウッドのトップ・エージェンシーの一つのウィリアム・モリス・エージェンシー[3]と契約しており、背が低く活動的で、常に日焼けしているサム・ワイズボードというエージェントが僕の担当だった。日焼けは時々ハワイで休暇をとっていたからだと後で知った。サミーは事務員としてウィリアム・モリスで働き始め、やがて社長にまで上り詰めた。

　サミーが僕を他のエージェントたちや、副社長のジョニー・ハイドに紹介してくれた。

「あなたのことは聞いていましたよ。一緒に面白いことをやりましょう」

　その時、彼の秘書が入ってきた。

「こちらはドナ・ホロウェイです」

　彼女は愛らしく、背が高くスリムで、知的なグレーの瞳と温かい微笑みの持ち主だった。

「シェルダンさん、こんにちは」

　彼女は手を差し出した。

「あなたがうちに来てくれてうれしいです」

　このエージェンシーが好きになりそうだった。

　サミーとジョニー・ハイドに言った。

「オリジナルのストーリーを書いて持ってきたんです」

「それはいい」とサミーが言った。

「さっそく仕事に取りかかりましょうか？」

「そうしたいです」

「実は、われわれのクライアントのひとりのエディ・カンターが、ＲＫＯと映画を作る契約をしています。問題は、スタジオが承認する水準のシナリオを、彼がまだ用意できていないことです。契約は３カ月で切れるので、それまでにスタジオが承認するようなシナリオがなければ、契約はなくなってしまいます。彼はあなたが何か作ってくれることを望んでいるんです。週給は千ドルです」

　ハリウッドに戻ってきて、まだ1日しかたっていなかった。

「うれしいです」

「エディが、今日の午後、あなたに会いたがっています」

　自分が何をすることになるのか、見当も付かなかった。

第16章

超ヒット映画『ザ・バチェラー・アンド・ザ・ボビー・ソックサー』の誕生

Chapter 16 ◆ The Very First Story of A Super-Blockbuster Film, "The Bachelor and the Bobby Soxer"

エディ・カンターはすでに5～6本の映画に主演しており、アメリカで最も人気のあるコメディアンのひとりであることにほぼ間違いはなかった。彼は、フローレンツ・ジーグフェルドのブロードウェイ作品に出演し、『ウーピー!』と『ローマン・スキャンダルズ』で映画界のスターになった。彼は自分のテレビ番組を持っており、その番組は大成功を収めていた。

ビバリーヒルズのロックスベリーにあるエディの広大な屋敷で彼に会った。エディは背が低く、常に動き回っているような活動的な男だった。彼は話しをしているときも、聞いているときも周囲を行ったり来たりして歩き回っていた。ランチを食べている間も、エディは頭の中では絶えず動き回っているのではないかと思った。

「シドニー、彼らから話を聞いているかどうか知らないが、状況を知らせるとね、RKOはうちの若手が用意した3本のシナリオを断ったんだ」

「うちの若手」とは、彼のラジオのライターたちのことだった。

「もう時間がないんだ。3カ月以内にスタジオが承認するシナリオがいるんだ。さもなければ契約は破棄されるんだよ。僕のために大ヒット作を考えてくれないか?」

「やってみたいと思います」

「よろしい。シナリオを間に合わせるために、君は必死に取りかからなければならないよ。でも、最初の草稿が完成して、スタジオがそれを承認したら、今度はいくらでも時間をかけて、台詞を磨いたり、簡潔にしたり、君の好きなようにできるよ。すべて君のものになるのさ」

「それならフェアですね」

「差し当たり、僕らは締め切りに追われているんだ。週に8日、働かなければならないだろう」

僕は、自分が担当したブロードウェイのショー作りのプレッシャーを思い出した。

「それには慣れていますよ」

電話が鳴り、彼は受話器を取った。

「エディ・カンターです」

彼ほど自分の名前を誇らしげに言う男を、今日に至るまで聞いたことがない。


僕らは仕事に取りかかった。エディとジョーン・ディヴィスを主演にするという僕のアイデアの大筋を話し合った。彼は気に入り、シナリオを書き始めた。たいていは彼の家で、土日も含めて、朝早くから夜7時くらいまで働いた。

一方、夜は自分の時間として、くつろいだ。そして、あるとても魅力的な女の子と知り合い、彼女も僕を気に入ってくれたようで、一緒にディナーに行くようになった。問題は、一晩おきにしか彼女に会えないことだった。

僕はそのことが気になった。


「僕と会わない夜はどうしているの？」

「別の人と付き合っているのよ、シドニー。ふたりともとても好きなのだけれど、決心しないといけないわね」

「別の男って誰なの？」

「彼の名前はホセ・イトゥルビ。彼は私と結婚したがっているの」

ホセ・イトゥルビは世界中でコンサートを開いている有名なピアニストで、指揮者でもあった。MGM、パラマウント、フォックスのミュージカルにゲスト出演していた。イトゥルビのような有名人と僕が競えるわけはなかった。

「あなたはコカ・コーラ®だとホセが言っていたわ」

驚いてまばたきした。

「僕が何だって？」

「コカ・コーラ®よ。あなたのような人は何百万人もいるけれど、彼のような人はたったひとりだけだって」

それっきり、彼女に会うことはなかった。


エディ・カンターのRKOとの契約が切れる3日

前に、僕はシナリオを届けた。サミー・ワイズボードがそれをRKOに送り、翌日には承認された。それで、じっくりと台詞を練り上げ、シナリオを整理できるようになったわけだ。時間的なプレッシャーがあるためにできなかったが、やりたいことがたくさんあった。

サミー・ワイズボードから電話があった。

「シドニー、残念ながら君はこの映画から外されたよ」

彼の言葉を正しく聞き取れたかどうか、よく分からなかった。

「何だって?」

「カンターは、彼のラジオのライターたちにシナリオを推敲させるんだそうだ」

それまで毎日、そして週末まで、長時間にわたって働いてきたことを思い出した。〝シナリオを間に合わせるために、君は必死に取りかからなければならないよ。でも、最初の草稿が完成して、スタジオがそれを承認したら、今度はいくらでも時間をかけて、台詞を磨いたり、簡潔にしたり、君の好きなようにできるよ。すべて君のものになるのさ……〟

〝ハリウッドへ、ようこそ〟

1945年9月2日、日本は降伏した。弟のリチャードは帰宅の途に着いていた。彼に会うのが待ちきれなかった。

クリスマス・イブにリチャードの乗った船がようやくサンフランシスコに上陸した。彼がロサンゼルスに着いた最初の晩に、僕らはディナーを共にした。彼はやせて、健康体に見えた。彼の身に起こったことをすべて聞きたかった。どこにいたのかは知っていた。ニューギニア、モロタイ、レイテ、ルソン……。

「どんな感じだったんだい?」

弟は長い間、僕を見つめていた。

「その話は二度としたくないよ」

「それはもっともだ。これからどうするのか分かっているのかい?」

「マーティ・リーブが仕事を世話してくれたんだ。それを受けるつもりだよ。ママともっと一緒に過ごせるようになるよ」

僕はうれしかった。リチャードはマーティとうまくやっていけると思ったからだ。

翌日、サム・ワイズボードから電話があった。

「『サドゥンリー・イッツ・スプリング』に、申し出が2件来ているよ」

「それは素晴らしい」と興奮気味に言った。

「誰からだい?」

「一つはウォルター・ワンガーからだ」

彼は『ステージコーチ』『フォーリン・コレスポンデント』『ザ・ロング・ヴォヤージ・ホーム』といった、多くの名作映画を制作していた。

「それで、もう一件は?」

「デイヴィッド・セルズニックからだ」

心臓が一瞬止まった。〝デイヴィッド・セルズニックだって?〟

「彼は君の本書き(脚本の草稿)を気に入っているよ。ドーア・シャリーが彼のために共同制作することになっているんだ。ワンガーは4万ドルを出すと言っている。セルズニックは3万5千ドル出すそうだ。いずれも君がシナリオを書くことが条件だ」

お金のことは気にしていなかった。セルズニックと共に仕事ができるのは、ワクワクすることだった。

〝それに、セルズニックがこの仕事に就くきっかけを作ってくれたのではないか? 読み手出身者同士でまた一緒に仕事ができるのは良いことだろう〟

「セルズニックの申し出を受けてくれ」

翌朝、デイヴィッド・セルズニックとドーア・シャリーに会った。セルズニックは背が高く堂々とした人物で、凝った装飾の、美しい家具が備え付けられたオフィスで、大きなデスクの後ろに座っていた。ドーア・シャリーは色黒ですらっとしていて、見るからに知的な人だった。僕らは握手した。

セルズニックが言った。

「座ってくれ、シェルダン、君に会えてうれしいよ」

〝僕はもしかしたらセルズニック氏に会えるかもしれないと思ったのですが――〟

〝いいえ、セルズニック氏はお忙しい方ですから〟

「君のストーリーを気に入ったよ。秀逸だ。君のシナリオが、君の本書きと同じくらい良いものになることを願っているよ」

ドーアが言った。

「きっとそうなるよ」

セルズニックはしばらく僕を観察していた。

「ワンガーからも申し出があったそうだね。僕のところに来てくれてうれしいよ。君のエージェントと話をした。原作とシナリオに3万5千ドル払うよ」

　セルズニックの秘書が僕に封筒を手渡したことを思い出した。〝そこに10ドル入っています〟


　その朝から仕事を始めた。RKOスタジオでオフィスを与えてもらい、そこで『サドゥンリー・イッツ・スプリング』を作ることになった。RKOは有力な映画スタジオだった。当時『イッツ・ア・ワンダフル・ライフ』『ザ・ファーマーズ・ドーター』『ディック・トレイシー』を撮影中だった。社内食堂でジェームズ・スチュワート、ロバート・ミッチャム、ロレッタ・ヤングを見かけた。彼らを映画でよく見ていたので、まるで旧友のような気がした。しかし、その中の誰かと話しをするほどの勇気は持てなかった。

　僕はそのシナリオ書きを楽しんでいた。プレイボーイと若い娘、そして彼女の妹と裁判官が出てくるストーリーだった。本書きを書いた時にイメージしていた主役の男性は、ケーリー・グラントだったが、彼はいつも多忙で、きっと無理だろうと思っていた。

　シナリオは順調に進んでいると思っていた。セルズニックには、同じプロジェクトのために次々とライターを起用する傾向があったので、他のライターと代えようとしなかったことをうれしく思っていた。ところがある日、セルズニックがドーア・シャリーに宛てたメモを偶然目にした。


〝シェルダンをクビにして、別のライターを入れたらどうだ？〟

　ドーアの素晴らしい点は、そのことを僕には一切口にせず、何とかセルズニックの要求を回避する方法を見つけたことだった。


　僕はまだ情緒不安定だった。気分が高揚していたと思えば、突然、落胆の時期が続いた。ある晩、ブラウン・ダービーというレストランで、ある友人が若い女性と同席していた。彼は僕に手招きをした。

「紹介するよ。こちらはジェイン・ハーディング」

ジェインはニューヨーク出身だった。愉快で知的で、じっとしていられないほどバイタリティーのある女性だった。僕は即座に彼女の虜になった。デートをし始めて2カ月もたたないうちに結婚していた。ハネムーンに行く時間はなかった。スタジオでは『サドゥンリー・イッツ・スプリング』のキャスティングが始まっていて、ドーアから改訂版のシナリオを早く仕上げるようにせかされていたからだ。

残念ながら、1カ月もたたないうちに、ジェインと僕は間違いを犯したことに気付いた。僕たちは興味も性格も、正反対だったのだ。それから9カ月間、結婚生活をうまく送るために無駄な努力をした。そしてついに結婚は不可能だと判断し、離婚に同意した。その痛みは壊滅的だった。離婚が決まった日、僕は生まれて初めて飲みに出かけて、酔っぱらった。

家庭生活は悲惨だったが、スタジオではとてもうまくいっていた。僕はシナリオを完成させていた。デイヴィッド・セルズニックが僕を彼のオフィスに呼んだ。

「ケーリー・グラントに君のシナリオを送ったよ」

「えっ、何と――彼は何と言ったんですか？」

セルズニックはドラマティックに間を置いた。

「彼は夢中だよ。彼はやる気だ」

感激した。

「それは実に素晴らしい！」

「シャーリー・テンプルとマーナ・ロイとも契約したよ」

それは完璧なキャストだった。

「アーヴィング・ライスが監督をする。それから、ケーリー・グラントが君に会いたがっているよ」

ケーリー・グラントは、コメディでは常に誰にとっても第1候補の役者だった。2番目の候補はいなかった。ケーリー・グラントをキャストに加えられないなら、次は数段も落ちるのだ。

すぐにケーリー・グラントを好きになった。彼は信じられないほどハンサムであるだけでなく、知的で、頭の回転が速く、探究心が旺盛だった。後に一緒に仕事をすることになった他のスターたちとは違って、ケーリーには虚栄心がまったくなかった。

ケーリーはイギリスのブリストルの下流中産階級の家庭に、アーチボルド・アレキサンダー・リーチとして生まれた。コニーアイランドを竹馬で歩くサーカス芸人としてスタートし、ボードビルで芸人としてブレイクした。

アーチー・リーチが9歳の時、彼の母親が精神病院に送られた。母親は海辺のリゾートに行ったとケーリーは聞かされていた。その後、20代後半になるまで、ケーリーは母親に会っていなかった。

ケーリー・グラントは伝説的な存在だった――物腰が柔らかで洗練されており、人当たりが良かった。「誰もがケーリー・グラントになりたがる」と彼が言ったことがある。

「僕でさえ、ケーリー・グラントになりたいくらいだ」

シャーリー・テンプルに会った時には、彼女は18歳になり、楽しい大人の女性に成長していた。子供の頃の彼女は映画界で一番のスターで、彼女の出演作品は何億ドルも売り上げていた。素晴らしい名声にもかかわらず、彼女はごく普通の魅力的な若い女性になっていた。

マーナ・ロイという実力派女優でキャストは勢ぞろいした。マーナは『ザ・シン・マン』シリーズ、『ベスト・イヤーズ・オブ・アワー・ライブス』『アロースミス』その他、十数本の映画に主演していた。

この素晴らしいキャスト陣に大喜びした。映画制作の準備はほぼ整った。

ケーリーと僕が、『サドゥンリー・イッツ・スプリング』の撮影開始の約1週間前にスタジオの食堂でランチを食べていた時のことだ。

「男性の第2の主役が見つからないんだ。5～6人をテストしたけれど、誰も良い人が見つからない。この役にぴったりな人が誰か知っているかい？」

僕は興味をそそられた。

「誰だい？」

「君だよ。僕と一緒にテストを受けてみないか？」

驚いて彼を見た。僕は俳優になりたかったのだろうか？　そんなことは考えたこともなかった。しかし、やらない理由もない。ライター兼映画スターになれるかもしれない。ノエル・カワードや他の何人かは、そうしてきたのだ。

「興味はあるかい、シドニー？」

「あるよ」

芝居がいかに簡単か、僕は分かっていた。原作もシナリオもテスト・シーンも書いたので、すべての台詞は頭に入っていた。与えられた台詞を言うだけでいいのだ。そんなことは誰でもできるだろう。

ケーリーは立ち上がってドーア・シャリーに電話をかけた。僕たちはランチを済ませると、歩いて撮影現場に戻った。テスト・シーンは、ケーリーと僕のふたりきり。台詞は十数行しかないシンプルなシーンだった。

ケーリーを見ながら、スターになるとはどんなことなのだろうか、と思いを巡らせた。ケーリー・グラントと映画で共演すれば人生が変わることが分かっていたからだ。他の映画への出演依頼や提案を受けることになるだろう。国際的に有名になるのだ。これから先、プライバシーも暇もなくなる。僕の人生は大衆のものになるのだ。しかし、そうした犠牲を払う覚悟があった。

防音スタジオに到着した。アーヴィング・レイスが言った。

「皆さん、セットではお静かに」

誰もが突然、動きを止めて、僕らをじっと見ていた。アーヴィング・レイスが言った。

「カメラ」

そして僕らの方を振り向いた。

「アクション」

ケーリーが合図した。僕がしゃべりだすのをケーリーが待っている、長い長い間、彼を見つめ続けていた。見上げると細長い通路から何百万人もの人々に見下ろされているような気がして、突然、学生時代に自分がシナリオを書いた劇で、ステージに立って気が狂ったように笑っている自分に戻ってしまった。パニックを起こし、何も言わずにくるりと向きを変えると、防音スタジオから逃げ出した。

それで僕の俳優人生は終わりを迎えた。スターの座という重荷がなくなったので、シナリオ書きに戻ることができた。

ドーアは、代わりに第2の主役にルディ・ヴァリーを雇い、『サドゥンリー・イッツ・スプリング』の撮影を開始した。皆がその進行ぶりを喜んでいるようだった。

ある日、デイヴィッド・セルズニックから、彼のオフィスに呼ばれた。

「君にやってほしいことがある」

「喜んで。デイヴィッド」

「ナショナル・ブラザーフッド・ウィーク[1]だ。毎年違うスタジオが、すべての宗教の調和をテーマにした短編映画を作るんだ」

ナショナル・ブラザーフッド・ウィークのうわさは聞いていた。その短編映画が終わると、映画館には照明がともり、客席案内係が募金を集めるために通路を歩き回るのだ。

「今年はうちがやるんだが、君に書いてほしいんだ」

「いいですよ」

「すでに5～6人のスターをそろえてある。ひとりにつき2分くらいずつ書いてくれ」

「早速、取りかかります」

次の日、最初に撮影することになっていたヴァン・ジョンソンのために書いた2ページのシナリオを持っていった。セルズニックはそれを読んだ。

「よろしい。ヴァンのところに持って行ってくれ。彼は敷地の奥のバンガローにいる」

2ページのシナリオをヴァン・ジョンソンのバンガローに持って行った。彼は僕を見ると、ドアを開けた。僕は自己紹介した。当時、ヴァン・ジョンソンはMGMで最も大物のスターのひとりだった。

「これがあなたの台本です。あなたの準備ができしだい、すぐに撮影する準備ができています」

「ありがとう」

彼は悲観したような声でこう付け加えた。

「昨夜、ひどい夢を見たんだ」

「どんな夢ですか?」

「メトロ・ゴールドウィン・メイヤーから来たその大スターは、台詞を覚えたんだが、台詞が何度も変えられたので、彼はパニックを起こした。その夢で目が覚めたんだ」

僕は笑った。

「ご心配なく。これがあなたの台詞ですから」

彼は微笑みながら、ちらりと台本を見た。

「準備に数分くれ」

セルズニックのオフィスに戻った。

「準備万端です」と僕は言った。

「私にアイデアがあるんだ。ヴァンの台詞を変えてほしいんだ」

「デビッド、僕はヴァンのところから戻ったところです。彼は神経質になっていました。自分の台詞が変更される悪夢を見たんだそうです」

「彼のことはどうでもいい。私はこうしてほしいんだ」

そしてセルズニックは、そのシーンの新たな方向性を指示した。僕は急いでオフィスに戻ってシナリオを書き直し、セルズニックに見せた。

「良いね。それがいい」

急いでヴァン・ジョンソンのバンガローに戻った。彼はドアを開けた。

「準備はできているよ」

「ヴァン、ちょっとした変更があったんです。セルズニック氏がこの方がいいと思ったんです」

彼に新しい台本を手渡した。彼は青ざめた。

「シドニー、俺の夢は冗談なんかじゃなかったんだ。本当に――」

「ヴァン、たったの2ページですよ。簡単なことでしょう」

彼は大きく息を吸った。

「分かったよ」

デイヴィッド・セルズニックのオフィスに戻った。

「別のアイデアがあるんだ。ヴァンにはこのアングルの方が良いんじゃないかと……」

僕は恐れをなした。

「デイヴィッド、彼はすでにパニック状態ですよ。彼の台詞を変え続けることはできませんよ」

「彼は俳優だろう？　彼に台詞を覚えさせろ」

セルズニックは自分の希望を伝えた。仕方なくオフィスに戻り、そのシーンを書き直した。

一番大変だったのは、ヴァン・ジョンソンと再び面と向かうことだった。

彼のバンガローに歩いて行った。彼は何か言いかけてから、僕の顔を見た。

「君はまさか……」

「ヴァン、たったの2ページです。これで最後です」

「チクショウ。俺をこんな目に合わせるなんて」

何とか彼をなだめた。

「準備ができたらセットに来てください」

デイヴィッド・セルズニックのオフィスには戻らなかった。その後、ヴァンのシーンは順調に行った。

翌日、弟のリチャードが電話をかけてきた。

「兄さん？」

彼の声を聞けてうれしかった。

「どうしてる、リチャード？」

「今まで何をしてきたにしろ、これからはふたりのためにしなければならないんだ。僕、結婚するんだよ」

僕は大喜びした。

「それは素晴らしいニュースだ！　僕が知っている人かな？」

「ああ、ジョアン・スターンズだよ」

ジョアンとリチャードはシカゴで同級生だった。

「結婚式はいつだい？」

「3週間以内だよ」

「何てこった！　いまやっているナショナル・ブラザーフッド・ウィークのプロジェクトの撮影で、海外に出かけなくてはならないんだ」

「兄さんが帰ってきてから彼女に会わせるよ。遊びに行くよ」

約束通り、1カ月後、リチャードと、彼の愛らしく陽気な妻がロサンゼルスに着いた。ふたりはとても愛し合っているようだった。僕らは楽しい1週間を共に過ごし、ついに、彼らがシカゴに帰る時が来た。


翌朝、自分のオフィスに行くと秘書が言った。

「セルズニック氏がお呼びです」

彼は僕を待っていた。

「シドニー、君に知らせたいことがあるんだ」

「何ですか？」

「映画のタイトルを変えることにした。これからは『サドゥンリー・イッツ・スプリング』と呼ばないことにしたよ」

僕は耳を傾けていた。

「では、何と呼ぶんですか？」

「『ザ・バチェラー・アンド・ザ・ボビー・ソックサー』だ」

彼が冗談を言っているのだと思って、一瞬彼を見た。彼は真剣だった。

「デイヴィッド、『ザ・バチェラー・アンド・ザ・ボビー・ソックサー』なんて映画を見るために誰もお金を払わないですよ」

幸いなことに、それは間違いだった。

第17章 超ロングランミュージカル映画『イースター・パレード』制作の裏話

Chapter 17 ◆ Untold Stories behind the Production of the Super Long-Running Musical, "Easter Parade"

『ザ・バチェラー・アンド・ザ・ボビー・ソックサー』は、客席数6千という世界最大の映画館、ラジオ・シティ・ミュージックホールで公開された。この映画は同ホールで7週間上映され、この映画館史上最高の興行収入を記録した。イギリスでは『風と共に去りぬ』[1]に次ぐ最大の興行収入を出した。映画評はどれも喜ばしいものだった。

「お願いだから、『ザ・バチェラー・アンド・ザ・ボビー・ソックサー』を見逃さないで……」

「約1年ぶりにこの街でヒットした最高級のコメディ……」

「楽しさと軽妙さと胸に響く温かさがミックスされた祝福すべきカクテル……」

「一流のコメディ。大声で笑えるだろう……」

「シドニー・シェルダンは誰にも受け入れられやすい映画を作った……」

キャストは賞賛され、監督もまた賞賛された。好評に異論はなかった。この映画はブルーリボン賞を受賞し、僕はアカデミー賞[2]にノミネートされた。もはや誰にも僕を止めることはできないことが分かっていた。ハリウッドでのキャリアは、常に上下するエレベーターのようなものだ。エレベーターが下階にいる時はエレベーターの外に出ないようにすることが大切だ。

僕にとってのエレベーターは、間違いなく上階にあった。世界の頂点にいたのだ。

『オーキッズ・フォー・ヴァージニア』という、夫婦間の問題を扱ったオリジナルの本書きを書いた。RKOの監督のエドワード・ドミトリクがそれを気に入ってくれた。

「スタジオに頼んで買ってもらうつもりだ。君にシナリオを書いてもらいたい。君のために3万5千ドルを用意させるよ」

「素晴らしい」

お金が必要だったので、とりわけうれしかった。

その1週間後、ドーア・シャーリーがRKOの制作担当のエグゼクティブ・プロデューサーになった。ドーアから彼のオフィスに呼ばれたので、僕は『オーキッズ・フォー・ヴァージニア』の件で、祝ってくれるのだろうと思った。彼にどのくらいすぐにシナリオに取りかかれるかを聞こうと思っていた。

「エディー・ドミトリクが君のストーリーの監督をしたがっているよ」

「ええ、とてもうれしいです」と言って微笑んだ。

「私はそのストーリーをスタジオに買ってもらうつもりはないんだ」とドーアが言った。

その意味が理解できるまで、少し時間がかかった。

「え？　どうしてですか？」

「妻に不貞を働き、妻を殺そうと企む男の映画なんて作るつもりはないよ」

「でも、ドーア――」

「そういうことだ。ストーリーは君に返すよ」

ひどくショックを受けた。

「分かりました」

他のプロジェクトを探さなければならなくなった。

ドーアが僕のシナリオを却下したことが、人生を変えることになろうとは、思いもよらなかった。

エージェントのサミー・ワイズボードから電話があった。

「君のためにMGMと2週間の契約を結んだところだ。君に『プライド・アンド・プレジャディス』のシナリオを書いてほしいそうだ」

その本は何年も前に読んだきりだった。覚えていたのは、それがジェイン・オースティンの本で、ヴィクトリア朝より前のイギリス社会が舞台の古典的な作品で、夫を探す5人の娘たちの物語ということだけだった。

MGMで働くと思うと、とても心が弾んだ。MGMはハリウッドのすべての映画スタジオの中でも、ティファニー[3]のような存在だったからだ。MG

Mはそれまでに『風と共に去りぬ』『ミート・ミー・イン・セントルイス』『オズの魔法使い』『フィラデルフィア物語』『ザ・グレート・ジーグフェルド』などの名作の他、何十本もの素晴らしい映画を制作していた。

初めてMGMの撮影所に足を踏み入れたのは、29歳の時だった。僕は感激した。MGMはそれ自体が一つの都市だった。電気も食料も水も自前で調達していた。必要そうなものはすべて撮影所内にあった。

他の6大スタジオと同じように、MGMは平均で1週間に1本の映画を制作していた。MGMの契約ライターは150人で、その中には有名な小説家、劇作家もいた。

MGMでの初日、巨大な食堂でランチを食べた。ライター席に招かれ、そこにはライターが10人ほど集まっていた。気さくな人たちばかりで、いろいろとアドバイスをくれた。

「自分の書いたシナリオの幾本かが映画にならなくても気にすることはないよ。ここでは、3年に1本、シナリオが映画になればオーケーというのが不文律なんだ」

「アーサー・フリードと一緒に映画を作るようにするといい。彼はここの大物プロデューサーだ」

「契約が切れそうになったら、やりかけの仕事があるようにすれば、再契約してもらえる」

自分の契約が2週間だということは伝えなかった。

僕は小さなオフィスと秘書を与えられていた。

「『プライド・アンド・プレジャディス』を上演するんだ」と秘書に言った。

「本を1冊調達してくれないか。もう一度読みたいから」

「承知しました」

彼女はスタジオのある番号にダイヤルして言った。

「シェルダン氏が『プライド・アンド・プレジャディス』の本を欲しいそうです」

30分後には本が届けられた。

この体験から、僕は映画スタジオの制作過程の初歩を学んだわけだった。どの映画スタジオにも図書館、調査部門、キャスティング部、セット部、撮影部、そして事業部があった。まるで奇跡に満ちた聖書の世界のようだった。ただ求めさえすれば、それは与えられるのだ。

そして、その翌朝には、エージェントのサミー・ワイズボードがオフィスにやってきた。

「調子はどう?」と彼は聞いた。

「まだ始めたばかりだよ」

「アーサー・フリードが君に会いたがっているよ」

僕は驚いた。

「なぜ?」

「彼に聞けばいいさ。君を待っているよ」

アーサー・フリードについての話を聞いたことがあった。彼は保険のセールスマンから出発してソングライターとして成功し、『ザ・ブロードウェイ・メロディー』『グッド・モーニング』『オン・ア・サンデイ・アフタヌーン』『雨に唄えば』などの作品があった。

彼は、ルイス・B・メイヤーと親しくなり、メイヤーがフリードをプロデューサーにした。

フリードは、知ったかぶりをしたがる人物だと言われていた。あるライターがこんな話をしてくれた。

ある友人がフリードをある劇の初演に招待した。するとフリードは言った。「もう見たよ」

また、ある人が「映画の試写会に行かないか」とフリードを誘った時にも、彼は言った。

「もう見たよ」

またある時、フリードは、その夜に行われる野球の試合を見に行かないか、と友人から誘われた。彼は言った。「もう見たよ」

サミーと僕は廊下を歩き、エレベーターでアーサー・フリードのオフィスがある3階に行った。フリードは巨大なオフィスで、机の後ろに座っていた。彼は50代でがっしりした体格をしており、薄毛で白髪交じりだった。

「座りたまえ、シェルダン君」

僕は座った。

「問題を一つ抱えていてね。キャスティングがうまくできないシナリオがあるんだ。誰もが断るんだよ。ミュージカル映画で、よく書けてはいるんだが、筋書きが良くないんだ。シリアス過ぎる。軽いタッチが必要なんだ。君ならどうにかできるかね?」

「そうですね、実は今、『プライド・アンド・プレジャディス』に取りかかっているんです。でも――」

「それはもうやらなくていい」とフリードは言った。

「君はこれに取り組むんだ」

「その映画のタイトルは何ですか？」

「『イースター・パレード』だ。君はアーヴィング・バーリンと共に仕事をすることになる」

それは魅惑の共だった。MGMに行って3日目に、伝説的なアーヴィング・バーリンと一緒に仕事をすることになったのだ。

「ぜひやりたいです」

「ジュディ・ガーランドとジーン・ケリーが主演する予定だ」

僕は平静を装った。

「ああ、そうですか」

「できるだけ早く撮影に入りたいんだ」

「はい、分かりました」

「シナリオに目を通して、どうすればいいか考えてみてくれ。君は明日、ここでアーヴィングと打ち合わせをすることになっている」

浮足立ってフリードのオフィスを出た。ワイズボードが微笑んだ。

「これをやり遂げれば、君は一生安泰だ」

僕は紅潮していた。

「そうですね」

エレベーターは間違いなく昇り向きだった。

『イースター・パレード』のオリジナル・シナリオは、アルバート・ハケットとフランシス・グッドリッチという夫婦のチームが書いたものだった。後にブロードウェイで大ヒットした劇、『アンネの日記』を書いた優秀なライター・チームだった。

しかし、フリードは正しかった。そのシナリオに必要なのは、ユーモアと軽妙なタッチだった。ハケットが書いたストーリーは、ミュージカルにするには深刻過ぎたのだ。新しいストーリー作りに本腰で取りかかった。

翌朝、アーサー・フリードのオフィスに呼び出された。彼と一緒にいたのは、童顔で明るく、好奇心旺盛そうな目をした背の低い男だった。

「こちらがアーヴィング・バーリン氏だ」

生身の本人だった。『アレキサンダーズ・ラグタイム・バンド』『ゴッド・ブレス・アメリカ』『ゼアリズ・ノー・ビジネス・ライク・ショービジネス』『プッティン・オン・ザ・リッツ』、そして『トップハット』などを書いた天才だ。ある人がジェローム・カーンに、アメリカ音楽におけるアーヴィング・バーリンの地位をどう思うかと尋ねたことがある。

カーンは端的にこう答えた。

「アーヴィング・バーリンこそ、まさにアメリカの音楽だ」

「シドニー・シェルダンです」

僕は感無量だったが、そうでないふりをして言った。

バーリンは僕の手を握った。

「会えてうれしいよ。これから共に仕事をすることになるんだね」

彼の話し声は甲高かった。

「はい、そうです」

彼に代わってアメリカのトップ・ソングライターになりかけた、ニューヨークでの経験については触れなかった。これから一緒に仕事をするのだから、彼を緊張させたくなかったのだ。

『イースター・パレード』の制作に取りかかった時、アーヴィング・バーリンは60歳になっていたが、まるでティーンエイジャーのように元気だった。

バーリンはロシアでイスラエル・バーリンとして生まれ、5歳の時にアメリカに来た。ニューヨークのチャイナタウン・カフェで「歌うウェイター」になったのが、彼のキャリアの始まりだった。彼は、普通のピアノではピアノを習ったことがなかった。彼は黒鍵だけを使い、レバーを押すと転調する楽器を持っていた。

シナリオの新たな方向性の可能性について話すと、アーヴィング・バーリンは質問したり、意見を言ってくれたりしたが、不思議なことに、アーサー・フリードは僕らの作業に何の関心も持っていないように見えた。彼はまったく何も言わなかった。その理由が分かったのは、後年になってからだ。

「バーリンさん、あなたに伝えたいことがあるのですが――」

彼は僕をさえぎって、言った。

「アーヴィンと呼んでくれ」

「ありがとうございます。あなたと一緒に仕事をできることがどんなにうれしいか、お伝えしたかったんです」

彼は微笑んだ。

「僕たちは楽しい時間を過ごせそうだね」

執筆は順調に進んでいた。エージェントのサム・ワイズボードが言っていたことを思い出した。

〝これをやり遂げれば、君は一生安泰だ〟


シナリオを書いている間、週に何回か、アーヴィング・バーリンはオフィスに立ち寄ってくれた。

「これについてどう思うか教えてくれ」と、彼は熱っぽく言うのだった。そして、その甲高い声で、書いたばかりの歌を歌い始めるのだ。問題は彼が音痴だったことで、そのメロディーがどんなものなのか見当がつかなかった。彼はピアノも弾けないし、歌も歌えなかった。彼が持っていたのは、その天才的な才能だけだった。


毎日、食堂のライター席でランチを食べ、食後には、たいていライターのうちのひとりが自分の撮影現場に誘ってくれた。撮影所で撮られていた映画は、マーナ・ロイとフレデリック・マーチが共演した『ベスト・イヤー・オブ・アワー・ライブズ』、ゲイリー・クーパーとイングリッド・バーグマンが共演した『サラトガ・トランク』、ダニー・ケイとヴァージニア・メイヨーが共演した『ザ・シークレット・ライフ・オブ・ウォルター・ミティー』、ローレンス・オリヴィエの『ハムレット』などだった。

セットに入り、スターたちがシーンを演じるのを数メートルの距離で見ていた。彼らは、僕が客席案内係だった時に、RKOジェファーソン・シアターの後ろの通路から見ていたスターたちだった。今では、毎週、ハリウッドのトップ・スターたちが映画を作っているところを目の当たりにしており、それは驚くべき時間だった。

＊　＊　＊

『イースター・パレード』のシナリオを書き終えようとしていた時、エージェントのサミー・ワイズボードがオフィスにやって来た。

「良い知らせがあるんだ、シドニー。MGMから連絡があった。君と長期契約の交渉をしたいそうだ」

「それはすごい！」

それはハリウッドのライターにとっての夢だった。

「まだ詳細は決まっていない。話し合っていることがたくさんあるんだ」と言って、彼は微笑んだ。

「でも、心配しないで。きっと実現するから」

僕は意気揚々としていた。シナリオをアーサー・フリードに提出し、彼の反応を待った。沈黙。〝彼はこの作品を嫌っている〟と判断した。

もう1日が経過した。シナリオを読み直した。

〝ニューヨークの批評家は僕の才能のなさについて正しい。台詞は堅く、ぎこちなく、まとまりがなかった〟

アーサー・フリードが僕と話をしたがらないのも無理はない。

アーサー・フリードにシナリオを渡してから1週間が過ぎた頃、ようやく彼の秘書から電話があった。

「フリード氏が、明日の朝10時にオフィスで、あなたにジュディ・ガーランドとジーン・ケリーに会って欲しいそうです」

僕は突然、動揺した。端的に言って、彼らには会えないと思った。アーサー・フリードと同じように、僕がペテンであることを見抜くだろう。皆が僕のシナリオを嫌うだろう。その打ち合わせには行けないと分かっていた。それはデジャヴだった。マックス・リッチが言った。〝明日の朝10時に僕のオフィスに来てくれ。そして一緒に始めよう〟。また、アーヴィング・レイスが言った。「カメラ……アクション」。そして、僕はケーリー・グラントと一緒のシーンのスクリーン・テストから逃げ去った。また逃げ出さなければならないと分かっていた。

その夜はほとんど眠れなかった。僕の書いたひどいシナリオについて、アーサー・フリードが僕に向かって叫んでいる、というリアルな夢を見た。

翌朝、決心した。ミーティングには行くが、何も言わないでおこう。そして、僕は彼らの酷評を聞いて、それが終わったら辞めよう。ミーティングが始まる前の1時間、スタジオを出る準備としてオフィスで荷造りをしていた。

10時にアーサー・フリードのオフィスに入っていった。フリードは机の後ろに座っていた。

彼はうなずいた。「興味深いシナリオだ」

それがどんな意味なのか。「お前はクビだ」という意味の婉曲表現なのだろうか？　なぜ彼は自分の本音を言わないのだろう?

その時、ジュディ・ガーランドが入ってきて、気分が高揚した。旧友に会ったような気分だった。彼女は『アンディ・ハーディ』ではミッキー・ルーニーが演じたキャラクターのガールフレンド、ベッツィ・ブースだった。『オズの魔法使い』ではドロシー・ゲイルだった。『ミート・ミー・イン・セントルイス』ではエスター・スミスだった。客席案内係だった時、彼女の映画を何度も繰り返し見ていた。

ジュディ・ガーランド（本名フランシス・ガム）は、10代の頃からMGMに所属していた。『オズの魔法使い』で一躍スターになったのは、彼女がまだほんの15歳の時だった。彼女があまりにも人気者になったので、スタジオは次々と彼女を映画に出演させ、休む暇を与えなかった。9年間で19本の映画を作ったのだ。

彼女はエネルギーを維持するために、睡眠薬のバルビツレートを飲み始めて依存症になり、昼間は興奮薬、夜は睡眠薬を飲むようになっていた。彼女は自殺を図ろうとしたこともあったし、僕は知らなかったのだが、スタジオで会った時、彼女はメニンガー・クリニック[4]から出て来たばかりだった。

彼女の最初の言葉は、

「こんにちは、シドニー。あなたのシナリオ、大好きよ」

一瞬、あ然とした。そして、アホみたいに、にやけた。

「ありがとうございます」

「良かっただろう?」とアーサー・フリードが言った。それが、シナリオについて彼が口にした最初のコメントだった。

ドアが開き、ジーン・ケリーが入ってきた。この頃になると、リラックスし始めていた。ジーン・ケリーもまた、見慣れた顔だった。『サウザンズ・チアーズ』『カバーガール』『アンカーズ・アウェイ』。映画館が満席の時もガラガラの時も、僕は彼を見ていた。彼は旧友のようだった。

彼はジュディとアーサーに挨拶し、それから僕の方を向いた。

「作家さん、作家さん」と彼は僕に呼びかけた。

「君はとても良い仕事をしたね」

「彼は確かにしたね」とアーサー・フリードも言った。

僕は突然、至福感に包まれた。何も心配することはなかったのだ。

「何かご提案があれば――」と僕は言いかけた。

「私にはすべてがちょうど良く思えるわ」とジュディが言った。

ジーン・ケリーが付け加えた。

「僕にとってもだ。完璧だよ」

アーサー・フリードは微笑んだ。

「短いミーティングになりそうだね。われわれは皆、準備万端だね。月曜から撮影開始だ」

ミーティングが終わると、オフィスに戻り、荷ほどきを始めた。

秘書が不思議そうに見ていた。

「何がどうなっているのか伺ってもよろしいですか?」

「気が変わったんだ」

金曜日にアーサー・フリードが、僕を彼のオフィスに呼び出した。

「問題があるんだ」

僕は呼吸を止めた。

「シナリオに何か問題があるのでしょうか?」

「いや、ジーン・ケリーのことだ。週末にバレーボールをしていて足首を骨折した」

僕は生唾(なまつば)を飲み込んだ。

「それじゃあ、撮影を延期するんですか?」

「君のシナリオをフレッド・アステアに送ったよ。彼は去年引退したけど、もし君のシナリオを気に入ったら、やってくれるだろう」

僕は首を横に振った。

「フレッド・アステアは48歳。ジュディは25歳ですよ。観客はふたりが結ばれないように応援しますよ。そんなのうまくいくわけがないです」

フリードは我慢強く言った。

「フレッドがどう言うか、様子を見てみよう」

フレッド・アステアは承諾した。翌日、アーサー・フリードのオフィスでアステアに会うと、

「素晴らしいシナリオをありがとう。映画にするのが楽しみだ」

アステアを見ていたら、キャスティングに対する不安は消えていった。彼は若々しく、機敏で、エネルギッシュに見えた。アステアは完璧主義者として知られていた。ジンジャー・ロジャースと共演した映画では、彼女の足から血が出るまで、新しい演技

のリハーサルを繰り返したという。

『イースター・パレード』の撮影初日の月曜日に、僕はセットにいた。フレッド・アステアは最初のシーンの撮影準備中のスタジオの一番奥まったところにいた。ステージの反対側で、ジュディにある話をしていた。その最中に助監督が急ぎ足でやってきた。

「準備が整いました。ガーランドさん」

僕は立ち上がろうとした。

「ダメ」とジュディが言った。

「その話を終わらせてからよ」

「分かったよ」

撮影クルーを待たせておくとお金がかかることを知っていたので、僕は早口で話し始めた。そして、彼らが準備を済ませて待っているステージの反対側を見渡して言った。

「ジュディ、後で話を終わらせるから。まったく重要なことじゃないんだよ」

「ダメよ」

彼女はそう言い張った。

「今、終わらせて」

彼女は機嫌を悪くしたようだった。

「ジュディ、このシーンをやりたいんでしょう?」

彼女は首を横に振った。

「いいえ」

「どうしてやりたくないの?」

彼女はしばらくためらった後で告白した。

「このシーンでアステアさんにキスしなきゃいけないんだけど、彼には会ったこともないの」

誰もがこのふたりのスーパースターは知り合いだとばかり思っていた。その時、ジュディ・ガーランドの繊細さを痛感した。

「さあ、おいで」と僕は言った。彼女の手を取り、皆が撮影開始を待ってしびれを切らしているステージの反対側に連れて行った。

「フレッド」と呼びかけると、

「こちらがジュディ・ガーランドさんです」

彼は微笑んだ。

「本当だ。私はあなたの大ファンですよ」

「私もあなたのファンです」とジュディが微笑んだ。

監督のチャック・ウォルターズが言った。

「それぞれの位置についてください」

『イースター・パレード』の撮影が始まった。

ある日、リハーサル室に立ち寄ると、フレッドがひとりで新しいダンスに取り組んでいた。忍び足で近付いていき、彼が一瞬立ち止まった隙に肩を叩いた。彼は振り向いた。

そして辛抱強く言った。

「だめだよ、フレッド。こうだよ」

そして、ちょっと出来の悪いタップダンスのステップをしてみせた。

彼はニヤリと笑った。

「上出来だ。昔はそんな風に踊っていたんだよ」

そんなことはあり得なかった。


撮影が始まる少し前に、アーサー・フリードがコメディらしさを出すために、ニューヨークの俳優、ジュールズ・マンシンを雇っていた。彼のために、レストランの給仕長という小さな役を書いていた。マンシンがそのシーンを撮影する前日に、椎間板が再び飛び出した。僕が自宅でベッドに横たわり、悶々としていた時だった。

電話が鳴った。ジュールズ・マンシンからだった。

「シドニー、どうしても君に会いたいんだ」

「今はだめです。あと3日でベッドから出られるし――」

「だめだ、今日会わなければならない。すぐにでも」

痛みがひどく、ほとんど話すこともできなかった。

「ジュールズ、今は無理なんだ。本当に具合が悪いんだ。僕は――」

「君の秘書が君の家の住所を教えてくれた。15分後に行くから」

再び痛み止めを飲んで、歯を食いしばった。

15分後に、ジュールズ・マンシンが枕元に現れた。

「元気そうだね」と彼は明るく言った。

僕は彼をにらみつけた。

「映画スタジオにニューヨークから呼び出されたのに、僕には電話でも参加できたような小さなシーンがあるだけだ。そのシーンを何とかしてほしいんだ」

だが、そこには小さな問題があった。痛みがひど過ぎて、彼の名前を思い出せなかったのだ。

「明日、僕のシーンを撮影するんだ」と彼は念を押した。

目を閉じて、彼のために書いたシーンを思い出そうとした。そのシーンでは、彼はサラダの混ぜ方に自信をもつ傲慢な給仕長を演じ、スノッブな美食家のように大げさな身振りでサラダを混ぜるのだった。

「このシーンは無意味だ」とマンシンは言った。

突然、それを意味あるものにする方法を思い付いた。

「ジュールズ、とても簡単に解決できるよ」

「何だって?」

「サラダはないんだ。パントマイムでやるんだよ」

このシーンは、映画の中で最も面白いシーンの一つになった。

『イースター・パレード』は、１９４８年に興行成績の良い作品に贈られるブルーリボン賞とＷＧＡスクリーン賞のアメリカン・ミュージカル部門の最優秀脚本賞を、フランシス・グッドリッチとアルバート・ハケットとの連名で受賞した。

『イースター・パレード』は、ＭＧＭが制作したミュージカルの中で最も成功した作品の一つになった。この作品は、過去57年間（原著書が出版された２００５年当時）にわたって、毎年イースターにテレビで放映されている。

第18章

ハリウッドの赤狩りと初のアカデミー賞最優秀オリジナル脚本章受賞

Chapter 18 ◆ Hollywood Red Scare and My First Win of Academy Award for Best Original Screenplay

1947年9月にアメリカ史上最も恥ずべき一連の出来事が始まった。敵意に満ちた落雷がハリウッドに落とされようとしていた。

アメリカとロシア（当時はソビエト社会主義共和国連邦）との同盟関係が終わり、「赤狩り」がアメリカを席巻した。ジョセフ・マッカーシーというひとりの若い野心的な上院議員が、自分が重要人物になるチャンスだと感じたのだ。ある日、彼は陸軍に共産主義者がいると発表した。

「どれほどたくさんいるのか？」と彼は尋ねられた。

「数百人だ」

マッカーシーの答えに人々は憤慨して大騒ぎとなり、彼はあらゆる雑誌の表紙や新聞のトップページに登場した。

次の発表で、彼は海軍や軍需産業にも共産主義者がいると言い、彼がマスコミのインタビューに答えるたびに、彼の言う共産主義者の数は変わり――常に増えていった。

J・パーネル・トーマスと下院議員の小さなグループによって、調査委員会が結成された。それは、HUAC（下院非米活動調査委員会）[1]と呼ばれた。委員会はまず、ハリウッドのシナリオ・ライターたちを標的にし、彼らが共産党員であり、シナリオに共産主義のプロパガンダを混ぜ込んでいると非難した。首都ワシントンで証人喚問が行われた。

マッカーシーは、自身の名声が高まるにつれて、より無謀になった。無実の人たちが共産主義者として告発されて、弁明の機会もなく職を失った。軍需産業や他の企業も委員会の調査を受けたが、ハリウッドが最も知名度が高かったので、委員会はそれを利用したのだった。

証言に呼ばれたライター、プロデューサー、監督には、三つの選択肢が与えられた。共産主義者であることを認め、仲間の名前を明かすか、共産主義者であることを否定するか、あるいは証言を拒否して懲役を受けるかだ。委員会は冷酷だった。彼らの前で自分が共産主義者であることを認めた人に、必ず仲間の共産主義者の名前を挙げるようにと迫ったのだ。告発され、委員会の質問に答えなかった10人のライターは刑務所に送られた。さらに、映画業界では324人がブラックリスト[2]に載せられ、数百人もの罪のない人々の人生が破壊された。

ハリウッドでは、映画スタジオのトップにいる者たちが秘密裏に会議を開き、映画界に降ってわいた問題にどう対処していくかを決めた。そして、共産党に所属している人は雇わないという発表を行ったのだった。これが10年にわたるブラックリストの始まりとなった。

RKOスタジオを経営していたドーア・シャーリーは、「共産主義者として非難されたライターを解雇する前に自分が辞める」と大胆にも宣言した。それからしばらくして、委員会がRKOで働くライターの名を挙げると、シャーリーはそのライターを解雇した。シナリオライターズ・ギルドのメンバーは激怒した。シャーリーは、ライターたちに自分の立場を釈明する機会を求めた。ギルドの講堂は満員だった。

シャーリーは言った。

「皆さん、思い出してください。私もライターです。ライターとして自分のキャリアを始めたのです。私が皆さんの仲間のひとりであるライターをやむなく解雇した時、皆さんの多くは私がRKOの代表を辞任することを期待していたことは分かっています。そうしなかったのは、このまま映画スタジオの代表を続けていた方が、より皆さんを守ることができると思ったからです」

その時、彼は聴衆の関心を失った。彼の勝手な言い分に、ヤジが飛び、集会はそれで終わった。

こうしたことが起こっている中で、ある朝、ニコラス・シェンクの親戚で、スタジオの重役だったマーヴィン・シェンクが、僕を彼のオフィスに呼んだ。マーヴィン・シェンクの仕事の内容は誰も知らなかったが、「窓から外を見て、もし氷河がスタジオに向かって動き出すのを見たら警報を発することで週給3千ドルをもらっている」とうわさされていた。

ていた。

マーヴィンは40代後半で、小柄な頭のはげかかった男で、汚れ仕事の引受人のような雰囲気を漂わせていた。

「座ってくれ、シドニー」

僕は座った。彼は僕を見て責めるように言った。

「君は昨夜のライターズ・ギルドの集会でアルバート・マルツに投票したのか？」

その前夜には、ギルドの新しい理事を選出する集会があった。非公開の会議だったのだが、彼の質問に驚いて、誰に投票したかをどのように彼が知ったのかについて、聞こうとは思い付かなかった。

「はい、そうです」

「なぜ、マルツに投票したんだ？」

「彼の書いた小説、『ザ・ジャーニー・オブ・サイモン・マッキーヴァー』をちょうど読んだところだったんです。とても美しく書かれた本だったので、彼のような優れたライターがギルドの理事会に必要だと思ったんです」

「誰が彼に投票しろと言ったんだ？」

僕は怒り出した。

「誰も彼に投票しろとは言っていませんよ。なぜ彼に投票したかは今言ったでしょう」

「誰かが彼に投票するようにと君に言ったに違いない」

僕は声を荒げた。

「マーヴィン――今言ったように、彼がとんでもなく良いライターだから投票しただけです」

彼は目の前にあった1枚の紙を調べてから、顔を上げた。

「君はここ数週間、スタジオを回ってハリウッド・テン[3]の子供たちのための募金活動をしていたのか？」

その時、我を失った。彼が言っていたことは本当だった。父親が刑務所に入れられた子供たちの面倒を見るためのお金を集めるために、まず自分の分を寄付し、さらにスタジオを回って、募金を集めていたのだ。

僕はあまり腹を立てることはないのだが、腹を立てると爆発してしまう。

「僕は有罪だよ、マーヴィン。あんなことをするんじゃなかった。忌々しい子供たちは餓死させればいい。父親が刑務所にいるのなら、子供たちは食べるに値しない。みんな死なせてしまえ！」と叫んでいた。

「落ち着きなさい」とマーヴィンは言った。

「落ち着いてくれ。家に帰って、誰がアルバート・マルツに投票するように言ったか、思い出してみてくれ。明日の朝、また会おう」

僕はオフィスを飛び出した。暴力を受けたように感じた。今起きた屈辱的な出来事を痛ましく感じた。

その夜はまったく眠れなかった。寝返りを打ちながら、ようやく決心がついた。翌朝9時に、マーヴィン・シェンクのオフィスに戻ると彼に伝えた。

「僕は辞めます。契約書は破ってもらっていいです。もうこのスタジオで働きたくありません」

ドアに向かい始めた。

「ちょっと待てよ。そんなに慌てるな。今朝、ニューヨークにいる上層部と相談したんだ。君が共産主義者ではなく、共産主義党員だったこともないという宣誓書に署名すれば、この件はすべて忘れてもいいと言われたんだ」

彼は僕に1枚の紙を手渡した。

「これにサインしてくれないか?」

それを見て、落ち着きを取り戻し始めた。

「はい。僕は共産主義者ではないし、共産主義者であったこともありませんから」

それは屈辱的な体験だったが、当時、非常に多くの罪のない人々が経験したこととは比べものにならなかった。

ハリウッドで二度と働けなくなった何十人もの才能ある友人たちのことを、僕は決して忘れはしない。

1948年2月、アカデミー映画賞の候補作が発表された。僕は『ザ・バチェラー・アンド・ザ・ボビー・ソックサー』のオリジナル・シナリオで、5人の候補者のうちのひとりに選ばれた。仲間やエージェント、友人たちから祝福を受け始めたが、僕は彼らが知らないあることを知っていた。それは、オスカーを獲得する見込みはないということだった。

なぜなら、僕が競う他の候補作は非常に人気があったからだ。チャップリンの『ムッシュー・ヴェルドゥ』『ダブル・ライフ』『ボディ・アンド・ソウル』、そしてパワフルな外国映画の『シュー・シャイン』だった。ノミネートされるだけでも十分な名誉だった。この中からどれが選ばれるのだろうかと思っていた。

ドナ・ホロウェイからノミネートを祝う電話がか

かってきた。ドナとはすっかり仲良くなっていた。彼女はいつも面白い仲間を求めていたので、よく一緒に観劇やコンサートに行っていた。

アカデミー賞の朝、ドナから電話があった。彼女はウィリアム・モリスを離れて、ハリー・コーンの個人アシスタントとして、コロンビア・スタジオに行ったばかりだった。彼女を雇ったコーンはラッキーだと思っていた。

「オスカーの授賞式に行く準備中?」とドナが聞いた。

「僕は行かないよ」

彼女はショックを受けたようだった。

「何を言っているの?」

「ドナ、僕には勝つチャンスはないんだ。どうしてその場に座って恥をかかなければならないんだ?」

「皆があなたのように思っていたら、オスカーをもらいに会場に行く人はいなくなるわ。行かなければだめよ。どう?」

僕は考えてみた。〝潔く受賞者に拍手を送ったらどうだろう?〟

「一緒に行ってくれる?」

「もちろんよ。行くわ。あなたがあのステージに立つのを見たいから」

第20回アカデミー賞の授賞式はシュライン・オーディトリアムで開催された。当時、この賞はテレビで放送されていなかったが、ABC放送系列のラジオ局200局と米軍放送網で放送されていた。

多くのミュージカル映画に主演していた俳優のジョージ・マーフィーが授賞式の司会を務めた。客席は満員だった。ドナと僕は席についた。

「緊張してる?」とドナが聞いた。

答えはノーだった。これは僕のための夜ではなかったからだ。この夜は、オスカーを獲得する他のひとりのライターのものだった。僕は観客だった。緊張する必要はなかったのだ。

授賞式が始まった。受賞者たちがオスカーを受け取るために壇上に上がり始めた。ゆっくりと腰を落ち着けて、それを楽しんでいた。

そして、いよいよベスト・オリジナル・シナリオ賞の発表だった。ジョージ・マーフィーが発表した。

「ノミネートされているのは……『ボディ・アンド・ソウル』のアブラハム・ポロンスキー、……『ダブル・ライフ』のルース・ゴードンとガーソン・ケニン、『ザ・バチェラー・アンド・ザ・ボビー・ソックサー』の シドニー・シェルダン……『ムッシュー・ヴェルドゥ』のチャールズ・チャップリン、……『シュー・シャイン』のセルジオ・アミデイ、アドルフォ・フランチ、セザール・ジュリオ・ヴィオラとセザル・ザヴァッティーニです」

ジョージ・マーフィーが封筒を開けた。

「そして、優勝者は……『ザ・バチェラー・アンド・ザ・ボビー・ソックサー』のシドニー・シェルダン！」

がちがちになって自分の席に着いた。少しでも常識がある候補者なら、「念のため」のスピーチを用意していただろう。僕は何も用意していなかった。何も、だ。

ジョージ・マーフィーがまた僕の名前を呼んだ。

「シドニー・シェルダン」

ドナが僕を押し出すように言った。

「舞台に上がって！」

ぼう然と立ち上がり、観客が拍手する中、ステージに向かってよろめきながら歩いていった。階段を上がると、ジョージ・マーフィーが僕の手を握った。

「おめでとうございます！」

「ありがとう」とどうにか言った。

ジョージ・マーフィーが言った。

「シェルダンさん、科学と後に続く世代の後学ために、この独創的な発想をどこで得たのか教えていただけませんか？」

〝なぜ僕は何も用意してなかったのだろうか？

何も？〟

彼をじっと見つめた。

「ええ――あの――ニューヨークにいた時に、ボビー・ソックスを履いている少女がたくさんいて、彼らを見ていて、映画になりそうじゃないかと思い付いたんです。僕は――僕はそこから構築したんです」

自分の言っていることの愚かさが信じられなかった。自分が完璧な間抜けになったような気がした。ようやく自分を取り戻して、出演者とアーヴィング・レイスに感謝を述べた。ドーア・シャーリーについては、彼の名前を出すべきかどうか考えた。彼は僕に対して不名誉な行動をとったので、彼に腹を立てていたからだ。しかし、彼はこの映画を共同プロデュースしていた。

「……そしてドーア・シャーリーにも」と付け加えた。オスカーを受け取ると、よろめきながらステージを降りた。

席に戻ると、ドナが言った。

「とても素晴らしいわ、どんな気分？」

どんな気分だったかって？ 今までの人生で一番落ち込んだ。自分より価値のある人たちから、何かを盗んでしまったような気がした。自分がニセモノのように思えたのだ。

授賞式は続いていたが、その瞬間からステージで起きていることがぼやけて見えた。ロナルド・コールマンがオスカー像を握りしめて、『ア・ダブル・ライフ』について語っていた。ロレッタ・ヤングは『ザ・ファーマーズ・ドーター』について、あらゆる人に感謝を述べていた。すべてが永遠に続くように思えた。早くその場を離れたいと思った。人生で最も幸せな夜であるはずなのに、自殺願望を感じていたのだ。

〝精神科医に診てもらわなければならない〟と思った。〝僕はどこかがおかしい〟

その精神科医の名前はジュード・マルマー医師。彼に診てもらったことのある友人たちから推薦されていた。ショー・ビジネスの世界の多くの患者を抱えていることも知っていた。

マルマー医師はシルバー・グレイの髪に青い瞳、大柄でまじめな人物だった。

「シェルダンさん、どうされましたか？」

ノースウェスタン大学で心理カウンセラーとの面会をどう逃げたかを思い出した。

「分かりません」と正直に言った。

「なぜ私に会いに来たのですか？」

「僕には問題があるのですが、それが何なのかが分からないんです。僕はMGMで好きな仕事をしています。たくさんお金を稼いでいます。数日前にオスカーを受賞しました。そして――」と肩をすくめた。

「ただ、幸せじゃないんです。落ち込んでいるんです。そこに到達するために必死で努力して、成功しました。そして……どこにもそこはないんです」

「分かりました。よく落ち込むのですか？」

「時々です」と答えた。

「でも、誰でもそうでしょう。僕は先生の時間を無駄にしているのかもしれませんね」

「時間はたっぷりありますよ。過去にどんなことで落ち込んだのか、話してください」

幸せと感じるべきときに惨めな気持ちになった時のこと、そして落ち込むべきときに幸せを感じていた時のことを、すべて考えてみた。

「そうですね、ニューヨークにいた時、マックス・リッチというソングライターが……」

僕は語り、マルマー医師は聞いていた。

「自殺したいと考えたことはありませんか？」

アフリモーズ薬局で手に入れた睡眠薬……

いま僕を止めても明日やるから、僕を止めることはできない……

「あります」

「自尊心の喪失を感じますか？」

「はい」

「自分には価値がないと感じますか？」

「はい」

「自分は成功には値しないと感じますか？」

彼は僕の心を読んでいた。

「はい」

「自分がとるに足らぬ人間と感じたり、罪の意識を感じたりしますか？」

「はい」

「失礼しますよ。マルマー医師は前屈みになってインターホンのボタンを押した。

「クーパーさん、次の患者にちょっと遅れると伝えてください」

ゾクゾクした。マルマー医師は僕の方を向いた。

「シェルダンさん、あなたは双極性障害を患っています」

その響きが嫌だった。

「それは正確にはどういう意味ですか？」

「深刻な躁と、うつの発作を伴う脳の異常で、気分が至福感から絶望感へと揺れ動くのです。自分と世界の間に薄いスクリーンがあるように感じます。ですから、ある意味では自分が外から中を見ているアウトサイダーのように感じるのです」

口が渇いた。

「どのくらい深刻なんですか?」

「双極性障害は、人々に壊滅的な影響を与える危険がある病気です。少なくとも200万人のアメリカ人、10世帯のうち1世帯がこの病気で苦しんでいます。なぜか、芸術家に多いようです。ヴィンセント・ヴァン・ゴッホ、ハーマン・メルビル、エドガー・アラン・ポー、ヴァージニア・ウルフ、その他、多くの例があります」

そう言われても気持ちは楽にならなかった。それは彼らの問題だ。

「治すのにどれくらい長くかかるのですか?」

長い間があった。

「治療法はないのです」

僕はパニックになりかけた。

「何ですって?」

「最善の策は、薬でコントロールしようとすることです」

彼はためらった。

「問題は、悪い副作用が出る場合があることです。双極性障害の人の約5人にひとりは最終的には自殺します。2割から5割の人が少なくとも一度は自殺を試みています。年間3万人の自殺の大きな要因になっているのです」

診察室で座って話を聞いていたが、急に気分が悪くなってきた。

「何の前触れもなく、言葉や行動をコントロールできなくなるときがあるでしょう」

息苦しくなるのを感じた。

マルマー医師は続けた。

「この障害にはいろいろなタイプがあります。極端な気分の浮き沈みがなく、数週間、数カ月、数年過ごせる人もいます。気分が正常な時期があるのです。このタイプは安寧と分類されています。あなたの場合は、このタイプだと思います。残念ながら、先ほど申し上げたように、治療法はないのです」

これで、少なくとも自分の身に起きていたことに名前が付いた。処方箋を渡され、ショック状態で診察室を後にした。そして思った。

〝この人は自分の言っていることを分かっていない。僕は大丈夫。僕は大丈夫〟

オスカーにまつわる神話や噂がある。オスカーを勝ち取ったら、二度と欲しくなくなる。オスカーを勝ち取ったら、二度と働かなくなる。

オスカーを受賞してから1週間後、エージェントのサム・ワイズボードが僕のオフィスに立ち寄った。

「あらためて、おめでとう。どこに保管するんだい?」

「あまりひけらかさないようにするよ。わが家の屋根を5～6個のスポットライトで照らしたらどうだろう?」

彼は笑った。

「それは壮観だ!」

「言っておくけど、サミー、受賞は僕にとって大きなショックだったんだよ」

「分かるよ」と彼は軽く言った。

「君のスピーチを聞いたよ」

彼は座って、さりげなく付け加えた。

「ところで、今、ベニー・タウのオフィスから来たんだ」

タウはメトロ(MGM)の取引責任者だった。

「君との7年契約がここにある。僕らの要求を彼らはすべて受け入れたよ」

信じがたかった。

「それは素晴らしい」

それがオスカーのパワーだった。

「1年のうち3カ月、いつでも好きな時に休みを取りたい、という君の要望も受け入れられたよ」

「良かった」

僕は自由な時間が欲しかったのだ。

当時、ウェストウッドにある馬車小屋を改造した小さな家に引っ越していた。その家は小さなベッドルームと小さな書斎、小さなリビング・ルーム、小さなキッチンに小さなバスルームが二つという間取りだった。家より大きなガレージが付いていた。共に才能豊かな俳優のトニー・カーティスと、美貌で有名なジャネット・リーが、数軒先のマンションに住んでいた。彼らは車を持っていたが、駐車する場所がなかった。

ある晩、ディナー・パーティーの席で、トニーが言った。

「車の駐車場が見つからなくて困っているんだ。君のガレージを借りられないだろうか」

「借りることはできないよ」と僕は答えた。

「でも、使うことはできるよ」

それ以来、彼らは車を僕のガレージに駐車するようになった。

わが家はパーティーをするには狭過ぎたが、そうとも知らずに、たくさんパーティーを開いた。幸運なことに、素晴らしいフィリピン人の料理人を見つけ、その人がバーテンダーと家の掃除までやってくれた。MGMに入って以来、多くの面白い人々に出会った。アイラ・ガーシュウィンは妻のリーと共にディナーにやって来た。カーク・ダグラス、シド・シーザー、スティーブ・アレンも伴侶と一緒に来てくれた。わが家の来客リストは長く素晴らしいものだった。ハリウッドで最も有力なタレント事務所のMCA[1]の社長、ジュールズ・スタインが、妻のドリスと一緒にディナーに来たことも一度や二度ではなかった。椅子が足りなかったので床に座ることも多かったが、誰も気にしていないようだった。

僕が出会った中で最も面白い男は、ディズニー・スタジオのメイクアップ部門長だった、ロバート・シファーだった。彼はイギリス人で、第2次世界大戦中はイギリス空軍にいた。また、ヨットを持っていて、世界中を旅していた。

1946年、シファーはリタ・ヘイワースの映画に携わっていた。リタはハリー・コーンのために別の映画を始めようとしていたが、その代わりに、リタとシファーはメキシコに逃げることにしたのだ。ふたりがロマンチックな休暇を過ごしていた間に、映画は棚上げになった。ハリー・コーンはふたりを見つけられず、発狂しそうになっていた。

毎週土曜日の午後は、わが家でカード・ゲームのジンをやっていた。常連客は5～6人ほどいた。ライター兼プロデューサーのジェリー・デイビスもそのひとりで、監督のスタンリー・ドーネン、ボブ（ロバート）・シファー、その他何人かがいた。当時20代前半だったエリザベス・テイラーは、スタンリーと付き合っていて、毎週土曜日にやって来ると、僕らがジンをやっている間にランチを用意してくれた。

エリザベスは小柄で官能的で、驚異的な紫色の瞳を持ち、伝説になるだけの魅惑的な気配をすでに漂わせていた。この美女が毎週土曜日に僕のキッチンでサンドウィッチを作っていたなんて、信じがたいことだった。

シド・チャリシーはMGMと契約していた。彼女はセクシーで才能があった。13歳の時にバレー・ルッセに入団したシドは、卓越したバレリーナだった。僕は何度か彼女をデートに誘ったことがある。土曜の夜にデートを約束していたのだが、彼女からキャンセルの電話があった。

「何か問題があるの？」

シドははぐらかした。

「月曜日に詳しく話すわ」

彼女は僕に言うまでもなかった。すべて新聞の見出しに書かれていたからだ。その週末に彼女は人気シンガーのトニー・マーティンと結婚した。

シドから電話があった。

「たぶんニュースを聞いたのね？」

「聞いたよ。トニーとお幸せに」

僕はシドを忘れたくて仕事に没頭した。次の仕事を受ける準備はできていた。MGMのストーリー部門長のケネス・マッケンナが、僕を彼のオフィスに呼んだ。マッケンナは50代半ばで、白髪まじりの堅物で、自分の部署をまるで領地のように牛耳っていた。挨拶すらなかった。

「君に仕事がある。『ショー・ボート』だ」

それは夢のような仕事だった。『ショー・ボート』は最も偉大なミュージカルの一つだった。見事な音楽で、台本も素晴らしかった。大好きだった。しかし、問題が一つあった。

「ケネス」と僕は切り出した。

「僕は二つの作品の脚色をやったばかりなんです。

オリジナルの作品を作りたいんです」

彼は椅子から立ち上がった。

「私がやれと言うことを何でもやるんだ。君はこのスタジオと契約している。私が命じたら、君は床磨きもするんだ」

実際、『ショー・ボート』を書くことはなかった。その後の数週間は、床磨きに忙殺されたからだ。

僕は1年のうち3カ月間取れる休暇にヨーロッパ旅行を計画し、とても楽しみにしていた。夢心地だと聞いていたフランス船「リベルテ号」の乗船を予約していた。

母のナタリーとその夫のマーティ、そして弟のリチャードとその妻のジョアンに電話して別れを告げると、船が出発するニューヨークへ飛んだ。

船の乗客の中には、以前会ったことのあるチャールズ・マッカーサーもいた。彼はベン・ヘクトと『フロント・ページ』を書き、『ジャンボ』『20世紀』などを書いた優秀な劇作家だ。ヘクトは、妻でアメリカを代表する女優のヘレン・ヘイズと一緒だった。

チャールズは、あるパーティーで初めてヘレンを見て、たちまち心を奪われた。彼はピーナッツの入った器を彼女に手渡して、「これがダイヤモンドだったらいいのですが」と言った。それから間もなく、ふたりは結婚した。その翌年、ヘレンの誕生日に、チャールズは彼女にダイヤモンドの入った小さな器を渡し、「これがピーナッツだったらよかったのに」と言ったという。

他の乗客は次のような面々だった。ロザリンド・ラッセルとその夫でプロデューサーのフレッド・ブリッソン、そして『コール・ミー・マダム』のモデルとなった、有名なパーティー主催者のエルザ・マックスウェルも同乗していた。

出航初日にチャールズが僕のところに来て言った。

「エルザ・マックスウェルが君のオスカー受賞を聞いて、今夜のディナー・パーティーに招待したいと言ってきたんだ。君は社交的ではないと彼女に言っておいたよ」

「チャーリー！　彼女のディナー・パーティーにぜひ行きたいよ」

彼は微笑んだ。

「君は得難い人物だ、と思わせなければね。考えておくそうだと伝えておくよ」

その日の午後、エルザ・マックスウェル本人が僕のところにやって来て、こう言った。

「シェルダンさん、今夜、小さなディナー・パーティーを開くんです。ぜひ参加してください」

「伺いますよ」

ディナーは楽しく、客人たちも皆楽しんでいるようだった。食事が終わり、帰ろうとすると、ウェイターが言った。

「すみません、シェルダンさん。このテーブルの料金は3ドルです」

僕は首を横に振った。

「僕はマックスウェルさんのゲストですよ」

「はい、承知しております。ですから、3ドルになります」

僕は憤慨した。

チャーリーがなだめようとした。

「アイデアはいいんだが。僕が反対しているのはお金のことだ」

チャーリーは笑った。

「シドニー、彼女の腕の見せどころは人を集めることなんだ。彼女は何に対しても、決してお金を払わないんだよ」


ロンドンに到着し、有名なサボイ・ホテルにチェックインした。戦争は終わっていたが、イギリスはまだその影響を受けていた。配給制が実施されており、あらゆるものが不足していた。

朝、ルーム・サービスのウェイターがやって来た。

「グレープフルーツとスクランブル・エッグとベーコンとトーストをお願いします」

彼は辛そうな顔をした。

「大変申し訳ございません。そのようなものはございません。マッシュルームかニシンの燻製のどちらかをお選びください」

「そう」

マッシュルームを選んだ。

その翌朝はニシンの燻製を注文した。

その夜、レストランに行くと、メニューにはほとんど食べられるものがなかった。

翌朝、驚いたことに、トニー・マーティンから電話がかかってきた。

「この街にいることを僕らに言わなかったんだね」

「忙しかったんだよ」

「今夜の僕のショーに来てほしいんだ」

自分が好きだった女性と結婚した男に会うつもりはなかった。

「行けないよ――僕は――」

「チケット売り場に君のチケットを置いておくから」と言うと、彼は付け加えた。

「ショーが終わったら楽屋に来てくれ」

そして電話を切った。

彼のショーを見ることに何の関心もなかった。舞台裏に行って、彼がいかに見事だったかだけを伝えて帰ろうと思った。

その晩、彼の公演を見に行ったが、驚くほど素晴らしかった。観客は彼を愛していた。舞台裏の彼の楽屋に行き、お祝いを伝えようとしたら、そこにはシドがいた。大きなハグをされ、シドが僕をトニーに紹介してくれた。

「君は今夜、僕らと一緒に夕食を食べに行くんだよ」とトニーが言った。

僕は首を横に振った。

「ありがとう。でも、僕は――」

「さあ、出かけよう」

トニー・マーティンは僕が出会った中で最も良い人物のひとりだった。

夕食に行った先は、限られた人のためだけのプライベート・クラブだった。知らずにいたのだが、ロンドンのプライベート・クラブは配給制度からは除外されていた。

ウェイターが言った。

「今夜は素晴らしいステーキがございますよ」

僕らは皆、ステーキを頼んだ。

「お客様、ステーキの上に卵はいかがですか?」

それがロンドンに着いて、初めて食べた卵だった。

それから毎晩、ハネムーン中のシドとトニーと一緒に、とても楽しい時間を過ごした。

ある夜、トニーが僕に言った。

「僕らは朝にはパリに発つんだ。荷造りして。君も一緒に行くんだよ」

今度は反論しなかった。

僕らはパリに飛んだが、パリは信じられないほど素晴らしかった。トニーが雇ったリムジンがループル美術館、凱旋門、ナポレオンの墓など、おなじみの観光地に連れて行ってくれた——そしておいしい料理を食べた。

日曜日の朝、トニーはロンシャン競馬場へ行くリムジンを手配してくれていた。ところが、前夜にレストランで食べた物で、全員が食中毒を起こし、惨めな状態になってしまっていた。

トニーから電話があった。

「シドと僕は最悪の気分だ。競馬場には行けそうもない」

「僕もそうだよ、トニー。気分が……」

「下にリムジンが待っているから、使って」

「トニー……」

「乗って行って、僕たちのために馬に賭けてくれ」

ひとりでぼうっとしながらロンシャンに行った。馬券売り場は長蛇の列だった。ようやく先頭に立つと、カウンターの男が「ウイ?」と言った。

僕はフランス語が話せなかった。カウンターの向こう側にお金を押し出し、指を一本立てて、「ナンバー・ウン」と言い、鼻を触った。彼は何か聞き取れないことを言って、お金を押し返した。

もう一度やってみた。

「ナンバー・ウン」

そして指を立てて鼻を触った。

「勝つように、鼻に祈りを込めて」

彼はまたお金を押し戻した。後ろに並んでいた人たちは、しびれを切らしだした。ひとりの男が列から離れて僕のところにやって来た。

「どうしたんですか」と彼は英語で聞いた。

「このお金を1番が勝つことに賭けたいんです」

男はフランス語でレジ係に話しかけ、それから僕の方を振り向いた。

「1番は欠場になっています」と彼は言った。

「他の馬を選んでください」

そこで2番を選び、一握りの馬券を買って、よろけながらレースを見に行った。

2番が勝って、トニーとシドと僕とでそのお金を分けた。

この旅行は忘れられない思い出となり、毎年ヨーロッパに行こうと決心した。

その年の8月に、ドーア・シャリーが、ルイス・

B・メイヤーからMGMの制作部門長に抜擢され、RKOのトップを辞任した。昔のボスが新しいボスになった。

アン・サザーン、ジェーン・パウエル、バリー・サリバン、カルメン・ミランダ、ルイス・カルハーンが主演する『ナンシー・ゴーズ・トゥー・リオ』のシナリオを書くことになった。

この映画はジョー・パスターナックという、なまりのきつい中年のハンガリー人プロデューサーによって制作される予定だった。彼はMGMに来る前は、倒産寸前のユニバーサル・スタジオで小規模な作品を作っていた。ディアナ・ダービンという名の若い女優がMGMから契約を解かれ、ユニバーサルに行った。ジョー・パスターナックはディアナ・ダービンが出演する『スリー・スマート・ガールズ』という映画を担当することになっていた。

スタジオ自体が驚いたことに、この映画は爆発的にヒットした。一夜にしてディアナ・ダービンは大スターになり、それでユニバーサルは救われた。それから間もなく、ジョー・パスターナックはMGMからプロデューサーになる話を持ちかけられ、引き受けた。

ある日、ドーア・シャリーがプロデューサーたちをスタジオに集めてミーティングを開いた。

彼のオフィスで全員が席に着くと、ドーアは言った。

「問題があるんだ。『ティー・アンド・シンパシー』という、ブロードウェイで大ヒットした劇の映画化の権利を買ったんだが、同性愛者が出てくるため、検閲局が作らせてくれないんだ。それで他の切り口を考えなければならない。君たちの提案を聞かせてほしい」

皆、考え込んで沈黙した。そして、プロデューサーのひとりが言った。

「同性愛者ではなく、アルコール依存症にしたらどうだろう?」

別のプロデューサーは言った。

「ドラッグをやっていることにできるかもしれない」

「身体障害者にしてもいい」

その部屋で十数種類のアイデアが浮かんだが、どれも満足のいくものではなかった。

沈黙の後、ジョー・パステルナックが口を開いた。

「とても簡単だよ」と彼は言った。

「劇のままにするんだ。彼は同性愛者なんだ」

そして彼は勝ち誇ったように付け加えた。

「でも最後には、すべて夢だったことにすればいい」

それで打ち合わせは終わった。


『ナンシー・ゴーズ・トゥー・リオ』に携わることで得た思いがけない贈り物の一つは、ルイス・カルハーンとの出会いだった。カルハーンは舞台からスタートした優秀な俳優だった。堂々とした風貌で背が高く、鷹の爪のようなかぎ鼻をし、天地に響くような大声の持ち主だった。3人の女優と結婚してはすぐに別れ、4人目と結婚していた。彼には素晴らしいユーモアのセンスもあり、一緒にいて楽しい人物だった。彼は、オリバー・ウェンデル・ホームズ判事の物語を描いた『ザ・マグニフィセント・ヤンキー』に主演したばかりだった。

ルイスはわが家にディナーにやって来るといつも、玄関に入ってくるなり、「食べ物はどこだ？」と叫んでいた。


ある日、彼から電報が届いた。

「妻が4日の土曜日の夜に君と会うように調整したようだね。照明が消された後に劇場で会おう。僕と一緒にいるところを人前で見られることは期待しないように。カルハーン」


あるエージェントが、若くて美しいスウェーデン人女優を僕に紹介してくれた。ここではイングリッドと呼ぶことにするが、彼女はユニバーサル・スタジオのオーディションを受けるためにアメリカにやって来ていた。彼女はとても魅力的で、僕らは付き合い始めた。

数週間後の日曜日の早朝、まだ寝ている時に、玄関のベルが鳴りだした。ベッドの脇の時計を見ると、午前4時だった。ベルがより激しく鳴り始めた。しぶしぶ起き上がり、ガウンを着て玄関に向かい、ドアを開けた。銃を持った見知らぬ男が、僕を押しのけて部屋に入ってきた。


心臓がドキドキし始めた。

「もし、強盗なら」と言った。

「何でも持って行ってくれ――」

「この畜生め！　殺してやる」

強盗ではなかった。

こういうとき、作家ならこう思うはずだった。〝これはいいネタになる〟と。しかし、僕が思ったのはこうだった。〝僕は死ぬんだ〟

「君のことは知らないよ」

「いや、でも俺の妻のことは知っているだろう」と彼は怒鳴った。

「彼女と寝ているんだろう」

人違いをしていると思った。人妻と関係を持ったことはなかったからだ。

「ちょっと待って。何のことか分からないよ。君の奥さんが誰なのか知らないし」

「イングリッドだ」と彼は銃を構えた。

「僕は――」

人違いではなかった。

「ちょっと待てよ！　イングリッドは結婚しているなんて言っていなかった」

「あの雌豚はこの国に来るためのビザがほしくて俺と結婚したんだ」

「待てよ。僕にとっては、すべて初耳だ。彼女は結婚指輪もしていないし、夫がいるなんて一言も言ってなかったから、知る由もなかった。座って話をしようじゃないか」

彼は少しためらったが、椅子に深く座り込んだ。ふたりとも大汗をかいていた。彼は言った。

「俺はいつもはこんなんじゃないんだ。でも俺は――俺は彼女を愛しているのに、彼女は俺を利用したんだ」

「君が怒ったことを責めるつもりはない。お互いに一杯必要だな」

ふたり分の強い酒を用意した。

5分後には、彼は自分の人生話を始めていた。彼はライターで、イングリッドとはヨーロッパで知り合った。今、彼はハリウッドで仕事に就くことができずにいた。

「仕事が必要なのかい？　それなら僕に任せて。メトロ（ＭＧＭ）のケネス・マッケンナに話してみるよ」

彼の顔が明るくなった。

「そうしてもらえる？　それはとてもありがたい」

5分後、彼と彼の銃は消えていた。

部屋の明かりを消して荒い息でベッドに戻り、ようやく眠りについた矢先に、玄関のドアを叩く音が聞こえた。〝彼が戻ってきた。気が変わったんだ。僕を殺すと決めたのだ〟

ベッドから起き上がり、玄関に向かい、ドアを開けた。そこにはイングリッドが立っていた。彼女はひどく殴られていた。顔はあざだらけで、両目の周りも黒くなり、唇からは血が出ていた。彼女を家の中に引き入れた。

彼女はほとんどしゃべることができなかった。

「あなたに言わなければならないことが――」

「言わなくていい。君の夫がここにいたんだ。ベッドに入って。医者を呼ぶから」

何とか医師を起こし、1時間後には医師がイングリッドを手当するためにアパートに来てくれた。肋骨が折れ、体中にひどい打撲を負っていた。

医師が帰ると、イングリッドは言った。

「どうしたらいいのか分からないわ。今朝、ユニバーサルのオーディションがあるのよ」

僕は首を横に振った。

「もう行けないよ。そんな格好で行ってはいけない。電話してオーディションをキャンセルさせるよ」

そしてオーディションのキャンセルを依頼した。

イングリッドはその晩、僕の家を去り、姿を消した。

1948年、新しい制作チームのサイ・フューラーとアーニー・マーティンが僕に会いにスタジオを訪れた。

「僕らは『ホエアー・イズ・チャーリー?』というブロードウェイの劇をやるんだ。『チャーリーズ・アウント』という古典作品が元になっている。君に脚本を書いてほしいんだ。ブランドン・トーマス財団からはすでに君の名前で承認を得ている。フランク・レッサーが作曲し、レイ・ボルガーが主演する予定だ」

フランク・レッサーは人気のある曲をいくつか書いていたが、ブロードウェイのショーのために作曲したことはなかった。『チャーリーズ・アウント』の筋書きは知っていたし、気に入っていた。大ヒットになるのではないかと思った。

「フランクに会ってみたいです」

「僕らが設定するよ」

フランク・レッサーは元気いっぱいの人物だった。彼は30代後半で、才能があり、野心家だった。戦時中のヒット曲『プレイズ・ザ・ロード・アンド・パス・ザ・アミュニッション』をはじめとする人気映画の曲をいくつか書いていた。『ザ・ムーン・オブ・マナクーラ』『スローボート・トゥー・チャイナ』『ザ・ボーイズ・イン・ザ・バックルーム』そして『キス・ザ・ボーイズ・グッバイ』などだ。

「良いアイデアがいくつかあるんだ」とフランクは言った。

「これを大ヒット作にできるよ」

「僕もそう思います」

「一緒に台本を作ろう」

「そうできれば素晴らしいですね、フランク。僕も一緒に曲を作りますよ」

彼はにっこり笑った。

「それには及ばないよ」

ドーア・シャリーに会いに行った。

「これから3カ月の休暇を取ります。ブロードウェイのショーをやるんです」

「どんなショーだい?」

「『ホエアー・イズ・チャーリー?』です。『チャーリーズ・アウント』のリメイクです」

ドーアは首を横に振った。

「ブロードウェイは危険だ」

僕は笑った。

「分かっていますよ。経験がありますからね、ドーア」

「君がやるべきだとは思わないよ」

「でも、もう約束しましたし、それに――」

「私が君と取引しよう。『アニー・ゲット・ユア・ガン』のシナリオを書いてみないか?」

「何ですって?」

「その劇のことを忘れるなら、『アニー』を書くことを君に任せるよ」

『アニー・ゲット・ユア・ガン』は、ブロードウェイで最大のヒット作だった。3年間上演され、4チームによる地方公演が行われた。

1945年、ハーバート・フィールズとドロシー・フィールズは、リチャード・ロジャースとオスカー・ハマースタインのところに行って、アニー・オークレイを題材にしたショーを作ろうと提案していた。ドロシー・フィールズが歌詞を書く予定で、ジェローム・カーンは作曲を担当することに同意した。

カーンはニューヨークに到着した3日後に脳卒中で倒れ、その数日後に亡くなった。ロジャースとハマースタインは、アーヴィング・バーリンが作曲するべきだと決めた。このショーには、おなじみの『ゼアリズ・ノー・ビジネス・ライク・ショービジネス』をはじめ、6曲のヒット曲が入っていた。MGMは『アニー・ゲット・ユア・ガン』をミュージカルにする権利に対して、当時の最高額となった60万ドル（現代の貨幣価値に換算して約1千万2千ドル）を支払っていた。

「どうかね？」とドーアが尋ねた。

僕は考えてみた。『ホエアー・イズ・チャーリー？』がヒットすることは確信していたが、アーヴィング・バーリンと再び仕事をするチャンスだと思うとワクワクした。ドーアからの申し出を断ることはできなかった。

「やります」

その日の午後、フューラー、マーティン、フランク・レッサーに電話して、決意を伝えた。

「大ヒットになるのは間違いないですよ」

そして、僕の予想は正しかったのだ。

第20章

スターの明暗を分けた、大ヒット映画『アニー・ゲット・ユア・ガン』

Chapter 20 ◆ A Blockbuster Film, "Annie Get Your Gun" Distinguished Brightness and Darkness of the Stars in It

アーヴィング・バーリンと再び仕事をするのは、とても心弾むことだった。彼は少しもエネルギーを失っていなかった。彼は僕のオフィスに踊りながら入ってきて、にっこり笑って言った。

「これは舞台よりも良いものになりそうだ。アーサーに話しに行こう」

アーサー・フリードは彼のオフィスで、机の後ろに座っていた。僕らが入っていくと、彼は顔を上げた。

「これは大作になりそうだ」とフリードは言った。

「スタジオは100%応援しているよ」

僕は尋ねた。

「配役について誰にするか、心当たりはあるのですか、アーサー?」

「ジュディ・ガーランドがアニーを演じ、才能のある若い俳優でシンガーでもあるハワード・キールがフランクを演じる予定だ。ルイ・カルハーンがバッファロー・ビル役だ。ジョージ・シドニーが監督することになっている」

再びジュディと仕事をし、ルー・カルハーンと一緒に過ごすことになるのだ。

アーサー・フリードが言った。

「君にニューヨークとシカゴまで、劇を見に行ってもらうことになっているんだ」

ニューヨークではエセル・マーマンがアニーを演じ、シカゴではメアリー・マーティンがアニーを演じていた。

「いつ出発すればいいですか?」

「君の乗る飛行機は明日の朝9時に出発する予定だ」

『アニー・ゲット・ユア・ガン』は並外れた娯楽作品だった。ハーバートとドロシー・フィールズによる脚本はスピード感とウィットに富み、エセル・マーマンの演技はエネルギッシュで派手で華やかだった。翌朝、メアリー・マーティンの演技を見るためにシカゴに飛んだ。

彼女は異なるアプローチをしていた。彼女のアニーは内気で、痛々しいほどの甘さがあった。僕にとっての課題は、両者の良いところを組み合わせた人物を書くことだった。

『アニー・ゲット・ユア・ガン』のようなヒット作を手がける場合には、それなりの落とし穴があった。オリジナルから離れ過ぎてはいけないし、その一方でスクリーンに向くように間口を広げることも必要だった。舞台ではうまくいっていたシーンも、映画ではうまくいかないことが多い。新たなシーンを作らなければならなかった。

最大の問題は、劇の第1幕と第2幕の間のギャップだった。舞台では、アニーがヨーロッパに旅立つところで第1幕が終わっていた。第2幕は、アニーが帰ってくるところから始まる。この二つの幕の橋渡しをシナリオでどうするかが問題だった。

各国にいるアニーの短いシーンを合成して見せることもできたし、あるいは一つの国に集中させることもできた。その合間は長い方が良いのか短い方が良いのか？　そうしたシーンを撮影するには莫大な費用がかかるだろう。それはプロデューサーが決めることだった。

アーサー・フリードのオフィスに電話して、この問題について話し合うために彼と会う約束をした。その1時間後、彼の秘書から予約を取り消す電話があった。翌日にもう一度、予約を取った。するとまた、秘書からキャンセルの電話があった。同じことが3日間続いた。3日目の午後、サミー・ワイズフォードが僕のオフィスに立ち寄った。

「アーサー・フリードのオフィスから来たんだ。彼は君にとても失望しているよ」

パニックになりそうになった。

「僕が何をしたというんだ？」

「アーサーは君が何も書いてないと言っていた」

「でも、僕は相談するために電話していたんだよ――」

突然、事態を理解した。アーサー・フリードはシナリオについて話すことには関心がなかったのだ。彼は映画のミュージカル的な側面――歌やダンスや女の子たちに関心があったのだ。彼にはどのようなシーンが展開されるか、イメージできないのだろうという気がした。『イースター・パレード』のシナリオを読んだ時の彼の反応を思い出した。彼は、出演者がどう感じたのか話すのを聞くまでは、シナリオについて意見を言わなかった。

アーサー・フリードの才能は、適切な作品を選び、それを作るために最高の人材を雇うことにあったのだ。僕は深呼吸をした。誰の助言も受けず、自分で決断し、シナリオに取りかかった。シナリオは早く、スムーズに進んだと思う。

シナリオを仕上げ、提出したところで、息を止めた。誰から初めに連絡が来るだろうと思った。

翌日、この映画の監督をするジョージ・シドニーが僕のオフィスにやって来た。

「君はお世辞を言ってほしいかい？　それとも真実を知りたいかい？」

急に口の中がカラカラに乾いた。

「真実だ」

ジョージ・シドニーはにっこり笑って言った。

「気に入った！　君は素晴らしい仕事をやってのけたよ」

彼の目は輝いていた。

「良い映画ができそうだ」

キャスト全員からシナリオへのコメントをもらった後、アーサー・フリードが言った。

「君はこの作品の雰囲気をしっかり理解してくれたね、シドニー」

ジュディが歌を録音し、制作が始まった。撮影がないと、ジュディは時々僕のオフィスにやって来て、おしゃべりをした。

「うまくいっているわよね、シドニー？」

彼女は緊張しているようだった。

「順調に進んでるよ、ジュディ」

「そう。そうなのね？」

僕は彼女をよく見てみた。彼女は歯を食いしばっているようで、化粧の下の素顔はどんなだろうかと思った。

良くない噂を聞き始めていた。ジュディはいつも遅刻してくるし、セリフも覚えていなかった。撮影は予定より遅れた。ジュディが夜中の2時にジョージ・シドニーに電話をして、その日の撮影に行けるかどうか分からないと言うからだった。

そして、ついに制作は中止になり、その日のうちにスタジオはジュディ・ガーランドを交代させると発表した。その知らせを聞いて悲しくなった。彼女に電話をかけたが、彼女は絶望してすでにヨーロッパに逃げてしまっていた。

アニー役は、『ザ・ジョルソン・ストーリー』でジョルソン役を演じたラリー・パークスと結婚していた、若手実力派女優のベティ・ギャレットに提供されることになった。

ベニー・タウはギャレットのエージェントに会うと言った。

「ベティを次の3本の映画に出演させる権利がほしいと思う」

ギャレットのエージェントは首を横に振った。

「ベティはこの作品にしか出演させられません。他の映画についてはお断りします」

つまり、エージェントのせいで、ベティ・ギャレットは一生に一度の役を失ってしまったのだ。ベティ・ハットンがアニー役を演じる契約を交わし、その後、制作は無事に進んだ。


撮影中のある朝、アーヴィング・バーリンが僕のオフィスに来て言った。

「シドニー、どうして僕らはこれまで一緒にブロードウェイのショーをやっていなかったのだろうね？」

心臓の鼓動が一瞬止まったかと思った。アーヴィング・バーリンと一緒にミュージカルを書けば、ショーの成功が約束されたようなものだった。冷静なふりをして言った。

「あなたと一緒にショーを書きたいですよ、アーヴィング」

「良かった。私にアイデアがあるんだ」

アーヴィングは行ったり来たりしながら、自分のアイデアを話し始めた。

そっと腕時計を見た。

「話の途中で申し訳ないのですが」と切り出した。「12時半にランチの約束があって、もう出ないとならないんです。この話は戻ってから続けましょう」

「どこにランチに行くの？」

「ビバリーヒルズの、ブラウン・ダービーです」

「一緒にそこまで乗っていくよ」

そしてアーヴィング・バーリンは僕の車に乗り込

み、レストランまで一緒に行った。その間、彼の運転手が車で後をついてきた。僕がランチから戻るまでに1時間はかかるので、それを待たずに、アーヴィンが自分のアイデアを話し続けることができるようにするためだ。そこまでの熱意を見たことはなかった。

その日の午後、アーヴィングは、新人の若い歌手が彼の曲を歌うので、イースト・ロサンゼルスに行くと言っていた。それが60代のアーヴィング・バーリンだった。豪快な人物で、天才でクリエイティビティの頂点にあった。

しかし、その後、彼の人生は下り坂になったようだった。90歳を過ぎた頃には、アーヴィング・バーリンは妄想性パーソナリティ障害[1]を患った。ブロードウェイの敏腕プロデューサーで振付師のトミー・チューンが、彼に電話をかけた。

「アーヴィン、あなたの歌の数曲をベースにしたブロードウェイ・ミュージカルをやりたいんです」

「ダメだ、やらせない」

トミー・チューンは驚いた。

「なぜダメなんですか?」

アーヴィング・バーリンはささやいた。

「私の歌を歌っている人が多過ぎるからだ」

残念なことに、僕らが一緒にミュージカルを作ることはなかった。

『アニー・ゲット・ユア・ガン』のシナリオを書いていて楽しかったことの一つは、長身でたくましく、素晴らしい声の持ち主だった主役のハワード・キールに出会えたことだ。ハワードは、映画のシーンでスキート射撃[2]の練習をしなければならなかったので、彼と僕はスキート射撃場に行き、互いに競い合った。

勝つのはいつも彼だった。

ジョージ・シドニーの監督下で、制作は順調に進み、編集もようやく終了した。

１９５０年に『アニー・ゲット・ユア・ガン』は公開され、映画評論家からも満場一致で喝采を集めた。ニューヨークの評論家は「今年最高のミュージカル映画」と呼んだ。

「『アニー・ゲット・ユア・ガン』のおかげで、

映画は見逃してはいけないもののリストに返り咲いた」
「映画の『アニー』は舞台より素晴らしい」
「バーリンとフィールズの努力の賜物。大ヒット作」

ベティ・ハットンは最も人気のある女優としてフォトプレイ賞を受賞し、僕はシナリオで全米ライターズ・ギルド米国映画賞の脚本賞を受賞した。

1950年、『バラエティ』誌は、史上最高の興行収入を記録した映画のリストを発表した。その中に、僕がシナリオを書いた映画が3本入っていた。『バチェラー・アンド・ザ・ボビー・ソックサー』『イースター・パレード』『アニー・ゲット・ユア・ガン』だった。

僕のうつ期は終わり、僕は双極性障害だと言った精神科医の診断は間違いだったと思うことにした。僕は元気だった。ドナ・ホロウェイと交際を続け、彼女と一緒にいることを楽しみにしていた。

ある晩、夕食の席でドナが言った。

「マリリン・モンローに会ってみない？」
「会いたいよ」
彼女はうなずいた。
「設定してあげるわ」

マリリン・モンローはセックス・シンボルであり、スーパー・スターだった。精神障害の母親を持ち、養護施設で育ち、結婚に一度失敗し、アルコールと薬物との戦いに明け暮れるなど、彼女の過去には問題も多かった。しかし、誰にも彼女から奪えないものがあった。それは彼女の才能だった。

翌日、ドナから電話がかかってきた。

「あなたは金曜の夜、マリリンと食事をするのよ。彼女のアパートまで迎えに行ってね」

彼女はマリリンの住所を教えてくれた。

僕は金曜日の夜を楽しみにしていた。マリリン・モンローは、『紳士は金髪がお好き』『百万長者と結婚する方法』そしてケーリー・グラントと共演した『モンキー・ビジネス』など、すでに大ヒットを飛ばしていた。

しかし、その夜は予想を裏切るものだった。約束の時間にマリリンのアパートに行くと、彼女のお付きの女性が中に入れてくれた。

「モンローさんはあと数分で来ますよ。今、着替えているところです」

その数分は45分にも及んだ。

寝室から出てきたマリリンは、それは美しかった。

彼女は僕の手を取り、優しくこう言った。

「あなたに会えてうれしいわ、シドニー。あなたの作品を尊敬しているの」

ビバリーヒルズのレストランでディナーをいただいた。

「あなたのことを教えてください」と僕は言った。

彼女は話し始めた。驚いたことに、話の中心はドストエフスキー、プーシキン、その他何人かのロシア人作家のことだった。この若くて美しい女性の口から出る言葉にしては、あまりに不自然で、まるでふたりの異なる人間と食事をしているようだった。彼女は自分で話していることを実際にはまったく理解していないように思えた。後で知ったのだが、彼女はアーサー・ミラーとエリア・カザンと付き合っていたようで、彼らはマリリンのメンターだったのだ。楽しい夜だったが、その後、彼女に電話をすることはなかった。

このディナーからしばらくして、彼女はアーサー・ミラーと結婚した。


1962年8月のある晩、僕は主治医のハイ・エンゲルベルグと彼の家で食事をしていた。ディナーの途中で、彼は電話口に呼び出された。彼はテーブルに戻ると言った。

「急患が出た。すぐ戻るよ」

彼が戻ってきたのは2時間近くたってからだった。

「申し訳ない」と謝ると、「僕の患者の」と言いかけて彼はためらった。

「マリリン・モンローだ。彼女は亡くなった」

享年36歳だった。


コロンビア映画の制作部長のハリー・コーンとは、ドナ・ホロウェイと一緒に初めて会った。コーンはハリウッドで最も不屈の映画スタジオのトップとして知られていた。彼はかつて、こうホラを吹いたことがあった。

「僕は潰瘍にはならない。他人を潰瘍にさせるんだ」

彼にはただひとり、恐れている人物がいる、と言われていた。ルイス・B・メイヤーだった。メイヤーはある日、コーンに電話をかけてきた。

「ハリー、君は困ったことになったぞ」

恐る恐るコーンは尋ねた。

「何が問題なんですか、エル・ビー?」

「君と契約している俳優を使いたいんだ」

ホッとしたコーンは言った。

「彼をお使いください、エル・ビー、必要な人は誰でもどうぞ」

第2次世界大戦中、こんな言葉が流行った。

「軍隊に入るためにコロンビア大学を辞めたライターは皆、臆病者だ」

ハリー・コーンが20代前半の頃、彼の親友はハリー・ルビーだった。ふたりはニューヨークの路面電車で一緒に働いていた。ハリー・コーンが運転手で、ハリー・ルビーが車掌だった。ふたりは切っても切れない仲だった。

数年後、共にハリウッドにいた頃、ふたりは昔を懐かしみながらダブル・デートに出かけた。当時、ハリー・コーンはスタジオを経営し、ハリー・ルビーはソングライターとして成功を収めていた。

「路面電車は恐竜の運命をたどったね」

その晩、ハリー・ルビーが言った。

「君と僕が働いていた頃は、楽しかったな」

ハリー・ルビーは彼女たちの方を向き、そしてコーンに向かってうなずいた。

「彼は週に18ドル、僕は20ドル稼いでいたんだ」

ハリー・コーンの顔が真っ赤になった。

「僕が20ドル稼いでいて、18ドル稼いでいたのはお前だ」とハリー・コーンは怒鳴った。

ハリー・ルビーはそれっきり二度とハリー・コーンに会うことはなかった。

ハリー・コーンを何度かディナー・パーティーで見かけたことがあった。初めて会った時、彼はライターを蔑むようなことを言い、いかに彼らが怠惰であるかを語っていた。

「ライターには秘書と同じように毎朝9時に出社させているんだ」

「それで良いシナリオが手に入ると思っているのなら、職業を変えた方がいいですよ」

「お前は自分を何様だと思っているんだ」

そして僕らは口論し始めた。次に彼をパーティーで見かけた時、彼は僕の方に向かってきた。彼は対立を楽しむのだ。彼はランチに誘ってくれた。


「私がプロデューサーを雇う前にはね、シェルダン」とハリー・コーンが言った。

「いつも彼のゴルフのスコアを聞くんだ」

「なぜ、そんなことに興味を持つんですか?」

「スコアが低ければ、私は雇いたくない。私のためにプロデュースすることだけに関心があるプロデューサーがほしいんだ」

またある時、彼はこう言った。

「どんな時にギャラの高い監督を雇うか分かるかい? 失敗作を作った直後だ。値段が下がるからね」

ある日、ハリー・コーンのオフィスにいると、インターホンからスタジオ・マネジャーの声が聞こえてきた。

「ハリー、ドナ・リードから電話です。トニーの連隊が海外に派兵されることになったので、ドナは彼が出発するまでの間、サンフランシスコで彼と一緒にいたいと言っています」

ドナの夫のトニー・オーウェンはプロデューサーだった。

「彼女は行けないよ」と言って僕の方を振り向いた。

1分後、スタジオのマネジャーが再びインターホンで話し始めた。

「ハリー、ドナはとても動揺しています。彼女はこの先何年も夫に会えないかもしれないし、僕らは今、ドナを必要としていません」

「答えはノーだ」とコーンは言った。

スタジオの支配人が3度目の連絡をしてきた。

「ハリー、ドナが泣いています。いずれにしても彼女は行くと言っています」

ハリー・コーンはにっこりした。

「よろしい。彼女を停職処分にしろ」

あ然として彼を見つめ、自分はどんな怪物と一緒に座っているのだろうかと思った。

ジョージ・オーウェルの『1984』という素晴らしい小説を読んだ。それはロシアの専制国家を35年先の未来に予見していた。恐ろしい筋書きだった。

これは素晴らしいブロードウェイの劇になると確信した。早速、オーウェルに手紙を送り、舞台化すれ権利を求めた。彼は承諾してくれた。

　ドーア・シャリーのところへ行き、『1984』のシナリオを書くつもりだと告げた。革新派のドーアは言った。

「読んだよ。良い本だが、反ロシア的だ。そんな劇をやってはいけないよ」

「ドーア、これはとても重要な劇になり得ますよ」

「オーウェルに手紙を書いて、反ロシア的でなく、ただ反独裁的にしたほうが良いと思うと言ってみたらどうだい？　つまり、どの国にも当てはまるようにするのさ」

　ちょっと考えてみた。

「分かりました、そうします」

　オーウェルに手紙を書き、彼から次のような返事が来た。

〝親愛なるシェルダンさん
　8月9日付のあなたからのお手紙、どうもありがとうございました。この本の政治的傾向についてのあなたの解釈は、私が言いたかったことに非常に近いと思います。共産主義が全体主義の主要な形態であるため、この本は主に共産主義に基づいていますが、私は共産主義が英語圏にしっかりと根付き、もはやロシア外務省の単なる延長ではなくなった場合にはどうなるかを主に想像しようとしたのです。私はイギリス労働党や集団主義経済を攻撃することは特に意図していませんでした。あなたには説明するまでもないことは明白ですが、私がこのことを強調するのは、アメリカのマスコミの一部が、この本を、イギリスにおける社会主義の行方を正当化するために使っているからです〟

　ドーアからの他の注文で忙し過ぎたので、結局、『1984』は断念せざるを得なかった。

第21章

世界最大の映画スタジオのプロデューサーになる！

Chapter 21 ◆ I Became A Producer at the Biggest Motion Picture Studio in the World!

ケネス・マッケンナから、ミュージカル『リッチ・ヤング・アンド・プリティ』のシナリオを書くように命じられた。ジェイン・パウエル、ダニエル・ダリュー、ウェンデル・コーリー、そしてヴィック・ダモーンという若手歌手が主演する予定だった。非常に才能豊かなキャスト陣だ。

その筋書きは、捨てた娘に何年もたった後で再会することになる、ある女性を中心に展開した。

ある朝、ジュールズ・スタインから電話があった。

「今夜、ドリスと一緒に君の家にディナーに行くつもりだが、ある人を誘っても構わないか?」

「もちろん構いませんよ」

どうせ皆に充分なスペースはないのだから、もうひとりくらい増えても問題ないだろう、と思ったのだ。

その夜、ジュールズとドリスはハンサムな青年を連れてやってきた。

「フェルナンド・ラマスを紹介するよ。彼は君の映画に出演する予定だ」

フェルナンドには南米なまりがあったが、魅力的な男性であるだけでなく、とても知的な人物だった。ある時、フェルナンドがジョニー・カーソンの『トゥナイト・ショー』に出演すると、カーソンがフェルナンドのアクセントをからかいだした。彼はそれを遮った。

「誰かになまりがあれば」と彼はカーソンに教えた。「その人はあなたより1カ国語多く話せるということですよ」

スタジオの観客は拍手喝采した。

僕は『リッチ・ヤング・アンド・プリティ』の撮影の初日に撮影現場にいた。腕の良い契約ライターのドロシー・クーパーと一緒にそのシナリオを書いていた。ヴィック・ダモーンにとっては初めての映画で、彼はひどく緊張していたが、無理もないことだった。監督はノーマン・タウログで、屈強な古株のベテランだった。

「よし。撮影だ」とタウログが叫んだ。

ヴィック・ダモーンが緊張して言った。

「すみません、タウログさん。その前に水を飲んでもいいでしょうか？」

ノーマン・タウログは彼をにらみつけて言った。

「だめだ。撮影開始！」

こうして『リッチ・ヤング・アンド・プリティ』の撮影は開始された。

『リッチ・ヤング・アンド・プリティ』は興行的にはそこそこの成功を収めた。同じ年に、アン・サザーン、ジェイン・パウエル、バリー・サリヴァンによる『ナンシー・ゴーズ・トゥ・リオ』というミュージカルも書いた。この作品は、偶然にも同じ男性に恋をしてしまった母と娘のロマンチック・コメディだった。スピーディーな展開と軽快なタッチが求められるストーリーだった。それが終わると、今度はバリー・サリヴァン、アーリーン・ダール、ジョージ・マーフィー主演の『ノー・クエスチョンズ・アスクトゥ』のシナリオを書いた。

あるスタジオの幹部が、ニューヨークに向かう飛行機の中で、パグ・ウェルズというスチュワーデスに出会い、心を奪われた。彼女は陽気ではつらつとしていて、幹部は彼女の生い立ちを聞き始めると、さらに魅了された。スタジオに戻った幹部は、ドーアにその女性の人物像をもとに映画を作ろうと提案した。それが次の仕事になった。

スタジオのトップライターのひとりだった、ルース・ブルックス・フリッペンとシナリオを書くことになった。プロデューサーは、ドーアが東部から連れてきたアーマンド・ドイッチュで、アルディーとも呼ばれていた。彼には映画制作の経験はなかったが、ドーアは彼の知性に非常に感心していた。

アルディーに会うと、すぐに彼を好きになった。プロデューサーに見られがちな自制的な態度ではなく、アルディーは熱意にあふれていた。

僕は腰を落ち着けてシナリオを書き始めた。パグ・ウェルズをもとにした人物の人生にひとりの男ではなく3人の男を絡めて複雑にしようと決めた。それで『スリー・ガイズ・ネイムドゥ・マイク』というタイトルを付けた。

アルディーにシナリオの冒頭を見せると、彼は興奮し、文字通り飛び跳ねて喜んだ。僕は彼に先を見せるのが待ちきれなくなった。彼は一緒に仕事をするには好適な相手だった。シナリオを書き上げた時、彼は言った。

「これはジェイン・ワイマンにぴったりの役だ」

「それで男たちは?」

「ヴァン・ジョンソン、ハワード・キールとバリー・サリヴァンだ。それが僕の夢のキャストだ」

アルディーは夢のキャストを手に入れた。1950年の春に撮影が始まり、映画はうまくいった。

今となっては理由をよく思い出せないのだが、僕はこの映画に出演したいと思った。アルディーにそのことを話した。

「いいよ。どの役をやりたいんだい?」

「まだ書いていないんです」

僕は映画からカットされないような役を書く方法を知っていた。その秘訣は、スターが登場する時に一緒にいた人物を演じることだ。スターが登場するところをカットするわけにはいかないから、そのキャラクターをカットするわけにはいかない。そこで、バリー・サリヴァンの紹介シーンに登場する庭師という短い役を自分で書いた。

翌日、その日撮ったフィルムをチェックして自分の演技を見た時、こんなことならいくらお金を払っても、やらないほうがましだったと思った。ひどい演技だった。

＊　＊　＊

次に任されたのは、『ジャスト・ディス・ワン』というマックス・トレルの素敵な原案を映画化するためのシナリオだった。この作品は、豪華な暮らしで自分の遺産を使い果たす浪費家の話だった。遺産の管理人は怒って、彼の支出を管理する後見人を雇うことにした。その後見人は偶然にも若い美しい女性だった。

このシナリオを書き上げた時、ケーリー・グラントが適役だと思った。スタジオはシナリオをケーリーに送ったが、彼はそれを断った。

そこで、ピーター・ローフォードが、ジャネット・リー、そして有名な『アンディー・ハーディー』シリーズでハーディー判事を演じたルイス・ストーンと共に起用された。

1年後にこの映画が公開されると、ケーリーから電話がかかってきた。

「シドニー、君が正しかった。あの役をやっておけば良かったよ」

今でも『ジャスト・ディス・ワン』は気に入っている映画の一つだ。

1952年2月、ケネス・マッケンナから連絡があった。

「ブロードウェイの劇『リメインズ・トゥー・ビー・シーン』の映画化権を買ったところだ」

僕はその劇評を以前に読んでいた。ハワード・リンゼイとラッセル・クラウスという才能あるチームによって書かれたブロードウェイの大ヒット作だった。裕福な叔父の殺人事件があったアパートに引っ越してくる、ニューヨーク市に住む女性のバンド歌手の話だった。彼女がその殺人犯に疑いを持ち始めると、殺人犯は彼女を殺す決意をするのだ。

「君に担当してもらうよ」とマッケンナは言った。

「いいですよ、ケネス」

彼がケンと呼べる相手でないことは確かだった。

「君にはニューヨークまで飛んでショーを見て、プロデューサーのリーランド・ヘイワードに会ってもらうよ」

〝リーランド・ヘイワード〟。僕の頭は忙しく働き出した。ニューヨークにいた頃のリーランド・ヘイワード・エージェンシーの顧客リストをまだ目に浮かべることができた。〝ベン・ヘクト、チャールズ・マッカーサー、ナナリー・ジョンソン……〟

ヘイワードはその後、『老人と海』『ザ・スピリット・オブ・セントルイス』『ミスター・ロバーツ』といった名作映画を世に送り出していた。

翌日、ニューヨークへ飛んだ。飛行機の中で、『リメインズ・トゥー・ビー・シーン』の脚本を読んだが、とても面白かった。

到着した翌日、プラザ・ホテルでリーランド・ヘイワードとランチを共にした。彼は美食家だという評判だった。パメラ・チャーチル、マーガレット・

サラヴァン、ナンシー・ホークスという美女たちと結婚していたことがあった。丁寧に整えられた白髪で、いつもエレガントな装いの、カリスマ性のある人物だった。

リーランドはテーブルから立ち上がって言った。

「お会いできてうれしいです」

12年前には、彼のエージェンシーの1週間17ドルの顧客だったことを彼に思い出させる必要はなかった。ランチを食べ始めてみると、彼は機知に富んだ話し相手で、面白い人物だと分かった。

懸案の劇の話になった。

「読みましたよ。素晴らしいと思います」

「良かった。君がシナリオを書いてくれるのはうれしいよ」

彼はその晩に僕が劇を見られるように手配してくれていた。ジャッキー・クーパー、ハリー・ショウ・ロウ、マドレーヌ・モルカ、そしてジャニス・ペイジを筆頭とした素晴らしいキャスト陣だった。その中には、後に大活躍することになるふたりの無名俳優もいた――フランク・カンパネラとオジー・デイヴィスだ。期待通りの楽しい夜になった。

僕はシナリオを書くためにハリウッドに戻り、3カ月後にシナリオを完成させた。それをプロデューサーのアーサー・ホーンブロウに提出した。

「とても良いね。すぐにでも撮影開始しよう」

「キャストに心当たりはあるのですか?」

「スタジオがジューン・アリソンとヴァン・ジョンソンと契約するところだ」

「それは良かった」

その数日後、ドーアからオフィスに呼び出された。

「ベンジャミン・グッドマンの役はルイス・カルハーンにぴったりだろう」

「僕もそう思います。彼は才能のある俳優です」

「一つ問題があるんだ」

「何ですか?」

「彼は辞退した。あまりにも小さな役だと言ってね」

〝彼の言う通りだ〟と思った。

ドーアは続けた。

「君はルイスと良い友達だろう?」

「はい」

「この役を引き受けるよう彼を説得してほしい。彼はこの映画にとって大きな価値があると思うんだ」

その時、僕は決めた。ドーアが正しい、と。

翌日の晩、カルハーンをレストランに招待した。彼は室内を見回して言った。

「僕らが一緒にいるところを誰にも見られないようにしたい。僕の評判が落ちるから。マスクをしてくればよかった」

「ベンジャミン・グッドマンの役を断ったそうだね」

「あれを役と呼ぶのか」と彼は鼻先で笑った。

「でも、君のシナリオは良かったよ」

僕は売り込みを始めた。

「ルーイー、この映画は大作になるし、君に一役買ってもらいたいんだ。君の役柄はこの作品に欠かせない。君の演技で映画の良し悪しが決まるんだ。君のキャリアもトップの座に飛躍できるだろう。君にとってもそれはとても良いことだ――」

それから30分間、父のオットーになりきって言いたいことを言い終えると、カルハーンは言った。

「君の言う通りだ。やってみよう」

この作品の映画評や興行成績はまずまずだったが、カルハーンのキャリアをトップに押し上げるには至らなかった。

＊　＊　＊

年に一度、MGMが制作した映画の海外配給会社や興行主がカルヴァー・シティに招かれ、今後のプロジェクトについて話を聞いた。これはスタジオにとってワクワクするような機会だった。世界10数カ国からの代表者が巨大な収録用スタジオに集められ、新作映画の話を聞いた。

ドーアが集会で挨拶をした。

「今年はわれわれにとってかつてない最高の年になるでしょう」

短いスピーチの後で、彼はこれから公開される映画のリストと、それぞれの映画のスター、監督、シナリオライターの名前を挙げていった。後で聞いた話だが、映画の題名をいくつか挙げた後に、彼は僕の映画に行き当たったそうだ。

「シドニー・シェルダンが書いた『リッチ・ヤング・アンド・プリティ』」

彼はさらにいくつかの映画の題名を挙げた。

「それから、「シドニィ・シェルダンによる『ナンシー・ゴーズ・トゥ・リオ』」

「シドニー・シェルダンによる『ノー・クエスチョンズ・アスクトゥ』」

「シドニー・シェルダンによる『スリー・ガイズ・ネイムドゥ・マイク』」

聴衆の中の男たちが笑い出した。

シャリーは顔を上げて言った。

「シェルダンが今年の映画のほとんどを書いているようですね」

その日の午後、ドーアは僕をオフィスに呼んだ。

「どうだ、プロデューサーにならないか?」

驚いて言った。

「そんなことは考えたこともなかったです」

「じゃあ、考えてみてくれ。今日から君はプロデューサーなんだから」

「何と言ったらいいか、ドーア」

「君が獲得した功績だ。幸運を祈るよ」

「ありがとうございます」

僕は自分のオフィスに戻って考えてみた。〝僕は34歳で、すでにオスカーを手に入れ、世界最大の映画スタジオのプロデューサーなんだ〟

歓喜に包まれるはずの瞬間だった。しかし、その瞬間、恐怖に襲われた。僕はプロデューサーの仕事を何も知らなかった。ドーアは間違いを犯したのだ。そんなこと、できるわけがない。ドーアに電話して、この仕事は引き受けられないと言おう。彼はたぶん僕をクビにするだろうから、すぐに職を探すことになる。

その夜、眠ろうとしたが、無駄だった。真夜中に服を着て散歩に出かけ、自分の身に起きているすべてのことを考えた。父のオットーに散歩に誘われた夜のことを思い出した。


〝毎日が違うページになるんだよ、シドニー。驚くようなことがたくさんあるんだ。実際にページをめくるまで、次に何が起こるかは決して分からないものなんだ。……お前が急いで本を早く閉じてしまい、次のページでお前に起こるかもしれない心躍るような出来事も、何も経験しないでおしまいにしてしまうのを俺は見たくないよ〟

朝起きた時には、少なくとも映画の制作をやってみようと思っていた。もし失敗したら、いつでもライターに戻ることができるだろう。

その日の朝、スタジオに行くと、僕のオフィスはより広い部屋に移されていた。メトロ（MGM）でプロデューサーになるのはとてもたやすいことだと知った。すべての出版社の連絡先を掌握しているストーリー部門が、スタジオに提出された脚本や原作と一緒に、これから出版される本の筋書きをすべてのプロデューサーに送ってくれる。プロデューサーは、その中から好きなものを選ぶだけでよいのだ。

そしてプロデューサーには、自分のプロジェクトに参加できるライターのリストが渡される。シナリオが出来上がると、キャスティング部門が動き出す。彼らがスターや監督のリストをプロデューサーに渡してくれる。

「誰が良いですか？」

最後のステップはベニー・タウで、彼がライターや、スターや監督のエージェントと契約を結ぶ。メトロ（MGM）のプロデューサーたちは、文字通りオフィスに座り、ボタンを押すだけだった。プロデューサーの任務を果たすことは簡単に思えた。

＊＊＊

僕は、その頃もまだ自宅でディナー・パーティーを楽しんでいた。友人や一緒に仕事をした俳優、監督たちが、僕の質素な住まいに集まってきて、退屈する瞬間はまったくなかった。

ある晩、「音楽の夕べ」にしようと思い立ち、ハリウッドで最も才能あるミュージシャンや作曲家を招待した。誰もがすでに成功し、偉大なキャリアを築いていた。ゲストには次の人々がいた。

・僕らが皆、「パピー」と呼んでいたアルフレッド・ニューマン。彼は小柄だが才能は偉大だった。映画界のどのミュージシャンよりも多くのオスカーにノミネートされ、そのうち9回は受賞していた。『アレキサンダーズ・ラグタイム・バンド』『コール・ミー・マダム』『王様と私』など、200本以上の映画の作曲を担当した。

・ヴィクター・ヤングはオスカーに22回ノミネートされた。彼は『オズの魔法使い』『静かなる男』『八十日間世界一周』『シェーン』の作曲を担当した。
・ディミトリ・ティオムキンは『ロスト・ホライゾン』『イッツ・ア・ワンダフル・ライフ』『ハイ・ヌーン』その他、いくつかの映画の音楽を担当した。
・ジョニー・グリーンは『アイ・カバー・ザ・ウォーターフロント』『ユー・ケイム・トゥー・ミー・フロム・アウト・オブ・ノーホエアー』『ユーアー・マイン・ユー』など、十数曲のヒット曲を作曲した。彼はすべての主要なスタジオの映画の音楽を担当していた。
・ブロニスラウ・ケイパーは『スリー・ガイズ・ネイムドゥ・マイク』の作曲を担当した。その後『グリーン・マンション』『バターフィールド8』『アンティー・メーム』の音楽を担当した。
・アンドレ・プレヴィンは指揮者として、また『シルク・ストッキング』『キス・ミー・ケイト』『マイ・フェア・レディ』『ポーギーとベス』『ジジ』などの音楽監督として有名になった。

そうそうたるメンバーだった。その晩のお相手は通りの反対側のモーテルに泊まっていた若い女優だった。ディナーの後でリビング・ルームに集まった。僕は余興で彼らを楽しませることにした。小さなスピネット・ピアノの前に座り、皆に言った。

「通信教育でピアノを習っているんだ。新しいシステムで、数字で演奏するんだよ」

演奏を始めると、背後は皆、神妙に沈黙した。演奏の途中で、デートの相手がささやいた。

「シドニー、邪魔をして悪いけれど、明日、早いの」

僕は立ち上がった。

「通りの反対側のモーテルまで送るよ、ジャネット」

ゲストに向かって言った。

「すぐに戻るよ」

デートの相手をモーテルに連れ帰り、5分もしないうちに帰ってきた。そして、曲を終わらせようとピアノの前に座ろうとした。が、ピアノがなかった。客たちが書斎にピアノを移動させていたのだ。

彼らのニヤニヤした顔を見回して気の毒に思った。嫉妬とは恐ろしいものだ。

第22章

〝結婚する運命の女性〟との出会いと初監督映画『ドリーム・ワイフ』

Chapter 22 ◆ Meeting with 'The Woman I'm Going to Marry' and My Debut Film as Director, "Dream Wife"

今やプロデューサーになった僕のオフィスには、戯曲やシナリオ、小説の原作など、文学作品の資料が持ち込まれるようになった。しかし、心が躍るようなものはなかった。自分が制作する最初の映画は、自分で誇れるものにしようと心に決めていた。プロデューサーになってから3週間後、ドーア・シャリーの秘書から電話がかかってきた。

「シャリーさんが彼のオフィスでお会いしたいそうです」

「すぐ行くと伝えてくれ」

10分後、ドーアと面と向かっていた。

彼は一瞬ためらった後でこう言った。

「ハリー・コーンが電話をかけてきたんだ」

「そうですか？」

「彼は、君をコロンビアの制作のトップにするために、君と交渉する許可を求めてきたんだよ」

僕はあ然とした。

「まさか彼が――」

「メイヤー氏と相談して、断ろうと決めた。理由は二つある。第一に、われわれはうちでの君の仕事ぶりにとても満足している。第二に、ハリー・コーンは君を破滅させることになるとわれわれは感じているからだ。彼は一緒に仕事をするのがとても難しい男だ。コーンに電話して、われわれの決断を伝えた」

彼は期待に満ちた表情で僕を見た。

「君しだいだよ」

考慮すべきことがたくさんあった。メジャーの映画スタジオの経営はハリウッドで最も権威のある仕事だった。一方、僕がコーンの下で働くことについては、シャリーやメイヤーが正しいだろう。僕は、コーンのオフィスでの光景を思い出していた。

〝ハリー、ドナ・リードから電話です。トニーの連隊が海外に派兵されることになったので、ドナは彼が出発するまでの間、サンフランシスコで彼と一緒にいたいと言っています〟

〝彼女は行けないよ〟

そんな男のために毎日働きたいと思うだろうか？

僕は決心した。

「僕はここで幸せです、ドーア」

彼は微笑んだ。

「良かった。君を失いたくはないんだ」

オフィスに戻ると、ハリウッドのトップ・エージェンシーであるＭＣＡのエージェントのハリス・カトルマンが待っていた。

「ハリー・コーンが、君にコロンビアの経営を任せたいと言っていると聞いたよ」

〝ニュースは早く伝わるものだ〟と思った。

「その通りだ。ドーアから、今、聞いたところだ」

「うちのエージェンシーで君の代理を務めたいんだ、シドニー。君のためにとびっきりの交渉をすることができる――」

僕は首を横に振った。

「感謝するよ、ハリス。でもコーンの申し出は受けないことにした」

彼は驚いたようだった。

「スタジオを経営するチャンスを断る人なんて聞いたことがないよ」

「今、聞いただろう」

彼はそこに立ち尽くし、何を言うべきか、考えようとしていた。何もなかった。

もしハリー・コーンの申し出を受け入れていたら、自分の人生はどうなっていただろうかと考えずにはいられなかった。そして自分がどれだけ長い道のりを経てきたことかと思った。コロンビア・スタジオの入り口にいる警備員のことを考えた。

〝ライターになりたいんです。どなたに会えばよいのでしょうか？〟

〝予約はおありですか？〟

〝いいえ、でも――〟

〝それなら誰にも会えませんよ〟

〝誰か会ってくれる人がいるはずでしょう。私は――〟

〝予約なしでは無理ですよ〟

〝ハリー・コーンが君にコロンビアを任せたがっている〟


ドーアとの会話から間もない頃、スタジオの食堂でランチを食べていた。その時、近くのテーブルにザ・ザ・ガボールがブルネットの魅力的な若い女性と一緒にいるのを見た。その数カ月前にザ・ザに会ったことがあり、面白い女性だと思っていた。彼女とその姉妹のエヴァとマグダは、セレブとして有名で、ハリウッドの伝説的存在だった。奇抜で才能豊かな女性たちとして、ハンガリーからやってきて、あっという間にハリウッドで確かな地位を獲得した。この時、注目したのは、ザ・ザの連れの女性の方だった。ランチを食べ終えてから、ザ・ザのテーブルへ向かった。

「ダーリン――」

それが、見知らぬ人も含めて誰に対しても彼女が使ういつもの挨拶の言葉だった。

「やあ、ザザ」

僕らはハリウッド流のエア・キスをした。彼女は一緒にいる若い女性の方に顔を向けて言った。

「ジョルジャ・カートライトをご紹介するわ。彼女は素晴らしい女優なのよ。こちらはシドニー・シェルダン」

ジョルジャはうなずいた。「こんにちは」

「座って、ダーリン」

そこに座るとジョルジャの方を向いて聞いた。

「そう、君は女優なんだね。今まで何をやったの？」

彼女の答えは漠然としていた。「いろいろ」

彼女の反応に驚いた。女優はプロデューサーに自分の経歴を話すチャンスを待ち焦がれているものだからだ。

彼女をよく見た。彼女には何かひきつけられる魅力があった。深く知的なブラウンの瞳の古典的な顔立ちで、将来性を秘めた美人だった。声はハスキーで個性的だった。

「ランチが済んだら、ふたりで僕のオフィスに寄らないか？」と提案した。

「そうさせていただくわ、ダーリン」

ジョルジャは何も言わなかった。

オフィスに戻る途中、親しい友人で、スタジオでライターをしているジェリー・デイビスのところに立ち寄った。

「ジェリー、たった今、結婚することになる女性に会ったんだよ」

「誰なの？　会いたいな」

「えっ、いや、まだだよ。競争相手はいらないよ」

15分ほどして、ザ・ザとジョルジャが僕のオフィスにやって来た。

「どうぞお座りください」

僕らは数分の間、無駄話をしていた。ついにジョルジャに言った。

「もし君に付き合っている人がいないなら、今夜、ディナーに行かないかい？」

そしてペンを手に取った。

「君の電話番号は？」

「申し訳ないけれど、私、とても忙しいの」

ザ・ザがギョッとした表情でジョルジャを見た。

「馬鹿なことを言わないで、ダーリン。シドニーはプロデューサーなのよ」

「ごめんなさい。私には関心がないの――」

ザ・ザが口を開き、ジョルジャの電話番号を教えてくれた。ジョルジャは明らかに怒って彼女をにらみつけた。

「ただのディナーだよ」とジョルジャに言った。

「電話するよ」

ジョルジャは立ち上がった。

「シェルダンさん、お会いできて良かったです」

部屋が寒く感じるほど冷たい言い方だった。ふたりが立ち去るのを見送った。〝ことは簡単には運びそうにないな〟と思った。

ジョルジャ・カートライトの経歴を調べてみた。それは恐れ多いものだった。彼女はテレビ、映画、ブロードウェイに出演していた。ブロードウェイのヒット作『欲望という名の電車』の地方公演で、ステラ役を演じたばかりだった。評論家たちの評価は非常に高かった。

『ニューヨーク・タイムズ』紙はこう評していた。

「『ステラ』役のジョルジャ・カートライトは抜群だった――エネルギッシュで役柄の分析が明確で、温かさと哀れみと英知で輝いている」

彼女は『ホイッスル・ストップ』や十数本の人気

テレビ番組でも、素晴らしい評価を得ていた。

翌朝、ジョルジャに電話をしてディナーに招待した。彼女は言った。

「ごめんなさい。忙しいの」

それから4日間、彼女に電話をかけたが、同じ答えが返ってきた。

5日目に電話でこう言った。

「金曜の晩にディナー・パーティーをやるんだ。有力なプロデューサーやディレクターが大勢ここに来る。彼らに会えば、君のキャリアに役立つかもしれないよ」

長い、長い間があった。「分かったわ」

パーティなら僕らがふたりきりになることはないだろうから、彼女が承諾したように僕は感じた。

さて、今度は有力なプロデューサーやディレクターを招いて、ディナー・パーティーの準備を始めなければならなくなった。

どうにかこうにか、やり遂げることができた。パーティに来た何人かのプロデューサーやディレクターはジョルジャの作品を見たことがあり、彼女を称賛していた。

その夜の集いが終わった時、ジョルジャに聞いた。

「今夜は楽しめたかい?」

「ええ、ありがとう」

「家まで車で送るよ」

彼女は首を横に振った。

「自分の車できたから。素敵な夜をありがとう」

彼女はドアに向かい始めた。

「ちょっと待って。一晩だけ、僕とディナーに行ってくれない?」

彼女は考えていた。「分かったわ」

彼女の答えに熱意がないのは明らかだった。

翌朝、僕は彼女に電話した。

「今晩、ディナーに行ける?」

初めて、彼女は言った。「ええ」

「7時半に迎えに行くよ」

それが始まりだった。

* * *

チェーセンズ[1]でディナーを食べた。それまでの経験では、女優との会話はたいてい次のような内容だった。「だから、僕は監督に言った……」「僕はカメラマンに言った……」「僕の主役は……」など。女優とのディナーの話題は、すべてショー・ビジネスに関わることだったのだ。だが、ジョルジャとの会話では、ショー・ビジネスにはまったく触れることもなかった。彼女は自分の家族や友達の話をした。彼女は小さな町、アーカンソー州のミーナの出身で、まだ小さな町が自分のルーツだと感じていた。それまで会った女優たちとは対照的だった。

ディナーが終わり、彼女に尋ねた。

「ジョルジャ、どうして僕と出かけるのをそんなに嫌がっていたの？」

彼女はためらっていた。

「率直に答えてほしいの？」

「もちろん」

「あなたにはあまりにもたくさんの女性とデートしているという評判があるのよ。私はあなたのリストの中のただのよくいるひとりになるつもりはないわ」

「君はよくいるひとりではないよ。僕にチャンスをくれないか？」

彼女はしばらく僕を観察していた。

「分かったわ。様子を見ましょう」

毎晩、ジョルジャに会うようになった。彼女に会えば会うほど、自分が恋に落ちていることがはっきり分かった。彼女は素晴らしく、シニカルなユーモアのセンスがあり、僕たちはよく笑った。どんどん親しくなっていった。

3カ月を過ぎた頃、彼女を腕に抱きしめて言った。

「結婚しよう」

翌日、ラスベガスに駆け落ちした。

母のナタリーとマーティがジョルジャに会いにハリウッドに来られるように手配したが、誰もが見事に気が合った。ナタリーはジョルジャに百個もの質問を浴びせた後、僕が心をときめかせるに足る相手だ、と決めた。

その後、ヨーロッパへの新婚旅行を計画した。ビバリーヒルズのコールドウォーター・キャニオンに小さな家を買ってあった。

父のオットーと彼の新しい妻のアンはロサンゼルスに住んでいて、オットーにジョルジャとのニュースを伝えると、僕の肩を叩いて言った。

「それは素晴らしい。これから俺が何をするか教えてやろう。結婚式のプレゼントとして、お前の家の外装をやってあげるよ」

　オットーの目下の職業は家の外壁にアルミ板を貼る外装業だった。高価なものなので、それは気前の良いプレゼントだった。

「それは良いね。ありがとう」

　ケネス・マッケンナに、3カ月の休暇を取ることを告げると、ジョルジャと一緒にヨーロッパの船旅に出かけた。ロンドン、パリ、ローマ、そして世界中で一番好きなヴェニスを周る夢のようなハネムーンだった。かつてない幸福感に浸っていた。暗雲は過去のものだった。

　そして、いよいよ帰国の時が来た。ロサンゼルスに戻ると、父のオットーが待っていた。車で家まで来ると彼は言った。

「きっと気に入ると思うよ」

　その通りだった。アルミの外装で完全に覆われた家は美しかった。

「……それじゃあ、俺がどうするか教えてやろう」

と、オットーは気前良く言い添えた。

「これを実費でプレゼントするよ」

　ジョルジャはテレビによく出ていた。彼女は最も人気がある番組を次々と渡り歩いているようだった。

　ある夜、ジョルジャは夢を見た。夢の中で彼女は、群衆がリンチしようとしている男の命を救うために、熱弁をふるっていた。彼女は夢の途中で目を覚まし、ベッドの上に背筋を伸ばして座った。自分の演説をとても気に入っていたので、しっかり目覚めた状態でそれを言い終えた。

　MGMに話を戻すと、1952年の春の終わり頃に、気に入ったプロジェクトを見つけた。それは、アルフレッド・レヴィットが書いた『ドリーム・ワイフ』という短編小説だった。

　その筋書きは男女間の争いを描いたものだった。ある独身男が国務省の美しい役人と婚約していたが、彼女は中東の石油危機で忙しく、彼と結婚する暇がなかった。うんざりした男は、中東で出会った、若く美しい王女と結婚することを決意する。世界的な石油危機のため、状況は複雑になる。

　意気盛んな若いライターのハーバート・ベイカーを起用し、一緒にシナリオを書いた。執筆はうまくいった。主役にはケーリー・グラントを考えていたが、彼がいかに忙しいかは知っていた。

僕には、一つのプロジェクトに関わりだすとそれに没頭して、時間がたつのも忘れてしまう癖があった。ある晩、スタジオで遅くまで仕事をしていて、あるシーンのアイデアを思い付き、ワクワクした。電話を取り、ハーバート・ベイカーに電話した。

「すぐに来てくれ。君が気に入るようなアイデアを思い付いたんだ」

電話を切って作業を続けた。1時間たってもハーバート・ベイカーは現れなかった。もう一度彼に電話することにした。受話器を手に取りながら腕時計を見た。早朝の4時だった。

『ドリーム・ワイフ』のシナリオが完成し、キャスティングに入る準備ができた。

「誰がいいですか?」とキャスティングの担当者に尋ねられた。

躊躇せずに答えた。

「僕の夢のキャストはケーリー・グラントとデボラ・カーだ」

「やってみましょう」

シナリオはケーリーに送られ、5日後に返事が来た。

「ケーリーはこのシナリオがとても気に入りました。彼は出てくれるでしょう」

僕は感激した。

「ケーリーは一緒に仕事をしたい監督のリストもくれました。さっそく調べてみます」

翌日、悪い知らせが届いた。

「ケーリーが一緒に仕事をしたい監督は皆、他の映画で忙しいんです。ケーリーと話してみたらいかがですか?」

ケーリーとランチに行く手配をした。

「ケーリー、問題があるんだ。君が希望する監督はつかまらなかったんだ。どうすればいいだろう?」

彼は考え込んだ。

ホッとした。

「この映画を監督すべき人を僕は知っているよ」

「それは誰だい?」

「君だよ」

「僕だって?」

僕は首を横に振った。

「ケーリー、僕は一度も監督をしたことはないんだよ」

「僕は君がどう物事を考えるかを知っている。君に演出してほしいんだ」

これは明らかに素晴らしい年になるに違いない。エレベーターはどこまで高く昇るのだろう？

ドーア・シャリーに会いに行った。

「ケーリーは僕に『ドリーム・ワイフ』を監督してほしいそうです」

ドーア・シャリーはうなずいた。

「彼から電話があったよ。彼がそう望むのなら、構わない。君が監督だ」

それは、奇跡のような出来事だった。ほんの数年前には、スクリーンに映し出される華やかで手が届かないスターたちを眺める客席案内係だった。そして今、彼らのためにシナリオを書き、プロデュースし、監督し、かつて彼らが僕の人生に触れたように、彼らの人生に触れているのだった。

僕は有頂天になった。『サスピション』や『ノートリアス』のアルフレッド・ヒッチコック、『ホリデイ』や『フィラデルフィア・ストーリー』のジョージ・キューカー、『オウフル・トゥルース』や『ワンス・アポン・ア・ハネムーン』のレオ・マッケリー、そして『ブリンギング・アップ・ベイビー』や『ヒズ・ガール・フライデー』のハワード・ホークスなど、ケーリーを監督した才能ある監督たちの仲間入りをすることになるのだ。

立ち上がって部屋を出ようとした。

「ちょっと待ってくれ、シドニー」とドーアが言った。

「これで、君はライター、監督、そしてプロデューサーになるわけだ。すべての肩書はいらないだろう」

彼の方を振り向いた。

「何を考えているんですか？」

「私の名前をプロデューサーとして載せよう」

僕にとっては何の違いもなかった。

「いいですよ」

この決断によって、自分のキャリアをもう少しで台無しにするところだった。

僕らはキャスティングを始めた。ウォルター・ピジョンの出演が決まったが、中東の王女役を探すのに苦労した。『サウス・パシフィック』に主演するためにロンドンにいた、ベタ・セント・ジョンという女優について耳にしたことがあった。

彼女にオーディションを受けさせるために、現地に飛んだ。彼女はこの役にぴったりで、映画に出演する契約を交わした。

スタジオに戻ると、ハリー・コーンが電話してきたという伝言があった。電話をかけ直した。

「シェルダン、君はケーリー・グラントとの映画を監督するそうだね」

「その通りです」

「気を付けろよ」

「どういう意味ですか？」

「ケーリー・グラントは殺し屋だ。彼は物事を仕切るのが好きなんだ。なぜ彼が君を監督に選んだと思う？」

「それは彼が僕を――」

「彼は君を罠にはめようとしているんだ。経験の浅い監督なら、殺して逃げおおせられると思っているんだ。覚えておくんだよ、シェルダン。1本の映画には監督はひとりしかいらない。そう言ってやれ」

ケーリーにそんなことを言うつもりはまったくなかった。

「ありがとう、ハリー」

ケーリーはその翌日にわが家にランチに来ることになっていた。彼に何を言おうかを考えた。

〝こんなにも良い友人でいてくれてありがとう……僕を信じてくれてありがとう……このような機会を与えてくれたことに感謝したい……君ができる限り僕を助けてくれることを期待しているよ。馬鹿な真似をしないように君が止めてくれると分かっているよ……君と一緒に仕事をするのは素晴らしいことだろう……〟

ケーリーが微笑みながら家に入ってきた。

「僕らの王女をロンドンで見つけたそうだね」

「その通りだ。彼女ならうまくいくだろう」

ケーリーが座ると、自分がこう言うのを聞いた。

「君に話しておかなければならないんだ、ケーリー。一つの映画に監督はひとりしかいらない。そのことをはっきりさせてから始めたいんだ。いいね？」

友人でもある世界的な大スターにそんなことを言うつもりはなかった。〝時として、何の前触れもなく、自分の言動をコントロールできなくなることがあるだろう〟。ケーリーなら10秒以内に僕をこの映画から締め出すことができただろう。

彼はそこに座ったまま、何も言わずに僕を見つめていたが、しばらくして、こう言って僕を驚かせた。

「分かったよ」

〝それは大嘘だった〟

問題は、撮影が始まる前からすでに始まったのだ。ある朝、ケーリーが撮影現場に来て、あるシーンのセットの前で立ち止まった。

彼は首を横に振った。

「こんな風になると分かっていたら、この映画に出ることに決して同意しなかっただろう」

シナリオから三つの不要なセリフをカットした時、ケーリーは言った。

「君がそのセリフをカットすると知っていたら、この映画に出ることに決して同意しなかっただろう」

彼は自分が着るべき衣装を見た。

「これを着ることを期待されていると知っていたら、この映画に出ることに決して同意しなかっただろう」

撮影が始まる前夜に、デボラ・カーから電話があった。

「シドニー、言っておきたいんだけど、ふたりであなたをやっつけようとケーリーから言われたのよ。そんなことはしない、と彼に言っておいたわ」

「ありがとう、デボラ」

〝僕は何てことに足を突っ込んでしまったのだろう？〟

翌朝、撮影が始まると、ケーリーは最初のシーンで失敗した。

僕は言った。「カット――」

ケーリーは僕に刃向かった。

「シーンの途中で『カット』なんて絶対に言うな」

セットにいた全員に彼の声は聞こえていた。そんな嫌がらせが続き、夕方近くに僕は助監督に言った。

「これがラストシーンだ。僕はやめるよ」

「やめちゃダメですよ。あきらめないでください。ケーリーも落ち着くでしょう」

ケーリーは落ち着きはしたが、それでも毎日些細なことで僕を試そうとした。

ケーリーとデボラが一緒のシーンで、彼女は国務省の仕事で中東に行かなければならないので、一緒に夕食をとることができないとケーリーに説明していた。デボラはケーリーに向かってセリフを言い始めて、吹きだした。

「カット」と声をかけた。

「もう1回やってみよう」

カメラが回り始めた。

「ごめんなさい。あなたとディナーは食べられないの——」とデボラは言うと、また吹きだした。

「カット」

ふたりに歩み寄った。「何が問題なの？」

ケーリーは無邪気そうに言った。

「何も問題はないよ」

「分かったよ。僕とそのシーンをやってみて」

僕らはそのシーンを始めた。

「ごめんなさい。あなたとディナーは食べられないの。でも——」

ケーリーが僕を圧倒的な迫力で凝視していたので、笑い出した。

「ケーリー。それはやめてくれ。さあ、このシーンを終えよう」

彼はうなずいた。「分かったよ」

その後、そのシーンはうまくいった。

その日の撮影を終えて、僕は結果に満足していた。デボラは非常に才能豊かで、ケーリーとのコンビは素晴らしいものだった。


ケーリーは、映画で共演したベッツィー・ドレイクという若い女優と結婚していた。毎日夕方、撮影が終わり、僕とケーリーがセットを出ると、ジョルジャとベッツィーが外で待っていた。ケーリーはジョルジャの腕を取ると、僕がその日にやったことについて文句を言い始めた。僕はベッツィーの腕を取って、ケーリーの行動に文句を言った。


ある日、ウォルター・ピジョンとのシーンを撮影している時に、ケーリーはグルーチョ・マルクス[2]のように眉毛を上下に動かした。

「カット！　ケーリー、何をしているんだい？」

彼はまったく無邪気だった。

「このシーンを演じているんだよ」

「眉毛なしでやって」

「分かったよ」

「アクション」

シーンが再び始まると、眉毛も始まった。あまりのばかばかしさに、笑い出しそうになった。僕はカメラの後ろにいたが、シーンを台無しにしたくなかったので、自分の手をかんで大声で笑うのをこらえた。声を出していなかったのだが、シーンの途中で、僕に背を向けていたケーリーが振り向いて言った。

「シドニー、そんな風に笑うなら、このシーンはできないよ」

ケーリーと僕の間で停戦のようなものが成立した。お互いにとても好意を抱いていたので、争い続けることはできなかったのだ。

ある日、エルビス・プレスリーが撮影を見にセットに来た。彼は人気の頂点にあって、何がどうなるかまったく分からなかった。エルビスはとても礼儀正しく、謙虚な人だった。「シェルダンさん」「はい、そうです」「いいえ、違います」といった調子だった。誰もが彼にとても好感を持った。

その後の彼の人生で起きたことは恐ろしいことだった。彼はドラッグをやって声を潰し、太って魅力がなくなってしまったのだ。

撮影が終わって、ケーリーとランチを共にした。

「シドニー、他の映画で僕を演出したくなったら、いつでも言ってくれ。シナリオは読まなくていいよ」

どの映画スタジオからも熱望されていたスターからの言葉としては、これは最大のお世辞だった。

ドーアを始めとするスタジオの幹部たちは、出来上がった映画を見て大喜びした。ドーアは言った。

「良い知らせがある。ラジオ・シティ・ミュージック・ホールがこの映画の上映を受け入れてくれた」

僕は感激した。ラジオ・シティ・ミュージック・ホール[3]で上映されることは、映画監督にとっての夢で、初めて監督した作品でそれを実現させたのだ。

ドーアが続けて言った。

「君を誇りに思う。君は素晴らしい仕事をした」

エディ・マニックスが口を開いた。

「諸君。われわれは大ヒット作を掌中にした」

宣伝部トップのハワード・ストリックリングも同意した。

「これには、一大宣伝キャンペーンがふさわしい」

ドーアがにっこり笑った。

「さあ、始めよう」

エレベーターは最上階にあった。悪いことが起こるはずはなかった。

第23章

グルーチョ・マルクスとの思い出

Chapter 23 ◆ Memories of Groucho Marx

ある晩のディナー・パーティーで、グルーチョ・マルクスの隣の席に座ることになった。

僕は会釈して言った。

「シドニー・シェルダンです」

彼は振り返ってにらみつけた。

「いいや、違う」

そう言うと、シュリンプ・カクテルの方に向き直った。

僕は戸惑った。

「違うって、何のことですか？」

「お前は偽物だ。僕はシドニー・シェルダンを知っている。彼は君よりハンサムで、もっと背が高いし、偉大なジャグラーだ。君はジャグリングができるのか？」

「いいえ」

「ほらね」

「マルクスさん――」

「マルクスさんと呼ぶな」

「どうお呼びすればいいのですか？」

「サリーだ。君が書いたものをいくつか読んだよ」

「そうですか？」

「そうだ、君は自分を恥じるべきだ」

彼はもう一度僕をじろりと見た。

「君はやせ過ぎだ。君が誰でもいいから、君の奥さんを連れて、明日の夜、僕の家にディナーに来るように。8時だ。また遅れるなよ」

＊　＊　＊

ジョルジャをグルーチョに紹介すると、ふたりはすぐに意気投合した。それがグルーチョとの生涯にわたる交流の始まりだった。

グルーチョのディナー・パーティーでは、常にゲストがグルーチョの台詞を引用していた。

「僕はテレビには良い教育価値があると思う。誰かがテレビをつけるたびに、僕は別の部屋に行って本を読むからだ」

「犬以外では本が人の最良の友だ。犬以内は、読書には暗過ぎる」

「僕は素晴らしい一夜を過ごした。今夜のことではないけれど」

「結婚は素晴らしい制度だ。しかし、誰が制度（＝精神病院）の中で暮らしたいと思うだろうか？」

ある時、彼は医者を訪ねなければならなかった。若くて美しい看護婦が彼のところにやってきて言った。

「先生が今、お目にかかりますよ。こちらです」

グルーチョは彼女が腰をフリフリしながら歩くのを見て言った。

「もし僕がそちらのように歩けたら、医者に会う必要はないでしょう」

僕らは頻繁にグルーチョに会ったが、彼を知るようになると、人々が彼を実際には理解していないことが分かった。彼が人々を侮辱すれば、人々はそれを面白いと思った。むしろ彼のウィットの対象になることを誇りに感じていた。人々が知らなかったのは、グルーチョが言うことは、彼自身にとっては冗談ではなく真実だったということだ。彼は人間嫌いで、自分の感情にとても正直だった。

グルーチョは苦渋の幼年期を過ごしていた。7歳の時に学校から引っ張り出され、兄弟と共にステージに立った。マルクス・ブラザーズ[1]は、兄弟と一緒に14本の映画を作った。グルーチョは、自分だけでさらに5本作った。

ある日、グルーチョと僕がロデオ通りを歩いていると、ひとりの男がグルーチョに駆け寄って来てこう言った。

「グルーチョ、僕を覚えているかい？」

これは人々に対する彼の典型的な態度だったが、グルーチョはその男に反発するように言った。

「君のことを覚えていなければならないようなことを、君は僕にしたのかい？」

グルーチョには非常に成功したテレビ番組があり、それは何と14年間も放送され続けた。『ユー・ベット・ユア・ライフ』という番組だ。彼が次に何を言い出すかは誰にも予想できなかったため、ヒットしたのだった。

ある夜、ショーの出場者が、自分には10人の子供がいる、とグルーチョに語った。

「なぜそんなにたくさんいるの？」とグルーチョは尋ねた。

「僕は僕の妻が好きだから」

グルーチョは言った。

「僕は自分の葉巻が好きだけれど、時々外で吸うよ」


ある日、当時8歳だったグルーチョの娘のメリンダが、同級生に誘われてカントリー・クラブに行った。ふたりは水着になり、プールに入った。すると、クラブの支配人が駆け寄ってきて、メリンダに言った。

「プールから出なさい。ユダヤ人はお断りだ」

メリンダが泣きながら家に走って帰り、父親に事情を話すと、グルーチョはクラブのマネジャーを電話で呼び出した。

「あなたは不公平ですよ」とグルーチョは言った。

「僕の娘は半分だけユダヤ人ですから。娘はプールに腰までなら入ってもいいですか？」

グルーチョは若い女優、エデン・ハートフォードと結婚しており、ジョルジャと僕はある晩、彼らと一緒にディナーに行くことになっていた。エデンは次の日早い時間にスタジオに行かなければならず、ジョルジャも早い時間から仕事の予定だった。

グルーチョが電話をかけてきた。

「ディナーは僕らふたりきりだ。服装はどうすればいい？」

「グルーチョ、良いレストランに行くんだから、僕に恥をかかせないでくれよ」

「分かったよ」

彼の家まで迎えに行ってドアのベルを鳴らすと、ドアを開けたグルーチョはエデンのスカートとブラウスを着て、ハイヒールの靴を履き、葉巻を吸っていた。僕は見て見ぬふりをした。

「入って一杯お飲みになる？」

「いいね」

僕らは書斎に入り、グルーチョが飲み物を作ってくれた。ドアのベルが鳴った。グルーチョはテレビ局の重役たちと、彼の番組について話し合うために会う約束をしていたことを忘れていたのだった。彼はドアを開けて彼らを招き入れた。しばらく座っておしゃべりをした後、彼らは帰っていった。

「着替えるよ」とグルーチョは言った。

　僕らはディナーに出かけた。

　ショービジネスの誰もが同じ問題を抱えていた――友人の劇や演技が好ましくないと思ったときに何と言うか、という問題だ。長年のうちに、いくつか有効な解決策も生まれた。

「君はこれ以上良くなることはないほど……」

「演劇らしい作品だね……」

「言葉が出ないよ……」

「君が前に出ているべきだった……」

「そんなものは今まで一度も見たことがない……」

「人々は今夜のことを、長い間覚えているだろう……」


『ドリーム・ワイフ』の劇場公開は数カ月後になる予定だったので、ジョルジャを連れて再びヨーロッパでバカンスを楽しむ絶好のチャンスだと思った。ジョルジャもその旅を楽しみにしていた。僕らは腰を落ち着けて、どこに行きたいかを話し合った。


ロンドン、パリ、ローマ……そうした計画を立てている最中に、1本の電話がかかってきた。ラディスラス・ブッシュ・フェケテがミュンヘンから電話をかけてきたのだった。10年近く前に『アリス・イン・アームズ』が幕を閉じて以来、彼からの連絡は途絶えていた。その後、カーク・ダグラスは大スターになっていた。僕は彼のキャリアを台無しにせずに済んだことをうれしく思っていた。

「シドニー」と、ラシ（フェケテの呼び名）が強いハンガリーなまりで言った。

「元気かい？　マリカと僕は君がいなくて寂しいよ」

「元気だよ、ラシ。僕も寂しいよ」

「いつヨーロッパに来るんだい？」

「実は、来週には出発するんだ」

「それはいい。ミュンヘンに来たら、ぜひ僕らを訪ねてくれ。来られそうかい？」

　僕はちょっと考えた。

「もちろんさ。ジョルジャにも紹介したいし」

「素晴らしい。いつ来るか教えてくれよ」

「そうするよ」

　電話を切り、ジョルジャに伝えた。

「ラディスラス・ブッシュ・フェケテだったよ」

ジョルジャは僕を見た。

「『アリス・イン・アームズ』ね」

僕は笑った。

「君はきっと彼を気にいるよ。彼の奥さんも素敵な人だ。それにミュンヘンは美しい。良い時間を過ごすことができるだろう」


出発の直前にサム・スピーゲルから電話があった。サム・スピーゲルはハリウッドで最も個性的な人物のひとりだった。オーストリアで生まれた彼は、エジプト綿を売るためにハリウッドにやって来た。詐欺罪でブリックストン刑務所に服役していたこともある。ハリウッドで彼はプロデューサーになることを決意し、自分の名前をS・P・イーグルと変えた。彼は、街の笑い者になった。ダリル・ザナックはその知らせを聞くと、こう言った。

「僕はZ・A・ナックに改名することにするよ」

笑いはすぐに収まった。サム・スピーゲルがその後、『アラビアのロレンス』『ウォーターフロント』『アフリカの女王』など、アカデミー賞受賞作を数多く制作することになったからだ。

僕は彼が開く豪華なパーティーの一つで彼と知り合い、友達になった。

電話の後、ジョルジャと僕はサムと一緒にディナーに出かけた。

「リメイクできそうな外国映画の話を聞いたんだよ。もし、パリに行くなら、その映画を見て感想を聞かせてほしい」

3日後、僕らはニューヨークに飛んで、クイーン・メリー号に乗るまでの数日間をニューヨークで過ごした。

ブロードウェイではいくつか興味深い劇を上演中だった。『ザ・クルーシブル』『ワンダフル・タウン』『ピクニック』『ザ・セブン・イヤー・イッチ』『ダイヤルM・フォー・マーダー』などだ。さまざまな劇場のロビーに入っていくと、僕は強いデジャヴュを感じた。ベン・ロバーツと僕が脚本を書いた劇が上演された劇場もあった。それ以降、信じられないようなことがたくさん起きていた。その中でも、もっとも信じがたかったのは、監督したケーリー・グラントの映画が、ラジオ・シティ・ミュージック・ホールで公開されることになったことだった。

　ある晩、ジョルジャと僕はアーサー・ミラーの新作、『ザ・クルーシブル』を見に行った。出演者にはアーサー・ケネディ、E・G・マーシャル、ベアトリス・ストレイト、そして、マドレーヌ・シャーウッドがいた。驚くほど見事なシアター・ナイトになった。ジョルジャも魅了されていた。

　幕が下りると、彼女は僕の方を振り向いた。

「このお芝居は誰が演出したの？」

「ジェド・ハリスだよ。彼は『ワーニャ伯父さん』『人形の家』『アワー・タウン』『相続人』を演出しているよ」

「彼はすごいわ」と言うと、彼女は宣言した。

「いつか一緒に仕事をしたいわ」

　彼女の手を取って言った。

「できるとしたら彼はとても幸運だ」

第24章

2度目のハネムーン欧州旅行とジェド・ハリスとの出会い

Chapter 24 ◆ My Second Honeymoon to Europe and Our First Meeting with Jed Harris

翌朝、ロンドンに向けて出航した。完璧でスムーズな航海で、まるで現在の人生を象徴しているように思えた。僕は憧れの女性と結婚していた。大手の映画会社と契約しており、好きなことができて、二度目のハネムーンでヨーロッパに行くところだった。

船が港に着くと臨港列車でロンドンに行き、そこで数日過ごしてからパリに向かい、ベリ通りにある美しいホテル・ランカスターにチェックインした。ホテルには壮大な庭園があり、そこで飲み物や食事が楽しめるようになっていた。

チェックインしてまず、ユナイテッド・アーティスツ[1]のパリのオフィスに電話し、そこの支社長のバーンズ氏と話した。

「あなたから電話があるとスピーゲルさんから聞いていましたよ、シェルダンさん。いつ映画をご覧になりたいですか?」

「問題ありません。いつでも結構です」

「明日の午前中でよろしいでしょうか? たとえば10時とか?」

「それで結構です」

その日はジョルジャと観光をして、ディナーは有名なマキシムへ行った。

翌朝、服を着替えようとしていたが、ジョルジャはまだベッドにいた。

「10時に映画が上映されるからね、ハニー。準備したほうがいいよ」

彼女は首を横に振った。

「ちょっと疲れているの。あなただけで行ったら? 今日は部屋で休んでいるわ。今夜はディナーと観劇に行くんですもの」

「分かったよ、長くはかからないだろう」

ユナイテッド・アーティスツのオフィスからリム

ジンが迎えに来て、本社まで連れて行ってくれた。バーンズ氏に会った。彼は背が高く、好感が持てる顔立ちで、シルバーの髪がふさふさしていた。

「お目にかかれてうれしいです」と彼は言った。

「すぐに劇場に行きましょう」

この会社が映画の試写に使用している巨大な劇場に入った。そこには僕ら以外にもうひとりの人物しかいなかった。彼は小柄で背が低く、あまり魅力的でなかった。彼の容貌で唯一際立っていたのは、その目だった。その目はギラギラ輝いていて、まるで何かを探っているようだった。彼を紹介されたが、名前は聞き取れなかった。

映画が始まった。出来の悪いフランスの西部劇で、サム・スピーゲルが興味を示さないのは確実だと思った。

通路の向こう側を見ると、バーンズ氏がもうひとりの男と話に花を咲かせていた。

その人はこう言っていた。

「……そして僕はザナックに言ったんだ、絶対にうまくいかないぞ、ダリル……ハリー・ワーナーは僕と取引しようとしたが、彼はあまりにもろくでなしで……そしてディナーの席でダリルが僕にこう言ったんだ……」

この男は一体誰なんだ？

ふたりのところへ歩いて行った。

「失礼ですが」とその男に言った。

「あなたのお名前を聞き取れなかったのですが」

彼は僕を見上げてうなずいた。

「ハリスです。ジェド・ハリスです」

うれしさのあまり、僕の唇はニッコリ耳から耳まで広がっていたに違いない。

「あなたに会いたがっている人がいるんです！」

「そうなんですか？」

「今、何をなさっているんですか？」

彼は肩をすくめた。

「特に何も」

「一緒に僕の泊まっているホテルに来てくれませんか？　妻に会っていただきたいんです」

「いいですよ」

15分後にはホテル・ランカスターの庭園にいた。階下からジョルジャに電話をかけた。

「もしもし」

「もしもし。帰ってきたのね。映画はどうだった？」

「大したことなかったよ。庭に降りて来て。ここでランチを食べるから」

「まだ着替えてもいないのよ、ダーリン。お部屋で食べない？」

「いや、だめだ。降りてきて。会わせたい人がいるんだ」

「でも――」

「でもはなしだよ」

15分後にジョルジャが現れた。ジェドに向き直って言った。

「ジョルジャです」

僕はジョルジャを見た。

「ジョルジャ、こちらがジェド・ハリスだ」

ゆっくりとそう言うと、彼女の顔が輝き出すのを目にした。

僕らは席に着いた。ジョルジャはジェド・ハリスに会えたことに興奮し、ランチを注文する前に、ふたりは30分間も演劇の話に熱中していた。ジェド・ハリスは実に魅力的だった。知的で面白く、礼儀正しい人だった。新しい友人ができたと思った。

食事の間に彼は言った。

「君の仕事ぶりには感心したよ。僕のためにブロードウェイの劇を書かないか？」

ジェド・ハリスが演出する劇を書くということは、巨匠と仕事をすることだ。

「ぜひお願いします」と答えた。そしてちょっと躊躇しながら言った。

「残念ながら、今のところ、劇のアイデアはないんですが」

彼は微笑んだ。

「僕にはあるよ」

彼は自分の考えている筋書きをいろいろと話し始めた。それを聞きながら、その都度コメントした。

「それはあまりワクワクしないですね」

「それに興味をひかれるとは思えないですね」

「それはあまりにも耳慣れた話です」

ジェドが六つほどの異なる設定を提示した後、気に入った案が出た。それは、「生産効率向上の専門家である女性が、派遣された会社の人々をほとんど破滅させるが、結局は恋に落ちて変わっていく」というものだった。

「それには現実的な可能性がありますね」とジェドに言った。

「残念ながら、ジョルジャと僕は明日出発するんです。ヨーロッパ中を旅するんです」

「問題ないよ。僕も一緒に行って、われわれで劇を作ろう」

ちょっとあっけにとられた。

「それは良いですね」

「まずどこに行くんだい？」

「ミュンヘンに行きます。友人たちに会うために。彼はハンガリー人の劇作家で名前は――」

「私はハンガリー人は嫌いだ。彼らの劇には二幕がないし、彼らの人生にもだ」

ジョルジャと顔を見合わせた。

「じゃあ、ジェド、来ないほうがいいんじゃないですか？」

彼は手を挙げた。

「いや、いや。大丈夫だよ。君との芝居作りを始めたいんだ」

ジョルジャが僕を見て、うなずいた。

それで、話は決まった。


僕ら3人がミュンヘンのホテルにチェックインした時には、ラディスラウスとマリカはすでにこちらに向かっているところで、少し不安になった。

〝ハンガリー人は嫌いだ。彼らの劇には二幕がないし、彼らの人生にもだ〟


しかし、心配は無用だった。ジェド・ハリスは魅力の塊だった。

ラシが入ってくると、ジェドは彼の腕をとって言った。

「あなたは素晴らしい劇作家です。モルナール[2]に優っていると思います」

ラシは赤面しそうになった。

「あなた方ハンガリー人は特別な才能を持っていますね」とジェドは言った。

「おふたりにお会いできて光栄です」

ジョルジャと顔を見合わせた。

ラシは大喜びだった。

「これから、ミュンヘンの有名なレストランにお連れしましょう。世界中のほぼすべての国のワインが飲めるんですよ」

「素晴らしい」

ジェドは着替えるために部屋に行き、僕とラシ、マリカは最後に会ってからお互いにどうしていたのか、近況を話していた。

30分後、イザール川沿いにあるエレガントな構えのレストランに入っていった。注文するために席に着くと、ウェイターがメニューを渡してくれた。世界各国のワインが並んでいた。

「どんなワインがお好きですか?」とウェイターが聞いた。

他の誰かが口を開く前に、ジェドが言った。

「僕はビールにする」

ウェイターは首を横に振った。

「申し訳ございません。ここではビールはお出ししておりません。ワインだけです」

ジェドは彼をにらみつけると、立ち上がった。

「ここを出よう」

自分が耳にしたことが信じがたかった。

「でも、ジェド――」

「さあ、行こう。ビールを出さない店で食事はしたくない」

恥じ入りながら僕らは全員立ち上がり、その場を後にした。

「ドイツ人のくそったれ!」とジェドが罵った。

ジョルジャと僕はぞっとした。タクシーに乗り込んでホテルに戻り、そこでディナーを食べた。

ラシはジェドに謝った。

「すみませんでした。他に良いビールを出す店を知っています。明日の夜、そこに行きましょう」

翌日、ジェドと一緒に新しい劇の執筆に取りかかった。一部は庭で、一部は部屋で書いた。僕は決めた前提に基づいた状況作りを考え始め、ジェドがあちこちでアイデアを提案した。

その夜、ブッシュ・フェケテ夫妻が僕らを迎えに来た。

「ここならお気に召すでしょう」とラシがジェドに確約した。

レストランでテーブルに案内され、ウェイターがメニューを渡してくれた。

「何からお飲みになりますか？」

　ジェドが口を開いた。

「僕はワインをもらうよ」

　ウェイターは言った。

「申し訳ありません。ここではビールしかお出ししていません。ほとんどすべての国のビールがありまして――」

　ジェドは飛び上がるように立ち上がった。

「こんな店からは、とっとと出よう」

　再びショックを受けた。

「ジェド、僕は君が――」

「さあ、行こう。僕は、自分の好きなものが食べられないような、粗末なレストランにはいたくないんだ」

　彼はドアの外に出て行き、皆、彼の後を追った。ミスター・チャーミングは怪物に変身したのだ。

　翌日、ジェドは何事もなかったかのように、劇の仕事をするために部屋にやって来た。

　翌朝、僕とジョルジャが朝食に向かおうとしたら、途中でホテルの支配人に呼び止められた。

「シェルダンさん、ちょっとお話しできますか？」

「もちろんです」

「あなたのお客様はメイドやハウスキーパーにとても無礼で、彼らをとても怒らせているのです。よろしければ……」

「彼に話しておきます」

　ジェドに話をすると彼は言った。

「彼らは繊細過ぎる。何てことだ、ただのメイドやハウスキーパーのくせに」

＊　＊　＊

　女優としてのジョルジャは、ハリスの才能に魅了されていた。彼女は彼に演劇のことを聞き続けた。

　ある晩、夕食の席で彼に言った。

「『ザ・クルーシブル』の中で、マドレーヌ・シャーウッドが舞台から立ち去る瞬間がありましたが、あれは見事な退場の仕方でしたね。彼女にそうさせた動機は何だったのですか？　彼女に何を考えるように言ったのですか？」

　彼はジョルジャを見て、突っぱねるように言った。

「彼女の給料のことだ」

　彼がジョルジャの名前を呼んだのは、それが最後だった。

翌日、僕ら3人はドイツ南西部のバーデン・ヴュルテンベルク州の真ん中にある豪華なスパ、バーデン・バーデンに向けて出発した。

ジェドはそこが嫌だった。

そこから僕らは美しいブラック・フォレストに行った。ドイツ南西部のライン川とネッカー川の間に90マイルにわたって広がる幻想的な山脈だ。暗い松林に覆われ、深い渓谷といくつもの小さな湖があった。

ジェドはそこを嫌った。

もうたくさんだった。劇作りの進み具合はあまりにも遅かった。ジェドはストーリーを固める代わりに、僕らが書いた一つのシーンに注目し、不必要にあちこちの言葉を変えながら、再現なくそのシーンを見直すのだった。

ジョルジャに言った。

「彼なしでミュンヘンに帰ろう」

彼女はため息をついた。

「その方がいいわね」

自分が書いた劇のメモを見返した。とても平凡なものに思えた。

ジェドが仕事をするために僕の部屋に来た時、「ジェド、ジョルジャと僕はミュンヘンに戻らなければならない。君とはお別れだ」

彼はうなずいた。

「いいさ。どうせ、君となんか劇を作るつもりはなかったのだから」

数時間後、ジョルジャと僕は列車に乗り、ミュンヘンに向かった。

＊　＊　＊

ホテルに着いて、ラシに電話しようと受話器に手を伸ばした拍子に、椎間板が飛び出してしまった。激痛で床に倒れ、動けなくなった。

ジョルジャは大慌てだった。

「お医者さまを呼ぶわ」

「待って。前にもこんなことがあったんだ。ベッドに入るのを手伝ってくれたら、後はじっとしているだけで、1日か2日したら自然に治るから」

彼女は何とか僕がベッドに入るのを手伝ってくれた。

「ラシに電話しよう」

1時間後、ラシはホテルの部屋にいた。

「こんなありさまで申し訳ない」と謝った。

「君と会えたら一緒にやりたいことをいろいろ考えていたんだが」

　彼は僕を見て言った。

「君を助けてあげるよ」

「どうやって？」

「この街にはポール・ホーンという人がいるんだ」

「彼は医者なのかい？」

「いや、彼は理学療法士だ。でも、彼は世界で最も有名な人たちを治療してきたんだ。彼に会うために皆ここに来るんだ。彼が君を治してくれるよ」

　それから2日間はベッドで過ごし、3日目にラシに連れられてプラテン通り5番地にあるポール・ホーンのクリニックに行った。

　ポール・ホーンは40代で背が高く、乱れ髪にモップのようなひげを生やした男だった。

「ブッシュ・フェケテさんからあなたのことは聞いています」と彼は言った。

「どれくらい頻繁に起きるんですか？」

　僕は肩をすくめた。

「とても不規則なんです。時には週に2回起きることもあります。何年も起きないこともあります」

　彼はうなずいた。

「僕が治してあげますよ」

　心の中で警報が鳴り響いた。シダーズ・オブ・レバノン病院やUCLA附属病院の医師たちは、僕の病気には治療法がないと言っていた。〝手術はできる限り先延ばしにしましょう。そして、痛みに耐えられなくなったら、手術しなければならないでしょう〟。そして、僕を治そうとしている男は、医師ですらなかった。

「3週間はここに入院しなければなりません。毎日治療しますよ。週に7日」

　あまり期待できないように思えた。

「それはどうでしょう？」と僕は言った。

「なかったことにしましょうか。帰ってからかかりつけの医師にみてもらいますよ――」

　ラシが僕の方を向いた。

「シドニー、この人は国の支配者たちも治療してきたんだよ。彼を信じて試してごらん」

　ジョルジャを見た。

「様子を見ましょう」

　その治療は翌朝から始まった。クリニックに行き、ヒートランプで背中を温めながら、治療台に2時間横たわる。少し休んで、また同じことを繰り返す。それが1日中続いた。

2日目には、あるものが追加された。ポール・ホーンは自分が考案したハンモックのようなものに僕を乗せて、背中の筋肉をリラックスさせてくれた。そこに5時間横たわっていた。毎日、同じ施術が繰り返された。

待合室は世界中から来た人々でいつも混雑していた。その中には、理解できない言語を話す人たちも何人かいた。

3週間後、治療の最終日にポール・ホーンが聞いた。

「どんな感じですか?」

「良好です」

でも、その治療を受けなくても元気になっていただろうと分かっていた。

「あなたは治りましたよ」と彼はうれしそうに言った。

僕は半信半疑だった。しかし、彼は正しかった。あれから何年も経っているが、一度も発作は起きていない。医師でもないポール・ホーンが、僕を治したのだ。

ハリウッドに戻る時が来た。

MGMに戻るのは、再びわが家に帰るようなものだった。

「帰郷のプレゼントがあるよ」とドーアが言った。「エジプシャン・シアター[3]で『ドリーム・ワイフ』の試写会をやるんだ」

ドーアは僕がにっこりしたのを見て言った。

「これは大ヒットになるぞ」

ハリウッドでは、業界誌の『バラエティ』誌や『ハリウッド・リポーター』誌が他のメディアに先立って映画評を掲載するのが慣例になっていた。僕らは皆、この映画評を心待ちにしていた。興行の出来不出来を左右するものだったからだ。

エジプシャン・シアターは、これから始まる映画に期待する人々でいっぱいだった。映画が始まり、僕たちはスクリーンを見ながら、笑いが起こるべきところで人々の笑い声が聞こえるのをうれしく聞いていた。

ジョルジャが僕の手を握りしめた。

「素晴らしいわ」

映画が終わると、拍手が起こった。僕らはヒット作を手に入れたのだ。ムッソ・アンド・フランクの店に行って祝杯をあげた。映画評は業界紙の『バラエティ』誌と『ハリウッド・リポーター』誌だけのはずだった。どちらの方がより良い批評になるか、賭けをしていた。朝早く、その2誌を買いに出かけた。戻ってきた時、ジョルジャはまだベッドの中にいた。彼女は業界誌を見て微笑んだ。

「声に出して映画評を読んでね。ゆっくりと。楽しみたいから」

ジョルジャに雑誌を手渡した。

「君が読んでよ」

彼女は僕の顔を見て、すぐに映画評を読み始めた。

「まず、『バラエティー』誌……」

映画評の一部は次のように書かれていた。


「……非常に工夫されたスクリーン上のナンセンス。有能な俳優が馬鹿げたシナリオを熱演したが、監督のシドニー・シェルダンは、アクションをあまりにも頻繁に大げさなドタバタ喜劇に走らせ過ぎた。このルーズな扱いは演技にしばしば反映され、特にグラントの演技に顕著だった。『ドリーム・ワイフ』は、ドーア・シャリーの指揮の下で作られたもので、ケーリー・グラントは、シナリオではおかしくないセリフも笑わせてくれた。この洗練されたユーモアとドタバタ劇が不ぞろいに混ざり合った作品は、そこそこ面白い喜劇でしかない。シドニー・シェルダンは、わざわざコミカルな状況を作り出したが、あまりうまくいかなかった」


『ハリウッド・レポーター』誌の批評はもっとひどかった。僕は打ちのめされた。

MGMの宣伝部のトップのハワード・ストリックリングが電話をかけてきた。

「シドニー、悪い知らせがある。映画をお蔵入りにするように命じたよ」

ショックを受けた。「何を言っているんだい?」

「ドーアがミュージック・ホールから映画をはずしたんだ。宣伝はまったくしないつもりだ。このままお蔵入させるんだ」

「ハワード、なぜ――なぜそんなことをするんだ？」

「ドーアの名前がプロデューサーとして出ているからだ。彼はスタジオのトップとして、何を作っていいか、何を作ってはいけないかを他のプロデューサーに指示する立場にいる。だから失敗作に自分の名前を載せるわけにはいかない。彼は『ドリーム・ワイフ』をできるだけ早く風化させるつもりだ」

僕は激怒した。試写会も、メディアへの登場も、インタビューも、商品化もない。船は出航し、キャストもスタッフもエゴの海で溺死したのだ。自分の名前を映画に入れることを提案したのはドーアで、そのために、彼は映画をだめにしようとしていた。

ジョルジャに電話をして、事情を話した
「とても残念だわ」と彼女は言った。

「あなたにとってはひどい話ね」

「ジョルジャ、僕はそんな男のために働くことはできないよ」

「どうするつもりなの？」

「辞めるよ。君がそれでよければ」

「あなたのしたいようにして構わないわ、ダーリン」

15分後、ドーア・シャリーのオフィスに入って行った。

「契約を解いてほしい」

数カ月前には、僕が他のスタジオを経営するために去ることを望まないと言っていた男が、今はこう言った。

「いいだろう。法務部に話してみるよ」

翌日、ＭＧＭから正式な契約解除の通知を受け取った。

仕事を得ることについては心配していなかった。結局のところ、オスカーと素晴らしい作品歴を持っていたからだ。ハリウッドのどの映画スタジオでも喜んで雇ってくれるだろうと思っていた。

しかし、それは間違いだった。エレベーターは最下階で止まってしまっていたのだ。

第25章
ハリウッドでの再出発と愛娘メアリーの誕生
Chapter 25 ◆ A Fresh Start in Hollywood and the Birth of My Loving Daughter, Mary

ビバリー・ドライブにオフィスを借りた。それを聞いたグルーチョはこう言った。

「君は何をするつもりなんだい？　歯医者にでもなるのか？」

エージェントに電話して新しい仕事を受けられると伝え、ゆったり構えて電話が殺到するのを待つことにした。

電話が鳴ることはなかった。

演劇界では劇作家はその最高作品で評価され、その後、何度失敗しても良い評判は維持できる。ハリウッドでは、ライターは過去にどれだけヒット作を書いていたとしても、最新作の映画で評価される。僕の場合は『ドリーム・ワイフ』で審判が下されていた。映画産業が下り坂になり始めた最悪の時期に、ＭＧＭの契約を解かれたのだった。まとめ買い制度の廃止が映画スタジオに打撃を与えていた。

まとめ買い制度は、映画スタジオが自社の映画を映画館で上映するための商習慣になっていた。人気スターが出演する映画が公開される際には、どの映画館もその映画を手に入れようと躍起になるので、映画スタジオは自社のマイナーな作品を４本付けて、５本セットで購入させていたのだ。しかし映画館の興行主が訴訟を起こし、政府が介入して、この商習慣は廃止された。

その他にも問題があった。戦時下では人々は娯楽に飢えていたので、映画館に殺到していた。しかし、戦後、人々は見たい映画をもっと選り好みをするようになったのだ。テレビが新しい娯楽の形態として人気を呼んだことでも映画館の収益は減っていた。さらに、もう一つ問題があった。かつては海外収入が常に映画の興行収益の大部分を占めていたが、イギリス、イタリア、フランスが自国で映画を作るようになったために、ハリウッドの映画スタジオの海外収入が減少していたのだ。

わが家の経済は大恐慌に陥った。ジョルジャは時々テレビ番組に出ていたが、僕らの生活費をまかなえるほどではなかった。長年お金の心配をすることはなかったのだが、養うべき妻ができたことで状況は変わっていた。仕事がない期間が長ければ長いほど、プレッシャーは大きくなった。何週間もそんな状態が続いたが、仕事の依頼は来なかった。

母のナタリーならこう言っただろう。

「ハリウッドは才能がある人を見抜けないのよ」

ウィリアム・ゴールドマンは別の言い方をした。

「ハリウッドでは誰も何も分かっていない……」

クラーク・ゲーブルにはMGM、20世紀フォックス、ワーナー・ブラザース[1]から拒否された経験があった。ダリル・ザナックは言った。

「ゲーブルは耳が大き過ぎる。猿のように見える」

ケーリー・グラントには映画スタジオ数社から拒否された経験があった。

「グラントは首が太過ぎる」

フレッド・アステアについて、あるキャスティング・ディレクターはこう言った。

「演技もできないし、歌も歌えない、ちょっと踊れるだけだ」

ディアナ・ダービンがMGMを解雇されてユニバーサルに移ったのと同じ日に、ジュディ・ガーランドはユニバーサルを解雇されてMGMに行った。ふたりはそれぞれ移動した先の映画スタジオで財を成した。

あるテレビ・ネットワークの幹部が、『スター・トレック』の試写を見て唯一コメントしたことは、「耳の尖ったアホを消せ」だった。

ハリー・コーンは『ハイ・ヌーン』を大失敗だと思い、売却しようとした。誰も欲しがらなかった。ところが、この映画はユナイテッド・アーティスツが作った映画の中で、最も成功した作品となった。

パラマウントのY・フランク・フリーマンは、アラン・ラッド主演の『シェーン』を失敗作だと思い、他の映画スタジオに売却しようとしたが、すべて断られた。この映画は名作になった。

ようやく電話が鳴った。それはジュディ・ガーランドからだった。

「シドニー、『スター誕生』のリメイクをやるから、あなたにシナリオを書いてほしいの」

興奮で心臓が飛び出しそうになったが、冷静を装って言った。

「それはいいね、ジュディ、ぜひやりたいよ」

そして、ちょっとためらった後に、こう付け加えた。

「ご存知のように、僕はケーリー・グラントの映画を監督したばかりなんだ。『スター誕生』で君の監督を務めたいな」

「それは面白いでしょうね」とジュディは言った。

僕は意気揚々とした。これで『ドリーム・ワイフ』の失敗を帳消しにできると思い、エージェントに電話した。

「ジュディ・ガーランドが僕に『スター誕生』のシナリオと監督を任せたがっているんだ。契約を結ぼう」

「それは良い知らせだね」

シナリオをどうするか、計画を立て始めた。『スター誕生』は、フレデリック・マーチとジャネット・ゲイナーの主演で何年も前に作られた名作映画だった。

エージェントから連絡がなかったので、2日後に僕の方から電話をかけた。

「契約は結べたかい？」

沈黙が続いて、やがて彼は言った。

「契約できなかった。ジュディの夫のシド・ラフトがモス・ハートにシナリオを書かせてジョージ・キューカーに監督させる契約をしたんだ」

ライターは俳優や監督よりも有利な立場にある。俳優や監督が仕事をするためには、誰かが彼らを雇わなければならない。しかし、ライターはその作品が売れるという見込みに基づいてシナリオをいつでもどこでも書き始められるのだ。ただし、一つ重要な注意点がある。自分のストーリーを買ってくれる人がいるという自信が必要なのだ。僕はその自信を失っていた。ハリウッドには現役のライターがたくさんいたが、僕はその中のひとりではなかった。誰も僕を必要としていなかった。

ジョルジャは僕を慰めようとした。

「あなたは偉業をいくつも成し遂げてきたのだから、またきっとできるわよ。あなたは素晴らしいライターよ」

しかし、自信は他人によって植えつけられるものではない。僕は書くことができずに、麻痺していた。ハリウッドにはキャリアがダメになった話があふれていた。精神的に行き詰まっていた。いつまで持ちこたえられるのか、見当も付かなかった。

1953年7月30日、『ハリウッド・レポーター』誌と『ハリウッド・バラエティー』誌の酷評から4カ月後、『ドリーム・ワイフ』は全米で公開された。それまで、この映画の宣伝は一切なく、スターの出演もなく、上映先を探そうという努力も行われていなかった。

〝ただこのままお蔵入りにする〟

全米から映画評が出始めて、あ然とした。

・「この夏の楽しいドタバタ映画……。シェルダン監督の指揮の下、ウィンクしたくなるような笑いの要素がちょうど良い具合に入っていて、自然にスクリーンにひきつけられる」：『ニューヨーク・タイムズ』紙のボズリー・クラウザーの評

・「『アダムズ・リブ』をハッピーなバーベキュー仕立てにした映画」：『タイム』誌

・「どうしても見たくなる、楽しいコメディー」：『セントポール・ミネアポリス・ディスパッチ』紙

・「内容がしっかりまとまって矛盾のないシナリオと良い演出」：『シカゴ・トリビューン』紙

・「脚本家兼監督のシドニー・シェルダンの軽妙なコメディーの才能は、故エルンスト・ルビッチを彷彿とさせる……」：『LAデイリー・ニュース』紙

・「規模や地域に関係なく、どんな映画館でも観客をひきつけるほど美しい映画」：『ショーマンズ・トレード・レビュー』誌

『ドリーム・ワイフ』はエグジビターズ・ローレル賞の候補になったが、この作品を復活させるには遅過ぎた。もう終わったのだ。ドーアが殺したのだ。僕が映画評についてどう感じたかって？　宝くじが当たったようにも、はずれたようにも思えた。

ある日の早朝に電話が鳴った。電話に出る前に、さらに悪い知らせがあるのだろうか、と考えた。電話はエージェントからだった。

「シドニー?」

「そうだよ」

「明日の朝10時に、パラマウントの制作部トップのドン・ハートマンと会う約束が取れたよ」

僕は息をのんだ。

「それは素晴らしい」

「ドンは時間にうるさいから、遅れないように」

「遅刻だって?　今から出るよ」

ドン・ハートマンはライターとして出発した。クロスビーとホープが出演した『ロード』シリーズを初め、十数本の映画のシナリオを書いていた。パラマウントのトップだったY・フランク・フリーマンが、2年前にドン・ハートマンをパラマウントのトップに任命していた。

映画スタジオにはそれぞれ独特の雰囲気がある。パラマウントは最大手の一つだった。ホープやクロスビーのロード・シリーズのほか、『サンセット・ブルヴァード』『ゴーイング・マイ・ウェイ』『カルカッタ』などを制作した映画会社だった。

ドンは50代前半で、明るく、温情のある人物だった。

「君がここに来てくれてうれしいよ、シドニー」

パラマウント社のドンに呼ばれたことを僕がどれだけ喜んでいたか、彼には知るよしもなかった。

「マーティンとルイスの映画を見たことはあるかい?」

「いいえ」

しかし、もちろん、マーティンとルイスのことは知っていた。

ディノ・クロセッティはボクサー、ブラック・ジャックのディーラー、歌手を経て、コメディアンになろうとしていた。ジョセフ・レビッチは国内の小さなナイトクラブでお笑いをやっていた。このふたりは1945年に出会って一緒に仕事をするようになり、名前を「マーティン・アンド・ルイス」に変えた。それぞれ個人としての仕事はうまくいかなかったが、ふたりでやると魔法がかかったようにうまくいった。彼らがニューヨークのパラマウント劇場に出ているところをニュースで見たことがあるが、通りは何ブロックにもわたって絶叫するファンでごった返していた。

「彼らの映画のシナリオを君に書いてほしいんだ。『ユー・アー・ネヴァー・トゥー・ヤング』という題名で、ノーマン・タウログが監督をする予定だ」

ノーマンとは『リッチ・ヤング・アンド・プリティ』で一緒に仕事をしていた。

また映画スタジオで仕事ができるのは、素晴らしいことだと感じた。好きな仕事が待っていると思うと、朝起きるのも張り合いがあった。

その日の夜、家に帰るとジョルジャが言った。

「あなた、別人みたいよ」

自分でも別人になったような気がした。長い間、仕事から遠ざかっていた欲求不満が、心をむしばんでいたのだ。

パラマウントはとても居心地の良いスタジオで、MGMにいた時よりもずっとプレッシャーが少ないように感じた。

『ユー・アー・ネヴァー・トゥー・ヤング』は、宝石強盗に巻き込まれた後、12歳の少年に変装することを余儀なくされた床屋の助手の物語だった。ビリー・ワイルダーが監督し、ジンジャー・ロジャースとレイ・ミランドが主演した作品で、1942年の映画『ザ・メジャー・アンド・ザ・マイナー』のリメイク作品だった。

シナリオが完成し、出演者とプロデューサー、映画監督を集めて読み合わせを行った。

ディーンとジェリーに言った。

「もし気に入らない台詞があったら言ってください。喜んで変えますから」

ディーンが立ち上がった。

「素晴らしいシナリオだ。ゴルフの約束があるんだ。じゃあね」

そして、彼は部屋から出て行った。

ジェリーが言った。

「いくつか質問があるんだけど」

それから2時間にわたって、その場に座り続けることになった。ジェリーはセットやカメラアングル、いくつかのシーンのアプローチについて、その他についても百個くらいの質問を続けた。明らかにディーンとジェリーの優先課題は異なっていた。

この時は誰にも分からなかったが、この一件は後にジェリーとディーンが別れた理由を予見させるものだった。

『ユー・アー・ネヴァー・トゥー・ヤング』は、公開されると好評を博し、大きな興行収入を記録した。僕は自分のキャリアの復活を祝って、ベル・エア(ロサンゼルス郊外の高級住宅街)にプール付きの美しい家を購入した。この世界でまたうまく先に進むことができるようになったのだ。ジョルジャと一緒にヨーロッパで休暇を過ごすことにした。

エレベーターは昇りだった。

「ハートマンさんがお呼びです」

ドンのオフィスに行くと、

「君が楽しめそうな企画があるんだ。『レディ・イヴ』を見たことがあるかい?」

確かに見たことがあった。バーバラ・スタンウィックとヘンリー・フォンダが主演したプレストン・スタージェス監督の映画で、大西洋横断クルーズ中に純真な大富豪からカードゲームで金をだまし取る詐欺師と、その魅力的な娘のストーリーだった。娘が詐欺の被害者と恋に落ち、複雑な展開になるという筋書きだ。

「われわれはジョージ・ゴベルでリメイクするんだ」とドンは言った。

「『ザ・バード・アンド・ザ・ビーズ』というタイトルにする」

ジョージ・ゴベルは若いコメディアンで、控えめで自嘲的なスタイルのジョークが得意で、テレビで人気急上昇中だった。ノーマン・タウログが監督することになった。

プレストン・スタージェスのためのシナリオのリメイクは素早く仕上がった。父親役には魅力的で楽しい男、デヴィッド・ニーヴン、娘役にはミッツィ・ゲイナーが決まり、この映画は撮影に入った。

撮影の最中にドンから事務所に呼ばれた。

「『エニシング・ゴーズ』の映画化権を買ったところだ。そのシナリオを書いてほしい」

この作品はコール・ポーターが音楽と歌詞を担当し、P・G・ウォードハウスと僕の元共著者のガイ・ボルトンが脚本を書き、大ヒットしたブロードウェイ・ミュージカルだった。

曲はコール・ポーターの最高傑作の一つだった。

問題はその脚本だった。ストーリーはFBIから逃れるために船に乗り込んだ「社会の敵13番」と接触した人々の話だった。この脚本は古臭くて映画には使えないと思った。それをドンに伝えた。

彼はうなずいた。

「そのために君がここにいるんだ。何とかしてくれ」

ブロードウェイの舞台をプロデュースしているふたりのパートナーの新しいストーリーを思い付いた。そのふたりはお互いが知らないうちにある女優と知り合い、その女優に主演の座を約束した。ドンにその筋書きを見せた。

彼はうなずいて承諾した。

「よし。これならうちのキャストでうまくいくだろう」

「キャストとは誰のことですか?」

「ああ、君に言ってなかったっけ? ビング・クロスビー、ドナルド・オコナー、ミッツィ・ゲイナー、そしてジジ・ジャンメールという美貌のバレリーナだ。彼女はうちの振付師のローラ・プティと結婚しているんだ」

〝ビング・クロスビー!〟ある世代のすべての人は、彼の歌を聴いて育ったのだ。

ビング・クロスビーは、最初は歌手のグループのひとりとして活動していたが、ある夜、酔っぱらって放送に現れなかったため、放送界から追放された。それだけでどんな歌手のキャリアも終わるところだが、ビング・クロスビーはただの歌手ではなかった。彼は他の人には真似できない独特のスタイルで人々に認められていたのだ。彼は二度目のチャンスを得て、一気に頂点に上りつめた。そして、そのキャリアを終えるまでに、4億枚以上のレコードを売り上げ、183本もの映画に出た。

ビングの楽屋を訪ねて彼に会った。ビングはとても魅力的で、きさくでおおらかで、のんびりした感じの人だった。

「これから一緒に仕事ができてうれしいよ」と彼は言った。

〝僕〟がどんなにうれしかったか、彼は知らなかった。夢が叶ったのだ。

僕の台本で、『エニシング・ゴーズ』の撮影は順調に進んだ。ローラン・プティは世界的に有名な振付師で、ジジ・ジャンメールは彼の振り付けで見事に踊った。ドナルド・オコナーは、信じられないほどの才能の持ち主だった。彼ならどんなことでもできるように思えたし、彼とクロスビーはお互いをとてもよく補い合っていた。

制作は滞りなく行われた。公開されると、映画評論家を含め、誰もがこの映画に満足した。

ビング・クロスビーの影の部分が明らかになったのは、それから何年もたってからのことだった。卵巣がんで死期が迫っていた妻のディキシーは、ビングにないがしろにされていると友達に話していた。彼女が亡くなり、シングル・ファーザーとなったビングは、子供に厳しいしつけをするようになった。ふたりの息子、リンジーとデニスは自殺した。

『エニシング・ゴーズ』に取り組んでいる間、ジョルジャは20世紀フォックスで、ウィリアム・ホールデンやジェニファー・ジョーンズと『ラブ・イズ・ア・メニー・スプレンドードゥ・シング』に主演していた。この映画を始めて間もなく、ジョルジャが僕に言った。

「あなたに知らせたいことがあるの」

「映画のこと？」

「いいえ、私たちのこと。私、妊娠したの」

英語で最も心躍る二つの単語だ。

アホみたいに笑って彼女を抱きしめ、すぐに体を離した。僕たちの赤ちゃんを傷つけたくなかったからだ。

「映画はどうするの？」

『ラブ・イズ・ア・メニー・スプレンドードゥ・シング』は制作途中だった。

「今朝、彼らに話したの。私を降板させなくてすむように撮影してくれるそうよ」

僕は有頂天だった。素晴らしい幸福感に包まれた。

ジョルジャの出産予定日が近付き、彼女は子供部屋を用意した。ジョルジャにはインテリア・デザインの才能があることが分かった。それは後に、ハリウッドとニューヨークを行き来するようになった際に大いに役立つことになった。彼女は、ローラ・トーマスというアフリカ系アメリカ人の素敵なメイドも雇い、ローラは僕たちの暮らしに大きな役割を果たすことになった。

ある朝、『エニシング・ゴーズ』の試写を見たドン・ハートマンに聞かれた。

「ディーンとジェリーのために、もう1本、シナリオを書かないかい？」

「いいですよ、ドン」

彼らとの仕事を楽しんでいた。

「彼らのために『パードナーズ』という西部劇の映画化権を買ったばかりだ。きっと君も気に入ると思うよ」

僕は少しためらった。

「もしよければ、一緒に働いてくれる人を連れてきたいのですが」

ドンは驚いた。

「誰だい？」

「ジェリー・デイビスです」

ジェリーはしばらく仕事をしていなかったので、彼を助けるチャンスだった。

「ジェリーなら知っている。彼を連れてきたいのなら、それでもいいよ」

「ありがとうございます」

ジェリーはこの知らせに大喜びし、僕は彼がそばにいてくれるのがうれしかった。彼はいつも前向きで愉快だった。女性にとてもモテたが、誰かと別れても友達でいられた。

ある時、ダイアンというジェリーの元彼女がジェリーに電話してきて、結婚することになったと告げた。ジェリーは保護者のように「その男のことを教えてくれ」と言った。

「そうね、彼はライターよ。ニューヨークに住んでいるの」

「ダイアン、成功したライターはニューヨークには住まないよ。すべてはハリウッドで起こるんだから。彼は負け犬に違いない。彼の名前は？」

「ニール・サイモン[2]」

ジェリーと僕はシナリオに取りかかり、すべてが順調に進んだ。しかし、この作品がルイスとマーティンがコンビを組んだ最後の作品になるとは誰も予想していなかった。ふたりがコンビを解消した理由には諸説あったが、実際のところは、ふたりの性格があまりにも異なっていたのだ。

ふたりには慈善イベントの出演依頼が各地から殺

到していて、社交的なルイスはいつも「イエス」と答えていた。そしてディーンに「やるぞ」と言うと、ディーンは怒った。彼はゴルフの方が好きなのだ。結局、ふたりの気質の違いから決別することになったが、その前に『パードナーズ』をやることになった。『パードナーズ』は西部劇のコメディーで、ディーンとジェリーは理想的な配役だった。映画業界で最も善良な人物のひとりであるポール・ジョーンズがこの映画をプロデュースした。

この映画は大好評で、興行的にも大成功した。

1955年10月14日、僕たちの娘、メアリー・ロウェイン・シェルダンがこの世に生を受けた。ジョルジャは僕のせいであやうく病院にたどり着けなくなるところだった。僕のうっかりミスで、この大イベントはコメディードラマのようになった。

その発端は数年前に電話番号案内に電話をして、ビバリーヒルズ公立図書館の住所を聞いた時に始まっていた。

「申し訳ありませんが、住所はお教えできません」とオペレーターは言った。

彼女が冗談を言っているのだと思った。

「CIAの本部ではなく、公立図書館ですよ」

「申し訳ございません、住所はお教えできません」

信じられなかった。やり過ごすにはあまりにも大きな挑戦だった。その住所を教えてもらう決心をした。

しばらく待ってから、また電話番号案内に電話をかけた。

「ビバリーヒルズ公立図書館の電話番号を教えてください。ビバリー・ドライブのです」

オペレーターが再び電話に出た。

「ビバリー・ドライブには公立図書館はありません。ノース・クレセント・ドライブになります」

「それはおかしいな。ノース・クレセント・ドライブの住所は?」

「ノース・クレセント・ドライブ450番地の市役所です」

「ありがとうございます」

こうして僕は必要な情報を得たのだった。

それ以来、住所が知りたいときは、いつも必ずこの手で電話会社の馬鹿げた規則の裏をかいていた。

10月14日の夜には、僕のその見事な策略が裏目に出た。ジョルジャの叫び声が聞こえたので、ベッドルームに駆け込んだ。

「始まったわ」と彼女は言った。

「急いで!」

彼女のバッグはすでに用意され、ドアの前に置かれていた。サンタモニカのセント・ジョーンズ病院に連れて行く手はずは整えていた。問題は、その病院がどの通りにあるか定かでなかったことだった。そこで電話番号案内に電話した。

「メインストリートにあるセント・ジョーンズ病院の電話番号を教えてください」

彼女が正しい通りを教えてくれるように、適当な通りの名前を選んで聞いた。

しばらくしてオペレーターが電話番号を戻ってきて、電話番号を言った。

「それで、その病院はメインストリートにあるのですか?」

「はい」

偶然にも僕が言った通りの名前は正解だったのだ。ジョルジャを車に乗せ、病院のあるサンタモニカへ向かって走り出した。彼女は痛みでうめいていた。


「2~3分で着くよ」と彼女を安心させた。

「がんばれ」

メインストリートとの交差点にたどり着き、道を曲がった。メインストリートを行ったり来たりしたが、セント・ジョーンズ病院はなかった。パニックになった。夜更けで通りは閑散としていた。ガソリンスタンドも閉まっていた。自分がどこに向かっているのか、さっぱり分からなかった。あらゆる通りを行ったり来たり走り回った挙げ句、やっと病院に行き当たった。セント・ジョーンズ病院はサンタモニカ大通りと22丁目の角にあり、メインストリートからは20区画も離れていた。

その2時間後に、メアリーが生まれた。

健康で美しい赤ちゃんを授かった。それは信じられないほどの喜びだった。メアリーが生まれた後、ジョルジャと僕はグルーチョにメアリーのゴッドファーザーになってもらえないかと頼んだ。彼が承諾してくれたので、大喜びした。彼ほど最適な人物は他にいないと思っていた。

3日後、病院からメアリーを連れて帰ると、メイドのローラがジョルジャの腕からメアリーを取り上げた。

「私がこの子の面倒を見ますよ」

その瞬間から、誰もが赤ちゃんの面倒を見るようになった。夜中にメアリーが泣くのでジョルジャが慌てて部屋に入っていくと、僕が椅子に座ってメアリーを抱いているのだ。あるいは、赤ん坊の泣き声を聞いて急いで部屋に入ると、ジョルジャが座って赤ん坊を揺すっているのが見えた。メアリーは抱き上げられると、すぐに泣きやんだ。

ついにジョルジャに言った。

「ハニー、僕らはこの子を甘やかし過ぎていると思う。愛情を注ぎ過ぎているよ。半分に減らすべきだ」

ジョルジャは僕を見てこう言った。

「分かったわ。あなたの分をカットしなさい」

それで話し合いは終わった。

愛娘のメアリーと一緒のシドニー・シェルダン

第26章 セレンディピタスな『バスター・キートン物語』

Chapter 26 ◆ A Serendipitous Film, "The Buster Keaton Story" and Subsequent Events

ある月曜日の朝、アシスタントが内線で連絡してきた。

「ロバート・スミスさんがお見えです」

聞いたことがない名前だった。

「何の用だい？」

「ライターで、あなたと話したがっています」

「分かった。通してくれ」

ロバート・スミスは30代の小柄な男で、緊張して神経質そうだった。

「何かご用でしょうか？　スミスさん」

「アイデアがあるんです」

ハリウッドでは誰もがアイデアを持っていたが、そのほとんどはひどいものだった。興味があるふりをして尋ねた。「それで？」

「一緒にバスター・キートンの映画を作りませんか？」

たちまち胸が躍った。

バスター・キートンは無声映画の「偉大なるポーカーフェイス」と呼ばれ、無声映画界を代表するスターのひとりだった。ポークパイ・ハット、スラップシューズ、そして無表情がトレードマークだった。背が低く、細身で、悲しげな顔をした俳優で、チャップリンと比較されるほど、映画の制作と演出に優れていた。

バスター・キートンは大成功を収めたが、映画に音声が導入されると彼の運気が変わり始めた。彼は何本か失敗作を作り、仕事を得るのが難しくなっていた。記憶にあまり残らないような短編映画に出演し、ついには他の俳優のためのスタントを考案していた。彼の物語をスクリーンにしたら、さぞかし面白いだろうと思った。

ロバート・スミスは言った。

「あなたと僕でプロデュースして、シナリオを書いて、あなたが監督すればいい」

僕は手を挙げた。

「そう簡単にはいかないよ。ドン・ハートマンと話をさせてくれ」

その日の午後、ハートマンに会いに行った。

「どうしたんだい?」

「ボブ・スミスというライターがアイデアを持って来て、それが気に入ったんです。彼は『バスター・キートン物語』をやろうと言ってきたんです」

彼はまったくためらわなかった。

「それは、良いアイデアだ。なぜ今まで誰も思い付かなかったのか、不思議なくらいだ」

「ボブと僕がプロデュースして、僕が監督します」

ハートマンはうなずいた。

「権利の取得に取りかかろう。バスター役には誰が良いと思うかい?」

「そこまで考える時間はありませんでした」

「誰が演じたらいいか教えてあげよう。ドナルド・オコナーだ」

ワクワクした。

「ドナルドなら素晴らしい。『エニシング・ゴーズ』で一緒に仕事をしたことがあります。とても優れた才能の持ち主です」

ハートマンは躊躇(ちゅうちょ)していた。

「実は一つ問題がある。ドナルドは年明けに別の映画に出演することが決まっているんだ。彼を獲得するには、2カ月以内に撮影を始めなければならない」

それは大問題だった。まだあらすじも決まっていなかったのだ。だが僕は、オコナーにやって欲しかった。

「シナリオを間に合わせることができるかい?」

「もちろんです」

内心感じている以上に自信に満ちた声で答えていた。特定の俳優を確保するためにシナリオを急がせるのは常に非生産的だ。観客はシナリオにどれだけ時間がかかったかなんて気にしない。観客はスクリーンで見るものにしか関心がないのだ。ボブと自分に無理な締め切りを課していた。

バスター・キートンの生涯について、映画化権を得るのは実際は簡単だった。

ボブと一緒にすぐにシナリオに取りかかった。バスターの人生は非常にドラマチックだったので、ネタはたくさんあった。彼は不健全な家庭環境の出身で、離婚やアルコール依存症との闘いを経験していた。彼の初期の代表作である『ザ・ジェネラル』『ナビゲーター』『ボート』を見ていた。危険なスタントが満載で、バスターはそれを全部自分でやることにこだわっていた。

ハートマンに電話をかけた。

「ボブと僕でバスターに会いたいんです。手配してもらえますか？」

「もちろんだ」

僕はキートンに会えることを楽しみにしていた。

バスター・キートンが僕のオフィスに入ってきた時、まるで彼がスクリーンから飛び出してきたかのように感じた。彼はまったく変わっていなかった。無表情に放つユーモアで世界中を魅了した、小柄で悲しげな表情の男だった。自己紹介の後で言った。

「この映画の技術顧問をお願いしたいのですが、いかがでしょう？」

バスターは、自分の伝統を破って、思わず微笑みそうになった。

「できると思いますよ」

「それは良かった。あなたのスタントをたくさん撮るんです。撮影所内にあなたのトレーラーを用意しますから、撮影中はずっとセットにいてほしいんです」

彼はどうにか泣くのをこらえているように見えたが、気のせいかもしれなかった。

「そこにいるようにしますよ」

「ありがとうございます」

「ボブと僕でシナリオに取り組んでいます。できるだけ正確なものにしたいのです。何か映画に使えるような逸話はないですか？」

「ないね」

「たとえば、あなたの人生で起こった特別なことで、ワクワクしたと思うようなことは？」

「ないね」

「結婚や恋愛に関連したこととか？」

「ないね」

ミーティングはずっとそんな調子だった。

彼が帰ってから、ボブに言った。

「言い忘れていたことがある。ドナルド・オコナーにやってほしいなら、２カ月以内に撮影を始めなければならないんだ」

彼は僕を見た。「冗談でしょう？」

「今ほどシリアスになったことはないよ」

彼はため息をついた。

「どれだけ素早くシナリオを書けるかやってみましょう」


ボブと僕はバスターの古い映画を見た。その中のスタントは途方もなかった。バスターが撮影現場に来てどうやるかを見せてくれるだろうと思い、その中から使いたいものを選んだ。

ドナルド・オコナーが会いに来た。

「素晴らしい役だ」と言った。

「バスター・キートンは僕のアイドルのひとりなんだ」

「僕にとってもです」

「偉大なるポーカーフェイス。これは素晴らしいものになるぞ」

だが、一つ問題があった。シナリオにもっと時間が必要だったのに、それ以上時間がなかったのだ。撮影日が迫っていて、それを守らなければならなかったので、昼夜を問わず働き始めた。

そして、ついに撮影開始の時が来た。


バスター・キートンの生涯にできるだけ忠実でありながら、ドラマ性を高めるために、多少の脚色もした。バスターにシナリオを見せ、読み終わった後に「何か問題はありますか？」と聞いた。

「ないね」

それが、彼との会話のすべてだった。

セットが出来上がり、撮影が開始された。

撮影は順調だった。キャストはとても充実していた。ドナルドのほか、ピーター・ローレ、ロンダ・フレミング、アン・ブライス、ジャッキー・クーガン、リチャード・アンダーソンなどだ。俳優同士の相性も良かった。

ボブと僕は、古株の監督が登場するシーンを書いていた。まだその役のキャスティングはしていなかった。助監督が僕のところにやってきて聞いた。

「その役はご老人に演じてもらいたいですか？」

僕は戸惑った。「どの老人だ？」

「デミルさんです」

セシル・B・デミルが、ハリウッドで最も重要な監督のひとりであることに疑いの余地はなかった。

彼の撮った映画はたくさんあり、『サムソンとデリラ』『地上最大のショウ』『十戒』などもそうだった。

彼は伝説的な人物で、街には彼に関する数多くの逸話が広まっていた。彼は冷酷で、要求が厳しいことで知られており、俳優を恐怖に陥れた。

ある大作映画のシーンを撮影している時、デミルは高い台の上に立って何百人ものエキストラを見下ろしながら、自分が何を望んでいるかを説明し始めた。ところが、エキストラの若い女性ふたりがおしゃべりしているのが見えると、話すのをやめた。

「そこのふたり」とデミルは声をかけた。

「前に出なさい」

そのふたりの女性は恐る恐る顔を見合わせた。

「私たちですか?」

「そう、君たちだ。前に出なさい」

緊張しながら、ふたりは数歩前に出た。

「さあ」とデミルが雷声を上げた。

「君たちは明らかに、私が言っていることよりも自分たちが言っていることの方が重要だと思っていたのだから、みんなが君らの言うことを聞くべきだと私は思うんだ」

女性たちは羞恥心と恐怖心でいっぱいだった。

「デミルさん——私たちは何も言っていません」

「いや、言っていた。君たちがしゃべっていたことをみんなに聞かせたいんだ」

少女のひとりが口を開き、反抗的にこう言った。

「分かりましたよ。私はこう言ったんです。『あいつ、いつになったら昼休みをくれるのかな』って」

セット全体がショックで沈黙に包まれた。

デミルは長い間彼女を見つめ、そして言った。

「昼休みだ」


「君は正気じゃないよ」と僕は助監督に言った。

「デミルはこの役なんか演じないよ。4行だけの役なんだから」

「彼に話してみましょうか?」

「いいよ」

チャンスはないと思っていた。

その日の午後遅く、助監督が僕のところに来た。

「明日、そのシーンを撮ります。デミルさんがここに来ます」

あ然とした。「彼がやるのか?」

「そうです」

「この〝僕〟がセシル・B・デミルを監督するのか?」

「その通りです」

翌日、ドナルドとアン・ブライスのメインのショットを撮影していた。撮り終えて、クローズアップを撮ろうとした時、助監督がやって来てこう言った。

「デミル氏がセットに向かっています。彼のシーンを撮りますから、ステージの反対側に移動しましょう」

「今は無理だ」と答えた。

「クローズアップを先に撮らなければ」

彼はしばらく僕の顔を見ていた。

「デミル氏がセットに向かっているんですよ。彼のシーンを撮る場所に撮影チームを移動するようお勧めします」

その意味を理解し、「動くぞ」と声をかけた。

数分後にセシル・B・デミルが側近を連れてセットに入ってきた。彼は僕のところに来て、握手のために手を差し出した。

「セシル・デミルです」

彼は予想していた以上に背が高く、体格も良く、カリスマ性にも富んでいた。すべて予想以上だった。

「シドニー・シェルダンです」

「もし、どうすべきか私に見せてくれたら――」

この〝僕〟が、セシル・B・デミルに何をすべきかを示すのか?

「かしこまりました。このシーンは――」

「分かっているよ。台詞は覚えたよ」

そのシーンのセットの準備が整った。

「よし、カメラ……アクション」

そのシーンを撮り終えたが、もっと良くできるはずだと思った。しかし、セシル・B・デミル監督に、あまり良くなかったということを、どう伝えたらいいのだろう?

デミルが僕の方を向いた。

「もう一度、このシーンをやってほしいかい?」

ありがたく思い、うなずいた。

「そうしていただければ素晴らしいです」

「私が上着を脱いだらどうだろう?」

「良いアイデアですね」

「そして、もう少し強引にするよ」

「それは良いアイデアですね」

再び撮影したら、完璧だった。だが、一つだけよく分からないことがあった。僕がセシル・B・デミルを監督したのか、それともセシル・B・デミルが僕を監督したのだろうか？

バスター・キートンが無声映画のために作り上げたスタントは、驚異的なものだった。中でもとりわけ、絶対に不可能と思われるものがあった。そのシーンは、バスターが警察官に追われながら、木製の柵沿いを走っている場面から始まった。彼の行く手にはロングスカートをはいた、かなりがっしりした体格の女性がフェンスにもたれるように立っていた。バスターは彼女の前で立ち止まり、警官たちが迫ってくるのを見て、女性のスカートの中に潜り、彼女の脚の間から柵の裏側に逃げ出した。その直後に女性はその場を離れたが、彼女の背後にあった柵には抜け出せるような隙間はなかった。

それは素晴らしい特殊効果だった。

「いったい、どのようにやったのですか？」

バスターは微笑みそうになった。

「見せて上げるよ」

その秘密は知ってしまえば簡単なことだった。女性の真後ろの柵は実は3枚のパネルを蝶番（ちょうつがい）でつなげたもので、45度の角度で後方にスイングできるようになっていたのだ。バスターが女性に近付くと、柵の後ろにいたふたりのスタッフが、女性のスカートで隠れていたパネルを素早く動かして柵に隙間を空けた。バスターはスカートの中に潜り込み、柵の隙間から逃げ出した。いったんバスターが柵を越えると、スタッフが急いでパネルを取り付け、女性の背後の柵を閉じた。女性はすぐ立ち去り、柵には隙間がないのにバスターが消えたことを観客に見せた。これはすべて一瞬の出来事で、うまくやれば非常に素晴らしい特殊効果になったのだ。

ドナルドはものの見事にそのスタントをこなした。その映画の後半に出てくるシーンもバスター・キートンの名人芸の一つだった。造船所が舞台だったので、海辺に撮影に行った。ボートの進水式という設定で、ドナルドは誇らしげに船首に立ち、ボートは造船台から水面に向けて進水し始めた。

ボートの前部がゆっくりと水面下に滑り込み、どんどん深く沈んでいったが、ドナルドは無表情で立ち、帽子だけが水上に浮かぶまでゆっくりと沈んでいった。

＊　＊　＊

撮影中に、バスターがいかに内気で恥ずかしがりであるかを知った。ジョルジャと僕は、バスターと彼の妻のエレノアをディナーに招待したのだ。ゲストにはスタジオのトップや数人の映画監督と有名な俳優、女優がいた。

バスターが家に着いたのは知っていたが、まだその姿を見ていなかった。書斎に行くと、そこでバスターがひとりで新聞を読んでいた。

「大丈夫ですか、バスター？」

彼は顔を上げた。「大丈夫だよ」

そう言うと彼は再び新聞を読み始めた。

映画が完成すると、バスターは言った。

「君に礼を言いたい」

「どうしてですか？」

「家を買うことができたんだ」

スタジオの皆は大喜びだった。『バスター・キートン物語』は、僕にとってパラマウント社との契約での最後の作品だった。スタジオはすでに僕のエージェントに新しい契約の話を持ちかけていた。人生でこれほど幸運な偶然に恵まれた時期はなかった。

ドン・ハートマンに、構想したサスペンス映画のアイデアを話した。ヨーロッパで撮影することになる『ゾーン・オブ・テラー』という映画だ。

１９５７年５月、『デイリー・バラエティー』誌にこんな記事が掲載された。

「4月にはどこへ行こうか？　それが今、シドニー・シェルダンが直面している問題だ。

シドニー・シェルダンがパラマウントで監督し、共同制作し、共同でシナリオ作成を手がけた『バスター・キートン物語』が来月公開される。4月27日には、彼の演劇である『アリス・イン・アームズ』がウィーンで開幕される。同時にニューヨークでは、5月中旬の開幕に向けて、彼がシナリオを脚色したキープラスの『ザ・メリー・ウィドウ』のリハーサルが始まる。シェルダンはまた、来年ドイツで撮影予定の『ゾーン・オブ・テラー』の次のプロジェクトにも取りかかっている」

4月の過ごし方は決めていた。ジョルジャとメアリーを連れてヨーロッパにお祝いに行くつもりだった。『バスター・キートン物語』が公開された。ドナルド・オコナー、アン・ブライス、ピーター・ローレ、その他のキャストの評判は上々だったが、シナリオはあまり評判が良くなかった。ほとんどの映画評論家は、バスターのおなじみの芸をもっと入れてストーリーはもっと少なくすべきだった、と非難した。

「このシナリオには古いハリウッド映画の焼き直しが多過ぎる」

彼らは正しかった。シナリオの作成を急ぎ過ぎたのだ。

この映画の公開がうまくいったのは、人々がバスター・キートンの名前にひかれたからだった。しかし、すぐに口コミが広がり、興行成績は間もなく低下した。

エージェントから電話があった。

「ドン・ハートマンと話したところだ。スタジオは君の契約は更新しない意向だ」

『バラエティー』誌の記者が4月に僕をどこで見つけられるか、分かった。失業者たちの列の中だ。渋々ながらヨーロッパ行きの予約をキャンセルした。そして週に一度はエージェントに電話をして、明るく振舞うようにした。

「戦線に動きはあったかい?」

「あまりないね」と彼は言った。

「仕事自体があんまりないんだよ、シドニー」

それは思いやりから出た嘘だった。常に仕事はあるが、僕への仕事がなかっただけだ。『ドリーム・ワイフ』で時期尚早に評価を下されたように、『バスター・キートン物語』の失敗で審判を受けていたのだ。もう二度と仕事はできないかもしれないという思いに、またもや苦しみ始めた。仕事がない間、友人が来ては去っていったが、グルーチョはいつも明るい言葉をかけてくれた。

決してかかってこない電話を待ちわびて数週間、そして数カ月が過ぎ、すぐに重大な金銭的問題を抱えることになった。

裕福な生活を楽しんでいたが、お金そのものに関心を持ったことはなかった。僕の金銭哲学は母のナタリーの倹約志向と父のオットーの浪費志向を合わせたようなものだった。自分のためには少しのお金も使いづらかったが、他人のためには難なく出費できた。その結果、決してお金を貯めることができなかったのだ。

ベル・エアの家にはローンがあり、庭師、プール係、ローラの給料も払わなければならず、切羽詰まっていた。経済状況は急速に悪化していた。

ジョルジャが心配するようになった。

「どうしましょう?」

「節約し始めるしかないな」

深く息を吸って、こう付け加えた。

「ローラを手放すしかない。もうメイドを雇う余裕はないいんだから」

それはふたりにとって、とても辛い瞬間だった。

ローラは素晴らしかった。彼女はいつも明るく、良い助けになってくれていた。彼女はメアリーを慕い、メアリーも彼女を慕っていた。

「とても難しいだろうな」

ローラを書斎に呼び出した。

「ローラ、すまないが、悪い知らせがあるんだ」

彼女は警戒して僕を見た。

「何ですか? 誰か病気なんですか?」

「僕らは大丈夫だよ。ただ……。君に去ってもらわなければならないんだ」

「どういう意味ですか?」

「これ以上君を雇い続ける余裕がないんだよ、ローラ」

彼女はショックを受けたようだった。

「私を解雇するということですか?」

「残念ながらそうだ。とても残念だが」

彼女は首を横に振った。

「そんなこと、あなたがたにはできないわ」

「君は分かっていないよ。これ以上君にお金を払う余裕はないいし、それに――」

「私、ここに残ります」

「ローラ」

「私はここに残ります」

そして彼女は部屋から出て行った。

ジョルジャと僕は社交生活を切り詰めざるを得なくなり、めったに外出しなくなった。見たい演劇があっても料金が高過ぎた。僕とジョルジャが話しているのをローラが聞いていた。

ある晩、出かけようかどうしようかふたりで話し合っていると、ローラが「これを持っていってください」と言って、20ドルを渡した。

「受け取れないよ」

「後で返していただきますから」

泣きそうになった。彼女は給料をもらわずに一生懸命働いて、さらにお金をくれたのだ。

ついに、住宅ローンを支払うためのお金がない日がやってきた。

「僕らは家をなくしたよ」とジョルジャに言った。

彼女は僕の苦しみを察知した。

「心配しないで、ダーリン。私たちは大丈夫よ。あなたは以前にもヒット作を書いたことがあるのだから、また書くでしょう」

彼女は理解していなかった。「もうだめだ」と言った。「もう終わりだ」

子供の頃、家族が初めて借りたデンバーのマリオン通りの家を思い出した。〝ここで結婚して、子供たちはここで育つんだ……〟。この時までに、家、アパート、ホテルなどを含めると、13回も引っ越しをしていた。

翌週、プールと美しい庭のある家を手放し、アパートを借りた。父のオットーの人生を歩んでいた。ジェット・コースターのように、繁栄から貧困へと限りなく続くサイクルを繰り返していたのだ。自殺願望も出てきた。ジョルジャとメアリーのために生命保険の支払いは続けていた。〝僕がいない方がふたりにとってましだ〟と思った。そして、そうした思いを深追いするようになった。

もう、かつてのような生活は送れないと思った。ヨーロッパも、華やかなパーティーも、成功も、もうないのだ。そのすべてを恋い焦がれることになるなら、成功してもすべてを失うよりは、成功をまったく味わえないほうがよかったのかもしれない、とも思った。深いうつ状態に陥ってしまい、そこから逃れる道として自殺しか思い付かなかった。〝あなたは双極性障害です……双極性障害の人の約5人にひとりは、最終的には自殺します〟

永遠に終わらない悪夢のような日々を送っていた。僕は本気で自殺を考えていたのだろうか？

失敗を考えるのではなく、自分が成し遂げたすべての成功のほうを考えようとしたが、それも役に立たなかった。脳内では不可解で暗い化学作用が起きていて、前向きな考え方ができなくなっていた。自分の感情をコントロールすることができなかったのだ。

しかし、考えれば考えるほど、ジョルジャとメアリーの元を去るのは耐えられないと思った。〝何かを生み出さないといけない〟。映画会社は明らかに僕を必要としていない。テレビはどうだろう。

お気に入りの番組は『アイ・ラブ・ルーシー』だった。ルシル・ボールとプロデューサーの夫、デシ・アーナズによる見事なコメディーで、毎週放送されていた。テレビで最も人気のあるコメディーだった。デシが喜ぶようなものを書けるかもしれない。『アドベンチャーズ・オブ・ア・モデル』というタイトルとアイデアを考えた。美貌のモデルが巻き込まれるさまざまなシチュエーションを盛り込んだロマンティック・コメディだ。

試作版の台本を書くのに1週間かかった。デシ・アーナズに会う約束を取り付けた。

「会えてうれしいよ」と彼は言った。

「君のことは聞いていたんだ」

「試作版のアイデアがあるんです、アーナズさん」

僕は台本を取り出して、彼に渡した。

彼はその題名を見て、顔を輝かせた。

「『アドベンチャーズ・オブ・ア・モデル』か、素晴らしい響きだ」

「お読みになる機会があったら、電話をいただけるとありがたいです」と言って僕は立ち上がった。

「いや、いや。座っていて」と彼は言った。

「今、読むから」

彼がそれを読んでいる間、彼の顔を見ていた。彼は微笑み続けていた。〝これは良い兆しだ〟と思った。僕は息を止めていた。

彼は最後のページを読んで、僕を見上げた。

「とても気に入ったよ。やろう」

再び息をすることができた。まるで巨大なおもりが心臓から取り除かれたような気がした。

「本気ですか？」

「大ヒット間違いなしだ。こんな作品は今まで放映されていなかったからね。今シーズンにまだ間に合うだろう」と彼は言った。

「CBS放送[1]の放送枠があと一つ残っている。取れるかどうか、やってみよう」

第27章 「ブロードウェイでヒット作を出し損なうのはとても簡単だ」

Chapter 27 ◆ "It is very easy to *almost* have a hit play on Broadway."

家に帰るのに車はいらなかった。まさに浮き足だっていたのだ。家に帰るとジョルジャが玄関で待っていた。彼女は僕の顔を見て言った。

「良い知らせ?」

「素晴らしいニュースだよ。デシ・アーナズが『アドベンチャー・オブ・ア・モデル』を制作してくれそうなんだ」

ジョルジャは僕を抱きしめた。

「それは素晴らしいわ」

「テレビで番組を成功させることの意味が分かる? 何年も続くかもしれないんだよ」

「いつ分かるの?」

「一両日中だよ」

2日後、デシから電話がかかってきた。

「入ったよ」と彼は言った。

「CBS放送が残っていた最後の時間枠をくれたんだ」

「今夜は祝杯を挙げに行こう」とジョルジャに言った。

ローラがそれを聞いていて、顔をほころばせていた。

「おふたりで楽しんできてください」と彼女は言い、20ドルを渡した。

「私がおごります」

「受け取れないよ。君はすでに――」

「いいえ、受け取れますよ」

彼女を抱きしめた。

「ありがとう」

「ずっと、あなたにはできると思っていましたよ」

ジョルジャとイタリア・ンレストランに行き、素晴らしいディナーを食べた。

「信じられないよ。僕らはCBS放送で放映できるんだよ。僕が番組を制作して、台本も書くんだ」

帰り道にジョルジャが言った。

「あなたをとても誇りに思うわ、ハニー。あなたがどんな体験をしてきたのか、どんなに大変だったかは分かっているけれど、もうそれは終わったことね」

翌朝、デシから電話があった。

「オフィスに来られるか？」

「もちろん」とにっこり笑った。

30分後に僕はオフィスにいた。

「座ってくれ」

彼はしばらく僕を観察していた。

「ええ。それで僕らはいつ始めるんですか？」

「シドニー、CBS放送には一つだけ空いている枠があって、僕らはそれを手に入れた。彼らは『ザ・ディック・ヴァン・ダイク・ショー』をキャンセルして、その時間帯に僕らの番組を採用することにしたんだ。ところが、CBS放送で他の番組もいくつか持っているダニー・トーマスが、『ザ・ディック・ヴァン・ダイク・ショー』をもう1年やるよう、CBS放送に圧力をかけたんだ。それでCBS放送は、結局、それを承諾した。そして元の時間帯に戻したから、僕らは外されたんだ」

そこに座ったまま身動きも、話すこともできなかった。

「申し訳ない」とデシが言った。

「次のシーズンなら可能かもしれない」

また同じ選択を迫られた。〝あきらめるか、再挑戦するか〟。あきらめるわけにはいかなかった。

次のプロジェクトが必要だったので、腰を据えて創作に取り組んだ。1週間も書斎にこもって、次から次へとアイデアを思い付いては捨てた。そしてついに、うまくいきそうなアイデアを思い付いた。

それまで、ブロードウェイでロマ[1]を扱ったショーはなかった。タイトルは『キング・オブ・ニューヨーク』。美しい娘を持つロマの一家の話で、娘がロマではない男と恋に落ちたことで引き起こされるさまざまな出来事を描いたものだった。

ロマについて何も知らなかったので、調べる必要があった。どこで調べればいいのか？　警察署に電話をかけて、刑事と話をしたいと頼んだ。

「ご用件は何でしょうか？」

「何人かのロマにインタビューしたいんです。どこで見つかるかご存知ないですか？」

彼は笑った。

「ええ、いつもは牢屋に閉じ込めているんですがね。今はみんな外ですよ。自称〝王様〟と名乗る男の名前を教えてあげましょう」

「申し分ありません」

そのロマの名前はアダムスで、刑事が彼と接触できる場所を教えてくれた。アダムスに電話をして、僕が誰であるかを告げるとアパートに招いた。彼は背が高く、太った男で、黒髪で、低音でしゃがれた声をしていた。

「ロマの人々の習慣について、あなたと話がしたいんです」と彼に言った。

「あなた方の生き方について、すべて知りたいんです」

彼は黙ってそこに座っていた。

「お金を払いますよ」

「もしあなたが僕と話をして、僕が知りたいことをすべて話してくれたら、払いますよ――」

僕は少したためらってから言った。

「――百ドル払いますよ」

彼の顔が明るくなった。

「いいですよ。今すぐお金をくれるなら、そして――」

彼の言う通りにしたら、彼には二度と会えなくなることは分かっていた。

「いや、週に一度ここに来て1時間、一緒に話しましょう。お金はその都度、渡しますから」

男は首をすくめた。

「分かったよ」

「さあ、話を始めてくれ」

彼が語り、僕はメモを取った。ロマの習慣、彼らの暮らし方、服装、話し方、考え方などを知りたかったのだ。3週間後にはロマについての十分な知識を得て、劇の脚本を書き始めた。書き上げた後、ジョルジャに見せた。

「素敵ね。誰に見せるつもりなの?」

誰に見せるかはすでに決めていた。

「ガウアー・チャンピオンだよ」

彼はブロードウェイで『バイバイ・バーディー』というヒット作を監督したばかりだった。

ガウアーに会いに行った。彼はMGMでミュージカル・スターとして活躍し、演出家としてブロードウェイに進出し、大成功を収めていた。

「読んでもらいたい脚本があるんです」

「いいよ。今夜ニューヨークに発つんだ。持って行って、飛行機の中で読むよ」

デシ・アーナズと同じように、すぐに読んでくれるだろうと思っていたが、それは愚かな期待だった。

「ありがとうございます」

家に帰ると、ジョルジャが尋ねた。

「彼は何て言ったの？」

「彼は脚本を読むつもりでいるよ。問題は彼が他のプロジェクトをたくさん抱えているらしいことだ。彼が興味を持ったとしても、これをやるのはずっと先になるかもしれない」

ガウアー・チャンピオンは翌朝、電話をしてきた。

「シドニー、すごいと思うよ」と彼は言った。

「素晴らしいミュージカルになるだろう。こういったものはこれまでブロードウェイにはなかった。『バイバイ・バーディー』の曲を書いたチャールズ・ストラウスとリー・アダムスに電話して、彼らを参加させるつもりだ」

なぜだか分からなかったが、僕の心は弾まなかった。失望した経験が多過ぎたのだ。何とか意気揚々とした声を出した。

「それは素晴らしいですね、ガウアー」

電話を切り、それまでに実現しなかった夢をすべて思い浮かべた。

ガウアーからの連絡を待っていると、5日後に電話がかかってきた。怒っているような声だった。

「すべて順調ですか？」

「いや。ストラウスとアダムスにこのショーの音楽をやってほしいと言ったら、今までよりも大きな取り分を要求してきたんだ。彼らは恩知らずの馬鹿者だ。彼らにはやらせないって言ったんだ」

「じゃあ、誰が――？」

「私はこのショーはやらない」

1年後に他の人がブロードウェイで『バジュール』というショーを開幕した。ニューヨークで暮らすロマの話だった。

＊　＊　＊

落ち込んでいいはずなのに、なぜか浮き浮きしていた。マルマー医師が言っていた双極性障害のことを思い出した。〝双極性障害は、深刻な躁とうつの発作を伴う脳の異常で、気分は至福感から絶望感へと揺れ動きます……年間3万人の自殺の主要な要因です〟。僕は至福感に包まれ、何か素晴らしいことが起こりそうな気がしていた。

それは、電話という形でもたらされた。

「シドニー・シェルダンさんをお願いします」

「はい、僕です」

「私はロバート・フライヤーです」

ブロードウェイで大成功したプロデューサーだった。

「はい、フライヤーさん、何か?」

「ドロシーとハーバート・フィールズから、あなたに電話するように頼まれたんです。ふたりは『レッドヘッド』というミュージカルを書いているんですが、あなたに参加してほしいと言っています。ご興味はありますか?」

〝ドロシーとハーバート・フィールズとまた一緒に仕事をすることに、興味があっただろうか? もちろん!〟

落ち着いて聞こえるように努めて言った。

「はい、とても興味があります」

「それは素晴らしい。どのくらい早くニューヨークに来られますか? できるだけ早く始めたいんです」

2週間後、ジョルジャとメアリーと一緒に、マンハッタンの賃貸アパートに引っ越した。残念だったのは、ローラが一緒に来られなかったことだ。僕は彼女に支払うべき給料の全額と、たくさんのボーナスを支払った。切ない別れだった。

「シェルダンさん、私は家族と離れるわけにはいかないんです。寂しくなりますが、ご家族のために祈っています」

それがローラだった。

ロバート・フライヤーは40代半ばで、ハンサムで優雅な身なりをして、演劇への情熱を持った男だった。45丁目にある彼のオフィスで会った。

「『レッドヘッド』は本当に素晴らしいショーになりそうです」と彼は熱っぽく語った。

「僕たちと一緒に仕事をしてくれることをうれしく思っています」

「僕もうれしいです。そのショーについて教えてください」

「ドロシーが作詞を担当しています。音楽はアルバート・ヘイグが書いています。あなたとハーバートが脚本を書きます。舞台は世紀末のロンドン。ヒロインは、蝋人形館の恐怖の部屋に展示する人形を作っている若い女性です。連続殺人犯が捕まっておらず、彼は何の手がかりも残しません。その殺人犯が新たな犠牲者を殺した時、ヒロインがそれを目撃し、彼の蝋人形を作ります。殺人犯は彼女を殺そうとします。ミステリーとサスペンス、そして歌とダンスが混じり合った作品です」

「それはとても面白そうですね」

ドロシーには彼女の家で会った。挨拶が終わると、彼女は言った。

「さあ、仕事にかかりましょう」

ドロシーとハーバートは夢のような筋書きを思い描いていた。『アニー・ゲット・ユア・ガン』以来、彼らと会っていなかったので、久しぶりに一緒に仕事ができることがうれしかった。

フィールズ夫妻が、ブロードウェイのショーをすでに5～6作品も手がけていた作曲家のアルバート・ヘイグを紹介してくれた。彼は素晴らしい作曲家だった。

ヘイグは後に、テレビの連続番組『フェイム』のベンジャミン・ショロフスキー役で有名になった。

フィールズが考えていた基本的なアイデアがとても刺激的で面白いものだったので、脚本の執筆はスムーズに進んだ。ハーバートとドロシーは勤務時間をきちんと決めて働くプロだった。朝9時から夕方6時まで働いて、その後は皆、家に帰った。ベン・ロバーツと一緒に同時進行していたいくつもの番組を朝方まで書いていた日々を思い出した。

ジョルジャと僕はメアリーのために看護師を雇い、仕事がない時はニューヨークを探索した。劇場や美術館に行き、レストランでの外食を楽しんだ。ジョルジャを最初に連れて行ったのはサルディーズで、まだ店にいて、相変わらず温かく迎えてくれた。レストランのオーナーのヴィンセント・サルディが、シャンパンを飲みながら、素晴らしい食事をした。

ドロシーとアルバートが楽譜を仕上げている間に、ハーバートと脚本の初稿を仕上げた。

準備が整うと、ロバート・フライヤーのオフィスに集まり、脚本と楽譜に目を通した。

「素晴らしい」とフライヤーは言った。

「すべて望んでいた通りだ。さて次は、この作品に誰を起用するか、誰が主役をやるかだ」

魅力的で、共感できて、歌も歌えて、コメディーも演じられる主演女優が必要だった。簡単に見つかる組み合わせではない。女優の名前が載ったリストを読んで、最終的に僕らの全員が気に入った名前に行き着いた。それは、ビー（ビアトリス）・リリーだった。彼女は、コメディーを演じ、歌い、踊ることができるイギリスの演劇界のスターだった。

「彼女なら完璧だ。彼女に脚本と楽譜を送るよ」

フライヤーはそう言うと「そして祈るよ」

5日後、フライヤーのオフィスに再び集まっていた。彼はにこやかだった。

「ビー・リリーが気に入ってくれた。彼女は演じるつもりだ」

「それは素晴らしい」

「あとは振付師を探せば終わりだ」

そうはいかなかった。ビー・リリーはボーイフレンドに演出させたがったのだ。

僕たちは出演可能な女優のリストを見直した。

「ちょっと待って」とドロシーが言った。

「グウェン・ヴァードンはどうかしら？」

部屋中が明るくなった。

「なぜ、僕らは今まで思い付かなかったんだろう？彼女は完璧だ。美しく、才能のあるミュージカル・スター――しかも彼女は赤毛だ。今日の午後、彼女に脚本と楽譜を見せるよ」

今度は2日しか待たされなかった。

「彼女はやるよ」とロバート・フライヤーは言うと、ため息をついた。

「だが、ちょっと問題があるんだ」

皆、彼を見た。「それで？」

「彼女は自分のボーイフレンドに監督させたがっているんだ」

「ボーイフレンドって誰ですか？」

「ボブ・フォッシーだよ」

ボブ・フォッシーは素晴らしい振付師だった。彼は『パジャマ・ゲーム』と『ダム・ヤンキース』という二つのヒットしたショーの振付をしたばかりだった。

「彼は今までに何か監督したことがあるんですか？」

「いや、だがすごい才能がある。皆が賛成してくれるなら、彼にチャンスを与えてもいいと思っている」
「グウェン・ヴァードンは失いたくないですね」
ドロシーが言った。
「彼女を失わないようにしましょう」
彼女はロバート・フライヤーを見た。
「ボブ・フォッシーと話してみましょう」
ボブ・フォッシーは30代前半で、数本のハリウッド映画にダンサー、俳優として出演したことがある小柄で強烈な男だった。その後、振付師となり、刺激的で心躍るような独自のスタイルを作り出していた。彼のトレードマークは、帽子をかぶり手袋をして踊ることだった。帽子をかぶっていたのは、自分の頭が薄毛なことを隠すためだった。彼は自分の手が嫌いだから手袋をしているとも言われていた。

ブロードウェイの外れにあるリハーサル室で会った。ボブ・フォッシーは、このショーで何をしたいか、明確に分かっていた。刺激的なアイデアが一杯で、ミーティングが終わる頃には、彼を得られたことをうれしく思っていた。一人二役の契約だった。彼が振付と演出を担当するのだ。

リチャード・カイリーとレナード・ストーンでキャストを固め、リハーサルが始まった。

同時に問題も起き始めた。

ボブ・フォッシーは他の優れた振付師と同様、専制君主だったのだ。彼には自分なりのショーのビジョンがあった。脚本が書かれ、セットが作られ、衣装が発注されたが、フォッシーはそのすべてに不満だった。彼は独裁的で頑固で、皆を神経衰弱に陥れた。なぜ僕らがそれに耐えたのかというと、簡単な理由だった。彼は天才だったのだ。彼の振り付けは、ショーを輝かせる見事なものだった。フォッシーが脚本を書き直そうとした時、僕は抵抗した。ハーバートも同意した。結局、フォッシーがもうひとりのライター、デイヴィッド・ショーを招き入れることに僕らは同意した。

リハーサルは素晴らしい出来だった。グエンは見事だった。ダンスも壮麗で、脚本も夢のようにうまくいった。何がうまくいかなくなるか、息を潜めて待っていた。

母のナタリーとマーティが初演を見るためにニューヨークにやって来た。弟のリチャードは妻のジョーンと飛行機で駆けつけてくれた。皆、ジョルジャと僕と一緒に客席に座った。今回は、誰ひとりとして失望することはなかった。

『レッドヘッド』は1959年2月5日にニューヨークの46丁目劇場で初演され、評論家は皆、賞賛した。グウェンを絶賛し、歌と踊りを気に入り、脚本を楽しんだ。

・「今季最高のミュージカル・コメディー……」:『ニューヨーク・ポスト』紙のワッツ（評）
・「今年、いや、7年ぶりのミュージカルの勝利……」:『ニューヨーク・テレグラム・アンド・サン』紙のアストン（評）
・「今季最高のミュージカル！」:『ニューヨーク・ジャーナル・アメリカン』紙のマックレイン（評）
・「最高峰のミュージカル！」:『ニューヨーク・ニュース』紙のチャップマン（評）
・「レッド・ホット・ヒット！」:ウィンチェル（評）
・「ミュージカルの爆竹……」:『ニューヨーク・ヘラルド・トリビューン』紙のケール（評）

『レッドヘッド』はその年、トニー賞7部門にノミネートされ、5部門で受賞した。言うまでもなく、僕たちは大喜びした。

その3カ月後に、グウェン・ヴァードンとボブ・フォッシーは結婚した。

エレベーターは再び最上階にあり、僕はハリウッドに戻る時が来たと決めた。映画スタジオが雇ってくれるのを待つつもりはなかった。映画スタジオが買いたくなるような劇の脚本を書こうと思ったのだ。

ブロードウェイでヒット作を出すのは、とても簡単なことなのだ。僕は以前から五感を超えた超能力に興味を持っていた。しかし、そうしたテーマの映画や演劇はとてもシリアスなものだった。若くて美しい超能力者のロマンティック・コメディを書くのは楽しいだろうと思った。

劇の脚本を書き、それを『ローマン・キャンドル』と呼んだ。エージェントがこの作品をさまざまなスタジオやブロードウェイのプロデューサーに送ったところ、驚いたことに、誰もが熱狂した。ブロードウェイのプロデューサー4人から、この作品にオファーがあったのだ。

ブロードウェイで最高峰の監督のひとり、モス・ハートもこの作品の監督を務めたがった。モス・ハートはブロードウェイで大ヒットしたミュージカル『マイ・フェア・レディ』の監督をしたばかりだった。彼は、一緒に仕事をしたプロデューサーのハーマン・レビンに『ローマン・キャンドル』の制作をやらせたがった。サム・スピーゲルもまた、制作を希望していた。

僕のエージェントはオードリー・ウッドだった。オードリーは小柄で活動的な女性で、ブロードウェイで名を馳せた演劇エージェントのひとりだった。彼女は夫のビル・リーブリングと一緒に仕事をしていて、テネシー・ウィリアムズやウィリアム・インゲなど一流の劇作家のエージェントをしていた。

オードリーは言った。

「これは大作になるわ。サム・スピーゲルからまた契約したいと電話があったの。彼はモス・ハートの友人で、モスが彼のために監督をするそうよ」

感激した。彼以上の人はいなかった。

オードリーからまた電話があった。

「あなたにいくつか新しいニュースがあるの。ウィリアム・ワイラーがあなたの脚本を読んで、映画を監督したいそうよ」

ウィリアム・ワイラーは、ハリウッドでトップ・クラスの監督だった。『ミセス・ミニヴァー』『ベン・ハー』『ベスト・イヤーズ・オブ・アワー・ライブズ』『ローマの休日』などの名作を監督していた。彼はミリッシュ社に所属し、彼らがこの映画を制作するということだった。彼らはブロードウェイの劇にも投資したいと言ってきた。どちらかを選ばなければならなかった。サム・スピーゲルとモスか、またはウィリアム・ワイラーとミリッシュ社か？

「モスは劇をやりたがっているのだから」と僕はオードリーに言った。

「サム・スピーゲルに劇を制作してもらい、モスが監督して、映画はウィリアム・ワイラーとミリッシュ社がやるというのはどうだろう？」

オードリーは首を横に振った。

「映画化権を得られないのに、サムが劇を制作するかどうかは疑問だわ」

「彼に聞いてみてよ」と僕は強く勧めた。

翌日、彼女は言った。

「私が正しかったわ。スピーゲルは映画化権もほしがっているの。でも、この劇にぴったりのプロデューサーがいるわよ。彼女は『キャンディード』というヒット作を制作したばかりよ。彼女の名前はエセル・リンダー・ライナーよ」

エセル・リンダー・ライナーに会った。彼女は50代で、白髪混じりの、とても積極的な女性だった。

「あなたの脚本、とても気に入ったわ。一緒にやれば大ヒット作にできるわよ」

アラン・ラーナーとフレデリック・ローエも超能力者についてのブロードウェイ・ショーを書いていて、制作の準備が整っていると聞いていた。彼らは『ローマン・キャンドル』のために保留にしていたのだ。映画やテレビでは、成功すればすぐに真似をする人が出てくるが、ブロードウェイではオリジナリティが重要だ。ラーナーとローエは、超能力者を扱ったショーを他の誰かがやったばかりの時に上演したくなかった。それで『ローマン・キャンドル』の成り行きを見守っていたのだ。

アランとは、共にMGMで働いていた時に会ったことがあって、彼のことは好きだった。彼とフレデリック・ローエは非常に才能豊かで、決して上演されることのないショーに時間と才能を浪費したことを残念に思っていた。

誰もが僕らの作品は大ヒット作になると言っていた。モス・ハートが『ローマン・キャンドル』を演出するのだから、大ヒットになるはずだった。

オードリーに言った。

「モスに電話して、先に進めようと伝えてくれない?」

「もちろんよ。上演は早ければ早いほどいいわ」

翌日、オードリー・ウッドとエセル・リンダー・ライナーと打ち合わせをした。

「モスから電報が来たの」とオードリーが言った。

彼女はそれを声に出して読んだ。

「親愛なるオードリー、あなたの最終通告を受け取りましたが、私は今、『アクト・ワン』という自伝を書いている最中で、それを完成させてシドニーの劇を監督できるようになるには、あと半年はかかりそうです」

彼女は僕を見上げた。

「他の演出家を探しましょう」

その時こそ、僕が声を上げるべき時だったのだ。

〝ブロードウェイでモス・ハートに勝る演出家はいない。急いで上演する必要はない。彼を待とう〟と。でも、僕は対立することが大嫌いだった。小さい頃、両親の激しいけんかを聞いて以来、口論が恐ろしくて仕方なかったのだ。だからうなずいた。

「何でも君の言う通りにするよ」

それが人生における最大の過ちの一つとなった。エセル・リンダー・ライナーはアマチュアだったのだ。彼女はブロードウェイもハリウッドも理解できていなかった。この映画を監督する予定だったウィリアム・ワイラーに紹介すると、彼女は言った。

「私は『サンセット・ブルバード』が大好きです」

それはワイラーではなくビリー・ワイルダーの監督作品だった。

僕らはこの作品のキャスティングを始めた。エセルはテレビ・シリーズに出演していた若くて美しい女優、インガー・スティーブンスと、ロバート・スターリング、そしてジュリア・ミードを選んだ。演出は、ほとんど演出経験のないデビッド・プレスマンだった。脚本家として、監督およびキャスティングを承認する権利を持っていたが、波風を立てたくなかった。インガー・スティーブンスとロバート・スターリングがニューヨークにやって来て、リハーサルが始まった。

ウィリアム・ワイラーから電話があった。

「シドニー、問題が起きた」

深く息を吸い込んだ。

「何があったんだ？」

「オードリー・ヘプバーンとシャーリー・マクレーンが君の脚本を読んで、ふたりとも映画に出たいと言っているんだ」

「ウィリー……そんな問題がこれからも続きますように！」

この劇は、若く美しい超能力者である女性が、彼女が結婚すると分かっている男性の写真を『タイム』誌の表紙で見て、ニューヨークへやって来るところから始まった。その男性は上院議員の娘と結婚間近の科学者だった。そこから事態は複雑になっていった。陸軍は軍の科学者のひとりが超能力者を名乗る女性と交際することを快く思わなかったのだ。

リハーサルはうまくいった。劇は地方公演でオープンし、まるで母のナタリーが書いたかのような好評を得た。

・「シドニー・シェルダンのハッピーな風刺劇は、まさに喜びの源。滑稽で……」フィラデルフィアでの評

・「シドニー・シェルダンの『ローマン・キャンドル』は、昨夜のシューベルト劇場で起きた、たくさんの笑いの原因だ」ニュー・ヘイブンでの評

・『ローマン・キャンドル』は『ノータイム・フォー・サージャンツ』以来初の、軍隊を題材にした最も愉快な喜劇……」デラウェア州ウィルミントンの『ジャーナル・イブニング』紙

・『ローマン・キャンドル』は、われわれの軍隊と美しい超能力者についての陽気で、ジョークに満ちた茶番劇」ジョン・チャップマン（評）

どの劇場で演じても観客の笑いが壁にこだましていた。オードリーは言った。

「この劇は永遠に上演され続けるわ」

自分の興奮を抑えようとした。どの街で演じても、絶賛された。脚本に磨きをかけ、研ぎ澄まし続けた。どのシーンも見事だった。ニューヨーク公演の準備が整っていた。誰もがとても楽観的だった。観客に愛される劇ができたのだ。

マンハッタンで公演を行う時が来た。僕らはコート劇場というこの劇にとって最適な会場を手に入れていた。地方公演での評判が先に届いていた。ニューヨークの新聞の芸能面は、すでに大ヒット作と宣言し、出演者の写真と、紹介記事で埋め尽くされていた。家族、ブロードウェイの友達、そしてハリウッドからも、お祝いの電報が届いていた。皆、大きな興奮に包まれていた。僕らは賭けを始めた。

プロデューサーは言った。

「2年間は続くと思う」

オードリー・ウッドが口を開いた。

「地方公演なら3年、いや、4年はいけるかもしれない」

彼らは僕に目を向けた。あまりに多くの苦い経験を積んでいた。

「演劇に賭けるのはずっと前にやめたんだ」

初日の夜はうまくいき、観客は喜んでいた。その日の夜遅く、早く出た劇評を読んだ。

・「……6日間の自転車レース[2]よりも精気がない」『ニューヨークタイムズ』紙
・「登場人物は驚くほど無個性」『バラエティ』誌
・「このショーが失敗作だ、という印象をあなたに与えたいわけではない。そうではないのだ。『ローマン・キャンドル』は穏やかで慎み深く、頭の堅い、ささやかな作品だ」『ニューヨーク・ヘラルド・トリビューン』紙
・「裁判所という舞台を、役者たちが脚本で描かれた以上に生き生きと心躍るものにしている」『Q』誌[3]
・「『ローマン・キャンドル』のストーリーの進行は遅過ぎる」『ニューヨーク・デイリー・ニュース』紙

演劇評論家とは問題のあるショーが開幕するまで待ち、それから中に入って傷ついた人々を撃つ人のことだ、と言った評論家もいた。

『ローマン・キャンドル』は5回の公演で幕を閉じた。

閉幕したすぐ後に、ラーナーとローエが超能力者を扱ったショーの制作に取りかかった。『ある晴れた日に永遠が見える』というタイトルだった。

これは大ヒットとなった。


担当のエージェントがハリウッドから僕に電話をかけてきた。

「劇は残念だったわね」

「同感だ」

「残念だけど、悪い知らせがあるの」

「この劇が悪い知らせだと思っていたよ」

「まだあるのよ。ウィリアム・ワイラーがこの映画を監督しないことに決めたの」

それが最後の一撃だった。

ブロードウェイでヒット作を出し損なうのは、とても簡単なことなのだ。

第28章 愛する次女、アレクサンドラの誕生とその後

Chapter 28 ◆ The Birth of My Loving Second Daughter, Alexandra, Thereafter

ある日、家の近くの渓谷で山火事が発生した。もし、峡谷から火が広がれば、何十軒もの家が焼失するところだった。

消防署員が玄関に現れた。

「山火事がかなり早く広がっています。避難し始めてください」

ジョルジャは慌てて必要なものを集めた。当時5歳だったメアリーの手を引いて、車まで連れて行った。持っていくものをすぐに決めなければならなかった。書斎には、賞のコレクション、棚いっぱいの初版本、研究論文、スポーツウェア、愛用のゴルフクラブなどがあった。でも、持っていかなければならない、より大切なものがあった。

家の中に駆け戻り、どこでも買えるような黄色のノートパッド5～6冊と手に握れる限りのペンをつかんだ。心のどこかで、数週間ホテル暮らしになるかもしれないが、執筆を中断させるわけにはいかないと本能的に思ったからだ。この家から持ち出したのはそれだけだった。

「出発できるよ」

幸いなことに、消防署が火事を制圧してくれて、わが家は無傷で済んだ。

電話口から聞き覚えのある声がした。

「演劇評論家は頭がおかしい。『ローマン・キャンドル』の脚本を読んで、気に入ったよ」

声の主はドン・ハートマンだった。

「ありがとうございます、ドン。お言葉に感謝します」〝花は送らないで〟

「君に書いてもらいたい企画があるんだ。『オール・イン・ア・ナイツ・ワーク』というタイトルだ。ディーン・マーティンとシャーリー・マクレーンが主演する予定だ。ハル・ウォリスが制作する。シナリオはかなり良く出来ているが、主演のスターに合わせて書き直さなければならない」

「ディーンとの仕事は楽しいですね」

「良かった。どのくらい早く始められるかい？」

「残念ですが、今すぐには始められないですよ、ドン。15分くらい待ってください」

彼は笑った。

「君のエージェントに電話するよ」

パラマウントに戻れたのはうれしかった。パラマウントはたくさんの素晴らしい思い出を与えてくれていた。プロデューサー、映画監督、脚本家、秘書など、見慣れた顔ぶれが、まだたくさん残っていた。僕は家に戻ってきたような気がした。

ハル・ウォリスと会う約束をしていた。ハル・ウォリスとは社交の席で何度か会ったことはあったが、一緒に仕事をしたことはなかった。彼は、『リトル・シーザー』『ザ・レイン・メーカー』『アイ・アム・ア・フュージティブ・フロム・ア・チェーン・ギャング』『ザ・ローズ・タトゥー』など、名だたる映画を次々と制作していた。ハルは背が低く、小柄な体格で、厳粛な雰囲気の人だった。70代に入っていたが、以前にも増して精力的に活動していた。

オフィスに入ると、彼は立ち上がった。

「君を呼んだのは」と彼は言った。

「この映画が君のお得意な路線だからだ」

「一緒に仕事に取りかかるのが楽しみです」

その映画について語り合い、彼は自分のビジョンを伝えてくれた。帰り際に彼が言った。

「ところで、『ローマン・キャンドル』を読んだよ。素晴らしい脚本だね」

〝手遅れだよ、ハル〟

「ありがとうございます」

仕事に行く時間だった。

エドマンド・ベロインとモーリス・リッチリンがシナリオを書いていて、それは卓越したものだったが、ドンの言う通りだった。主演のディーンとシャーリーに合わせなければならなかった。ふたりとも独特の個性を持っていたので、脚色は簡単で、すぐに書き始めた。

ある晩、スタジオから家に帰ると、ジョルジャが大きな花束を持って待っていた。彼女は目を輝かせていた。

「父の日おめでとう」

驚いて彼女を見た。

「今日は父の日じゃない……」

そして、彼女が言いたことが分かった。彼女の腕をつかんで引き寄せると、彼女を抱きしめた。

「女の子と男の子、どっちがいい？」

「それぞれふたりずつ」

「あなたにとってはそう言うのは簡単ね」

彼女を引き寄せた。

「どちらでもいいよ、ダーリン。赤ちゃんがメアリーと同じくらい素晴らしい子であることを祈ろう」

メアリーは当時5歳だった。弟や妹ができることを彼女はどう思うだろう？

「君がメアリーに言うつもり？　それとも僕が言うべきかな？」

「メアリーにはもう話したわ」

「どんな反応だった？」

「そうね、とてもうれしいと言ったけど、数分後に私たちの部屋から彼女の部屋まで何歩あるか、赤ちゃんの部屋になる場所まで何歩あるか、数えているのを見たわ」

僕は笑った。

「メアリーはお姉ちゃんになるのを喜ぶだろう」

「赤ちゃんの名前はどうする？」

「女の子なら、アレクサンドラと名付けたいわ」

「可愛い名前だね。男の子なら、アレキサンダーと名付けよう。人類の守り手という意味だよ」

ジョルジャは微笑んだ。「良いわね」

一晩中、メアリーと赤ちゃんのための計画について話した。翌朝は疲れていたが、幸せだった。信じられないほど幸せだった。


『オール・イン・ア・ナイツ・ワーク』のシナリオは順調に進んでいた。時折、ハル・ウォリスに相談したが、彼の意見はいつも役に立った。セットも出来上がり、ジョセフ・アンソニーが監督として起用された。

クリフ・ロバートソンとチャールズ・ラグルズがキャストに加えられた。ディーンとは一緒に仕事をしたことがあったが、シャーリー・マクレーンとは一度も会ったことがなかった。僕が知っていたのは、彼女が非常に才能のある女優であることと、たくさんの前世を生きたと彼女が信じている、ということだけだった。たぶん、そうだったのだろう。しかし、現世の彼女に会ってみると、エネルギーにあふれた、生き生きした赤毛の女性だった。

「シドニー・シェルダンね」

彼女は僕をじっと見た。

「シャーリー・マクレーンです。お目にかかれてうれしいわ、シドニー」

別の人生で会ったことがあるのだろうかと思った。ディーンは僕を見てニヤリと笑った。

「まだ僕に飽きてないの？」

「決して飽きないよ」

ディーンはまったく変わっていなかった。スターとしての地位にまったく影響されず、以前と同様にリラックスした、気楽な男だった。

マーティンとルイスが別れた後、ジェリーはさらに40本の映画を作り、筋ジストロフィーの子供たちのための募金活動に力を注いだ。ディーンは映画を撮り続け、テレビ番組にも主演し、大成功を収めた。

テレビはディーンのライフスタイルにぴったりだった。テレビ局との契約では、彼はリハーサルしなくてもよいことになっていた。そして、そのショーは素晴らしいものだった。

ジョルジャと僕はディナー・パーティーを開き、招待もされた。友人を利用する父オットーの性癖を見習うのが嫌で、反対の方向に行き過ぎてしまい、意図せずして素晴らしい人たちを傷つけてしまったこともある。エディー・ラスカーは、ロード・アンド・トーマスという素晴らしい広告代理店の後継者だった。彼の妻のジェーン・グリアは、美人で売れっ子の女優だった。頻繁に自宅に招いてくれたが、彼らのパーティーは豪華絢爛だった。ジョルジャと僕は彼らと一緒にいるのが楽しかった。

ある晩、エディーが言った。

「一緒にいるのがこれだけ楽しいんだから、週に一度、立食形式のデートをしないか」

そう言われて考えた。〝彼らのように豪華な接待をする余裕はない。彼らを利用することになってしまう〟。そこで僕は言った。

「エディー、会える時にだけ会おう」

彼の顔を見て、彼を傷つけたことを知った。

一緒にいて楽しかったもう一組のカップルは、アーサー・ホーンブローと彼の妻のレアノールだった。アーサー・ホーンブローはプロデューサーとして成功していた。ある日、アーサーが言った。

「君に楽しんでもらえるようなプロジェクトがあるよ」

〝彼はとても成功しているし、仕事が必要だが、彼を利用したくはない〟。そう思って僕は言った。

「社交として会うだけにしようよ、アーサー」

そうして僕は友人を失った。

『オール・イン・ア・ナイツ・ワーク』が完成してしばらくたってから、ジョルジャがふたり目の赤ちゃんを生む時がきた。今度は準備万端だった。病院の場所は知っていたし、直前になって慌てなくてもいいように早めに出発した。病院では病室に通され、あとは僕たちの息子か娘の到着を待つだけだった。本当にどちらでもよかった。

かかりつけの産科医のブレイク・ワトスン医師はすでに病院に来ていた。

夜中の1時にアレクサンドラが誕生した。分娩室の外で待っていると、ワトソン医師とふたりの看護婦が急いで出てきた。ワトソン医師は毛布にくるまった赤ん坊を抱いていた。

「先生、どうですか――?」

彼は目の前を急いで通り過ぎた。僕はパニックになった。数分後にジョルジャが車椅子で分娩室から自分の病室に運ばれていった。彼女はとても青白い顔をしていた。

「すべて順調なの？」

彼女の手を取った。

「すべて順調さ。すぐに会いに行くからね」

彼らが彼女を連れ去るのを見送った後、急いでワトソン医師を探した。

新生児集中治療室の前を通りかかると、窓越しにワトソン医師が見えた。他のふたりの医師とベビー・ベッドのそばに立って、熱い議論を交わしていた。心臓がドキドキし始めた。その場に飛び込みたかったが、我慢して待っていた。ワトソン医師は顔を上げて僕を見ると、他の医師に何か言った。皆が僕の方を向いた。息苦しくなった。ワトソン医師が廊下へ出てきた。

「どうしたんですか?」と彼に尋ねた。

「何か——何か良くないことがあるんですか?」

僕はほとんど話すことができなかった。

「残念ですが、悪い知らせです、シェルダンさん」

「赤ちゃんが死んだんですね!」

「違います。でも——」

医師は言い続けるのが辛そうだった。

「あなたの赤ちゃんは二分脊椎で生まれたんです」

彼の体を揺さぶりたくなった。

「それはどういうことですか? 分かりやすい言葉で言ってください」

「二分脊椎症[1]は先天性の病気です。妊娠の最初の数カ月の胎児の時に、背骨がきちんと閉じないのです。こうした赤ちゃんが生まれた時には、脊椎の上に薄い皮膚の層があるだけです。脊髄が本当に背中から突き出ているのです。これは最も——」

「それなら、何とか直してくれ!」と僕は叫んでいた。

「そんなに簡単なことではないのです。専門医でなければ——」

「それならここに専門医を呼べ。聞いているのか? 今すぐだ! 今すぐにだ!」


自分をまったく抑えきれなくなり、泣いていた。彼はそんな僕をちょっと見てうなずくと、急いで立ち去った。

ジョルジャにこの知らせを伝えなければならなかった。それはおそらく人生で最も困難な瞬間だった。

部屋に入ると、彼女は僕の顔を見て言った。

「何が問題なの?」

「すべて、うまくいくよ」と彼女に約束した。

「アレクサンドラには生まれつきの、あの——その——問題があるけれど、これから専門医が来て治療してくれる。すべてうまくいくよ」

早朝の4時にふたりの医師が到着し、ワトソン医師がふたりを新生児集中治療室に連れて行った。彼らがうなずいてくれるように、安心させるような微笑みを浮かべてくれるようにと祈るような気持ちで、しばらく新生児集中治療室の外に立ち、彼らの顔を見ていた。そしてついに、それに耐えられなくなった。ジョルジャのもとに戻った。彼女のそばにいて、ふたりで座って沈黙し、待っていた。

30分後にワトソン博士がやってきた。彼はジョルジャと僕を一瞬見つめ、穏やかな声で言った。

「二分脊椎の専門医ふたりがあなたの赤ちゃんを診察しました。この子が助かる可能性は極めて低いというのが彼らの見解です。もし助かったとしても、おそらく水頭症で、脳に水分がたまっている状態でしょう」

一言一言がハンマーで打たれるかのように響いた。

「おそらく腸や膀胱の合併症もあるでしょう。二分脊椎症は一生の障害となる先天性疾患です」

「でも、生きられる可能性はあるのですか？」

「はい、でも――」

「それなら家に連れて帰ります。24時間体制で看護師を付けて、設備も――」

「シェルダンさん、それはできません。この問題の対処に慣れている介護施設に入れる必要があります。ポモナの近くにお勧めできるホームがあります」

ジョルジャと僕は顔を見合わせた。彼女は言った。

「それなら会いに行けるわ」

「そうなさらない方がよいでしょう」

その意味が理解できるまで、しばらく時間がかかった。

「つまり――」

「彼女は死ぬんです。残念ながらおふたりにできることは祈ることだけです」

〝自分の赤ちゃんが死ぬことを祈るなんてことが、どうやったらできるんだ？〟

医学誌で二分脊椎について書かれたものをすべて読んだ。回復の見込みはあまりなかった。アレクサンドラがどこにいるのか、とメアリーに聞かれたので、赤ちゃんは病気でしばらく家に帰れないと伝えた。

なかなか眠れなかった。見知らぬ土地で、誰も抱いてくれず、誰も愛してくれず、苦しみながらベビー・ベッドに横たわるアレクサンドラの姿が目に浮かんだ。何度か夜中に目を覚ますと、ジョルジャが誰もいない子供部屋で泣いていた。しかし、希望はあった。記録によれば、二分脊椎の子どもたちの中には、成人まで生きられる子もいたのだ。

アレクサンドラには特別なケアが必要だが、それを与えることができるだろう。僕らはあきらめない。ワトソン医師が間違っているのだ。医学的な奇跡は毎日起きていたのだから。

生命を救う新薬の記事を見つけるたびに、ジョルジャに見せた。

「見て。これ、昨日まで市場にも出ていなかったんだ。これからは何千人もの命を救うことになるよ」

そしてジョルジャは、画期的な医学の進歩に関する記事を探すのだった。

「新しい科学上の発見が医学のあり方を変えようとしている、と書いてあるわ。私たちの赤ちゃんを救うものが見つからないはずはないわよね」

「もちろんだ。彼女は僕たちの遺伝子を持っている。彼女は生き残れる強さを持っているんだ。しばらく頑張りさえすればいい」

ためらった後で、こう付け加えた。

「彼女を家に連れて帰るべきだと思う」

ジョルジャの目には涙があふれていた。

「私もそう思うわ」

「朝になったらワトソン医師に電話するよ」

オフィスにいたワトソン医師に連絡した。

「ワトソン先生、アレクサンドラのことで話があるんです。ジョルジャと僕は彼女が——」

「あなたに電話をかけるところでした、シェルダンさん。アレクサンドラは夜中に亡くなりました」


地上に地獄があるとすれば、それは子供を亡くした両親のために存在する。言いようのない悲しみで、それは完全に消えることはない。アレクサンドラとメアリーが一緒に成長し、僕たちの愛に守られて素晴らしい幸せな人生を送ることを考えずにはいられなかった。

しかし、アレクサンドラが夕陽を見ることも、美しい庭を歩くこともない。鳥が飛ぶのを見ることも、夏の暖かい風を感じることもない。アイスクリームを味わうことも、映画や演劇を楽しむこともない。かわいいドレスを着ることも、車に乗ることもない。恋をすることも、家族を持つ喜びも決して経験できないのだ。決して、決して、決して。

時間が経つにつれて、痛みが和らぐという考え方があるが、痛みはより強くなった。生活は行き詰まった。唯一の慰めはメアリーで、僕とジョルジャはおかしいぐらい過保護になっていることに気付いた。

ある日、ジョルジャに言った。

「赤ん坊を養子にもらうのはどう?」

「いいえ、まだダメ」

そして数日後、彼女は僕のところに来て言った。

「そうしたほうがいいかもしれない。メアリーには妹か弟がいた方がいいから」

ワトソン医師に養子を望んでいると話した。ワトソン医師は、ちょうど、妊娠中の大学4年生から相談を受けたところだった。彼女は出産間近でボーイフレンドと別れてしまい、赤ちゃんを養子に出したがっていた。

「赤ちゃんの母親は知的で魅力的で、良家の出身です」とワトソン医師は言った。

「これ以上の子はいないでしょう」

ジョルジャと6歳の娘と僕の3人で家族会議を開いた。

「決定権は君にある」とメアリーに言った。

「弟か妹が欲しいかい?」

彼女はしばらく考え込んでいた。

「その子は死なないのよね?」

ジョルジャと顔を見合わせた。

「そうだよ。死なないよ」

彼女はうなずいた。

「なら、いいわ」

それで決着がついた。

僕は支払いの手続きをした。

3週間後の真夜中にワトソン医師から電話があった。

「健康な娘さんを授かりましたよ」

彼女をエリザベス・エイプリルと名付けたが、それは彼女にぴったりだった。美しく健康で、茶色の瞳の赤ちゃんだった。彼女の笑顔が素敵だと思ったが、ジョルジャはガスがたまっているのだろうと言った。

許可が下りるとすぐにエリザベス・エイプリルを家に連れて帰った。僕たちの人生は再び動き始めた。ジョルジャと僕は、アレクサンドラのために考えていた夢の計画を実行し始めた。僕たちにとって、エリザベス・エイプリルは血のつながった家族で、人生の一部だった。彼女をベストな学校に送り、自分のキャリアを選ばせるつもりだった。メアリーが彼女を大切にしているのを見て、うれしく思った。アレクサンドラのために買った美しい小さな服をエリザベス・エイプリルに与えた。絵の具とイーゼルを買い与えたのは、彼女が芸術家になる気がある場合に備えてのことだった。ピアノのレッスンがそれに続く予定だった。

月日がたつにつれて、エリザベス・エイプリルも姉を慕っていることが分かってきた。メアリーがベビー・ベッドにやってくると、エリザベス・エイプリルはいつもクスクス笑った。それは素晴らしい光景だった。ジョルジャと僕は正しい選択をしたのだ。ふたりは一緒に成長し、お互いに愛し合うようになるのだ。

エリザベス・エイプリルが生後6カ月まであと1週間という時に、ワトソン医師から電話があった。

「素晴らしい選択でしたね、先生」と言った。

「これほど幸せな赤ちゃんは見たことがありません。言葉で言い尽くせないほど、感謝しています」

長い沈黙があった。

「シェルダンさん、今さっき赤ちゃんのお母さんから電話があって、子供を返してほしいとのことです」

体中の血が凍りついた。

「一体何のことですか？　僕たちはエリザベス・エイプリルを養子にしたので――」

「残念ながら、子供を養子に出した母親は、6カ月以内なら心変わりしてもいいという州法があるのです。赤ちゃんの母親と父親は結婚して赤ちゃんを育てることに決めたのです」

ジョルジャにこのニュースを伝えると、彼女は青ざめ、気絶するのではないかと思った。

「彼らは――彼らは――私たちから赤ちゃんを奪うことはできないわ」

しかし、彼らにはできたのだ。

エリザベス・エイプリルは翌日、連れ去られた。ジョルジャと僕は何が起こっているのか信じられなかった。メアリーは涙を流して、こう言った。

「うちにいる間、エリザベスは素晴らしかったわ」

その後数カ月の耐え難い苦しみを、僕たちがどう乗り越えたのかは分からないが、どうにかこうにか乗り切った。宗教と科学を合理的に組み合わせた無宗派の教会であるチャーチ・オブ・レリジャス・サイエンスに慰めを見出していた。その平和と善の哲学はジョルジャと僕がまさに必要としていたものだったのだ。1年間、プラクティショナー養成コースを受講し、その後、2年目も受講した。それは驚異的な癒しの体験だった。それでもまだ人生に穴が空いた感じがしていたが、準備ができようとできまいと、人生は続いていくものなのだ。

第29章 初のテレビ番組『ザ・パティ・デューク・ショー』との出会い

Chapter 29 ◆ How I Have Come to Write My First Television Show, "The Patty Duke Show"

有名な作詞家のサミー・カーンは、以前、こう尋ねられたことがある。

「音楽か、歌詞かどちらが先か？」

「どちらでもない。まず電話がかかってくる」

その電話はジョー・パステルナークからかかってきた。

「シドニー、MGMが『ジャンボ』の映画化権を買ったんだ。君にシナリオを書いてほしい。空いているかい？」

僕は手が空いていた。

ビリー・ローズの『ジャンボ』は1935年にブロードウェイで開幕したミュージカルだった。ブロードウェイのトップ・プロデューサーのひとりであるビリー・ローズは、小手先の仕事をするような人物ではなかった。彼は43丁目の巨大なヒッポドローム劇場を買収し、サーカスのテントのように、観客が「リング」を見下ろせるように建て直したのだ。ジミー・デュランテとポール・ホワイトマンが出演し、ベン・ヘクトとチャーリー・マッカーサーが脚本を書き、ロジャースとハートが作曲し、ジョージ・アボットが演出した。まさに「クレーム・ド・ラ・クレーム」、最高級の制作陣だった。

開幕したこのショーは演劇評論家には大好評だったが、一つだけ欠点があった。制作費が非常に高額だったために、利益を出すことはおろか、赤字を出さないことも不可能だったのだ。そのため、このショーは5カ月で幕を閉じた。

最後にMGMの撮影所にいた時から、ほぼ10年がたっていた。一見したところ、ほとんど何も変わっていないように見えた。しかし、それは大きな間違いだとすぐに分かった。

ジョー・パスターナックはまったく変わっていなかった。以前と同様、素晴らしく精力的だった。

「ドリス・デイ、マーサ・レイ、ジミー・デュランテとはすでに契約した。ドリスを獲得するために、彼女の夫であるマーティ・メルヒャーを共同プロデューサーにしなければならなかったよ。君の古い友人のチャック・ウォルターズが監督をすることになっている」

それは良いニュースだった。チャックとは『イースター・パレード』で一緒に仕事をして以来、会っていなかった。

「主役の男性は誰がやるんですか?」

パスターナックはためらった。

「まだ決まっていないが、ブロードウェイの『キャメロット』に出演している俳優が適任かもしれない」

「その人の名前は?」

「リチャード・バートンだ。ウォルターズと一緒にニューヨークへ飛んで、彼を見てきてほしいんだ」

「喜んで」

その日、ランチを食べに食堂に行って、ショックを受けた。以前と同じウェイトレスのポーリンがまだ働いていた。互いに挨拶をすませると、彼女は僕をあるテーブルに座らせようとした。

「ライターのテーブルはどこだい?」と僕は尋ねた。

「ライターのテーブルはないんです」

「そうなのか。それならここをライターのテーブルにしよう」

彼女は一瞬、僕を見つめた。

「シェルダンさん、残念ながらとても孤独なテーブルになりますよ。ライターはあなたひとりですから」

150人いたライターから、

「撮影所にライターはあなただけです」

10年でハリウッドはそれだけ変わってしまっていたのだ。

その後、数日間、僕は『ジャンボ』の物語を映画化するためのあらすじ作りに取り組んだ。金曜日にチャールズ・ウォルターズと一緒に、リチャード・バートンの『キャメロット』を見るためにニューヨークに飛んだ。

『キャメロット』はジュリー・アンドリュース、リチャード・バートン、ロバート・グーレが出演した大作だった。モス・ハートが監督した。バートンの演技は見事だった。

　ショーの後でチャールズ・ウォルターズと僕がバートンとディナーに行けるよう、スタジオが手配してくれていた。サルディーズでバートンが来るのを待った。リチャード・バートンは偉大な存在として知られていたが、気さくで社交的で、ウェールズ人らしい魅力にあふれていた。彼は読書家で、知的で、さまざまな事に興味を持っていた。バートンはまだ大スターではなかったが、まさに大物になろうとしていた。

　シナリオのあらすじを書く時間がなかったので、代わりに言った。

「まだ何も書いてはいないのですが、ストーリーをお話ししましょう」

　彼は微笑んだ。

「ストーリーが大好きなんです。どうぞ続けてください」

『ジャンボ』は、二つのサーカス団の対立を背景とした、ロマンチックなラブストーリーだった。話し終えると、リチャード・バートンは僕のストーリーに熱狂した。

「とても気に入りました」と彼は言った。

「それに、ドリス・デイと一緒に仕事をするのが楽しみです。僕のエージェントに電話して、契約するように言ってください」

　チャックと顔を見合わせた。主役を手に入れたのだ。すべて用意は整った。

　翌朝、ハリウッドに戻った。ジョー・パスターナックは、バートンとの契約を成立させるようにとベニー・タウに言った。タウはハリウッドにいるバートンのエージェントのヒュー・フレンチに電話し、ミーティングを手配した。

　ふたりが挨拶を交わした後で、ヒュー・フレンチは言った。

「リチャードから電話がありました。彼はこのプロジェクトを気に入って、とてもやりたがっています」

「それは良かった。契約書を作るよ」

「いくらで？」

「20万ドルだ。それが彼の直近の映画での契約額だ」

　エージェントは言った。

「25万ドル欲しいんです、ベニー」

　強弁な交渉人のタウは憤慨した。

「なぜ、昇給しなければならないんだ。彼はそれほど重要な人物ではない。このパートは彼にとっては休憩のようなものだよ」

「ベニー、言っておきますが、彼には別の映画のオファーが来ているんです。そちらは喜んで25万ドル出すそうです」

タウは頑なに言った。

「いいさ。払ってもらえばいい。われわれは他の誰かにするさ」

そして、その通りになり、リチャード・バートンは『ジャンボ』に出演する代わりに『クレオパトラ』の出演契約を結び、エリザベス・テイラーと出会って恋に落ち、ハリウッドの恋愛ゴシップに刺激的な新しい一章を提供することになった。もしタウが5万ドル余分に支払っていたら、リチャード・バートンは『ジャンボ』に出て、マーサ・レイと結婚していただろう。

主演男優としてスティーブン・ボイドと契約し、映画の撮影準備は整った。キャストは華々しかった。ドリス・デイはキティ・ワンダーの役にぴったりだった。スティーブン・ボイドは素晴らしく、マーサ・レイには好感が持てた。しかし、お気に入りはジミー・デュランテだった。

デュランテはピアニストとしてスタートした。彼はジャクソンとクレイトンというふたりのパフォーマーと一緒にナイトクラブで前座を受け持つようになった。デュランテの人となりを洞察できるとしたら、彼はソロになってからも、かつてのパートナーに給料を払っていたことだ。彼は昔話が好きで、他人の悪口は決して口にしなかった。

シナリオは承認され、撮影開始となった。撮影はすべてうまくいった。『ジャンボ』の映画は公開され、ライターズ・ギルド賞のアメリカン・ミュージカル部門で、その年の最優秀脚本賞にノミネートされた。


エージェントのワイズボードから電話があった。

「シドニー、『パティ・デューク』をＡＢＣ放送[1]に売ったところだよ」

確かにその名前には聞き覚えがあった。パティ・デュークは12歳で『ザ・ミラクル・ワーカー』のヘレン・ケラー役を演じてブロードウェイに旋風を巻き起こし、その映画化でオスカーを獲得していた。

サム・ワイズボードは続けた。

「もう放送時間帯は獲得してある。水曜日の夜8時半からだ。『ザ・パティ・デューク・ショー』というタイトルにした。すべて準備万端だ。だが、一つだけ問題がある」

「どういうことだい？　すべて準備が整っているのなら、何が問題なんだ？」

「ショーがないんだ」

彼らはパティ・デュークの名前だけでテレビ番組の企画を売ったのだ。

「君にショーを作ってほしいんだ」

「申し訳ないが、サミー。答えはノーだ」

60年代前半に映画界で働いていた人々は、テレビ界で働く人々を見下していた。テレビが黎明期にあった頃、テレビのネットワークは映画スタジオに声をかけた。

「素晴らしい新規の配給方法を持っているんです」と彼らは言った。

「でも娯楽番組の作り方を知らないんです。パートナーになりませんか？」

答えは簡単だった。それは、映画スタジオには独自の配給手段があった。それは、映画館と呼ばれるもので、ほとんどの映画スタジオが映画館チェーンを経営していた。だから、一過性のブームとしか思えなかった新興の技術に手を出そうとはしなかったのだ。映画スタジオの反テレビ志向は強く、映画の試写会に出るスターがテレビに映ることさえ許さなかった。

そうした態度を習慣付けられていたし、デシとの経験もあったので、こう言うのが自然だったのだ。

「悪いけど、サミー。僕はテレビはやらないんだ」

一瞬、間が空いた。

「そうか、分かったよ。でも、礼儀として、パティとランチを一緒にしてくれないか？」

そうしても害にはならないと思った。実は、彼女に会ってみたかったのだ。

ブラウン・ダービーでランチを共にすることになった。パティにはウィリアム・モーリスのオフィスから4人のエージェントが同行してきた。

彼女は当時16歳で、想像していたより小柄で、とても繊細そうだった。彼女はボックス席で僕の隣に座った。

「お会いできてとてもうれしいです。シェルダンさん」

「お会いできてうれしいです。デュークさん」

昼食の間、会話を続け、彼女の内気さは消えたように思えたが、繊細な感じは残っていた。ランチの間中、彼女は僕の手を握り、彼女が愛に飢えていることは明らかだった。

パティの生い立ちはひどいものだった。ディケンズの小説に出てくるような環境だった。母親は精神障害者だった。父親は酒飲みで家族を捨てた。7歳の時、パティはマネジャーのジョン・ロスとその妻エセルの自宅に身を寄せたが、彼らはお湯も出ないアパートの2階に住んでいた。パティは家族を持ったことがなかった。

『パティ・デューク・ショー』の作品が出る前は、ジョン・ロスは売れないマネジャーとして苦闘していた。彼の顧客はマイナーな脇役俳優ばかりだった。その中にレイ・デュークという若い俳優がいた。

ある日、デュークがロスのところにやって来て、それまでまったく演技をしたことがなかった妹のアンナのエージェントになってくれないかと頼んだ。ロスは7歳の少女に会い、彼女を担当することを承諾した。

数カ月後、家族との生活がアンナにとって耐えがたいものになったため、ロス夫妻がアンナを同居させることに同意し、早速アンナをパティと改名した。それを命じたのはエセル・ロスで、彼女はこう宣言した。

「アンナ・マリーは死んだわ。あなたはこれからはパティよ」

ジョン・ロスは『ザ・ミラクル・ワーカー』という劇がブロードウェイで制作されると知り、目が見えず、耳が聞こえず、話すことのできないヘレン・ケラー役にパティ・デュークがふさわしいと思った。彼は数カ月にわたってパティをコーチした。彼女が他の百人の少女と競い、その役を獲得したことで、彼らの人生はすっかり変わった。その劇が開幕された翌日には、無名だったジョン・ロスの若いクライアントは一夜にしてスターになったのだ。

ロスのもとには週給数千ドルというパティへの出演依頼が寄せられ始めた。「パティを雇ってください」とプロデューサーの扉を叩く代わりに、ロスはプロデューサーや演出家、スタジオの重役たちから出演を懇願されるようになったのだ。ロスは自分の幸運を信じられずにいた。

ランチが終わり、自分がどれだけパティに魅了されたかに気付いた。彼女には抵抗しがたい魅力があった。

「今夜、僕の家に来て、ジョルジャと一緒にディナーを食べませんか？」

彼女は顔を輝かせた。

「ぜひとも伺いたいです」

ジョルジャも同じようにパティの虜（とりこ）になった。彼女は明るく快活で、一晩中笑わせてくれた。

ジョルジャと話をしている間、パティがテーブルを離れたことに気付いた。立ち上がって、パティがどこにいるのかを確かめた。彼女はキッチンで皿洗いをしていた。それで、僕は決心した。

「パティ、君のために番組を書くよ」

大きなハグを受け、ささやかれた。

「ありがとう」

＊　＊　＊

テレビ番組に自分の名前を載せるのなら、番組のクオリティーを自分でコントロールできるようにしたいと思った。プロデューサーたちと最初の打ち合わせをした。

「あなたがこの番組をやってくれてうれしいです、シドニー。あなたはクリエイターであると同時に、ストーリー・エディターになります。また他のライターも監督してもらうことになります」

「他のライターはいらないよ」

彼らは僕をじっと見ていた。

「何ですって？」

「僕がこの番組をやるなら、僕が書きたいんだ」

「シドニー、それは無理ですよ。毎週1本、全部で39本の番組を注文されているんですから」

「僕が全部書くつもりだ」

ふたりは驚愕（きょうがく）したように顔を見合わせた。その理由を知ったのは後になってからだ。テレビ史上、毎週30分のコメディー番組の台本をすべて書いた人は誰もいなかったのだ。

「それは交渉の余地がありますか？」

「ないね」

「契約成立です」

彼らが台本を書かせるために他にライターを4人雇っていたことを知ったのは、契約書にサインした日から数カ月後のことだった。「来週放映する番組の台本がまだ書けていない」と言われた場合に備えて、「どうぞ」と台本を渡せるようにするためだった。

パティは未成年で、カリフォルニアの児童労働法はとても厳密だったので、プロデューサーが望めば何時間でも未成年を働かせることができるニューヨークで撮影することになった。

ジョルジャとメアリーと一緒に、ニューヨークに戻った。

パティ・デュークのテレビ番組を作るのは大変だった。彼女には非常に優れた才能があり、その能力を無駄にしたくなかったので、彼女に二役、双子の姉妹を演じさせるという解決策を思い付いた。ひとりはニューヨークに住む陽気で外交的な少女、もうひとりはスコットランドから来たおっとりとした少女で、生まれた時に生き別れになったという設定にした。

ビル・アッシャーが制作と演出を担当することになり、彼は、お互いに離れて育ったことを説明しやすいように、双子ではなく従姉妹にしようと提案した。僕にとってはそれでもよかった。

『ザ・パティ・デューク・ショー』は、以前に客席案内係や呼び込み役として働いていた映画館から12区画離れた、26丁目にある古いテレビスタジオで制作された。それはベストな環境とは言えなかった。ある日、朝9時に仕事を始めるべく秘書が雇われた。10時に大きなドブネズミが彼女の靴の上を走った。12時に彼女はランチに出かけて通りで嫌がらせにあい、午後1時に彼女は辞めた。

僕は収録開始前に、すでに6回分の台本を書いていた。次はキャスティングだった。僕たちは運が良かった。

スタジオは、パティの父親役にウィリアム・シャラート、母親役にジーン・バイロン、パティの兄役としてポール・オキーフ、パティの求婚者役としてエディ・アップルゲイトと契約した。

撮影の初日、パティは番組が最後まで続くことになるように儀式を始めた。キャストとスタッフ全員が並んで歌ったのだ。

「グッド・モーニング・トゥー・ユー、グッド・モーニング・トゥー・ユー、みんな明るく輝く顔で持ち場にいます」

無精髭（ひげ）の男、Tシャツ姿のスタッフも交えた硬派なスタッフが並んで、この童謡を心から歌う姿は見ものだった。端から見れば、パティはテレビ界で最も幸せなスターのひとりだった。その3年後まで、ことの真相を知らなかった。

俳優に一人二役を演じさせることには生来の危険が伴った。どちらの役だか視聴者にとって見分けが付かなければ、致命的な混乱が起きる。それを防ぐために、パティにはカジュアルな服を着せ、キャシーの服はよりフォーマルにした。さらに混乱を避けるために、パティにはエネルギッシュで外交的な少女にふさわしい台詞と動きを与え、キャシーはより控えめで礼儀正しくした。

初日の撮影済みのビデオを見たら、そうした注意は不要だったことが分かった。パティは服装や台詞を頼りにはしていなかった。彼女はそれぞれの人格になりきっていたのだ。

テレビ局との間に一つ問題があった。ABC放送は僕との折衝役に――ここではトッド・ベイカーと呼ぶことにするが――役立たずの若い男性を担当させたのだ。毎週月曜日の朝に彼はオフィスに来たが、彼の挨拶はいつも同じだった。

「君の最新の台本を読んだよ。ひどい出来だ。うちの局に災難をもたらすだろう」

第1回目の番組の音楽を録音している時に、僕の最後の堪忍袋の緒が切れた。

スタジオはアカデミー賞受賞者で実力派の編曲家で作曲家のシド・ラミンを起用していた。最初の音楽の録音が終わり、シドと僕はステージの片隅で話をしていた。ふと見ると、ベイカーがこちらに向かって急いでやって来るのが見えた。彼はシドの前で立ち止まり、大声で言った。

「このショーで唯一良いのは、君の音楽だ」

その日の午後、テレビ局の重役に電話をかけた。

翌朝にはトッド・ベイカーは僕の人生から姿を消していた。

第30章

『かわいい魔女ジニー』対『奥様は魔女』――旋風を起こした2大シットコム

Chapter 30 ◆ "I Dream of Jeannie" vs. "Bewitched" ―the Two Buzz-Generating Sitcoms

ジョン・ロスはパティがテレビシリーズに出演する契約をした時、自分もアソシエイト・プロデューサーとして給料をもらえるようにした。どんな仕事をするのかと聞かれても、彼の答えは曖昧だった。

プロデューサーたちは言った。

「彼の仕事はパティの機嫌をとって、みんなの邪魔をしないことだ」

ある日、ロスが泣きそうになりながらオフィスに入ってきた。

「どうしたんだ？　何があったんだい？」

「今日、『ライフ』誌がリハーサルの取材でスタジオに来るんだ」

「そうか、それは良かったな！　そうだろう？」

「いいや」

彼は泣きそうになるのをこらえていた。

「秘書がいないことがライフ誌に分かってしまう」

『パティ・デューク・ショー』の初回の放映日が近付いた時、ある問題が明らかになった。プロデューサー兼ディレクターのビル・アッシャー、はいくつもの企画を同時に進めるのが好きだった。その結果、僕らのショーの準備が遅れていた。どの番組も完成していなかったのだ。

ビルが僕のところにやって来て言った。

「ABC放送のトップのエド・シェリックがわれわれの番組の試作版を見たいと言っている。『ザ・フレンチ・ティーチャー』か『ハウスゲスト』のどちらを気に入るかは分からない」

『ザ・フレンチ・ティーチャー』は、ジャン・ピエール・オーモンが主演し、パティが彼と恋に落ち、彼の妻として将来の計画を立てるというストーリーだった。『ハウスゲスト』は、エキセントリックな金持ちの叔母が引っ越してきて、皆の調子を狂わせてしまうというストーリーだった。

「シェリックにこの二つの映画を見せて、どちらか気に入ったものを彼に選ばせよう」

「いいですよ」と同意した。

翌朝、エド・シェリックとABC放送の重役数人のために試写をすることになった。シェリックは妻と妹を連れてきていて、皆に丁寧に自己紹介をしていた。

照明が暗くなり、上映が始まった。『ザ・フレンチ・ティーチャー』は、ビル・アッシャーが多忙のため、まだ編集作業も行われず、音楽も付けられておらず、特殊効果もいくつか欠けていた。『ハウスゲスト』も編集、音楽共に手が付けられておらず、特殊効果もいくつか欠けていた。全体的に印象は最悪だった。

照明がつくとエド・シェリックは立ち上がって僕をにらみつけた。

「どっちを先にやるかなんて、どうでもいい」と言うと、連れの妻と妹と一緒に部屋から立ち去ってしまった。

僕は意気消沈してその場に座り込んだ。トッドは正しかったのかもしれない。

初上映の夜、決断を迫られた。アッシャーは二つの番組を完成させるために、昼夜、働き続けていた。ABC放送がもはや僕らの番組に関心を示さなくなったので、どのエピソードを最初に放送するかを〝僕ら〟が決めなければならなくなった。

事態はあまりにも混沌としていて、『パティ・デューク・ショー』の初放映の晩には、米国の西部では『ザ・フレンチ・ティーチャー』が、東部では、『ハウスゲスト』が放映されることになった。

番組が放映されるはずだった水曜日の朝、ABC放送のロビーを歩いていると、エディ・アップルゲイトが走ってきた。彼はパニックを起こしており。公衆電話の前まで駆けていき、ポケットを探ってから僕の方に振り向いた。

「10セントを持ってるかい？」

「あるよ」と答えると、ポケットから硬貨を取り出した。

「何があったんだい？」

「ABC放送の社長に電話しなければならないんだ」

「社長に――なぜだい、エディ?」

「僕が出ている番組は東部で放映されると分かったんだ。でも、家族は西部にいるんだ」

一瞬、彼が何を言いたいのか分からなかった。

「君の家族が番組を見られるように、放映地域を交換してくれとABC放送の社長に頼むつもりなのかい?」

「そうだ」

硬貨をポケットに戻した。

「エディ、彼には今日はそんな暇はないかもしれないよ。僕ならあきらめるよ」

翌朝の番組評は概して好意的だった。『ハリウッド・レポーター』誌のコメントが代表的で、次のように書かれていた。

「これがまさにそうかもしれない――ティーンエイジャーやその両親が待望していた……虜(とりこ)にさせられるものがある」

さらに重要なことは、視聴率が期待していたよりも良かったことだ。皆、感激した。

翌日、『デイリー・バラエティ』紙に2ページにわたるABC放送の広告が掲載された。それにはこう書かれていた。

「好感が持てる少女の番組に軍配が上がった。『パティ・デューク』がヒットすることは最初から分かっていた」

〝その通り〟

＊　＊　＊

最初の年の『パティ・デューク・ショー』の収録は何事もなく終わった。スターをゲスト出演させたら面白いだろうと思った。このアイデアはうまくいった。フランキー・アヴァロン、トロイ・ドナヒュー、サル・ミネオやその他のゲストを絡めた台本を書いた。

2年目の番組制作に入る前の休暇期間中に、ジョルジャと僕はメアリーを連れて船旅に出かけることにした。原則として、プロジェクトに取り組んでいる最中に旅行するときには、問題が起きたときのためにすべての台本を持っていくことにしていた。しかし、この時はその必要がないと思った。初年度のショーはすべて撮影済みだったからだ。

それは失敗だった。

ある朝、「すぐにスタジオに電話するように」という電報を船上で受け取った。何が問題なのか想像もつかなかった。

スタジオの制作関係者が電話に出たので、尋ねた。

「どうしたんだい？」

「『グリーンアイド・モンスター』は1分足りず、『プラクティス・メイクス・パーフェクト』は3分足りず、『サイモン・セッズ』は2分足りず、『パティ・ザ・オーガナイザー』は1分半足りません。それらのシーンを引き延ばしてほしいのです。なるべく早く仕上げなければなりません」

それで何が問題なのかは分かったが、解決策はなかった。僕は台本を書くときは、それに集中して書く。しかし、書き終えて次の企画に移るときには、その前の台本についてはほとんど忘れてしまっている。だから、言われた台本がどんな内容だったのかさえ、さっぱり分からなかったのだ。

キャビンに戻り、ジョルジャに何が起こったかを話した。

「どうしたらいいか分からないよ」と僕は言った。

「たぶん僕がニューヨークに戻って台本を見て、記憶を呼び覚ますしかないだろうな」

僕たちの8歳の天才児、メアリーが口を開いた。

「いいえ。パパ、帰らなくていいわ。私がその筋書きを覚えているから」

彼女は続けて、シーンごとに暗唱した。

その晩、新しい台本のページをスタジオに電報で送ることができた。

『パティ・デューク・ショー』の1年目が終わりにさしかかる頃、ハリウッドから電話がかかってきた。

「スクリーン・ジェムズ社が、君にテレビシリーズを作らせたがっているんだ」

スクリーン・ジェムズ社はコロンビア・ピクチャーズの子会社だった。

「興味はあるかい？」

「もちろんだ」

テレビに対する考え方はすっかり変わっていた。

「ショーのアイデアを君に考えてもらって、ハリウッドで打ち合わせしたいそうだ。どのくらいでできそうかい？」

「月曜日ではどうだい？」

僕は魔神（ジーニー）に関する番組の企画を考えていた。魔神に関する企画は過去にもあったことは知っていたが、いつも、バール・アイヴスのような巨漢が瓶から出てきてこう言うのだった。

「何がお望みですか？　ご主人様」

僕は魔神を若くて美しい魅力的な魔女にして、「ご主人様、何かご用でしょうか？」と言わせたら、興味をそそるだろうと思った。それがスクリーン・ジェムズ社で作ることに決めた企画だった。

エージェントは僕の言うことを真に受けて、月曜日にスクリーン・ジェムズ社でのミーティングの約束を取り付けた。すでに金曜日だった。土曜日の朝、秘書を電話で呼び出し、魔女の番組の台本について、概要を口述筆記させ始めた。しかし、進めるうちに、台詞やカメラアングルが増えていき、テレビの台本をしっかり書いた方が良いと思い始めた。そこで、もう一度最初から台本として口述筆記をさせた。日曜日の夜には完成し、空港へ急ぎ、ロサンゼルス行きの飛行機に何とか間に合った。


スクリーン・ジェムズ社での打ち合わせはうまくいった。重役のトップのひとりのジェリー・ハイアムズ、チャック・フリース、そして元子役で今やスクリーン・ジェムズ社の社長となったジャッキー・クーパーに会った。彼らは、僕が書いたテレビの台本に熱狂した。

「自分の会社を持って、そこで制作したらどうかい？」とジェリー・ハイアムズに聞かれた。

『パティ・デューク・ショー』のことを考えた。一度に二つの番組を同時にできないとは、誰からも言われたことはなかった。

「いいですよ」

取引は成立した。

ニューヨークに戻ると、スクリーン・ジェムズ社がすでに『かわいい魔女ジニー』（原作名は『アイ・ドリーム・オブ・ジーニー』）の契約をNBC放送[1]と結んだというメッセージが待っていた。それで、毎週2本のコメディ・ドラマを放映することになった。東海岸と西海岸で掛け持ちをすることになったのだ。

ジェリー・ハイアムズが放映開始間近の新番組の

試作版を見られるようにしてくれた。その番組が気に入った。魅力的で、大ヒットになりそうだと思った。

「どうだ、プロデューサーにならないか?」とジェリー・ハイアムズに尋ねられた。

僕は首を横に振った。やりたかったのに、「イエス」と言う代わりに、「ノー」と言ったのだ。

〝何の前触れもなく、自分の言葉や行動をコントロールできなくなることがあるでしょう〞

『奥様は魔女』[2] は大ヒットになった。

僕たちはニューヨークで『パティ・デューク・ショー』を収録し、ハリウッドでは『かわいい魔女ジニー』を収録することになっていた。僕はプロデューサーとして『かわいい魔女ジニー』に深く関わっていたので、『パティ・デューク・ショー』の台本にはライターを何人か雇うようになった。気が付くと、ほとんど毎週末にはハリウッドに飛んでいた。飛行機の中では『パティ・デューク・ショー』の台本に取り組み、週に3日は『かわいい魔女ジニー』の準備に費やした。ビバリーヒルズ・ホテルが第2のわが家となった。

次のカリフォルニア旅行で大騒動が起きた。NBCのトップのモート・ワーナーが訪ねてきたのだ。

彼は渋顔だった。

「法務部からのメモがある、シェルダン」

そう言うと、彼はそれを僕に押しつけた。

メモを読み始めて、何が起こったのかを理解した。検閲の厳しい時代に、半裸の少女がひとり暮らしの独身男に常に「何をお望みですか。ご主人様?」と聞く番組を買ってしまったということに、NBC放送は気付いたのだ。彼らはパニックを起こしていた。そのメモは18ページもあった。こんな命令が書かれていた。

・ふたりは決して触れ合ってはならない。
・ジニーが自分の魔法の瓶の中に入ってひとりで寝るところを見せる。
・トニーがひとりでベッドに入って寝るところを見せる。
・ジニーは決してトニーの寝室に入ってはいけない。

・トニーは決してジニーの魔法の瓶に入ってはならない。

読み終わると、モート・ワーナーが言った。

「どうするつもりだ？　うちの局にはこんな番組を放送する余裕はない」

「中止」という言葉が宙に浮いていた。

深く息を吸った。

「僕はコメディを作っているんです。刺激的にするつもりはありません。性的な意味合いや含みはないんです」

彼は長い間、僕を見ていた。

「様子を見ることにしよう」

それが第一のハードルだった。

第二のハードルは、NBC放送の副社長からのメモだった。

「貴殿の試作版のテレビの台本について、われわれのクリエイティブ部門のスタッフ数名と話し合いました。これはうまくいかないだろうということで同意しました。この番組のお笑いは一発ネタなので、短命に終わるでしょう」

僕は、そもそもなぜNBC放送がこの番組を買ったのか、不思議に思い始めた。次の返事を送った。

「あなたのおっしゃる通りです。『かわいい魔女ジニー』はお笑いが一発ネタの番組で、だからこそうまくいくのです。『アイ・ラブ・ルーシー』も一発ネタの番組です。『ザ・ビバリー・ヒルビリーズ』も一発ネタの番組です。『ハネムーナーズ』も一発ネタの番組です。こうした番組の秘訣は、毎週そのネタを変化させて楽しませることです。ジニーが『アイ・ラブ・ルーシー』『ハネムーナーズ』『ザ・ビバリー・ヒルビリーズ』のように長寿番組になることを、僕らは皆、願っています」

それ以上、その件について連絡はなかった。

キャスティングを始める時が来た。これは、プロデューサーとして最も難しかった。役のために台本を読みに来た俳優に対してノーと言いづらかったのだ。誰もが「このオーディションでブレイクできる」と感じていた。彼らは眠れない夜を過ごし、朝早く起きて、お風呂に入り、慎重に服を選んで着て、できるだけ楽観的になろうとしていた。


　私がこの役を手にする。

　私がこの役を手にする。

　私がこの役を手にする。


　そして、彼らは手に汗を握り、明るい作り笑いを浮かべながら、オーディションにやって来るのだ。


　主役のジニーのキャスティングが最も重要だった。あからさまにセクシーにならないものの魅惑的で、軽妙で好感の持てる女性でなければならなかったからだ。幸運だったのは、最初にオーディションに来たバーバラ・エデンが素晴らしく、他の候補者に会う必要がなくなったことだ。彼女は完璧だった。

　彼女は観客にアピールできる温かさとあどけなさ、そして素晴らしいコメディのセンスを持っていた。バーバラは俳優のマイケル・アンサラと結婚していた。


　次のキャスティングは、彼女の師となる宇宙飛行士、アンソニー・ネルソン役だった。5~6人の俳優をオーディションした結果、ラリー・ハグマンがこの役に選ばれた。ハグマンはブロードウェイのスター、メアリー・マーティンの息子で、ニューヨークでロマンティック・コメディの『ザ・エッジ・オブ・ナイト』に出演していたが、まだ俳優としての確かなステータスを確立していなかった。しかし、彼のスクリーン・テストが素晴らしかったので、すぐに彼と契約した。

　宇宙飛行士の腹心の部下役も必要で、何十人もの俳優をオーディションした。僕はビル・デイリーという、ナイトクラブに出演していた威勢のよいコメディアンを選んだが、彼は過去にテレビにも映画にも出演したことはなかった。

　監督については、長時間にわたって話し合った。後の大ヒット映画『ザ・ロシアンズ・アー・カミング』を監督したノーマン・ジュイソンも、僕の台本を読んだ。彼は自分のエージェントをスクリーン・ジェムズ社に送って契約を結ぼうとしたが、そのエージェントが興行収益の歩合をジュイソンが受け取るよう要求したため、他の監督を探さなければならなくなった。

ワーナー・ブラザーズでミュージカル映画に主演し、『アンディ・グリフィス・ショー』などのテレビ番組の監督をしていたジーン・ネルソンが僕に会いに来た。1時間かけて番組について話し合い、彼がこの番組にふさわしいと感じた。彼が雇われた。

1965年はテレビ番組が一斉に白黒からカラーに変わった年だった。『かわいい魔女ジニー』以外のすべての番組が変わったのだ。僕は『かわいい魔女ジニー』をカラーで撮影しない理由について、ジェリー・ハイアムズに尋ねた。彼は言った。

「1回につき400ドルの追加費用がかかるからだ」

「ジェリー、このショーはカラーでなければならない。差額は僕が自腹を切るよ」

彼は僕を見て言った。

「シドニー、金を無駄に捨てるな」

彼が本当に言いたかったのは、誰も『かわいい魔女ジニー』が2年目に突入するとは予想していなかったということだ。

1965年にABC放送が『かわいい魔女ジニー』の試作版を準備している間、僕は数日間ニューヨークに戻り、第2シーズンを終えようとしていた『パティ・デューク・ショー』の様子を見に行った。

ジョンとエセルは、何があっても金のなる木から離れまいと決意していた。『パティ・デューク・ショー』が休暇に入ると、ふたりはいつもパティを連れて休暇に出かけた。パティが若い男と出会う機会がないように、前もって準備していたのだ。パティが社交行事や慈善パーティーに招待されると、ふたりは一緒に行って彼女を監視した。事実上、パティは囚人のようなものだった。

『パティ・デューク・ショー』の収録には、25歳のハリー・フォークというアシスタント・ディレクターが働いていて、ハンサムで好感の持てる青年だった。パティがセットでハリー・フォークと一緒にいることに気付いたロース夫妻は、すぐにハリー・フォークを首にさせた。

パティはショックを受けたが、何も言わなかった。

パティの誕生日の少し前に、ＡＢＣ放送が収録スタジオでパーティーを開くことを計画した。

パティが僕に会いにオフィスを訪ねてきた。

「お願いがあるんだけど、シドニー」

「何なりと、パティ。何をすればいいの？」

「ハリー・フォークを私の誕生日パーティーに招待してほしいの。私のためにそうしてくれる？」

「もちろん、そうするよ」

パーティーの日の午後、ハリー・フォークが収録スタジオにやってきた。ジョンとエセルは目に見えて動揺していたが、パティはふたりを無視した。彼女は挨拶をしにフォークのところに行き、ほとんどの時間を彼と一緒に過ごした。その反動はすぐにやって来た。

第31章

人気シットコム『かわいい魔女ジニー』制作秘話あれこれ

Chapter 31 ◆ Untold Stories behind the Production of a Popular Sitcom, "I Dream of Jeannie"

『かわいい魔女ジニー』のキャスティングは、精神科医を演じるハイドン・ロークとパターソン大将役のバートン・マックレーンで固まった。

　この番組は宇宙飛行士がジニーを発見したというストーリーのアニメで始めるのがよいだろうと考えていた。フリッツ・フレレングはハリウッドでは最も優秀なアニメーターのひとりだったが、主に映画用のアニメ制作に関わっていて、テレビ番組用のアニメの制作経験はほとんどなかった。彼に『かわいい魔女ジニー』の試作版の台本を送り、オープニング・シーンのアニメ制作に興味があるかどうかを尋ねた。彼は興味を持ってくれ、素晴らしいオープニングを作ってくれた。

　最初のシーズンの音楽担当に、才能豊かな作曲家のディック・ウェイスを雇ったが、彼が作った曲を聞いて、この番組にはふさわしくないと感じた。そこで、代わりにヒューゴ・モンテネグロが作曲した、明るくてアップテンポなメロディーを『かわいい魔女ジニー』のテーマ曲にした。

　魔女ジニーの家として選んだボトルは、ジム・ビーム[1]の酒瓶で、それを鮮やかな色に塗った。

　リハーサルの初日はうまくいった。出演するキャストと監督のジーン・ネルソンと一緒に試作版の台本の読み合わせを行い、俳優たちに台詞をどこか変えた方がいいか、そのままの台詞で演じやすいかどうかを尋ねた。収録が始まってからのアドリブは避けたかったので、俳優が満足できるようにしたかった。誰もが台本を気に入っていた。

　『かわいい魔女ジニー』が魔法を生み出す準備ができた。

　その朝、試作版の収録開始から1時間もしないうちに、秘書が言った。

「ネルソン氏が、セットから電話をかけてきています」

良いニュースを期待していた。

「やあ、ジーン――」

「俺は辞めることにした。他の誰かを雇ってくれ。すまない」

そう言うと彼は電話を切りかけた。

「待て！ ちょっと待ってくれ！」

パニックになった。

「その場から動かないでくれ。今そこに降りて行くから」

3分後に僕はセットにいた。ジーンをそばに呼んだ。

「何があったんだ？」

「何も起こってない。それが問題だ。自分の台詞を分かっていない俳優と仕事はできない。ラリー・ハグマンは自分の台詞を知らないし、ビル・デイリーも自分の台詞が分かっていない。それに――」

「ここから動かないで」

僕は激怒して、ラリーをそばに呼んだ。

「撮影の初日に台詞を覚えずに来るとは何事だ」

彼は驚いて僕を見た。

「何のことですか？ 自分の台詞は分かっていますよ」

「監督は君が理解していないと言っていたぞ」

「ああ、ちょっと台詞を増やしただけですよ。アイデアがあったのでここにちょっと足して――」

「ラリー！ 僕の言うことを聞くんだ。注意して聞けよ。僕らのスケジュールはタイトなんだ。毎日、分厚い台本の分を撮影するんだ。君は台本に書かれた通りの台詞を言うんだ。分かったか？」

彼は肩をすくめた。

「ええ、分かりました」

ビル・デイリーをそばに呼んだ。

「セリフが分からない理由が君にはあるのか？」

「すみません、シドニー。僕には――僕には台詞を覚えなければならなかったことはこれまでなかったんです。いつもはクラブで働いていて、即興のお笑いをやっていたので」

「これは即興芸じゃないんだ」とはねつけるように言った。

「この番組に残りたいなら、台詞を覚えなければダメだ」

彼は僕の言ったことをのみ込んだ。

「分かりました」

ジーン・ネルソンのところに戻った。

「ちょっとした誤解があったんだ、ジーン。明日からはすべてうまくいくと思う。君にはこのまま番組に残ってほしい。ラリーは良い仕事をするだろう。ビルの台詞はテープに録音して、スタジオへの行き帰りの車の中で聞かせて、覚えさせるよ。もう1回チャンスを与えてくれないか」

長い間、間が空いた。

「やってみるけど、でも――」

「ありがとう」


試作版のオープニング・シーンは、ロサンゼルスの北西30マイルにあるズーマ・ビーチで撮影された。宇宙飛行士に扮したラリーが宇宙船の故障で無人島に取り残されたというシーンだった。彼は1本のボトルを見つけ、その栓を抜き、中にいる魔女を見つけた。宇宙飛行士が彼女に自由を与えたので、魔女の世界のルールで、その宇宙飛行士が魔女ジニーのご主人様になった。ジニーが救助船で瞬きをしたので、彼はジニーを追い払ったと思ったが、彼女は彼のもとを去るつもりはなかった。

そのシーンはうまくいった。その日は順調に進み、誰もが喜んだ。

スタジオに戻る途中、会社のリムジンで、ラリー・ハグマンの野望を初めて垣間見た。観光客がいっぱい乗った車の横に、赤信号で停車をすると、ラリーはリムジンの窓を開けて、大きな声で叫んだ。

「いつか皆さん全員が、僕が誰だか分かる日が来ますよ」

ラリーにはある心理的な問題があった。彼の母親はブロードウェイのトップスターのメアリー・マーティンで、彼女とあまり良い関係ではなかったのだ。メアリーは自分の仕事で忙しかったので、ラリーはテキサスで父親のベンに育てられた。

ラリーは祖母と暮らしたこともあり、母を訪ねるためにニューヨークまで何度も往復していた。だから自分もスターになれるということを、母に示したかったのだろう。


〝いつか皆さん全員が、僕が誰だか分かる日が来ますよ〟

番組の試作版が完成し、まだ放送されていなかった時に、メアリー・マーティンから電話がかかってきた。

「シドニー、試作版をぜひ見たいの。何とか手配していただけないかしら？」

「もちろんです」

『パティ・デューク・ショー』の仕事のために東海岸へ向かっていたので、ニューヨークでメアリーが『かわいい魔女ジニー』の試作版の試写を見られるように手配した。

試写室にはメアリー・マーティンとスクリーン・ジェムズ社の幹部が数人いて、同社の営業部のトップだったジョン・ミッチェルもいた。

試写が始まる前に、メアリー・マーティンはジョン・ミッチェルに近付くと、彼の手を取って言った。

「あなたは世界一のセールスマンだと聞いていますよ」

ジョンが思わず背筋を伸ばしたのが目に見えた。

「あなたのことはよく聞いています」

メアリー・マーティンはさらに続けた。

「あなたは天才だと言われていますよ」

ジョン・ミッチェルは顔を赤らめないよう努めていた。

「あなたがいることはスクリーン・ジェムズ社にとって、とても幸運なことだわ」

彼はかろうじて言葉を口にすることができた。

「ありがとうございます、マーティンさん」

試写が始まった。ショーが終わり、照明がついた。メアリー・マーティンはジョン・ミッチェルに向かって言った。

「この番組なら誰にでも簡単に売れるわね」

今度はジョンが縮こまるのが見えた。

＊　＊　＊

『かわいい魔女ジニー』の放映が開始されると、評判は賛否両論だった。ほとんどのテレビ評論家は無視するそぶりを見せたが、視聴者はそうではなかった。この番組には最初から忠実なファンが付いてくれて、その数はどんどん増えていった。

僕はこの番組にも、ゲスト・スターを起用することにした。ファラ・フォーセットも1シーン持ったし、ディック・ヴァン・パッテン、リチャード・マリガン、ドン・リックルズ、そしてミルトン・バールも出演した。

ある時、ニセ占い師を題材に『ビッガー・ザン・ア・ブレッドボックス・アンド・ベター・ザン・ア・ジーニー』という台本を書いた。ジョルジャに占い師の役を頼んだ。それは春のことで、母のナタリーが訪ねてくる前だった。

ジョルジャは言った。

「ナタリーに占い師の役をあげたらどう？　彼女なら降霊会に登場する人物のひとりを演じられるわ」

僕は笑った。

「ナタリーなら楽しみそうだね」

ナタリーが到着してから、聞いた。

「テレビに出てみるのはどう？」

「構わないわよ」と母は涼しい顔で言った。

「ジョルジャが占い師の役で出るから、お母さんは降霊会のシーンの登場人物のひとりになればいいよ」

彼女はうなずいた。

「分かったわ」

彼女は全国放送のテレビでデビューすることになっても、とても冷静だった。

ナタリーに読んでもらうために数行の台詞を書き、彼女に託した。スタジオで仕事をしている間、ジョルジャがナタリーのパートのリハーサルを手伝った。

翌朝、クイニー・スミスという素晴らしい女優のオーディションをした。そして、ナタリーの台詞をクイニーに言わせたいと思った。そこで、ナタリーのために新たな台詞を書き、その晩、帰宅してから彼女に渡した。

ナタリーはそれを読んで、「イヤよ」と言った。

僕は戸惑った。

「イヤって――何が？」

「こんな台詞は読めないわ」

「どうして？」

「だって、私のキャラクターはこんなこと言わないから」

これがシカゴでドレスを売っていた70歳の女性の口から出た言葉だった。

ナタリーと口論になったが、彼女から台詞を取り上げることはできず、クイニー・スミスのためには何か別のことを書かなければならなかった。

そのシーンはうまくいった。この回にはチャック・イェーガー大佐が本人役で出演していた。ナタリーはとても上手だったので、プロの女優でないことは誰にも分からなかった。

ラリーはナタリーとはディナーで会ったことがあったので、彼女が出演することを知ると冗談交じりに言った。

「ああ、それはちょっとした縁故採用だな」

「その通りだよ、ラリー」と彼に言った。

「公平にしよう。〝君の〟母君が街に来たら、喜んで番組に出演してもらうよ」

テレビ局は『かわいい魔女ジニー』の放映を土曜日の夜から月曜日の夜に移した。それはほんの始まりに過ぎなかった。翌年は月曜日、そのまた翌年は火曜日の夜になった。翌年は火曜日。幸運なことに、僕らの視聴者はとても義理堅く、付いてきてくれたのだ。

後日、ナタリーがシカゴに戻った後で、『ビッガー・ザン・ア・ブレッドボックス・アンド・ベター・ザン・ア・ジーニー』がテレビで放映された。母はその翌日に電話をかけてきた。

「ありがとう、ダーリン」

「何のこと？」

「朝からずっと電話が鳴りっぱなしよ。私はスターになったのよ」

僕らは12本の番組を収録し、制作陣もテレビ局もとても満足していた。ジョルジャと一緒に、友人宅でディナーの席にいると、バーバラ・エデンから電話がかかってきた。

「シドニー、あなたに会わなければならないの」

「いいよ、バーバラ、朝にはスタジオにいるから――」

「いいえ、今夜会わなければならないの」

「何かあったの？」

「会ったら教えるわ」

彼女に住所を教えた。

彼女は1時間後に到着した。彼女を書斎に連れて行った。彼女は泣きそうになっていた。

「私の代わりを探して」

あ然とした。

「どうして?」

「妊娠したの」

事態が理解できるまで、しばらく時間がかかった。

「おめでとう」

「あなたをこんな目にあわせてごめんなさい」

「君は僕に何もしていないよ。君はこの番組に残るんだから」

彼女は驚いて僕を見た。

「でも、どうやって――」

「心配しないで。僕が何とかするから」

翌朝、ジーン・ネルソンをオフィスに呼んだ。

「ジーン、問題があるんだ」

「聞いたよ」と彼は言った。

「バーバラが妊娠したんだろ。どうしよう?」

「カメラの位置をもっと高くするんだ。腰から上を撮って、もっとベールをかぶせて、ロングショットで撮るんだ。何とかなるよ。彼女を降板させるつもりはない」

彼はしばらく考え込んでいた。

「僕も彼女を降板させたくはない」

そして、彼女が妊娠3週目から8カ月目までの間にシリーズを何とか完成させた。

東海岸の雲行きが怪しくなっていたので、事態を沈静化させるためにニューヨークに舞い戻った。

パティとハリー・フォークが密会を続けていることをジョンとエセル・ロスが知ったのだ。それがロマンスに発展するのを阻止すべく、ロス夫妻は番組の第3シーズンの舞台をカリフォルニアに移すように仕組んだ。ある意味、それは好都合だった。もう両海岸を行き来する必要がないのだから。しかし、問題が迫っていた。

カリフォルニアに戻って、ジョルジャとふたりで住むための美しい家をサウザンド・オークス[2]に見つけた。パティとロス夫妻が家を探しているのを知っていたので、僕が借りようとしている家を見て、彼らが気に入ったら譲ると言った。パティとロスはその家が気に入り、引っ越してきた。

NASA(アメリカ合衆国航空宇宙局)は『かわいい魔女ジニー』の制作にとても協力的だった。エドワーズ空軍基地やフロリダのケネディ宇宙センターを見学し、何人かの宇宙飛行士に会った。彼らの多くは『かわいい魔女ジニー』のテレビ番組を見てファンになっていた。エドワーズ空軍基地の施設を使わせてくれたので、そこでジェミニ[3]のシミュレーターで飛行させてもらい、宇宙飛行用の乾燥食品を試食した。ひどい味だった。

『かわいい魔女ジニー』は、1年目は高視聴率を維持したが、撮影現場はすべてが順調なわけではなかった。問題はラリー・ハグマンだった。もっとゲストを呼ぼうとしたが、ラリーがいつもゲストに反感を持った。不機嫌でゲストを無視し、楽屋でふてくされて過ごすのだった。

彼はスターになることを渇望しており、即刻スターになりたかったのだ。しかし、実際には雑誌の表紙に登場したり、取材を受けるのはすべてバーバラだった。ラリーは自分が母親のように成功したことを世間に示したかったのだ。その結果、彼は自分自身にも周囲の人たちにも、とてつもないプレッシャーを与えることになった。

当時は気付かなかったのだが、ラリーは毎朝シャンパンのボトルを開けて飲み始めるようになっていた。しかし、それがセットでの彼の仕事ぶりに影響を与えることはなかった。彼はいつも自分の台詞を覚えていて、手際が良かった。しかし、プレッシャーの影響が次第に出てきた。

ある朝、台本の読み合わせが終わってから、俳優たちに何か問題はないかと尋ねた。全員が満足していると答えた。オフィスに戻ると、ジーン・ネルソンから電話がかかってきた。

「助けてくれ、シドニー。ラリーが楽屋で泣いていて、出てこないんだ」

ラリーの楽屋に行き、長い間、話をした。ついに彼にこう約束した。

「ラリー、君のためにできることは何でもするよ。君を中心にした筋書きの台本を書くよ」

それで、ラリーのキャラクターを構築し、より目立たせる台本を書き始めた。しかし、バーバラ・エデンのように美しく魅力的な女優が肢体を半ば露わにして出演する番組で、ラリーがスターになるのは非常に困難だった。

ラリーはますますみじめになって、セットの皆を動揺させた。バーバラはそんな彼にとても我慢強く接していた。最終的にラリーともう一度話をした。

「ラリー、この番組が好きかい？」

「もちろんです」

「でも、やっていて幸せじゃないのか？」

「幸せではないんです」

「どうして？」

彼はためらった。

「分かりません」

「君には分かっているはずだ。君は自分がスターでいられる番組にいたいんだろう？」

「たぶん、そういうことでしょう」

「君はこの番組でとても重要な役割を担っているんだよ、ラリー。でも、この番組に残りたいなら、自分へのプレッシャーを取り除かなければならない。精神科医に診てもらったほうがいい。僕なら待たずにそうするよ」

彼はうなずいた。

「その通りですね。そうします」

それから少しして、ラリーは精神科医に定期的に会う予約をしたことを僕に告げた。それはある程度助けにはなったが、まだ緊張は続いていた。

第32章 討論会「コメディの未来」
Chapter 32 ◆ The First-Ever 'Future of Comedy' Panel Discussion

第2シーズンの開始時点から、『かわいい魔女ジニー』はカラーになった。僕は他のライターを雇って自分の負担を軽くしようとしたが、彼らが提出する台本の多くは満足できるものではなかった。多くのライターが、夢物語をさらに現実離れさせて描くことが最良のアプローチだと信じていた。バーバラを火星人やその他の空想上のキャラクターに会わせたがったりした。しかし、この番組の成功は現実の基盤、つまり、ジニーをごく普通の日常的な状況に置くことのアンバランスさにあると感じていた。

例えば、次のような前提の台本を書いた。トニーが仕事で不在中に、国税局の役人が家に来て、ジニーが出迎える。ジニーは、その訪問者を感心させるために、まばたきで魔法をかけて、壁一面に本物のレンブラント、ピカソ、モネ、ルノアールの作品を飾った。

「ご覧の通り」とジニーは、あ然とする税務調査官に言った。

「私のご主人様は大金持ちなんですよ」

トニーは、その結果引き起こされた事態から逃げ出さなければならなくなった。

別の回では、家でのディナーにトニーがベローズ博士を招いた。ジニーは家が狭過ぎると思い、まばたきをして、巨大な舞踏室、豪華なダイニング・ルーム、広大な庭、大きなプールを出現させた。トニーはベローズ博士に、家が突然変貌した理由を説明しなければならなくなった。

1966年2月から翌年4月まで、自分の名前で連続して38本の台本を書いた。ハリウッドではスクリーン上に名前が出ることがライターの存在の証になっていた。それが次の仕事につながるため、誰もが名前の掲載を争っていた。一つ問題を抱えていた。

自分の名前が表に出過ぎていると感じたのだ。『かわいい魔女ジニー』の画面上に、僕の名前はこう掲載されていた。

「企画：シドニー・シェルダン、制作：シドニー・シェルダン、台本：シドニー・シェルダン、著作権保持者：シドニー・シェルダン」

自分がまるでエゴの塊のように感じた。そこでライターズ・ギルドに電話して、三つの異なるペンネームでこの番組の台本を書き始めると告げた。クリストファー・ゴラート、アラン・デヴォン、マーク・ロウェインだ。それ以来、分身たちが多くの台本を書くようになり、僕の名前が表に出る数は一つ減った。

『かわいい魔女ジニー』の1年目が終わると、監督のジーン・ネルソンは他のオファーを受けて番組を離れることになった。彼がいなくなるのは残念だった。その後は、さまざまな監督、中でもクラウディオ・グズマンとハル・クーパーをよく起用した。

そして番組は続いていった。

ある晩、サミー・デイヴィス・ジュニアがわが家にディナーにやって来た。

「サミー、『かわいい魔女ジニー』を見たことはあるかい？」

「いつも見ているよ。大好きなんだ」

「この番組に一度出演してみることに興味はある？」

「参加するよ。僕のエージェントに電話してくれ」

翌朝、サミーのエージェントに電話した。

「サミーが『かわいい魔女ジニー』に出ると言っているんだ。手配できるかい？」

「もちろんです。いくら払うんですか？」

「千ドルだよ。ゲスト・スターには皆にその額を支払っているんだ」

エージェントが鼻で笑うのが聞こえた。

「ご冗談でしょう。それはサミーがネイリストに渡すチップの額ですよ。それは無理です」

「サミーに電話してくれ」

1時間後、電話が鳴った。

「いつ彼に来てもらいますか？」

サミーは番組に出演し、素晴らしい出来になった。

バーバラの夫のマイケル・アンサラも、番組の中でブルー・ドゥジンとして起用した。

　グルーチョ・マルクスから電話があった。

「君に才能を見抜く目がないのが残念だ。君の番組にぴったりの男を知っているよ。若くてハンサムで優秀だ」

「誰のことだい、グルーチョ？」

「他に誰がいるんだ？　僕だよ」

「なぜそれを思い付かなかったのだろう？」

　1週間後、グルーチョのために『ザ・グレート・インヴェンション・オブ・ザ・ワールド』という筋書きを書いた。いつもながら、彼はまぶしいほどの存在になった。


　ある夜、娘のメアリーが学校の劇に出たので、ジョルジャと見に行くことになっていた。グルーチョに一緒に行きたいかを尋ねると、驚いたことに彼は「イエス」と言った。

　学校での劇の後、メアリーがクラスメートを何人か家に連れてきた。子どもたちはグルーチョに魅了された。僕の最も好きな思い出の一つは、グルーチョ・マルクスがわが家の書斎で椅子に座り、ショー・ビジネスについて話すのを、子どもたちが床に輪になって座って聞いている光景だ。


『かわいい魔女ジニー』の初年は大成功で、商品化もすさまじかった。ジニー人形やジニー・ボトルもあった。『かわいい魔女ジニー』を主人公にした雑誌、『ブリンク』誌まで現れた。ファン・レターは膨大な量だったが、そのほとんどがバーバラ・エデンに送られたものだった。ラリーは怒りを隠すのに必死だった。

『かわいい魔女ジニー』はかなり順調に進んでいたが、僕は常にトラブルの解決に追われていた。一方、『パティ・デューク・ショー』のセットでは、大きな心理劇が起きていた。ついにパティがロス夫妻に支配されることを拒否したのだ。3人の間には常に摩擦があった。

　ある晩、彼らは激しい口論になり、パティは家を出てマンションを見つけた。ハリー・フォークはカリフォルニアに飛んで行き、パティと結婚した。それが、パティに対するロス家の覇権の終焉だった。

　しかし、セットでは衝突が続き、あまりに悪化したため、視聴率は満足のいくものであったにもかかわらず、ついにテレビ局が年末に番組の中止を決定した。

1967年、『かわいい魔女ジニー』の第2シーズン中に僕はエミー賞にノミネートされた。その授賞式で、『チャーリー・ブラウン』の台本で同じくエミー賞にノミネートされていたチャールズ・シュルツに会った。僕はチャールズと彼の友人のチャーリー・ブラウンの大ファンだった。チャールズと話し始めると、彼が温かく素晴らしい小妖精のような人物だと分かった。彼は『かわいい魔女ジニー』のファンだと言った。

お気に入りの『スヌーピー』のマンガの一場面について、チャールズに話した。それは、スヌーピーがタイプライターに向かって「彼のストーリーは語られるべきものだった」とタイプしているものだった。スヌーピーがうだうだ考えているという一コマがあった。するとスヌーピーは、「いや、違うだろう」とタイプして、その紙を投げ捨てた。

エミー賞の授賞式から間もなく、チャールズから小包が届いた。中には僕宛のサイン入りの原画が入っていた。今でもオフィスに大切に飾ってある。

ちなみにこの年は、僕らのどちらも受賞を逃した。

1967年9月、ロサンゼルスのシダーズ・サイナイ病院から気がかりな電話を受けた。父のオットーが深刻な心臓発作を起こしたのだった。病室の外で医師は、オットーが生き残れる可能性はほとんどないと言った。病室に入り、オットーのベッドの脇に立った。オットーの顔色は悪く、生気が失われたように感じられた。でも、それは間違いだった。

オットーが、僕に近くに来るように合図をしたので、彼の方に寄りかかると、父は言った。

「リチャードに俺の車をやったんだ。売ることもできたんだがな」

それが僕に対する父の最後の言葉だった。

＊　＊　＊

『かわいい魔女ジニー』の第4シーズン中、僕らの番組の後に放映されていた番組が、大ヒットを記録した。それは『ローワン・マーティンズ・

ラーフ・イン』(以下、『ラーフ・イン』と略す)という1時間番組だった。NBC放送のトップのモート・ワーナーに電話して、一晩だけ二つのショーを組み合わせることを提案した。『ラーフ・イン』のキャラクターを使って『かわいい魔女ジニー』の台本を書き、その直後に『かわいい魔女ジニー』のキャストを『ラーフ・イン』に出演させるのだ。モートは良いアイデアだと賛同した。

一時期、バーバラ・エデンがへそを見せることを禁じられたという憶測がハリウッドに流れた。5～6通りもの説があったが、実際には次のような経緯だった。

まず、僕が『ザ・ビッゲスト・スター・イン・ハリウッド』という台本を書いた。ジュディ・カルネ、アルテ・ジョンソン、ゲイリー・オーウェンズ、そしてジョージ・シュラッター(『ラーフ・イン』のエグゼクティブ・プロデューサー)を台本に登場させ、ジニーのキャラクターとやり取りをさせた。

そして、ジョージ・シュラッターが『かわいい魔女ジニー』のキャストのために『ラーフ・イン』が用意した台本を見せてくれた。オープニング・シーンで、ジニーの衣装を着たバーバラ・エデンが、スポットライトでおへそを照らされながらゆっくりと階段を下りてくるというものだった。僕は、それは悪趣味だとジョージに伝え、『かわいい魔女ジニー』のキャストを『ラーフ・イン』に出演させるのを拒否した。

そして結局は、『ラーフ・イン』の出演者たちは僕らの番組に出たが、彼らの番組に『かわいい魔女ジニー』の出演者はひとりも出なかった。

『かわいい魔女ジニー』は4年目を終え、5年目に突入しようとしていた。5年目の正式な制作依頼はまだ来ていなかった。モート・ワーナーから電話があった。

「ジニーとトニーは結婚した方がいいと思う」

びっくりした。

「そんなことしたら、番組は台無しになりますよ、モート。『かわいい魔女ジニー』の面白さはジニーとご主人様の間のセクシャルな緊張感にあるんです。いったん結婚したら、それは消えてしまいます。何も題材がなくなります」

「私は彼らを結婚させたいんだ」

「モート、それでは意味をなさないですよ。もし彼らが――」

「番組を5年目も依頼されたいか?」

長い沈黙があった。僕は脅されたわけだが、彼のテレビ局だった。

「話し合いの余地はありますか?」

「ない」

「では彼らを結婚させます」

「よろしい。来年も放映可能だ」

キャストはこのニュースを聞くと、恐れをなした。

「絶対にビジネスマンにクリエイティブな決定をさせるべきじゃない」とラリーは言った。

キャスト全員がモート・ワーナーに電話をしたが、効果はなかった。彼は自分が誰よりも賢いと思っていた。彼は番組にとって何が良いのか分かっていたのだ。

『かわいい魔女ジニー』の番組を5年目も継続させるために、結婚式のシーンを書いた。

結婚式をケープ・ケネディ基地で撮影し、空軍のブラス・バンドが大勢出席した。できるだけ台本を面白くしようとしたが、結婚したことでふたりの関係は変わってしまい、番組の面白味はほとんど消えてしまった。5年目の終わりに番組は終了した。モートはヒット番組を自分の手で壊してしまったのだ。

僕らは139回分の番組を制作した。6年目に『かわいい魔女ジニー』はシンジケーション(独立系放送番組)に回った。1971年のことだった。そして5年間シンジケーションで放送されていた。

『かわいい魔女ジニー』が最初に放映されてから40年後の今日、番組は復活して世界中で放映され、今でも何百万人もの視聴者に笑いをもたらしている。しかもカラーで、だ。コロンビアは映画化を計画している。


『かわいい魔女ジニー』を制作している間に、ワクワクするようなアイデアを思い付いた。それは、ある精神科医を誰かが殺そうとする話だった。興味をひかれたのは、彼の知る限り、彼には敵がいないという点だった。しかし、もし彼が優秀な精神科医なら、誰がなぜ自分を殺そうとしているのかを突き止めなければならないだろう。

このアイデアの問題点は、個人の心理が中心になっていることだった。精神科医の頭の中に入り込んで、彼がどのように問題を解決していくのかを理解しなければならなかった。だから、ドラマの形式では無理だと断念した。彼の内面を読者に説明できる小説にしなければならないだろうと思った。しかし、小説を書く能力はないと知っていたので、そのアイデアを断念した。

グルーチョから電話があり、マルクス兄弟とその母親を描いた『ミニーズ・ボーイズ』という劇がブロードウェイのインペリアル劇場で開幕すると知らされた。ジョルジャと一緒に東海岸に飛んで帰り、一緒にショーを見に行かないか、とグルーチョに誘われた。当時、僕は制作で忙しかったのだが、承諾した。ニューヨークへ行って、ショーを見た——それはよく出来ていた——その後、出演者たちのパーティーに出席した。

翌朝、空港に行き、飛行機で家に向かった。ちょうど航空管制官のストライキ中だった。飛行機は滑走路に向かって動き始めたが、パイロットの声がスピーカーから聞こえてきて、ストライキのため、1時間の遅れが出ると告げられた。飛行機はゲートに戻り、その2時間後にまたパイロットの声がして、3時間の遅れが出ると告げられた。

グルーチョがスチュワーデスを呼び出した。

「何かご用でしょうか？　マルクスさん」

「ああ、機内に神父はいるかね」

「存じません。どうしてですか？」

「何人かの男がムラムラし出したようなので懺悔が必要だからだ」

偉大な詩人のT・S・エリオット[1]は反ユダヤ主義[2]者だと噂されていた。グルーチョは自宅の壁にT・S・エリオットの写真をフレームに入れて飾っていた。

グルーチョにそのことを尋ねると、彼は言った。

「サイン入りの写真がほしいとエリオットが手紙をくれたんだ。それで写真を送ったら、送り返してきた。彼は僕の葉巻が写っている写真が欲しかったんだよ」

T・S・エリオットはグルーチョをとても尊敬していたので、グルーチョに自分の追悼式を主宰してほしいと遺言に書いていた。グルーチョは快く引き受けた。

シェッキー・グリーンもグルーチョの有名なディナー・パーティーで会ったコメディアンのひとりだった。かつてシェッキーにお笑い芸人とコメディ俳優の違いを尋ねたことがあった。

彼は答えた。

「お笑い芸人は面白い扉を開ける。コメディ俳優はドアを面白く開ける」

シェッキーは全米のナイトクラブのお笑い芸人ではトップのひとりだった。彼の面白いところは特定の出し物がなかったことだ。二度と同じショーはやらなかったのだ。彼は舞台に歩いて行って、45分間、お腹が転げるような笑いを即興で行った。

ある夜、ラスベガスのサンズ・ホテルにシェッキーのショーを見に行った時、シェッキーは観客にこう言った。

「フランク・シナトラが命を救ってくれた。俺がステージのドアを出て駐車場に向かった時、3人のチンピラが俺に殴りかかってきた。しばらくして、フランクが言った。『オーケー。もう十分だ』」

ショーの後、僕らは舞台裏のシェッキーの楽屋に行った。僕は訳が分からなかった。

「シナトラの話は何だったの?」

「ああ、俺はフランクの前座として出演しているんだ。数日前の夜、フランクの家族についてジョークを言ったんだ。ショーの後、フランクは『二度とやるな、シェッキー』と言った。だが、君も知っての通り、俺は誰かに指図されるのが嫌いなんだ。それで、次のショーでは、フランクの家族についてのジョークをもっと話した。ショーが終わって駐車場に出ると、3人のチンピラたちが俺を痛めつけにかかってきたんだ。しばらくたってから、フランクが言った。『もう十分だ』。するとチンピラは姿を消したのさ」

初めてフランクに会ったのは1953年のことで、彼がカムバックを果たす前の落ち目の時だった。スタジオの契約金は底をつき、レコード契約は打ち切られ、彼をソロで出演させたがる人は誰もいなかった。しかし、その才能で、彼はすぐにキャリアを取り戻した。

フランク・シナトラは自分で作ったルールに従って生きていた。実際、彼には複数の人格が存在しているようで、そのどれに当たるかは知りようがなかった。彼は温かく寛大な友人であることもあれば、悪い敵になることもあったのだ。

シナトラは才能あるダンサーで、女優のジュリエット・プラウズと婚約したが、彼女が記者に婚約のことを話すと、婚約を取り消した。

作詞家のサミー・カーンがロサンゼルスに飛び、ビバリーヒルズ・ホテルにチェックインすると、シナトラはサミーの荷物をシナトラ宅に移動させた。しかし、インタビュー中にサミー・カーンがシナトラのことを話したところ、その直後に彼の荷物はビバリーヒルズ・ホテルに戻された。

フランクはジョージ・C・スコットに会ったことはなかったが、彼の作品を賞賛しており、スコットが心臓発作を起こした時には、治療を手配し、その支払いの面倒を見た。フランクは慈善事業にも気前良く献金していた。

シナトラはエヴァ・ガードナーと結婚し、離婚したが、彼女のことを完全に忘れることはなかった。

サンズ・ホテルの支配人のカール・コーンと共に、フランクのマンションにいて、彼の誕生日を祝うためにディナーに出かけようとしていたことがある。エヴァはアフリカで『モガンボ』の撮影中だった。

フランクは一向に出かけようとしなかった。僕はしびれを切らして聞いた。

「フランク、もう10時だよ。カールも僕もお腹が空いているんだ。何を待っているんだい?」

「エヴァが誕生日のお祝いの電話をくれるんじゃないかと期待していたんだ」

何年もの間、毎週木曜日の夜、僕の仲間はグループでわが家に集まり、ディナーの後の数時間、面白い会話を楽しんでいた。僕らはこのグループを「イーグルス」と呼んでいた。シド・シーザー、スティーブ・アレン、シェッキー・グリーン、カール・ライナー、ミルトン・バールとその妻たちという、毎週同じ顔ぶれだった。年を経てそれぞれが自分のキャリアで大成したのは喜ばしいことだった。彼らはコメディ界の超大物だったが、何十年もたつと、誰もがもはや若くはないことに気付いた。このままでは、彼らの声はまるで存在しなかったかのように消えてしまう。しかし、僕にはあるアイデアがあった。

そうした驚異的な才能の持ち主のイメージを保ち、同時に彼らの経済的支援になる方法を思い付いた。当時、僕は教育に携わっており、識字率向上連合の全米スポークスパーソンをしていたので、このアイデアはとても心が弾む計画に思えた。

ある晩、イーグルスのグループ・ディナーの席で、このアイデアを皆に打ち明けた。

「友よ」と語りかけた。

「コメディの未来についての番組を、君たちと一緒に作りたいんだ。僕が君たちの対談相手になるよ。全国の大学を回って、われわれの番組のチケットを売って、そのお金をすべて大学に寄付するんだ。参加したい人はどれくらいいるかな？」

手が挙がり始めた。シド・シーザー……スティーブ・アレン……シェッキー・グリーン……カール・ライナー……。

僕は言った。

「素晴らしい。ぜひ僕に手配させてほしい」

そして、最初のショーをハリウッドで試験的に行うことにしたところ、ビバリーヒルズ市が大喜びで迎えてくれた。討論会「コメディの未来」は、２０００年7月17日にライターズ・ギルド劇場で、あふれんばかりの観客を前に初めて開催された。

この討論会が極めて好評だったので、アイデアはうまくいきそうだと分かった。シド、スティーブ、シェッキー、カールと共に大いに楽しみ、観客にも受けた。笑いはひっきりなしに起こった。討論会のメンバーがギャグで互いの話に割り込み、茶々を入れ続けたからだ。皆で何か確かな手応えを感じ、新しい冒険が始まるのを心待ちにしていた。

しかし、その晩から間もなくして、運命のいたずらで、すべてがなし崩しになり、失敗に終わってしまった。スティーブ・アレンが亡くなり、シド・シーザーは長距離を移動できなくなり、シェッキー・グリーンは精神的な問題を抱え、カール・ライナーは映画に深く関わるようになった。結局はうまくいかなかった。

しかし、友人たちの寛大さを僕は決して忘れない。

1970年に僕はもう一つのテレビ番組を作り、『ナンシー』と名付けた。アメリカ大統領の洗練された若い娘が、休暇で訪れた牧場で若い獣医と出会い、恋に落ちるというストーリーだった。ふたりは結婚した。台本は、このふたりのライフスタイルの相違に基づくものだった。

主役は3人の優秀な俳優で固めた。セレステ・ホルム、レンヌ・ジャレットとジョン・フィンクだった。試作版をNBC放送に見せると、彼らが放映権を買ってくれた。

番組は甘くロマンチックなコメディで、キャストはそれを見事に表現してくれた。だが、NBC放送は17回の放送分でこの番組を打ち切りにした。当時この番組は、放映継続には充分過ぎる視聴率を取っていた。ホワイトハウスがこの番組を喜ばなかったのか、何らかの政治的な圧力が強くなり過ぎたのかどうかは分からないが、この打ち切りが僕ら全員を驚かせたことは確かだった。

第33章

ビー・ファクターの予言がついにかなう

Chapter 33 ◆ Bea Factor's Prediction Had Finally Come True

数年後、良家に育った上流階級の人々を描くフォーマルな番組を作ることにした。アーロン・スペリングとレナード・ゴールドバーグをプロデューサーとして制作した『ハート・トゥー・ハート』で、この番組は１９７９年に放映が開始された。幸運にもロバート・ワグナーとステファニー・パワーズを主演に迎えることができた。この番組はヒットし、５年間にわたって放映された。

こうした他のプロジェクトに取りかかっている間にも、精神科医を主人公としたストーリーのアイデアが何度も頭によみがえってきた。このアイデアを捨て去ることができなかったようなのだ。まるでそのキャラクターが生命を吹き込んでもらうことを要求しているかのようだった。小説を書く自信はまったくなかったのだが、この精神科医について忘れるために、彼の物語を書こうと決心した。

午前中に秘書のひとりに小説を口述して筆記させ、午後はプロデューサーの役割に戻って他の仕事をした。

小説はようやく完成したが、それをどうしたらいいのか見当もつかなかった。文芸エージェントの知り合いもいなかった。そこで、親友で才能ある小説家のアーヴィング・ウォレスに電話をした。

「アーヴィン、小説の原稿を書いたんだ。誰に送ればいいんだい？」

「僕に読ませてくれ」

原稿を彼に送ったが、「誰にも送るな」という電話があるだろうと思っていた。

彼はその代わりに、電話口でこう言った。

「素晴らしいと思う。ニューヨークの僕のエージェントに原稿を送ってくれ。僕から連絡しておくよ」

その小説は『顔』（原作名は『ザ・ネイキッド・フェイス』）と呼ばれ、５社の出版社から断られた。

6番目に読んでくれたのは、ウィリアム・モロー出版の編集者のヒレル・ブラックだった。

エージェントから電話があった。

「ウィリアム・モロー出版があなたの本を出版したがっていますよ。千ドルの前金を出すそうです」

突然、興奮に包まれた。自分が書いた本が出版されることになったのだ。ウィリアム・モロー出版は知らないことだが、僕の方から喜んで千ドル払っただろう。

「素晴らしいです」

ヒレルがちょっとした変更を望んだので、すぐに修正した。

この小説は1970年に出版された。『顔』が出版された日、僕はパニックになった。あらゆる出版記録を塗り替えると確信していたからだ。つまり、1冊も売れないだろうと思っていたのだ。強く確信していたので、ビバリーヒルズの書店に急いで行くと、自分で本を1冊購入した。これは、今日まで続いている習慣となった。

本が出版される際には、その著者が全国を回って宣伝し、その本が店頭に並んでいることを一般の人々に知ってもらうのが通例だ。著者はテレビ番組に出演したり、出版記念パーティーに参加したり、作家のランチ講演会に出たりして、自分の本を宣伝するのだ。ヒレル・ブラックに電話した。

「念のためにお伝えしておきますが、新刊の宣伝ツアーには喜んでいくつもりですよ。あなたが用意したテレビ番組には全部出ますし――」

「シドニー、あなたを新刊の宣伝ツアーに行かせても意味ないですよ」

「何を言っているんですか?」

「ハリウッド以外では、誰もあなたのことを知りません。あなたの出演を予約する番組はないでしょう。忘れてください」

しかし、僕は忘れなかった。広報のプロに電話して、事情を説明した。彼は言った。

「ご心配なく。私が何とかします」

彼は『トゥナイト・ショー』『ジョニー・カーソン』『マーヴ・グリフィン・ショー』『デービッド・フロスト・ショー』の他、六つの番組への出演予約を確保してくれた。

彼はさらにカリフォルニア州パサデナにある有名

演会にも出席できるように手配してくれた。作家が自分の本について簡単に話し、昼食をとり、出席者は部屋の後方で売られている本を買ってから壇上に上がり、作家にサインをしてもらうという手順だった。

その日、壇上の隣には、生涯をかけて『文明物語』を書き、世界史の人気を普及させたウィルとアリエル・デュラント、偵察機U2に乗っていて撃墜された経験をつづった著書で知られたフランシス・ゲイリー・パワーズ、著名な小説家のグウェン・デイヴィス、『ロサンゼルス・タイムズ』紙の人気コラムニストのジャック・スミスがいた。

ランチの間にそれぞれの著者が紹介され、自分の本について簡単に話をした。

ランチが終わると観客は会場の後方で本を買い、好きな作家の前に並んだ。ウィルとアリエル・デュラントの前の列は部屋の後ろまでしっかり続いていた。ジャック・スミスの前にも同じくらい長い列ができた。ゲーリー・パワーズの前にも長い列ができたし、グエン・デイヴィスもそうだった。

僕の本の前にはひとりも並んでいなかった。僕は顔を真っ赤にしてノートを取り出すと、忙しく書いている振りをした。どうにかしてそこを逃げ出せる方法はないかと思っていた。他の作家の列はより長くなり、僕は座って意味のない言葉を書きなぐっていた。

しばらくして、声が聞こえてきた。

「シェルダンさん？」

顔を上げると小柄な老婦人が僕の前に立っていた。

「あなたの本の題名は何ですか？」

「『顔』です」

彼女は微笑みながら言った。

「分かったわ。私が買うわ」

それは慈悲の精神に基づいた行為だった。

その日売れたのは、その1冊だけだった。

数週間後、ニューヨークへ飛び、ウィリアム・モロー出版の社長のラリー・ヒューズに会った。

「良い知らせがありますよ。『顔』は1万7千部売れて、もう増刷になっていますよ」

長い間、彼を見つめていた。

「ヒューズさん、僕は毎週2千万人が見るテレビ番組を作っているんです。1万7千部売れたと聞いても、感激はまったくないんです」

書評が出た時、うれしい驚きを感じた。ほとんどが好意的で、中でも『ニューヨーク・タイムズ』紙の書評は最高だった。書評にはこう書かれていた。「『顔』は明らかに今年初の最高のミステリーだ」

さらに、その年の終わりには、僕はエドガー・アラン・ポー賞[1]に推薦された。

ハリウッドに戻ってからも、僕はまだ『ナンシー』の仕事を続けていたが、次の小説を書くことを考えずにはいられなかった。『顔』は金銭的には成功したとは言えなかった。実際、本の売り上げよりも多くを、宣伝費に費やしていた。しかし、小説を書くことにはもっと重要な意味があった。今まで経験したことのないような創作の自由を感じたのだ。

映画のシナリオやテレビ番組の台本、劇の脚本を書くときは、常に共同作業になる。ひとりで書いたとしても、キャスト、監督、プロデューサー、作曲家などと一緒に作業をすることになる。

しかし、小説家は自分の好きなように自由に創作することができる。次のようなことを言う人はいないのだ。

「シーンを谷ではなく山に変えよう」

「セットが多過ぎる」

「ここは言葉を削って、音楽で雰囲気を盛り上げよう」

小説家はキャストであり、プロデューサーであり、監督だ。小説家は自由に世界全体を創り、時間を戻したり先に進めたり、登場人物に軍隊や召使いや別荘を与えたりすることができる。想像力がある限り、制限は何もないのだ。

僕は、『顔』よりも金銭的に成功しようなどとはまったく思わずに、もう1冊小説を書こうと決心した。ワクワクするようなアイデアが必要で、ドーア・シャーリーがRKOで映画化を拒否した物語『オーキッド・フォー・バージニア』を思い出し、それこそが語りたい物語だと決めた。そして、シナリオを手の込んだ小説に書き直し、題名も『真夜中は別の顔』と変えた。

この本は1年後に出版され、僕の人生を変えた。『ニューヨーク・タイムズ』紙のベストセラー・リストに52週間もとどまった。『真夜中は別の顔』はセンセーションを巻き起こし、世界的な大ベストセラーになった。

「世界的に有名になる」というビー・ファクターの予言は、ついに現実のものとなったのだ。

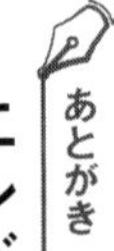

あとがき

エレベーターは上向き。アレクサンドラとの結婚と小説家としての遅いスタート

Afterward : The Elevator is Up. Marriage to Alexandra and My Late Start as a Novelist

長年にわたって行ってきたさまざまな執筆活動――映画、演劇、テレビ、小説――の中で、僕が最も好きなのは小説の執筆だ。小説は別世界、頭と心の中の世界だ。小説では登場人物を創造し、生命を吹き込むことができる。劇作家、スクリーン・ライターから小説家への転身は、思っていたより簡単だった。そして、多くの利点があった！

小説家は調査で世界中を旅して面白い人たちに会い、面白い場所に行く。僕が書いた作品に感動した人がいれば、彼らはそう教えてくれる。感動的な手紙をもらうこともある。

心臓発作で倒れて病院に入院し、両親やボーイフレンドとの面会を拒んでいた女性から手紙を受け取ったことがあった。手紙には、ただもう死にたい、と書かれていた。彼女は21歳だった。誰かが彼女の枕元に『真夜中は別の顔』の本を置いていった。彼女はそれに軽く目を通し始めた。興味をそそられ、冒頭から本を読み始めた。読み終わったときには、登場人物と彼らの問題に夢中になり、自分の問題を忘れて、再び人生に立ち向かう心構えができていたという。

また、死の床にあった娘の最後の願いが、僕の本をすべて、病室のベッドの周りに広げてほしいというもので、娘は幸せに息を引き取った、という手紙をくれた女性もいた。

『天使の自立』では、本の中で少年を死なせてしまい、憎しみのこもった手紙を受け取るようになった。ある女性は東海岸から手紙を寄こし、電話番号を添えて、こう書き記していた。

「電話をください。眠れないんです。どうして彼を死なせてしまったのですか？」

同じような手紙をそれはたくさんもらったので、僕は少年を生き返らせて、テレビの連続ドラマを作った。

『天使の自立』のヒロインのジェニファー・パーカーに憧れて弁護士になった、と語ってくれた女性たちもいた。

僕の小説は180カ国で売られ、これまで51カ国語に翻訳されている。1997年には「世界で最も翻訳された作家」としてギネスブックに記録された。僕の本は3億冊以上売れたのだった。本の成功に一つの理由があるとすれば、それは登場人物が僕にとって非常にリアルであり、それゆえに読者にとってもリアルだということだろう。愛と憎しみ、そして嫉妬は、誰もが理解できる普遍的な感情だから、外国の読者も共感してくれるのだ。

小説家になって驚いたことの一つは、ハリウッドで働くスクリーン・ライターよりも、小説家の方がずっと尊敬されているということだった。

ジャック・ワーナーは言った。

「ライターとは、タイプライターを持った馬鹿者以外の何者でもない」

これは、ほとんどの映画スタジオの社長に共通の見方だ。

『イースター・パレード』を書いていたときのことだ。ある日、アーサー・フリードのオフィスにいると、彼の保険外交員が入ってきた。僕たちが話をしていると、秘書がその日の試写を見る用意ができたと告げた。フリードは保険外交員に向かって言った。

「試写を見に行こう」

ふたりは立ち上がり、僕をひとり残して、僕が書いた映画を見るためにオフィスを出て行った。シナリオライターの僕は、それほど尊重されていなかったのだ。

＊　＊　＊

僕は小説のための調査で世界中を旅して周るのが好きで、楽しんでやっている。アテネでは『真夜中は別の顔』のための調査をした。ジョルジャが一緒だった。警察署を通りかかったので、彼女に言った。

「入ってみよう」

中に入ると、机の後ろに警察官がいた。

「何かご用ですか？」

「どなたか車を爆破する方法を教えてくれませんか？」

30秒後には警察署内のある部屋に閉じ込められていた。ジョルジャはパニックを起こしていた。

「あなたが誰なのか、彼らに言ってよ」

「心配はいらないよ。時間はたっぷりあるから」

ドアが開き、銃を持った4人の警察官が入ってきた。

「お前は車を爆破したいのか？　なぜだ？」

「シドニー・シェルダンです。調査をしているのです」

幸いにも、彼らは僕が誰なのかを知っていて、車を爆破する方法を教えてくれた。


南アフリカでは、ダイヤモンドを題材にした『ゲームの達人』という小説の取材をした。デビアス社と連絡を取り、ダイヤモンド鉱山に潜入させてもらえないか、と打診した。無事に許可がもらえ、ダイヤモンド鉱山を探検するという貴重な体験をした。

デビアス社の幹部から、ダイヤモンドが地表に転がっている浜辺の鉱山があり、一方は海に守られ、もう一方はパトロール用のゲートで守られていると聞いた。挑戦したい気分になり、登場人物のひとりが中に入ってダイヤモンドを盗む方法を考え出した。

『明日があるなら』のためには、マドリッドのプラド美術館の警備をチェックした。難攻不落の美術

著書の宣伝で訪日中に、奈良で神聖な鹿に餌をあげているシドニー・シェルダン

館と聞いていたのだが、登場人物のひとりはそこから貴重な絵画を盗み出す方法を考え出した。

『神の吹かす風』では、作品の舞台の一つであるルーマニアに行った。当時は独裁者のニコラエ・チャウシェスク〔1〕の時代で、街には被害妄想的な感情が漂っていた。アメリカ大使館に行って、大使のオフィスでこう言った。

「お聞きしたいことがあります」

大使は立ち上がった。

「一緒に来てください」

彼は僕を廊下に連れ出し、海兵隊員が24時間警備している部屋に連れて行った後に尋ねた。

「何をお知りになりたいのですか？」

「僕の部屋は盗聴されていると思いますか？」

「あなたのホテルの部屋だけでなく、もしあなたがナイトクラブに行けば、そこでも盗聴されますよ」

その3日後の夜、ジョルジャとナイトクラブに行った。案内人が席に座らせた。冷房が直接当たっていたので、立ち上がって移動した。すると案内人が走って戻ってきて、最初のテーブルに戻した。それは明らかに盗聴されているテーブルだった。

次の日、大使の家にランチに呼ばれた時に尋ねた。

「あなたに伺いたいことがあるのですが」

彼は立ち上がった。

「庭を散歩しましょう」

ルーマニアでは、大使の家にも盗聴器が仕掛けられていたのだ。

『時間の砂』の執筆に際しては、バスクの分離主義運動について調べるためにスペインに行った。本の中の修道女たちが通るであろう2本の道を運転手に走らせた。最終的にはサン・セバスチャンにたどり着いた。運転手はホテルの前に車を止めて言った。

「私はもう帰ります」

「帰れないよ。僕たちは今、調査をしている最中なんだから」

「あなたは分かっていない」と彼は言った。

「ここはバスク人の本拠地なんですよ。マドリッドのナンバープレートを見たら、車を爆破されてしまいます」

何人かのバスク人に会い、彼らの言い分を聞いた。

彼らは自分たちが避難民であると感じていた。彼らは自分たちの土地を、彼らの言語と自治権と共に取り戻したいと思っていたのだ。

こうしたことは僕の経験のほんの一部だ。僕は出会った人々にとても感謝している。書くことが大好きで、自分が大切だと思うことを仕事にできるのは幸運なことだと思う。どんな人でも、いくら自分に才能があっても、それを自分だけの手柄にすることはできないと僕は信じている。才能とは恵みであり、それが絵であろうと音楽であろうと執筆であろうと、与えられた才能に感謝して、精進すべきなのだ。

最も楽しいのは実際に書いている過程だ。かつてビジネス・マネジャーが誕生日のプレゼントに500ドル分のテニスのレッスンのギフト券をくれたことがあった。1週間に一度、テニスのプロが家までやって来て、テニスを教えてくれた。

ある日、そのテニスコーチは言った。

「今回でギフト券は使い果たしましたよ。今後も続けたいですか?」

僕はテニスをとても楽しんでいた。それで「はい」と言いかけたが、考え直した。

〝ここにはいたくない。自分のオフィスで原稿を書きたい〟

それ以来、テニスコートには足が向かないまま20年がたってしまった。

ケーリー・グラントの最後の映画、『ウォーク・ドント・ラン』から4年後に、ケーリーが電話してきて、アカデミーが彼に、オスカーの名誉賞をニューヨークで授与してくれるので一緒に行かないか、と聞かれた。彼の受賞は僕にとってもうれしいことだった。彼はもっと早く受賞してしかるべきだったのだ。

年を経てボブ・ラッセルとベン・ロバーツが一連の成功を収めたのもうれしかった。

弟のリチャードは結局のところ離婚し、1972年にベティー・レインという魅力的なビジネス・ウーマンと出会って結婚し、皆を驚かせた。

1985年には愛しいジョルジャが心臓発作で亡くなった。信じがたい喪失で、僕の人生に、決して満たされることのない虚しさが生まれた。

それから3年を少し過ぎた頃、ある出来事が起きた。アレクサンドラ・コストフに出会い、人生が変わったのだ。彼女は僕が書いてきたすべての要素を持った女性だ。聡明で美しく、驚くほど才能にあふれており、一目惚れした。僕たちはラスベガスで、家族だけのプライベートな結婚式を挙げた。

僕には内緒にしていたが、友人のマーティ・アレンとその妻のカロンが結婚式の場に現れた。多才なカロンが自分で書いた結婚行進曲をピアノで演奏してくれ、結婚式は進行した。

アレクサンドラと結婚してから、すでに16年の素晴らしい月日が流れた。

娘のメアリーが作家になったのは大きな喜びだった。今までに10冊の小説を出版している。孫娘のリジーは16歳の時に小説を出版した。次は10歳のレベッカの番だろう。

この4年間は双極性障害のためにペースが落ちたが、治療薬のリチウムの助けを借りて、今はどうにか症状を抑えられている。新しい小説、ノンフィクション、そしてブロードウェイの劇を書く計画がある。僕はちょうど88歳の誕生日を祝ったところだ。

ジェットコースターのようなスリルに満ちた人生が僕の宝物だ。刺激的で胸を躍らせるような素晴らしい旅をしてきた。ページをめくり続けるよう説得してくれた父のオットーと、僕を信じてやまなかった母のナタリーに感謝している。

僕はこれまで、大きな成功もあれば、王様級の失敗もある驚異的なプロとしての人生を歩んできた。そんな作家としての人生を読者の皆様と分かち合い、皆様にお礼申し上げたいと思った。なぜなら、あなた方読者が、いつも僕を支えてくれていたからだ。

皆様の一人ひとりに心から感謝の意を表します。

〝エレベーターは昇りだ〟

孫娘のレベッカと一緒のシドニー・シェルダン

Mr. SIDNEY SHELDON
PRODUCER

訳注

第1章

[1] **壊滅的な危機**／1929年10月にアメリカ合衆国の戦間期で始まり、1933年にかけて世界に広がった経済不況のこと。発端はウォール街にあるニューヨーク株式取引所で1929年10月24日（後に「暗黒の木曜日」といわれる）に株式が大暴落、以後長期にわたり、アメリカのみならず世界中に不況が広がった。

[2] **ミシガン湖**／世界で5番目の面積を持つ淡水湖で、一つの国の中にある湖としては世界最大を誇る。五大湖の中でアメリカ国内のみにあり、カナダとの国境に接していない、唯一の湖。

[3] **ロジャーズ・パーク地区**／イリノイ州シカゴのコミュニティ・エリアの一つで、シカゴの最北東に位置している。ロジャーズという名前はアイルランド出身の開拓者、フィリップ・ロジャーズにちなむ。

第2章

[1] **ハーディ・ボーイズ**／父親が私立探偵というハーディ兄弟が、父親譲りの推理力と行動力で難事件を解決する物語。ロングセラーの少年少女向け小説のシリーズ。

[2] **トム・スウィフト**／全6シリーズから成るアメリカの少年少女向けの科学、発明、技術に焦点を当てた、SFおよび冒険小説の主人公の名前である。1910年の発刊以来、シリーズで100巻を超え、最新刊は2022年3月に刊行。多くの言語に翻訳され、世界中で3千万冊以上売れている。

[3] **ハイスクール**／アメリカでは9～12学年（14～18歳）の生徒が通う中等学校（セカンダリー・スクール）。

[4] **『ウィー・ウィズダム』誌**／1991年まで刊行された子供のための雑誌。

[5] **エドガー・アラン・ポー**／アメリカの詩人・小説家（1809～1849年）。音楽的諧調を重視した耽美的な詩は、象徴派などに大きな影響を与えた。推理小説の開拓者ともいわれ、怪奇的、幻想的な短編小説を発表。代表作に、詩『大鴉（おおがらす）』、小説『アッシャー家の崩壊』『モルグ街の殺人』『黄金虫』『黒猫』などがある。

[6] **オー・ヘンリー**／アメリカの短編小説家（1862～1910年）。庶民生活の哀歓を軽妙に描いた。代表作に『賢者の贈り物』『最後の一葉』など。

[7] **ブース・ターキントン**／アメリカの小説家、劇作家（1869～1946年）。地方財界の腐敗を描

いた『インディアナ出の紳士』など、中西部を舞台とした小説を多く発表。『素晴らしいアンバソン家の人々』『アリス・アダムズ』でピュリッツアー賞を受賞。20世紀初めのアメリカの人気作家として、多くの作品を残す。

第3章

〔1〕**ピアス・アロー**／１９０１～１９３８年までニューヨーク州バッファローを本拠に営業していたアメリカの自動車メーカー。高価な高級車で知られていた。

第4章

〔1〕**「ブナイ・ブリス」**／ユダヤ人コミュニティーの伝統的な相互扶助組織の名称。１８４３年10月にニューヨークでヘンリー・ジョーンズらによって設立された。現在も活動中のものでは、世界最古のユダヤ人の互助組織。活動内容は、人権向上活動からユダヤ人大学生に対する奨学金授与、人種差別、反ユダヤ主義への反対など、多岐にわたる。

〔2〕**ノースウェスタン大学**／アメリカ合衆国イリノイ州シカゴ郊外にキャンパスを構える１８５１年創立の名門私立大学。世界で最も権威のある学術機関として評価が高く、数多くのノーベル賞受賞者、ピューリッツァー賞受賞者を輩出している。

〔3〕**ＮＦＬ**／米国フットボールリーグは、１９２０年に創設されたアメリカン・プロフェッショナル・フットボール・アソシエーションを１９２２年に改称して開始される。アメリカ国内で最大の人気を集めるスポーツリーグで、現在、32チームが加入している。

第5章

〔1〕**シカゴ劇場**／シカゴのシンボル的な劇場で、１９２１年に映画館として建設された。入口の真っ赤な看板とレトロな雰囲気は映画でもなじみ深い。現在はミュージカルや音楽、ダンスやコメディを楽しめる。

第6章

〔1〕**ＭＧＭ**／メトロ・ゴールドウィン・メイヤーの略称。１９２４年４月の設立以来、１世紀にわたり、長編映画やテレビ番組の制作・配給を手掛けてきたアメリカの大手エンターテインメント企業。アメリカの老舗映画スタジオの一つで、『12人の怒れる男』『ロッキー』『羊たちの沈黙』『００７』シリーズなど、４千本以上の映画作品、１万７千本のテレビ番組という世界有数のライブラリーを所有。２０２１年５月に、アマゾンに買収される。

[2] **WBBM**/イリノイ州シカゴでサービスを提供するニュース専門の民放AMラジオ局。スタジオはシカゴの超高層ビル、トゥー・プルーデンシャル・プラザにある。

[3] **TBハームズ社**/アレクサンダー・T・ハームズとトーマス・B・ハームズのふたりの兄弟によって1875年に設立された、アメリカ初の音楽出版社。ニューヨーク市のティン・パン・アレイ地区に拠点を置き、1920年にはアメリカ最大のポピュラー音楽の楽譜出版社となった。当時はライブ演奏と印刷された楽譜のみが収益だった。初期の出版物の成功により、他のティン・パン・アレイの出版社は同社の宣伝活動を模倣した。

[4] **アーヴィング・バーリン**/ベラルーシ生まれのアメリカの作曲家、作詞家(1888~1989年)。正式な音楽教育を受けたことはなく、楽譜の読み書きはできなかったが、半世紀にわたる音楽活動で膨大な量の優れたポピュラー・ソングを作詞・作曲した。代表曲には『ホワイト・クリスマス』『ゴッド・ブレス・アメリカ』『イースター・パレード』など。

第7章

[1] **ボードビル**/17世紀末にパリの大市に出現した演劇形式。アメリカでは舞台での踊り、歌、手品、漫才などのショー・ビジネスを指し、「アメリカン・ボードビル」と呼ばれ、区別されることがある。

[2] **ブリル・ビル**/正式名称ブリル・ビルディングは、ニューヨーク市マンハッタン区のブロードウェイにある11階建てのオフィス・ビルで1931年に竣工。たくさんの音楽出版社・事務所が入居し、ブリル・ビルで制作された曲はしばしばビルボードの音楽チャートで1位を獲得。最盛期の1962年には165の音楽会社が入居し、出版・印刷・デモ音源の制作から、レコードの宣伝・ラジオのプロモーターとの契約が一カ所でできた。

[3] **ティン・パン・アレイ**/ニューヨーク市マンハッタン区のブロードウェイに隣接する一角を指す。20世紀初めまで最大38社の楽譜出版社が集まっていた。レコード普及前の時代、楽曲をピアノで試演した際に「ティン・パン」(スズの鍋)をたたいているような音が響き渡っていたことに由来。代表的な作曲家にジェローム・カーン、コール・ポーター、アーヴィング・バーリンらがいた。

第8章

[1] **コロンビア映画**/正式名称はコロンビア・ピクチャーズ・インダストリーズ。アメリカの映画スタジオ・制作会社。アメリカの主要映画スタジオ「ビッ

グ5」の一つ。1918年にコーン・ブラント・コーン（CBC）フィルム・セールス・コーポレーションとして設立。1924年にコロンビア・ピクチャーズに改名。代表作に『戦場にかける橋』『アラビアのロレンス』『イージー・ライダー』『未知との遭遇』『クレイマー、クレイマー』『ガンジー』『スタンド・バイ・ミー』『スパイダーマン』『ダ・ヴィンチ・コード』など。

[2] **パラマウント**／正式名称はパラマウント・ピクチャーズ・コーポレーション。アメリカの映画およびテレビ番組の制作・配給会社。アメリカではユニバーサル・ピクチャーズに次いで2番目に古く、1912年に設立。「ビッグ5」の中で唯一、現在もロサンゼルス市内に存在する。代表作に『ローマの休日』『ティファニーで朝食を』『ゴースト ニューヨークの幻』『トップガン』のほか、『ゴッドファーザー』『インディ・ジョーンズ』『ミッション・インポッシブル』『トランスフォーマー』シリーズなど。

[3] **RKO**／正式名称RKOピクチャーズは、アメリカの映画制作・配給会社。1928年にRKOラジオ・ピクチャーズとして設立され、1950年代までは「ビッグ5」と呼ばれ、ハリウッド黄金時代を牽引する一大メジャー映画会社だった。1948年にアメリカの実業家、ハワード・ヒューズがRKO本体を買収し、混乱が続いて衰退した。RKOピクチャーズは1957年に制作を中止し、その2年後に事実上解散。代表作に『キングコング』『市民ケーン』など。

[4] **セルズニック・インターナショナル・スタジオ**／セルズニック・インターナショナル・ピクチャーズが運営したハリウッドの映画スタジオ。1935年にデヴィッド・セルズニックによって創立され、1943年に解散した。企画から脚本、撮影、編集、宣伝などに至るまでを強力に統轄する制作手法で、多くの成功作を生み出す。その集大成ともいえる『風と共に去りぬ』、ヒッチコック監督による『レベッカ』ではアカデミー作品賞を受賞。

[5] **ユニバーサル・スタジオ**／ユニバーサル・ピクチャーズこと、ユニバーサル・シティ・スタジオは、アメリカの映画制作・配給会社で、コムキャストが所有。1912年にカール・レムリらによって設立された、現存するアメリカ最古の映画スタジオで、世界で5番目に古い歴史を持つ。ハリウッドの「ビッグ5」スタジオでも最も古い。代表作に『ハルク』『ジュラシックパーク』シリーズ、『ワイルドスピード』シリーズ、『ハムナプトラ』シリーズ、『アポロ13』など。

[6] **ディズニー・スタジオ**／ウォルト・ディズニー・カ

ンパニーが、スタジオ・コンテンツ部門として所有する映画制作会社。アメリカの主要映画スタジオ「ビッグ5」の一つで、１９２３年に設立。２０１９年には、世界興行収入１３２億ドルという業界最高記録を達成。世界の歴代最高興行収入トップ10のうち8作品を公開した。代表作に『アベンジャーズ：エンドゲーム』『トイ・ストーリー』シリーズ、『アナと雪の女王』シリーズ、『ライオン・キング』『アラジン』など。

[7] **20世紀フォックス**／20世紀フォックス映画（１９３５～２０２０年）は旧社名で、現在は20世紀スタジオに改名。ロサンゼルスに本社を置くアメリカの映画会社・映画スタジオ。現在はウォルト・ディズニー・カンパニーの一部門であるウォルト・ディズニー・スタジオの子会社。代表作に『アバター』『タイタニック』『スター・ウォーズ エピソード１』がある。

[8] **リパブリック・スタジオ**／正式名称リパブリック・ピクチャーズは、アメリカの映画制作・配給会社。１９３５年、長年映画や音楽に投資を行っていたH・J・イエーツが、六つのポヴァティ・ロウ映画のスタジオ連合として立ち上げた。B級映画や西部劇・連続活劇に特化している。代表作はオーソン・ウェルズ主演のシェイクスピア映画『マクベス』など。

[9] **『バラエティ』誌**／アメリカで発行されているエンターテインメント産業専門の業界紙。１９０５年、ニューヨークでサイム・シルバーマンにより、ボードビル週刊誌として創刊された。

第9章

[1] **ジョージアン様式**／イギリスのジョージ一～四世の治世に行われた建築・工芸の様式。ジョージアン様式とは、１７１４～１８１１年に建てられた、シンメトリーを基本としたデザインが特徴の建物のデザイン。シンプルかつ端正な印象の様式で、ペディメント（三角形の切妻壁）、オーダー（柱）、ピラスター（付け柱）など、ルネサンスの影響を受けた古典的な装飾要素を含む。

[2] **映画芸術科学アカデミー**／映画産業における芸術と科学の発展を図るため、１９２７年5月にアメリカなどの映画業界人によって結成された団体。アカデミー賞の選考・授与、映画文化・映画教育・映画技術の研究に対する助成などを行っている。

[3] **ストーリー・エディター**／脚本家の人選から始まり、脚本家に助言をして、共に台本を作り上げる役目をする。

第11章

[1] **ルーズベルト大統領**／フランクリン・デラノ・ル

ーズベルトは、第32代アメリカ合衆国大統領（1933年3月4日～1945年4月12日在任）。世界恐慌および第2次世界大戦当時の大統領で、20世紀前半の国際政治における中心人物のひとり。彼の政権下でのニューディール政策の施行と、第2次世界大戦への参戦は、アメリカ経済を世界恐慌のどん底から回復させたと評価されている。

〔2〕**ルイス・B・メイヤー**／ルイス・バート・メイヤーは、アメリカの映画プロデューサー。MGM（メトロ・ゴールドウィン・メイヤー）の共同創始者のひとり。MGMの首脳として数十年にわたって独裁的な権力を振るい、「天国よりも多くのスターを擁する」とまで言われたMGM社の全盛期を現出させた。

第12章

〔1〕**パイパーカブ**／パイパー・エアクラフト社のプロペラ軽飛行機シリーズ。1930年代の登場以来、シリーズで2万機以上が生産されたベストセラー機で、当時の軽飛行機の代名詞にもなった。カブシリーズは軍用機としても採用され、第2次世界大戦で多用された。

〔2〕**クローバー・リーフ・ターン**／四つ葉のクローバーの葉のうち2枚を飛行機のスモークで描くことからこう呼ばれる。日本では航空自衛隊に所属する「ブルーインパルス」の展示飛行などで見られる。

第13章

〔1〕**P・G・ウッドハウス**／ペルハム・グレンヴィル・ウッドハウス（1881～1975年）は、イギリスの小説家、ユーモア小説の大家。学生の頃から創作活動を始め、銀行員として数年働いた後に専業作家となる。『階上の男』ほか、生涯で膨大な量の作品を書いた。作品はきわめて「イギリス的」と評され、多くの作家に影響を与えた。

第14章

〔1〕**ホブソンの選択**／「提供されたものを取るか取らないかしか自由のない選択」「選り好みを許されない選択」または「唯一の残された手段」を指す。17世紀のイギリスで、ケンブリッジの貸し馬屋トーマス・ホブソンが、借りに来たお客に自由な選択を許さず、馬小屋の入り口に最も近い馬を貸し出し、それ以外の馬は貸し出しを拒否したという話に由来する。

第15章

〔1〕**『PM』誌**／テレビ番組のニュース、娯楽情報が

掲載された業界誌。

【２】**前提**／物語をたった一文でまとめたもののこと。英語では「プレミス」または「ログライン」という。

【３】**ウィリアム・モリス・エージェンシー**／ハリウッド4大エージェンシーの一つで、１８９８年に設立された世界最古のタレント・エージェンシー。主に映画における俳優や監督、脚本家、プロデューサーの権利を代行する。主なクライアントに、リチャード・ギア、ジャッキー・チェン、エディ・マーフィー、渡辺謙がいる。

第16章

【１】**ナショナル・ブラザーフッド・ウィーク**／１９２０年代の反移民、反カトリック、反ユダヤ主義の感情の高まりに端を発し、１９２７年に宗教的差別や不寛容と闘うことを目的としてナショナル・カンファレンス・フォー・クリスチャンズ・アンド・ジューズ（ＮＣＣＪ）が作られた。このＮＣＣＪが１９３０年代に「ナショナル・ブラザーフッド・デイ」を奨励し、１９３６年には「ナショナル・ブラザーフッド・ウィーク」に拡大した。

第17章

【１】**『風と共に去りぬ』**／１９３９年に制作されたアメリカ映画。１９３６年6月に出版されたマーガレット・ミッチェル原作の小説『風と共に去りぬ』がベストセラーとなり、出版の翌月には早くも映画制作者のデヴィッド・Ｏ・セルズニックが映画化権を獲得。その後3年の歳月と当時の金額で約４００万ドルの制作費をかけて、全編で3時間42分の大長編映画を完成させ、空前の世界的大ヒットとなる。第12回アカデミー賞にて作品賞・監督賞・主演女優賞など８つのオスカーを受賞。

【２】**アカデミー賞**／アメリカ映画の健全な発展を目的に、キャスト、スタッフを表彰し、その労と成果を讃えるための映画芸術科学アカデミー（ＡＭＰＡＳ）による映画賞で、オスカー賞としても知られる。授賞式前年の1年間にアメリカ国内の特定地域で公開された作品を対象に選考され、映画産業全般に関連した業績に対して贈られる。

【３】**ティファニー**／世界的に有名な宝飾品および銀製品のブランド。１８３７年にアメリカで創業され、今日では、ロンドン・ローマ・シドニー・東京など世界20カ国にブランドショップを持つ。

【４】**メニンガー・クリニック**／１９１９年に設立された、クリニック、サナトリウム、精神医学校から構成される世界的に有名な総合精神医療施設。アメリカを代表する精神科医・精神分析家のメニンガー兄

弟のふたりが基礎を確立した。施設は20世紀半ばまで、アメリカの精神分析研究の中心的拠点だった。

第18章

〔1〕**ＨＵＡＣ**（下院非米活動調査委員会）／アメリカ国内における反体制的、非アメリカ的活動を取り締まるために１９３８年に設置された下院委員会。１９４０年代後半から１９５０年代初めにかけて、ハリウッドの映画人をはじめ、劇作家のアーサー・ミラーなど、多数の文化人が委員会に喚問された。マッカーシー上院議員の名前と共に、冷戦下でのヒステリックな「赤狩り」の舞台として悪名高い。

〔2〕**ブラックリスト**／「ハリウッド・ブラックリスト」は、１９４０年代後半から１９５０年代中期頃、マッカーシズムによる反共産主義の社会運動の中心的機関であったＨＵＡＣが取り調べを行うため、ハリウッドを中心とする娯楽産業で活躍していた映画監督、脚本家や映画俳優などの中で、人生のある時期に共産党と関係があったとして列挙された人物を指す。リストの人物は同産業で働くことを拒否され、思想信条差別の一大事件となった。

〔3〕**ハリウッド・テン**／「ハリウッド・ブラックリスト」のうち、召還や証言を拒否して議会侮辱罪で有罪判決を受けたアルバート・マルツ（作家・脚本家）を含む主要な10人を「ハリウッド・テン」と呼ぶ。

第19章

〔1〕**ＭＣＡ**／正式名称はミュージック・コーポレーション・オブ・アメリカで、アメリカの娯楽企業。元は１９２４年にシカゴに設立されたタレント事務所だが、その後、ＭＣＡレコードやユニバーサル映画を傘下に持つ総合メディア企業に転身した。現在はＮＢＣユニバーサルの一部になっている。

第20章

〔1〕**妄想性パーソナリティ障害**／他者の動機を敵意や有害性のあるものと解釈する、他者に対する根拠のない不信や疑いの広汎なパターンを特徴とする人格障害。有効な治療法はないが、認知行動療法の適応や、薬によって一部の症状が軽減する場合がある。

〔2〕**スキート射撃**／クレー射撃の種目の一つ。半径19・2メートルの半円上に設置された八つの射台を順に移動しながら、高低2カ所から飛び出る皿状の標的を散弾銃で撃ち、その枚数を競う競技。

第22章

〔1〕**チェーセンズ**／アメリカのハリウッドにある有名

レストランで、映画スターやエンターテイナー、政治家、その他、要人がよく出入りしていた。

〔2〕**グルーチョ・マルクス**／アメリカのニューヨーク州ニューヨーク市出身のコメディ俳優グループ「マルクス・ブラザーズ」と呼ばれる5人兄弟のひとり。特にグルーチョはグループ活動が終わった後も、テレビ、ラジオに活動の場を移し、成功を収めた。

〔3〕**ラジオ・シティ・ミュージック・ホール**／ニューヨーク市マンハッタン区のロックフェラー・センターにある、5933席収容できる大ホール。1932年12月に開場し、1933年1月には映画館にもなった。巨大なスクリーンと広い間隔の座席は、理想的な映画館とされ、開館以来、700本以上の映画が上映されている。

第23章

〔1〕**マルクス・ブラザーズ**／マルクス兄弟は、ニューヨーク市出身のコメディ俳優グループ。1910年代から1940年代にかけて舞台・映画で活動し、後のコメディ業界に大きな影響を与えた。チコ、ハーポ、グルーチョ、ガンモ、ゼッポの5人兄弟。中でも、チコ、ハーポ、グルーチョの3人は俳優活動の中核を担っていた。

第24章

〔1〕**ユナイテッド・アーティスツ**／現在、ユナイテッド・アーティスツ・デジタル・スタジオとして活動している、アメリカの映像制作会社。1919年2月にチャールズ・チャップリンらによって設立され、俳優たちが商業スタジオに依存するのではなく、自らの利益をコントロールすることを前提としていた。

〔2〕**モルナール**／ハンガリーの劇作家、小説家（1878〜1952年）。新聞記者をしながらユーモラスな短編を発表していたが、戯曲『悪魔』の成功で劇壇に進出し、非喜劇『リリオム』で好評を博す。『白鳥』や『オリンピア』で世界各国の劇壇で人気を博し、劇作家として名声を不動のものとする。小説も多く、『パール街の少年たち』が有名。

〔3〕**エジプシャン・シアター**／ハリウッドの映画館の一つ。1922年に開館した歴史ある映画館で、エジプト風の外観が印象的な施設。上映している映画は、エジプトの映画という訳ではなく、一般的な映画館と同じである。

第25章

〔1〕**ワーナー・ブラザース**／正式名称ワーナー・ブラザース・エンターテインメント（略称WB）は、ア

メリカの多国籍マスメディアとエンターテインメントの複合企業。アメリカの主要映画スタジオ「ビッグ５」の一つ。１９２３年にワーナー4兄弟によって設立され、アメリカの映画産業のリーダーとしての地位を確立後、アニメーション、テレビ、ビデオゲームなどに事業を拡大。

[2] **ニール・サイモン**／アメリカ合衆国の劇作家、脚本家（１９２７〜２０１８年）。『カム・ブロー・ユア・ホーン』でデビュー後、『おかしなふたり』『サンシャイン・ボーイズ』『ビロキシー・ブルース』などのヒット作を生み、ブロードウェイを代表する喜劇作家になる。映画やテレビの脚本も数多く手がけ、トニー賞、ゴールデングローブ賞、ピューリッツァー賞などを受賞。人間の心の機微を描いた、暖かな余韻の残る作品が多い。

第26章

[1] **CBS放送**／アメリカの商業放送テレビ・ラジオのネットワーク。NBC放送、ABC放送と並ぶ3大ネットワークの一つで、１９２７年に最も早くラジオネットワークを築き上げ、１９４１年にテレビ局を開局。以前は正式名称がコロムビア・ブロードキャスティング・システムで略称が「ＣＢＳ」だったが、１９９７年に正式名称を「ＣＢＳ」と改名。日本ではＴＢＳホールディングスが業務提携し、ＴＢＳテレビの局名と略称はCBS放送にならったもの。

第27章

[1] **ロマ**／北部インドを原郷とする少数民族で、かつては「流浪の民」として知られたが、現在では定住する者が多い。ヨーロッパを中心に世界各地に散在し、約７００万〜８００万人がいると推定されるが地域住民から差別と迫害を受けてきた。「ジプシー」（英語名）と呼ばれていたが、軽蔑的意味合いがあるため、今日では彼らの言葉で「人間」を表す「ロム」「ロマ」の呼称が用いられる。

[2] **6日間の自転車レース**／自転車競技のトラックレース種目の一つで「トラックレースの華」と言われる。ロードレースのシーズンが終了する10月頃から、シーズンが開幕する2月上旬にかけて、欧州各地を転戦して行われる。

[3] **『Q』誌**／１９８６年に創刊されたイギリスの月刊音楽雑誌。世界中の注目ミュージシャンや最新音楽情報を発信。音楽レビューに力を入れ、スター格付制度を使用。『Q』の星の数とレビューは、ＣＤジャケット貼付や広告への引用など、影響力があった。２０２０年7月末に刊行された『Q』４１５号

が最終号となった。

第28章

〔1〕**二分脊椎症**／二分脊椎は神経管閉鎖障害を形成する主要な先天性奇形である。その疾患特徴は、脳神経外科、整形外科、泌尿器科などの集学的治療を要し、終生にわたり治療とリハビリテーションを必要とする点である。

第29章

〔1〕**ABC放送**／正式名称はアメリカン・ブロードキャスティング・カンパニーズ・インク。ウォルト・ディズニー・テレビジョンが運営する、アメリカの多国籍民間放送テレビネットワークで、１９４８年にテレビ放送を開始。かつての３大テレビネットワーク、後にＦＯＸ〔2〕を加えた4大テレビネットワークの一つで、その放送番組はアメリカの大衆文化に大きく貢献している。

〔2〕**FOX**／フォックス・ブロードキャスティング・カンパニーは、アメリカのテレビネットワークの一つ。フォックス・コーポレーション傘下にある。１９８６年設立と、３大ネットワーク（ＡＢＣ放送、ＣＢＳ放送、ＮＢＣ放送）と比べれば歴史は浅いものの、近年は視聴者数で並び、現在はＦＯＸを含めて「４大ネットワーク」と呼ばれている。日本でも話題になったドラマが複数放送されており、著名なものに『Ｘファイル』『24—トゥウェンティフォー』『プリズン・ブレイク』などがある。

第30章

〔1〕**NBC放送**／正式名称はナショナル・ブロードキャスティング・カンパニーで、アメリカ合衆国の３大ネットワークの一つで、ＮＢＣユニバーサルグループの主体となる企業である。

〔2〕**『奥さまは魔女』**／原作名は『ビウィッチト』。１９６４～１９７２年までアメリカのＡＢＣ放送で全２５４話が放送された、シチュエーション・コメディ（通称シットコム）のテレビドラマ。１９６６年から日本語吹替版が放映された。時を同じくして１９６５年にアメリカで、シドニー・シェルダンが脚本を手掛けた類似のテレビドラマ『かわいい魔女ジニー』（原作名は『アイ・ドリーム・オブ・ジーニー』）がＮＢＣ放送より登場し、人気を二分した。

第31章

〔1〕**ジム・ビーム**／２００年以上の歴史を誇り、世界１２０カ国以上で飲まれている世界売上ナンバー

ワンを誇るバーボン〔※2021年販売数量（『インパクト・ニュースレター』3月1日・15日合併、2022号年より）〕。香りや味わいがバランスよく調和し、心地よい飲み口が特長。

［2］**サウザンド・オークス**／アメリカ・ロサンゼルスの北西部に位置する都市。16世紀半ばにスペイン人探検家が発見し、19世紀初頭から開拓者が移住し、宿場街として発展。豊かな自然が残る家族向けのベッドタウン。

［3］**ジェミニ**／1961〜1966年に行われた、NASAの2度目の有人宇宙飛行計画である「ジェミニ計画」を指す。ジェミニ宇宙船は2名の宇宙飛行士を宇宙に送る能力があり、1965〜1966年までの間に10名の宇宙飛行士が地球周回低軌道を飛行した。

第32章

［1］**T・S・エリオット**／トーマス・スターンズ・エリオット（1888〜1965年）はイギリスの詩人、劇作家、文芸批評家。5部からなる長詩『荒地』や詩劇『寺院の殺人』により、20世紀前半の英語圏で最も重要な詩人のひとりと評される。「現代詩に対する卓越した先駆的な貢献」により、1948年にノーベル文学賞を受賞。

［2］**反ユダヤ主義**／反ユダヤ主義とは、ユダヤ人およびユダヤ教に対する敵意、憎悪、迫害、偏見を指す。また、宗教的・経済的・人種的理由からユダヤ人を差別・排斥しようとする思想を表す。

第33章

［1］**エドガー・アラン・ポー賞**／アメリカの文学賞。賞の名は米国の作家エドガー・アラン・ポーにちなむ。米国で発表されたミステリーに関する作品を対象に、アメリカ探偵作家クラブ（ミステリー・ライターズ・オブ・アメリカ、略称MWA）が選定に当たる。長編、ペーパーバック・オリジナル、短編、ヤングアダルト、テレビドラマなど多数の部門賞がある。

あとがき

［1］**ニコラエ・チャウシェスク**／ルーマニアの政治家（1918〜1989年）で、スターリン主義を発展させた自主路線を展開。1974年にルーマニア社会主義共和国初代大統領に就任し、独裁体制を確立するも1989年12月の民主化で失脚し、夫人と共に処刑された。

シドニー・シェルダンの作品リスト

執筆作品　WRITING CREDITS

●ブロードウェイ脚本

『アリス・イン・アームズ』　ALICE IN ARMS
『レッドヘッド』　REDHEAD
『ローマン・キャンドル』　ROMAN CANDLE
『ゴメス（ロンドン）』　GOMES（LONDON）

●映画

『サウス・オブ・パナマ』　SOUTH OF PANAMA
『ギャンブリング・ドーターズ』　GAMBLING DAUGHTERS
『デンジャラス・レディ』　DANGEROUS LADY
『ボロウド・ヒーロー』　BORROWED HERO
『ミスター・ディストリクト・アトーニー・イン・ザ・カーター・ケース』
MR. DISTRICT ATTORNEY IN THE CARTER CASE
『フライ・バイ・ナイト』　FLY-BY-NIGHT
『シーズ・イン・ザ・アーミー』　SHE'S IN THE ARMY
『ザ・バチェラー・アンド・ザ・ボビー・ソックサー』　THE BACHELOR AND THE BOBBY-SOXER

『イースター・パレード』 EASTER PARADE
『ザ・バークレーズ・オブ・ブロードウェイ』 THE BARKLEYS OF BROADWAY
『ナンシー・ゴーズ・トゥ・リオ』 NANCY GOES TO RIO
『アニー・ゲット・ユア・ガン』 ANNIE GET YOUR GUN
『スリー・ガイズ・ネームド・マイク』 THREE GUYS NAMED MIKE
『ノー・クエスチョンズ・アスクト』 NO QUESTIONS ASKED
『リッチ・ヤング・アンド・プリティ』 RICH, YOUNG AND PRETTY
『ジャスト・ディス・ワンス」 JUST THIS ONCE
『リメインズ・トゥー・ビー・シーン』 REMAINS TO BE SEEN
『ドリーム・ワイフ』 DREAM WIFE
『ユア・ネバー・トゥー・ヤング』 YOU'RE NEVER TOO YOUNG
『ザ・バーズ・アンド・ザ・ビーズ』 THE BIRDS AND THE BEES
『エニシング・ゴーズ』 ANYTHING GOES
『パードナーズ』 PARDNERS
『ザ・バスター・キートン・ストーリー』 THE BUSTER KEATON STORY
『オール・イン・ア・ナイツ・ワーク』 ALL IN A NIGHT'S WORK
『ビリー・ローゼズ・ジャンボ』 BILLY ROSE'S JUMBO

●テレビ番組――クリエイター

『ザ・パティー・デューク・ショー』 THE PATTY DUKE SHOW
『アイ・ドリーム・オブ・ジーニー』 I DREAM OF JEANNIE

『ハート・トゥー・ハート』 HART TO HART
『ナンシー』 NANCY

●小説

『顔』 THE NAKED FACE
『真夜中は別の顔』 THE OTHER SIDE OF MIDNIGHT
『私は別人』 A STRANGER IN THE MIRROR
『血族』 BLOODLINE
『天使の自立』 RAGE OF ANGELS
『ゲームの達人』 MASTER OF THE GAME
『明日があるなら』 IF TOMORROW COMES
『神の吹かす風』 WINDMILLS OF THE GODS
『時間の砂』 THE SANDS OF TIME
『明け方の夢』 MEMORIES OF MIDNIGHT
『陰謀の日』 THE DOOMSDAY CONSPIRACY
『星の輝き』 THE STARS SHINE DOWN
『女医』 NOTHING LASTS FOREVER
『遺産』 MORNING,NOON & NIGHT
『氷の淑女』 THE BEST LAID PLANS
『よく見る夢』 TELL ME YOUR DREAMS
『空が落ちる』 THE SKY IS FALLING

『異常気象売ります』　ARE YOU AFRAID OF THE DARK?

●児童書

『ザ・アドベンチャーズ・オブ・ドリッピー・ザ・ラナウェイ・レインドロップ』
THE ADVENTURES OF DRIPPY THE RUNAWAY RAINDROP
『ザ・チェイス』　THE CHASE
『ザ・ディクテイター』　THE DICTATOR
『ゴースト・ストーリー』　GHOST STORY
『ザ・マネー・ツリー』　THE MONEY TREE
『リベンジ！』　REVENGE!
『ザ・ストラングラー』　THE STRANGLER
『ザ・トゥウェルヴ・コマンドメンツ』　THE TWELVE COMMANDMENTS
『ザ・アドベンチャーズ・オブ・ア・クオーター』　THE ADVENTURES OF A QUARTER

●シドニー・シェルダンの小説を原作とした映画

『ジ・アザー・サイド・オブ・ミッドナイト』　THE OTHER SIDE OF MIDNIGHT
『ブラッドライン』　BLOODLINE
『ザ・ネイキッド・フェイス』　THE NAKED FACE

●シドニー・シェルダンの小説を原作としたテレビ向け映画と連続ドラマ

『レイジ・オブ・エンジェルス』　RAGE OF ANGELS

『マスター・オブ・ザ・ゲーム』　MASTER OF THE GAME
『イフ・トゥモロー・カムズ』　IF TOMORROW COMES
『ウインドミルズ・オブ・ザ・ゴッズ』　WINDMILLS OF THE GODS
『ア・ストレンジャー・イン・ザ・ミラー』　A STRANGER IN THE MIRROR
『ナッシング・ラスツ・フォーエバー』　NOTHING LASTS FOREVER
『ザ・サンズ・オブ・タイム』　THE SANDS OF TIME
『メモリーズ・オブ・ミッドナイト』　MEMORIES OF MIDNIGHT

制作作品　*PRODUCING CREDITS*

『ザ・バスター・キートン・ストーリー』　THE BUSTER KEATON STORY
『アイ・ドリーム・オブ・ジーニー』　I DREAM OF JEANNIE
『レイジ・オブ・エンジェルス』　RAGE OF ANGELS
『レイジ・オブ・エンジェルス：ザ・ストーリー・コンティニューズ』
RAGE OF ANGELS: THE STORY CONTINUES
『メモリーズ・オブ・ミッドナイト』　MEMORIES OF MIDNIGHT
『ザ・サンズ・オブ・タイム』　THE SANDS OF TIME

監督作品　*DIRECTING CREDITS*

『ドリーム・ワイフ』　DREAM WIFE
『ザ・バスター・キートン・ストーリー』　THE BUSTER KEATON STORY

■著者紹介

シドニー・シェルダン（Sidney Sheldon）

世界的なベストセラー作家で、テレビ、映画、ミュージカルの脚本家であり、テレビ番組のプロデューサーも務める。生涯に18冊の小説を執筆して3億冊以上の売上げを記録した小説家として、また、200本以上のテレビ番組、25本の大型映画、6本のブロードウェイミュージカルの脚本家として、世界で最も多作な作家のひとりに位置付けられている。処女作である『顔（The Naked Face）』は、ニューヨーク・タイムズ紙から「初の年間最優秀ミステリー小説」として絶賛され、以後、彼の小説はいずれも非常に高い人気があり、出版されるたびにニューヨーク・タイムズ紙のベストセラーの1位になった。彼はまた、オスカー賞、トニー賞、エドガー・アラン・ポー賞を受賞した唯一の作家で、世界180カ国、71言語）としてギネスブックで賞賛されている。

■訳者紹介

エリコ・ロウ（Eriko Rowe）

早稲田大学第一文学部文芸学科卒業後、コピーライター生活を経て1990年に渡米。ニューヨーク大学ジャーナリズム大学院卒。コーネル大学、ワシントン大学国際学部の元非常勤講師。ジャーナリズム、広告、広報、テレビのドキュメンタリー番組制作など、幅広い分野で活動を続ける。現在はシアトル在住。

僕はいかに逆境をのり越え　世界一翻訳された作家になったのか

2023年6月18日　初版第1刷 発行

著　　者　シドニー・シェルダン

訳　　者　エリコ・ロウ

発 行 所　株式会社 出版文化社

〈東京カンパニー〉
〒104-0033 東京都中央区新川1-8-8 アクロス新川ビル4階
TEL:03-6822-9200　FAX:03-6822-9202

[埼玉オフィス]　〒363-0001 埼玉県桶川市加納1764-5

〈大阪カンパニー〉
〒541-0056 大阪府大阪市中央区久太郎町3-4-30 船場グランドビル8階
TEL:06-4704-4700(代)　FAX:06-4704-4707

〈名古屋カンパニー〉
〒456-0016 愛知県名古屋市熱田区五本松町7-30 熱田メディアウイング3階
TEL:052-990-9090(代)　FAX:052-683-8880

発 行 人　浅田 厚志

印刷・製本　株式会社 シナノパブリッシングプレス

JASRAC 出 2302712－301

Edited by Atsuko Inoue
ISBN978-4-88338-706-9　C0023
定価はカバーに表示してあります。